上古·卷上·书谱 三卷选册

图书在版编目（CIP）数据

听剑桥看记：书籍/紫晴素素著.—北京：生活·读书·新知三联书店，
2022.8
ISBN 978 - 7 - 108 - 07368 - 6

Ⅰ.①听… Ⅱ.①紫… Ⅲ.①随笔—作品集—中国—当代
Ⅳ.①I267

中国版本图书馆 CIP 数据核字（2022）第 038421 号

责任编辑	宋朝娜
装帧设计	宁成春 刘 洋
责任校对	张国荣
责任印制	张雅丽

出版发行 生活·读书·新知 三联书店
（北京市东城区美术馆东街 22 号 100010）
网　址 www.sdxjpc.com
经　销 新华书店
印　刷 天津图文方澜印刷有限公司
版　次 2022 年 8 月北京第 1 版
　　　　2022 年 8 月北京第 1 次印刷
开　本 720 毫米 × 965 毫米　1/16 印张 21
字　数 250 千字　图 146 幅
印　数 0,001 - 5,000 册
定　价 68.00 元

（印装查询：01064002715；邮购查询：01084010542）

Copyright © 2022 by SDX Joint Publishing Company.
All Rights Reserved.
本作品版权由生活·读书·新知三联书店所有。
未经许可，不得翻印。

古籍善本
碑帖拓片

· 韓熙載夜宴圖 ·

序

《书梦》是作者继《花影》《云烟》之后的第三本文化随笔。内容是对累年读书、购书、藏书、写书经历的感悟和追思。同《花影》《云烟》一样,仍是一本涉及文学、历史的读书笔记。

《带上所有的书回巴黎》的作者安妮·弗朗索瓦认为:读书不仅是智力的,而且是感官的经历,有色彩和声响,气味和触感,肌肉和神经,记忆与遗忘,是关于心灵、时空和生命的热情诗。

书籍是人类最伟大的一项创造。不断流逝的时光可以毁损花岗岩般坚固的人类建筑,却抹不掉书籍保存的人类记忆。书评人唐诺说,书帮助我们"在身体之外保留记忆",并"帮助人类局部地、甚富意义地击败时间"。书籍存在的形式一直在变迁,从石质、草质、竹质、木质到纸质,但书籍存在的价值仍在于它的文本内容。正如西方谚语所言:无论玫瑰叫什么名字,我们只看重它的芬芳。

著作者为什么要写书?因为叙事是人类的基本需要,人类生活的统一就是一个个叙事需要的统一。西方文学理论认为,人类的世界是一个"经验世界",高妙的文字是对经验世界的最佳描述。不讲故事、不听故事,人们简直就无法生活下去。

核物理学家利奥·西拉德对他的朋友汉斯·贝特说,他准备写日记:

"我不打算发表。我只是记下事实,供上帝参考。""难道上帝不知道那些事实吗?"贝特问。"知道,"西拉德说,"他知道那些事实,可他不知道这样描述的事实。"

文本造就了著作者的思想升华和明确表达。在写出文本以前,著作者头脑里可能还是杂乱无章甚至一片模糊,一旦把面前空白的稿纸写满东西时,他就成为一个精神富有的人,不再一无所长,一无所有。曹丕在《典论》中断言:"是以古之作者,寄身于翰墨,见意于篇籍,不假良史之辞,不托飞驰之势,而声名自传于后。"正是书籍的出现,使得先贤先哲的思想和智慧之光超越历史时空照耀今天。书籍的流传,仿佛"文明的种子"遍播世界,生根发芽,繁茂大地。

雨果在小说《巴黎圣母院》中写道:"在印刷的形式下,思想比以往变得更易不朽,它可以飞翔,不易捉摸,不易损坏。"造纸术和印刷术的发明,为书籍量产和广泛传播起到决定性作用,也使从书本获取知识和推行全民教育成为可能。现代人的精神世界,是凭借书籍搭建起来的。

书籍一旦产生,就开始自己的自由发展,不仅通过各种各样的有形文本堆集出茂密如林、浩瀚如海、巍峨如山的书籍的有形世界,还可以构筑出一个可以独立于读者存在的书籍的无形世界,你读,或你不读,它都在那里,与现实世界平行并存。

书的世界有准入限制,阅读是涉足这个世界的唯一途径。有了阅读,书籍就成为与食物同等重要的"读物",一补身,一养心,人类须臾不可离。二者的区别一如海莲·汉芙在《查令十字街84号》所言:"我寄给你们的东西,你们顶多一个星期就吃光抹净,根本休想指望还能留着过年;而你们送给我的礼物,却能和我朝夕相处,至死方休,我甚至还能将它遗爱人间而含笑以终。"

古人用"疏神、达思、怡情、理性"这八个字说明阅读的作用,凝练至极。通过阅读,人才能真正获得自由:思想上的自由,认识上的自由,想象上的自由。人生的高度取决于读过的书和认识的人。随着阅读数量和阅读层次的提高,人们就可以自由地在书籍世界和现实世界往返穿越，不断提高自身认识和实践的能力。

罗兰·巴特确立了以读者为中心的阅读新体系，他认为：文本产生出来就不属于作者，任何人都可以对文本进行解读。他说，文本一旦产生，作者就已经死亡。这是因为文本已化身为作者的另一种存在方式，他的灵魂已附在或永远结合在文本上了。萨义德也认为："文本一旦有了副本，作者的作品就是在世的，也就超出了作者控制的范围。"

伍尔芙说过，读者是作者的同谋，也是作者的审判官。任何阅读都是一种改写。因为读者参与了文本的解读，增添了文本之外的意义。读者对文本价值的判断，特别是对文学作品的理解是非常随意和主观的。这可能就是布鲁姆所说的"创造性误读"。这里的"误读"不是贬义词，特指读者在阅读时增加了自身的阅历和先入之见而产生的文本理解，这个意义不一定是作者的本意和期待。"一千个人眼中有一千个哈姆雷特"，就是这个意思。普鲁斯特认为："事实上，每个读者只能读到已然存在于他内心的东西。书籍只不过是一种光学仪器，作者将其提供给读者，以便于他发现如果没有这本书的帮助他就发现不了的东西。"这段话读起来有些费解，其实就是读者"意中所有口中所无"。

读者成就了文本作品的伟大，也最终成就了作者的伟大。没有读者的参与，杰作不能成为经典。

阅读本质上是一种孤独的沉思活动，不读书就难以进行理性思维。人们通过阅读又产生出一个"体验世界"。这种体验，随着个体的不同，成为来源于文本世界，却又呈现出千姿百态的有形与无形结合的"大千世界"。

经历了体验世界的人再回到经验世界，其认识能力、思考能力必然有所提高，经验会更丰富，体验会更深刻。继续循环这个过程，人的各种能力会进一步提高。

米歇尔·蒙田说："人要有三个头脑，天生的一个头脑，从书中得来的一个头脑，从生活得来的一个头脑。"往来于两个世界，徘徊在两个头脑之间，难免会有回不来或进不去的滞留。读不进去的时候，思想没有跟上书中叙述的节奏，没有抓住那根引导你走出米诺斯迷宫的毛线头，就显得傻傻的；放下书本的时候，思想还陶醉在美妙的体验世界，回不到现实，就显得呆呆的。

"读不尽者天下之书。"读书是终身的事，是生活方式，也是生存方式。人生能够用于阅读的时间极其有限，对有非职业性阅读需要的人来说，阅读需要动力，需要养成习惯。读出书中隐含的意义，也许会发现另一个自己。阅读并不一定能把你变成更好的人，但阅读确实是最好的自我完善，你也会这样认为："我始终是一件正在加工的作品。"

数量不足的阅读，如同进入"阿里巴巴与四十大盗故事"中的藏宝洞，只看到门口的几小块宝物，或者只见到几块垃圾。阅读量大，才会发现这里的宝藏琳琅满目、应有尽有、美不胜收，每次进入才能满载而归。质量不足的阅读，如同成年人进了儿童玩具店和游乐场，尽管可以轻松休闲、自得其乐，却不能在思想上同古今中外高人相遇，毫无教益，徒费光阴。

与食物中有所谓垃圾食品一样，读物中也有垃圾书刊，讨厌的是垃圾读物没有统一的标准。有些书一出现就是垃圾，就没有过生命；有些书随着时间的流逝或时代的变迁、知识的更新而被淘汰变成垃圾。有时见到别人的书架上摆放了许多垃圾书，我会禁不住产生帮他拿下来扔掉的念头，当然最终还是算了，你认为是垃圾，别人可能认为是宝贝。

因此，有智商的人不要对垃圾书发表任何意见，也不要点明那些书是垃圾书，自己不看就是。布鲁姆引用诗人奥登的名言对大家提出忠告："评论劣书有害人品。"

劝人读书，任何时候都是对的，而教人读什么书，则有可能是错的。当然，各级学校指定的教材和参考书不在此列。

读过书的人不一定爱书，有的读书人会爱书如命。《嗜书瘾君子》的作者称：爱书的人都有"病"。说的也是，正常人谁会对"书"如痴似醉？没病才怪！如痴似醉还不够，能如梦相随才够格。

恩格斯说过：学习一门外语，能够用这种外语做梦，才算掌握了这种语言。爱读书的人像爱心上人一样，会对想要读却未能读到的书昼思夜想。做梦也想书的人是真正爱书的人。袁枚有过"少贫不能买书"的经历："每过书肆，垂涎翻阅，若价贵不能得，夜辄形诸梦寐。"

爱书人有时也会做噩梦：心爱的书被盗。这种痛苦，比失恋更难受。爱读书的人不一定会梦到图书馆，爱藏书的人一定会梦到图书馆，这种梦会重复多次，每次梦到的书种类都不一样。

有些人见到别人有丰富的藏书，常常会情不自禁地问："这些书你都读过了吗？"翁贝托·埃科会告诉你：这是一个傻问题，结果会让提问的人难堪，起码他提问题的出发点或潜意识是一种妒忌。

家中有书总归是件好事。如果藏书达到一千本，就会感觉自己属于有教养的一类人，社交中也会自信和注意自律。一旦藏书达到五千本，环境必然改变人的心灵，家中其他物品都会变成陪衬，人与藏书发生"异化"，生活方式彻底改变，世界上再没有别的东西能够令他分心，这种快乐开始驱逐所有烦恼。

近十多年，是购买、阅读、收藏当代外国文学作品的最好时机，名著经典、畅销读物层出不穷，几乎应有尽有。抓紧现在，搜集收藏，这是读书人、藏书人的嘉年华，有些机缘难以永续。读书求精，藏书求全。书籍即精神食粮、精神财富，完全可以有丰富的储备，成为精神贵族，今生读不完，为后代人储备也是值得的。

关于读书、藏书、著书和出书等方面，我似乎都有过梦想：梦想能"尽读天下未见书"，梦想能"四壁图书""坐拥书城""家藏万卷书"，也梦想能"著作等身"、有自己的"十卷文集"，还想过办个小规模的出版社，编印装帧精美的同人作品，年老时开个临街小书店，一边读书，一边给逛书店的读者推介我认为值得阅读的书。

年轻时的梦中，真的是经常跋涉于书山，徜徉于书林，畅游于书海，直把图书馆当作天堂的模样……

（2018年4月3日于古都西安）

目录

003　序

书海寻梦

013　一篇关于读书的成人童话
　　　谈契诃夫小说《打赌》的两个版本

029　"又是个女人"
　　　西尔维亚·比奇和乔伊斯的《尤利西斯》

047　写作，是丰富生活的途径
　　　读巴乌斯托夫斯基《金蔷薇》

065　将洞察力和不受侵蚀的探索融为一体
　　　奈保尔与《印度：受伤的文明》

083　不轻易赞颂未经生死考验的爱情
　　　从凯莉·泰勒《天堂可以等》说开去

097　自然的人性与社会的人性
　　　关于《廊桥遗梦》的两个话题

109　一部内容深刻的"苏修小说"
　　　伊凡·沙米亚金的《多雪的冬天》

123　魔音入耳的处世法则与警世戒律
　　　从《大伟人华尔德传》到柳宗元《三戒》

135　乡村空间自治变迁是历史合力的结果
　　　从《中国的历史脉动》到《白鹿原》

149　童话是儿童的梦想天堂
　　　从《快乐王子》到《大林和小林》

其言谆谆，其情切切
171　　傅增湘《秦游日录》与《登太华记》

采书圆梦

路近城南已怕行，伤情
189　　忆西安盐店街西头的"三才书店"

江湖夜雨十年灯
203　　关于"书荒"岁月的几个片段

十分春色破朝来
217　　"书荒"之后的二十年

"不得，我命，如此而已"
227　　失之交臂的一次"艳遇"

藏书，十年种木长风烟
233　　舅舅淘来送我的古旧杂书

书卷多情似故人
245　　采书缀梦

乞身归来犹好书
267　　藏书圆梦

旧梦相随

我来，我见，我征服
295　　若干年前的读书笔记摘抄

有一个像样的冰川期
309　　近几年的读书札记

325　　后记
331　　主要参考书目

书海寻梦

数宵千里梦时见旧书堂

文 ◎ 一篇

一篇关于读书的成人童话
——谈契诃夫小说《打赌》的两个版本

英国女作家伍尔芙这样评价契诃夫：他的主要兴趣不在于"心灵与其他心灵的关系，而是在于心灵与健康的关系、心灵与向善的关系。心灵受了伤；心灵的创伤治愈了；心灵的创伤没有治愈，这些是他故事中的重点"。

俄国小说戏剧大师安东·契诃夫一生创作了五百多篇小说，其中许多作品成为短篇小说和戏剧创作教科书般的不朽经典，在中国也已脍炙人口，久享盛誉。他的小说题材广泛，有一篇写读书的传奇故事《打赌》，值得喜爱读书的人阅读玩味。

需要说明的是，这篇小说写于1888年12月，发表在1889年1月1日俄国《新时报》第4613号上，包含三个章

节,标题为《童话》。后来契诃夫自己删去了第三章,标题改为《打赌》,编入作者最后一部小说集《打赌集》出版。绝大多数读者阅读的都是这个删改后的版本。

在没有互联网的年代,这篇小说是比较难找的。

1950年,巴金主持的上海平明出版社出版了汝龙翻译的《契诃夫小说选集》,按照作者生前对小说的结集顺序分二十七册出版,《打赌集》为最后一册。这个版本其实是作者的小说全集,由于出版时间早,除过一些老作家,能读到的人很少。1958年,人民文学出版社依据汝龙先生的译文分上下册出版了《契诃夫小说选》,《打赌》不是契诃夫的代表作,故未在选目之中。我之所以知道有这篇小说存在,是通过阅读秦牧《艺海拾贝》中的《知识之网》,但因多年找不到原作而耿耿于怀。直到1982年上海译文出版社重印了二十七册旧版的《契诃夫小说选集》，才夙愿得偿。正是因为这一新版的流传和普及，《打赌》受到广泛注意，开始出现大量评论和推荐文字。

从1980年起到1999年，上海译文出版社陆续出版了十六卷平装本的《契诃夫文集》，时间跨度近二十年，这是国内第一次出版的包括小说、戏剧和日记、书信等在内的契诃夫作品全集。与平明版不同的是，上译版的《契诃夫文集》在每卷后面增加了《题解》，对每篇作品的创作和出版背景做了详细说明。可贵的是，《打赌》的题解附录了作者结集时被删去的第三章全文。由此才可以发现，删节后的小说是一个主题，未删节的小说是另一个主题，不注意这一点，就难以对该小说做出全面的解读。

不过，这个平装本的《契诃夫文集》如今已成为藏书界的珍品。好在1995年上海译文出版社推出了十卷精装本的《契诃夫小说全集》，2016年人民文学出版社也出版了同样内容的十卷精装本《契诃夫小说全集》，2020年1月，人文社又出版了十六卷精装本《契诃夫文集》，这几个全集版本都附录有《题解》，有兴趣阅读《打赌》发表时原文的朋友可以在各版第七卷中找到。

要感谢汝龙先生，他追踪翻译契诃夫著作六十年如一日，不断核对最新的俄文原版，及时更新、修订他的译作，保持内容和资料的完整，为读者奉献了一个最好的《契诃夫小说全集》中文版。

删节后的《打赌》主题是表现读书的力量

删节后的小说情节可以简述如下：一位银行家与一位二十五岁的律师打赌（新版改为金融家和法学家，这里仍用旧版称呼），如果一个人能在与世隔绝的屋子里待上十五年而不疯掉，就能获得200万卢布。律师通过阅读各种图书，终于熬到期限，银行家无法兑现赌注，决定下手杀掉律师，却获知律师已幡然醒悟，准备提前半天逃走。律师赌赢了，却没有索要赌注；银行家赌输了，却不用赔上赌注。这个结局令小说的主题思想简单明了：读书使人聪明有智慧，不但能经受长期的身心煎熬，还能躲过命中注定的灾难。当然，也可以归纳为小说揭露了有钱人无知、无信和丑恶凶残的本性，但这不是作者的主要意图。

契诃夫小说的特点之一是：情节很简单，细节很丰富。

两人打赌的缘由必须交代清楚：银行家和几位朋友辩论死刑和无期徒刑哪个更人道些。其他朋友认为死刑太残忍，还是无期徒刑好些，银行家坚持认为活受罪更难忍，不如立即处死更人道。青年律师也表态说，两种刑罚都不人道，如果二选一，宁可无期徒刑，因为活着总比死了好。银行家"有钱便任性"，他提议用200万卢布打赌：律师在"隔离的牢房里"单独囚禁连五年都待不下去；律师"用青春赌明天"，还自愿把五年改成十五年。两人达成协议，要求遵守信用，认赌服输：律师必须待满十五年，差两分钟也不行；当然，200万卢布差一分也不行。

这样的开头纯粹虚构。现实中可能有"贪财"的穷律师，但不会有如此"任性"的银行家。因为这样的对赌对银行家并无实际利益：律师赌输了，失去的只是他自己的时间和青春，而且他随时可以违约叫停，不受任何惩处。银行家赢了，只能得到一个并不能置之四海而皆准的说法，还要赔上多年的物质和精神消耗；相反，银行家输了，失去的却是一笔巨资，还要经受精神上的打击。

19世纪沙皇俄国时期的卢布值多少钱？我做过简单测算：沙俄在1800年确立了卢布与黄金的比价，到19世纪末大约是1卢布兑换0.77克黄金，相当于中国清朝末年的半两银子，也就是说，200万卢布等于100万两白银，绝对不是小数目。按现价白银1克价值3.7元计，相当于1.85亿元人民币，律师被关十五年，年均收入1233万元人民币，绝对是稳赚不赔的交易，当然，如果按现价1卢布兑换1角人民币汇率算，200万卢布只值20万元人民币，为此消耗十五年生命显然不值。

同时，这样的开头也很容易让人猜到结尾：两人打赌逻辑上可以有一输，也可无输赢，但不可能双赢。读者自然也能猜到：契诃夫一定是要用这个虚构的故事证明什么。

双方决定,那个律师到银行家花园中一个小屋里在最严格的看管下度过监禁岁月。约定在十五年当中他不能自由跨出小屋门槛、看见人影、听见人声、收受信件和报纸。准许他有一个乐器,有书,也准许他写信、喝酒、抽烟。凡是需用的东西,例如书籍、乐谱、葡萄酒等,可以写个纸条出来,要多少就给多少,可是只能从窗子递进递出。

在这段细节描写中,契诃夫把"书"悄悄加进各种生活必需品中,不经意间它就变成了一粒种子,在枯燥乏味的生活里发芽、生长,令后来的故事发生巨大转折。

监禁的第一年,律师十分寂寞苦闷,不分昼夜地狂弹钢琴。他拒绝烟和酒,因为他知道烟酒会激起欲望,"欲望是囚徒的第一个敌人"。按照约定他可以看书,于是他索要了大量内容轻松的书看。契诃夫特别点出,律师要求读的是那些恋爱情节复杂的长篇小说、犯罪小说和怪诞小说、喜剧等。

只有文学书才具有"娱乐"功能,专业书不能排遣愁绪。有趣的是,他首选了"恋爱情节复杂"的"长篇"小说,显然那种公式化、童话式的短篇爱情小说不能慰藉他那颗寂寞的心。据我所知,许多年轻人都是由阅读刺激性强的爱情小说而后转向文学阅读的。

监禁的第二年,契诃夫写道:律师不再弹琴,"只读古典小说"。这也是一个重要细节:开始选择经典是阅读层次进步的标志。

到第五年,从小窗监视的人发现,整整这一年他光是吃喝,躺在床上,愤愤地自言自语。他不看书,却经常夜里爬起来写东西,写很久,到清晨又把写好的东西撕碎。还不止一次听到他在哭泣。

读到这里,你会明白契诃夫不是单纯讲打赌的故事,他是在讲读书经历中的一个重要过程。阅读能启发思考,形成思想,这个过程离不开语言的作用。人一旦有了思考,思想就会像酵面一样膨胀,就需要通过语言进行表达和交流,无论是用口头语或书面语,否则情绪就会变得焦躁，就倍感孤独与寂寥。律师读了那么多书，已经产生许多需要表达、倾诉的思想，但他签订的协议中最苛刻的一条不是不能外出，而是不能与任何人交谈。律师与人交流无望，愤愤地自言自语和疯狂地写东西就成了宣泄之道，当宣泄也不能充分满足表达和交流的欲望时，他只好把写出来的东西撕毁，这是他这个阶段最揪心的痛。

到第六年的下半年，契诃夫让律师开始如饥似渴地研究语言、哲学和历史，以至于银行家都来不及订购到他所要的书。此后四年，经他的要求，总计买了六百册书。

可以说，直到这时，律师才算进入读书的"佳境"。想要在更广阔的人文社科领域的大海中继续游泳，就需要在语言、逻辑、哲学、历史等方面掌握更多的基础理论知识。每个希望更上一层楼的读书人都要过这个"坎儿"，才能接触高层次的知识和学问。

书是学问的载体，有层次之分。有的书是为初学者写的，例如你想学国际象棋，有本《国际象棋入门》就很有用；大量的书是针对有中等文化学力的读者写的，多数人读到这个层次就不再往上读了，一是满足了，二是再读就不懂了。还有的书是为有高等学力的人群写的，这类书往往是人类知识和思想的精华所在，能读到这个层次，需要具备一定的专业素养和广博知识，才能与世界上高智慧的人进行思想交流。至于那些代表人类智慧顶峰的著作，是为佼佼者和未来人写的，可以视作"天书"，一般人不读也罢。

当律师学有所成的时候，契诃夫不忘加上这段情节：让律师给银行家写了这样一封心痒难耐的信。

> 我用六种语言给您写这封信，请您把这些信送给专家们过目。要是他们认为没有一点错误，那我请求您吩咐人在花园里放一枪。那一枪对我表明我的努力没有白费。一切时代和一切国土上的天才是说不同语言的，不过在他们心里燃烧的是同一种火焰。啊，但愿您知道如今在我能够了解他们的时候，我感到了甚么样的、人间所没有的快乐！

花园里传来了两声枪响。

律师巧妙地获得了一次与外界交流和验证学业的机会,也是他通过读书品尝到的一次"人间所没有的快乐"。

银行家这时应该警觉:他最初设想的难熬的五年岁月就这么轻易过去,十年也就这么走了,已经三十五岁的律师不但没有被孤独慢慢折磨死,还感到了"人间所没有的快乐"。他也应该猜到,这一切都是"书"带来的。早知如此,就应该在契约条款里删掉"有书"这两个字。一切过程就会大不一样!

到了第十一年,整整一年,律师只读一本《福音书》。第十二年、第十三年,他接着读宗教史和神学著作。

在早期版本里,汝龙先生把律师这时读的书翻译为《圣经》,到了上海译文出版社出版《全集》时改译为《福音书》,看来是贴切的。《福音书》是记述耶稣生平与复活事迹的文字汇编,通常指《新约圣经》中的内容,有时专指《马太福音》《马可福音》《路加福音》《约翰福音》"四福音",是耶稣信徒入门的必读书。

寻找心灵的归宿,是读书的一个较高层次。有人会因此选择现有的宗教,还有人会继续探索人生、人类和宇宙的奥秘。契诃夫笔下的故事如果发生在中国,主人公也可能会研读佛学或道家著作。有人是因信仰而皈依宗教,有人是因疑惑而选择宗教从而心生信仰。律师看来是产生了疑惑。

最后两年,他的阅读开始"完全不加选择":

> 有时候他着手研究自然科学,有时候他又要拜伦或者莎士比亚的书。有些他写出来的字条,同时要化学书、医学教科书、长篇小说、哲学或神学的论著。从他的阅读看来,他仿佛是一个在海水里夹在破船的碎片中游泳的人,极力要救出自己的性命,时而热心地抓住这一块碎片时而抓住那一块一样!

阅读是孤独人的食粮和慰藉。约翰·凯里在《阅读的至乐》中说:"只有读书,才能使人在孤独中忘记痛苦,挖掘自己内心的深度和增加继续活下去的渴望。"十五年来,律师是"自由阅读",是纯粹"为自己"的阅读,不受任何外界功利的影响,但求精神上获得难得的安静和闲暇,这是痛苦中的随心所欲。

正如中国古代贤人所言:"独思则滞而不通,独为则困而不就。"囚居十多年,读了上千本书,头脑里会积累多少理性障碍和情感郁闷?如果不能梳理、排解,难免进而产生抵触、逆反和另辟蹊径的冲动,令人发疯。西方有哲人告诫:"思想应当张弛有度,不要轻易对一个理念的爱痴迷到癫狂的程度。因为思想中可能含有十分暴虐的成分。激情的力量,极容易在宗教中获得充分表达。要把这种激情导向健康。"

契诃夫无疑对"自由阅读"做过相当的探究,所以他能描述出律师在十五年的阅读生涯中经历的思想痛苦:从肤浅的快乐到深刻的感悟;从自豪满足到绝望深渊,又可能折回重新感悟。有人能走出这怪圈,有人却终生徘徊。

小说删节后的理想结局

十五年后,在赌约到期的前一天晚上,银行家决定毁约,他要亲自用枕头闷死律师,还让人找不到证据。因为他的经济现状已今非昔比,不再是有钱便任性的"土豪"了。这是容易猜到的一种结局。

小说的另一种结局不容易猜到:在赌约到期的前一天晚上,律师先行毁约,他要提前五个小时走出小屋。这个结尾会令读者激情澎湃,律师聪明而机智地躲过了死亡。

银行家乘黑夜摸进小屋准备下手时,发现桌上有一封律师写给他的长信。律师在信中深情地回顾了这些年读书的经历,由此也展现了他人文情怀和文学表达的进步:

> 十五年来我专心研究人间的生活。我在您的书里喝到过芬芳的葡萄酒,唱过歌,猎到过树林里的驯鹿和野猪,爱过女人。……您那些书给了我智慧。历代那些孜孜不倦的人的思

想所创造出来的一切，现在压缩成一小块，藏在我的头盖骨里。我知道我比所有你们这些人都聪明。

下面，律师笔锋一转，展开了严肃乃至愤怒的批判：

> 我蔑视你们那些书，蔑视人间的一切幸福和智慧。一切都空洞、脆弱、虚幻、诈伪，像海市蜃楼一样。
> 你们丧失了理性，走了错路。你们把谎话看成真理，把丑恶看成美丽，如果由于某种情形，苹果树和橘子树上不长水果，却忽然长出青蛙和蜥蜴，或者玫瑰花发出像冒汗的马的气味，你们就会奇怪；同样，我对你们这些拿天堂掉换人间的人，也是这样的奇怪。我不想了解你们。

起初，我不能理解律师为何突然愤怒得不近人情，继而一想，读过书、长了见识的他应该能估计到银行家会反悔，甚至会下毒手，早先的约定会变成一个大大的谎言和骗局，许多书中所描述的一切人间丑恶就会变成血淋淋的残酷现实。那么，他的这番愤怒不正是临死前的控诉？

很明显，律师通过阅读，已经达到了伦理思考的高度。这种思考最令人痛苦、纠结、彷徨，因为它会不断地提审、拷问、批判自我或他人的灵魂，推翻你固有的价值观念，令你产生良心上的不安。只有回到人世间去，继续阅读和思考下去，才可能获得令人心安、令人振作、令人行动的新的价值观，从而改变自己的人生方向。

他宣布了最后的决定，义正词严，也挽救了自己的生命。

> 为了用行动来对你们证明我多么蔑视你们藉以生活的一切，我不要那两百万卢布，当初虽说我想望（注："想望"同"向往"）它如同想望天堂一样，现在我却蔑视它。为了解除我接受这笔钱的权利，我要在规定时期的五个小时之前走出这个地方，因而破坏了合约。

第二天不到中午，律师就自己逃走了，银行家保住了自己的200万卢布，心满意足。小说的最后一段是，银行家"为了避免无中生有的流言蜚语，他从桌子上拿走那张声明放弃权利的字纸，回到屋里，把它锁在保险柜里了"。请注意这个意味深长的结尾。

用"后结构主义"手法回顾全文

法国符号学大师罗兰·巴特在《S/Z》一书中把巴尔扎克的小说《萨拉辛》分成一个个"语义单元"，然后按照"情节""诠释""文化""内涵"和"象征"五组代码来——解析，让大家茅塞顿开。让我试用这种"后结构主义"手法重新回顾一下《打赌》的整体结构。

"情节代码"（又称叙事代码）。《打赌》分为两个章节，直线型的叙述：第一章写银行家夜里坐卧不安，他想到"打赌"明天中午就要到期，十分焦虑。然后倒叙打赌的经过。第二章写银行家决心毁约，却发现律师已写了要毁约的信，万事大吉。契诃夫在叙述这个故事情节时语言十分简练，不描写银行家的外貌、财富来源和家庭背景，连"约定打赌"这个最重要的事件也没有多用几行字，对律师的背景描写更是简单，除了年龄和职业再无其他。

"诠释代码"指解开或展开故事谜团的单元。《打赌》中一是用来解释"为什么打赌"，因为有钱就任性胡闹；二是解释"为什么毁约"，因为没钱就耍赖无耻。关键点交代得很明确。

"内涵代码"用于处理人物、地点和事物的种种内在含义。《打赌》一开始讨论刑罚优劣的缘起，契约内容、囚禁小屋的限制和囚徒享用的种种权利，这些是必要的说明，作者写起来惜墨如金却又滴水不漏。

"文化代码"用于考察作品所利用的种种社会知识。《打赌》在这方面用了许多笔墨，特别在叙述律师读书和挑选书籍时，交代得十分清晰合理。只有把这些文化代码运用充分，才能解释律师思想、行为的变化。显然这是作者的着力点。

"象征代码"用于勾勒文本中所建立起来的种种精神分析和象征意义。这正是《打赌》令人有"见仁见智"不同理解的地方。当然契诃夫写作的主要目的不是通过这个故事揭露有钱人的虚伪和无耻,尽管作品也起到了这个作用。

相信大多数读者读了这篇小说会感叹读书的力量,甚至会得出"读书改变命运"的结论,因为无论如何,大家都会想到这样一个问题:律师为什么会放弃金钱?

似乎可以这样认为:律师通过十五年的阅读,他的精神修炼已经达到"藐视"常人眼中一切所谓"人间幸福"的地步,包括人人渴望的自由、生命、健康。人的需求是有层次的:到达了上一层,会淡化下一层的需要。最低层次是生存必需品,最高层次是追求理想的实现。当他通过读书、思考,到达追求精神层面所需的时候,自然就视金钱为粪土了。对那 200 万卢布,律师曾经"想望它如同想望天堂一样",如今,他已经藐视金钱,因为他有比金钱更珍贵的东西。

读到这里,隐隐中已让读者的心理受到某种"崇高"的指引,不由得会在道德上鄙视、谴责银行家的"臭恶"灵魂,同时会赞赏律师在精神上的"升华"和最终"明智"的选择:这个选择令自己躲过了一场毁灭性的灾难,也让银行家能继续"体面地"和"心安理得地"生活下去。

未删节的小说结局出乎意料,主题深奥难测

如果我的行文就此结束,那么这篇文章就与大家所见到的其他评论无甚差别,价值不大,也说明我读书的方法还很粗糙。幸好我有一个习惯:读一本书一定从头翻到尾,不但仔细阅读序言,而且连同后记、题注、尾注乃至书后的全部附录、参考书目都要看一遍。这个习惯是从年少时读 1958 年版《鲁迅全集》开始养成的,因为那个版本的题解和注释都很精彩。

早先读过二十七分册中的《打赌集》,十卷本《契诃夫小说全集》

出版后又重读了第七卷中的《打赌》,对比了两篇译文的修改之处,顺便翻看了后面的《题解》,意外发现:小说原题为《童话》,而且最初发表的小说有三章,该条题解中完整地刊录了第三章的全部内容。大致情节是:一年过去了,银行家又和一位财主打赌,赌的内容是"有没有一个身体健康、头脑健全的人会舍弃百万家财"。银行家说有,而且亲眼见过;财主不信,愿意拿100万打赌。银行家窃喜,感觉胜券在握,大声嚷道:"我下300万的赌注!"那个财主也是一位"有钱便任性"的主,同意跟着下300万的赌注。

财主当然要求银行家拿出证据。

银行家开始后悔没有把赌注提高到500万卢布。于是——(请朋友们回想上文提到的原小说结尾那句意味深长的话)

他本想回到书房去，从那儿的保险柜里取出放弃钱财的文件来，可是这当儿有个听差走进门来，说道：

　　"来了一位先生，要见您。"

　　银行家向客人们告个罪，走出门外。他刚举步走进前厅，就有个装束体面的人急忙向他走来，脸色苍白得叫人吃惊，眼眶里含着泪水，一把拉起他的手，用发抖的声音开口说：

　　"对不起，……对不起。"

　　"您有什么事？"银行家问。"您是什么人？"

　　"我就是那个虚度十五年光阴而又不肯要那两百万的蠢人。……"

　　"那么您要怎么样？"银行家又问一遍，脸色发白了。

读到这里，读者肯定不会相信下面这段话是一年前那么坚决地拒绝得到200万卢布的律师亲口讲出来的：

　　那时候我全错了！凡是没有亲眼看见生活或者无力享用生活种种好处的人，就不能判断生活是好是坏！太阳那么光芒四射，女人那么妩媚迷人！葡萄酒的味道那么好！树木那么苍翠！书籍无非是生活的淡淡的阴影，可是这个阴影却把我的精力统统夺走了！我亲爱的。

　　只见那位曾经无比藐视金钱诱惑、主动承担毁约责任的所谓"法学家"竟然极其卑微地跪倒在地，哀求说：

　　我不是求您给我两百万，我已经没有权利要两百万了，我只求您给我十万或者二十万！要不然，我就得自杀！

　　看到这个情形，银行家终于明白：自己信心满满加大赌注的第二场赌局再次输得一塌糊涂，没有一个身体健康、头脑健全的人会舍弃百万家财。他最后给了这个律师所乞讨的钱财，然后又匆匆回到客人那里，那个财主正等他拿出证据，只见他"周身无力"地坐回自己的圈椅，口中说道：

"你赢了！我破产了！"

这就是小说《打赌》最初发表的结尾。超凡脱俗的年轻律师秒变为品格低下的乞讨者，愚蠢凶残的银行家成了遵守承诺的道德家，如果只读过删节后的小说，突然看到这个结尾，会令人"三观尽毁"。原因在于对小说的主题思想产生困惑难解之感。

我曾让大女儿先阅读删节后的《打赌》，她的感受是"莫大震撼"，十分佩服那位律师大义凛然的决定。接着我又让她读完小说第三章，再问她感受，她犹豫地回答："十分迷惑。"我说："感到迷惑就对了。"

伍尔芙[1]说："我们对契诃夫的第一印象不是直率而是困惑。"

"困惑"来自契诃夫小说的另一个特点——"极具独创性、过分考究的情趣"。这种"情趣"读者不是一眼就可以看穿的。纳博科夫[2]评价契诃夫的幽默："如果你看不到它的可笑，你也就感受不到它的可悲，因为可笑与可悲是浑然一体的。"

很可能契诃夫自己在写作时也有许多困惑。他最初的构思是要讽刺、鞭挞律师这种人最终还是拜倒在金钱面前的庸俗吗？这个主题倒是与作者其他早期小说的主题别无二致。小说原来的题目叫《童话》，莫非就是要写成一篇有关崇高与卑微并存的成人童话？

对比之后，我倒认为原作的标题应该是《打赌》，删节后的小说标题应该是《童话》。删改前的小说主人公是银行家，他自作主张地参加了两次事关身家性命的打赌，第一次打赌失败，令他的灵魂变得臭恶，第二次打赌失败，令他的灵魂得到拯救。他以破产的代价兑现了对律师和财主的赌注，赢回了做人的信誉。删节后的小说主人公是律师，他

---

[1] 艾德琳·弗吉尼亚·伍尔芙（1882—1941），英国女作家、文学批评家和文学理论家，意识流文学代表人物，被誉为20世纪现代主义与女性主义的先锋。人民文学出版社译名"吴尔夫"，上海译文出版社译名"伍尔夫"，本书采用中国社会科学出版社的译名"伍尔芙"。

[2] 弗拉基米尔·纳博科夫（1899—1977），杰出小说家和文体家。

以十五年生命为代价完成了一篇读书改变命运的成人童话。只有如此解读,才能消除对小说主题的种种困惑。

《全集》书后的"题解"为我们提供了许多背景材料。《童话》最初发表后,许多作家直言不讳地对作者抱怨这篇童话"不好懂",还给人留下"赞扬金钱"的印象。看来契诃夫是认真考虑了这些批评,五年后,他编辑这个年份的小说集时,先是把它丢弃,后来又捡回来,直接"拿掉了"第三章,在第二章的结尾稍加修改,这就是现在看到的样子。做了这些改动后,契诃夫给女医生波波娃写信说:"于是,您发现小说的思想内容跟以前截然不同了。"

确确实实是"截然不同"。契诃夫最终选择了让笔下的人物通过阅读来净化灵魂。这就让这篇原本是"童话"寓言式的讽刺小说发生了质的变化。

也许,契诃夫的创作思想也因此发生了改变。他写信给高尔基谈论俄国人的民族性:"他们的心理状态像狗一样,如果你打它,它就哀嚎乞怜,钻进狗窝;如果你亲它,它就躺在地上,四脚朝天,摇尾献媚,这样的人群需要在既有秩序内接受长期的理性训练,否则只会拥戴新的暴君。"

描写灵魂是俄罗斯小说中的主要特征

契诃夫是19世纪俄国文学的最后一位大作家,尽管他已经去世一百多年,仍然被认为是"最有影响的短篇小说家"。

契诃夫早期小说如同摄影师用相机"扫街",把所见有趣的事都拍下来,见微知著,小中见大,让人有所发现与思索。台湾作家唐诺说,"契诃夫如印象派画家般灵动地捕捉瞬间光影的一刻",他的小说"尤其有着让书写同行眼睛为之一亮的极其独特魅力"。

伍尔芙在《俄罗斯观点》一文中写道:"灵魂是俄罗斯小说中的主要特征。"她认为这个特征在契诃夫作品中表现得十分"微妙、精细,易受各种情绪与兴致的控制",他的主要兴趣不在于"心灵与其他心灵的关系,而是在于心灵与健康的关系、心灵与向善的关系。心灵受了伤;心灵的创伤治愈了;心灵的创伤没有治愈,这些是他故事的重点"。他会在这些方面"不连贯地漫游,而且为了完善他的意义,有意识地一会儿敲击这个琴键,一会儿又敲击那个琴键。结果,当我们读到这些什么也不涉及的小故事时,眼界却开阔了,心灵获得了一种令人惊异的自由感"。

伍尔芙俏皮地写道:"契诃夫的故事仿佛是母鸡啄稻粒一样随意地拼凑而成。我们会问,它为什么要东啄一口,西捡一粒,来来回回地挑个不停?……然而有一点我们不再有疑问,那就是无论他做出什么样的选择,它必定代表了他最细致入微的洞察力。"他的眼光十分敏锐,他看见的事物中"不光包括大家都能看见的事物,还有他自己的一方世界,这是一片别人无法进入、也许还是非常美妙的天地"。

伍尔芙的这段评价不是针对《打赌》这篇小说的,但完全有助于我们深化对《打赌》创作思想和创作手法的理解。毛姆认为,契诃夫比任何作家都更加深刻而有力地表现出了"人与人的精神交流",他小说中的人物"通常并不是有血有肉的真实人物,他们似乎都过着一种奇特而非人间的生活……你只能看到灵魂态的他们,他们就像是意识的化身"。《打赌》中的银行家和律师就是这样两个被剥掉了迥异外表的"灵魂态"存在的人物。

对文学爱好者而言,每读一次他的小说,都会激起创作的冲动。我年轻时也曾模仿着试写过几篇微型小说,可惜没有坚持下来。

(2018年3月23日初稿,2020年11月25日改定)

文◎二篇

"又是个女人"
——西尔维亚·比奇和乔伊斯的《尤利西斯》

美国书评家乔·昆南说:"如果你没读过《尤利西斯》,你还是费城街头可悲的土包子,而且一直如此。"

1921年的某一天,在美国刚为两位女编辑打完有关《尤利西斯》官司的约翰·奎因大律师走进位于巴黎塞纳河左岸的莎士比亚书店,发现经营这个小书店的主人是位身材娇小的女士,不由自主地脱口而出:"又是个女人!"

这位身材娇小的女士就是西尔维亚·比奇。正是她,勇敢地挑起了第一版《尤利西斯》出版发行的重担。

令人神往的巴黎塞纳河左岸

因为塞纳河左岸有比奇和她的书店,我就爱上了这个地方。

　　塞纳河由东南方向流经巴黎,在市区画了一道美丽的弧线向西流去,把巴黎分为左、右两岸。有行家这样解释：面向江河的下游,右手边为右岸,左手边为左岸。塞纳河的南岸便是以整体文化氛围名闻天下的巴黎左岸。

　　乔·昆南在《大书特书》中写道：

> 巴黎是专为作家而建的城市。名作家在巴黎写下他们的名作。名作家在巴黎的黑暗角落安息。名作家在巴黎成名。这种事不会在费城发生,也不会在美国发生。

　　巴黎分为二十个区,左岸占了六个：5、6、7区和13、14、15区。文化需要空间,需要有中心和特定的场所。左岸布满了狭窄的街道和开阔的林荫道,成为文学家和艺术家的会聚地。单是6区里的咖啡馆就足以让世界各地文学爱好者惊艳：

　　普罗科普咖啡馆(Le Procope),经常光临的主顾有启蒙运动的旗手伏尔泰、卢梭,还有超级文学大师巴尔扎克和维克多·雨果；花神咖啡馆(Café de Flore)、双叟咖啡馆(Les Deux Magots)和丁香园咖啡馆(La Closerie des Lilas)是加缪、萨特和西蒙娜·波伏娃聚会的地方,他们一面喝着杏子鸡尾酒和散发着浓香的热咖啡,一面从"现象学"讨论到"存在主义"。亨利·米勒喜欢光顾调色盘咖啡馆(La Palette),那时他正被"臭名昭著"着,有七百多名警察游行抗议他的小说《北回归线》在德国发行。

　　6区里的餐馆也充满名作家的身影：左拉、乔治·桑、大仲马是拉贝罗斯餐厅(Laperouse)的高朋,纪德、王尔德、普鲁斯特是利普餐厅(Brasserie Lipp)的常客,海明威也频繁光顾,并在《流动的盛宴》中讲述与写出《了不起的盖茨比》的菲茨杰拉德在这里的相遇。荒诞派戏剧大咖塞缪尔·贝克特最喜欢的是巴斯蒂德 - 奥德翁餐馆(La Bastide Odeon)。这些声名显赫的大作家经常出没之地,无疑能让众多慕名者前来访踪打卡。

沿着左岸河堤护栏分布的旧书摊十分有名,据说 16 世纪就出现了,被形容为"吞噬了巴黎诗人、哲学家和学者的辉煌地窖"。书商们用几百个绿色铁皮箱盛放书籍,白天打开,晚上合起,成为世界上最大的露天书市。1991 年,书摊与塞纳河一起被列为世界文化遗产。朱自清在《欧游杂记·巴黎》中这样记述:

> 沿着塞纳河南的河墙,一带旧书摊儿,六七里长,也是左岸特有的风光。有点象北平东安市场里旧书摊儿。可是背景太好了。河水终日悠悠地流着,两头一眼望不尽;左边卢佛宫,右边圣母堂,古香古色的。书摊儿黯黯的,低低的,窄窄的一溜;一小格儿一小格儿,或连或断,可没有东安市场里的大。摊上放着些破书;旁边小凳子上坐着掌柜的。到时候将摊儿盖上,锁上小铁锁就走。这些情形也活象东安市场。

戴望舒也写过《巴黎的书摊》,他在这里淘到许多便宜而珍贵的旧书。他说:"就是摩挲观赏一回空手而归,私心也是很满足的,况且薄暮的塞纳河又是这样地窈窕多姿!"

为了参观这里的书摊和书箱,世界各地的藏书家专程赶到左岸,只要有所发现便乐不可支。罗森巴赫博士指出,"有人甘冒倾家荡产的风险,不远万里,走遍全世界,和朋友绝交,甚至撒谎偷骗,都是为了得到一本书"。一位藏书家在遗嘱上这样写道:"余尝流连左岸码头书摊,平生乐事,以此为最。左岸诸书贩皆善良诚实之辈,大可敬重。今以一千法郎相赠,计此款可供五十余书贩花费,尽兴欢宴,追思不忤。"据记载,这个宴请书贩的宴会还真的如期举办,有九十多位书贩参加,并"十分得体地结束"。

巴黎左岸的莎士比亚书店

在那么多值得流连忘返的左岸景观中,我最向往的是位于左岸街区的"莎士比亚书店"(Shakespeare & Company)。这家书店由西尔维亚·比奇于 1919 年 11 月 19 日创办,已成为巴黎著名的文化地标。

和许多人一样,我也喜欢《查令十字街84号》的书店,但莎士比亚书店不仅仅是书店,它还是图书馆、出版社、银行、邮局和文化沙龙,是作家和文人雅士会聚的据点,也是"迷惘的一代"的精神殿堂。

这是我读过西尔维亚关于莎士比亚书店创办始末的回忆录之后油然升起的一种膜拜。莎士比亚书店在我心中的地位已经超过了曾经对巴黎圣母院的向往。我甚至有这样的念头:有朝一日来到巴黎,只对着莎士比亚书店鞠个躬,然后转身离去,不再游览巴黎的其他景点。

西尔维亚1887年生于美国巴尔的摩,原名南希·比奇,由于敬重父亲西尔维斯特·比奇的人格,遂改名西尔维亚·比奇。她十四岁时随父母到过巴黎,在第一次世界大战期间她再次来到巴黎,参加了美国红十字会在欧洲的活动,艾德里亚娜·莫尼耶女士开的书店对她产生很大影响。战后,她决定在巴黎办一个类似的书店,这也是她很早就有的愿望。她到处搜罗被遗弃的旧书,终于把迪皮特朗街8号一家停业的洗衣店改造为后来享誉全球的书店。1921年她把书店搬到了奥德翁路12号,这里原是一家古董店,比以前的店大些,楼上还有两间小屋。

莎士比亚书店成了巴黎这个文化大都会英语文学与法语文学交流的文艺沙龙和文学枢纽。书店以销售英文书为主,这在当时的巴黎是少有的。开业时,法国文学界名流过来捧场,英国、美国的作家们也闻讯前来造访。莎士比亚书店也是一个介于开放的咖啡馆和私人文化沙龙之间的混杂空间,读者与作家见面交流,作家结识编辑和出版商,都选在这里,西尔维亚也成了"巴黎最有名的女性"。海明威描写过她的外貌,她"有一张生动而轮廓分明的脸,棕色双眼如小动物般灵动,又像小姑娘一样快乐。她浓密的棕色鬈发从精致的额头往后梳,抿在脑后,长度与棕色天鹅绒上衣的衣领齐平"。

莎士比亚书店也是低收入人群的非正式图书馆。平装普及版读物在西方是1935年以后才大量上市的,这要归功于"企鹅丛书"的创始者艾伦·莱恩,是他把那些优秀的现当代文学作品放到没有名气的小印刷厂印刷,用胶水和纸张简单装订,每本售价六便士三先令,刚好买一包烟,从而打破了知识垄断,成为普罗大众的一个知识入口。在此之前,西方的图书都是精装版,书价昂贵,买书阅读是一种奢侈。西尔维亚把自己淘来的大量旧书和从美国、英国购回的几车厢新书,向还在艰难谋生的作家们廉价出租,使书店成为他们源源不断获取新知的图书馆。图书出租实行会员制,但她生性热心而和善,会员每月只需支付7法郎(约合50美分)便可以每次一本、无限次借阅。有人对西尔维亚说,莎士比亚书店的会员卡和护照一样好使。

莎士比亚书店还成为外乡人和居无定所的文化人的临时邮局。随着书店日益闻名遐迩,世界各地的文人初到巴黎,都会先聚集于此地。外来人还把收信的地址也留这里,极大方便了这帮穷文人。对很多作家来说,这里是唯一可靠的地址,因为他们不知道明天会在哪里吃饭和住宿。

莎士比亚书店也变成了著名的出版社。在一次文学宴会上,西尔维亚遇到了乔伊斯,怯生生地问:"您就是大名鼎鼎的乔伊斯?"乔伊斯注视着这位有着坚毅的下巴轮廓的美国女士,伸出柔软的手回答:"我就是詹姆斯·乔伊斯。"西尔维亚和乔伊斯的相识,也让莎士比亚书店成为出版社史上一段不朽的传奇。

乔伊斯的坎坷与西尔维亚小姐的执着

出生于爱尔兰的詹姆斯·乔伊斯是英语作家中的语言大师。他博学多识,注重探索内心世界。他的小说《青年艺术家的画像》最先由英国文学评论家哈丽雅特·韦弗小姐在伦敦创办的《自我主义者》(*The Egoist*)杂志发表,使默默无闻的他从此声名鹊起。

20世纪初是报纸与杂志勃兴的年代,几乎所有的小说、诗歌、散文都先在报刊上发表,得到广泛而迅速的传播,尔后才结集出版。中国从新文化运动以后也是如此。没有《新青年》,便没有鲁迅。同样,没有《自我主义者》和《小评论》,便没有乔伊斯。

乔伊斯决心仿效《荷马史诗》的布局结构,写一本大部头的"当代史诗"《奥德修斯》。奥德修斯是希腊神话中半人半神的英雄,也译

莎士比亚书店 | 西尔维娅·比奇 著　李锱 译
新经典文化 出品 / Photo©CFP

西尔维娅·比奇（右二）与海明威（右一）等影

为"奥德赛"或"俄底修斯",在罗马神话中改用拉丁名"尤利西斯"。1915年他开始写作《尤利西斯》,到1922年才全部完成。

第二次世界大战中,占领欧洲的美国兵还专门寻找这本书,类似当年有人寻找全本《金瓶梅》,那种神秘、渴望,令人匪夷所思。

有研究者说,乔伊斯从七岁起就开始说脏话,后来他和情人娜拉·巴纳克尔有许多往来信件属于"狂热的野性的疯狂",语言的直白甚至粗俗到读者只能偷偷地阅读,连朱生豪先生的情书和季羡林先生的日记都无法望其项背。他在信中写道:"多读几遍我写给你的信,其中有丑陋、淫秽、野蛮的一面,也有纯洁、神圣、精神的一面——这一切都是我。"

《尤利西斯》是献给娜拉的,他知道她会像读情书一样忠诚、仔细地读他书里的每一个字。他在书中赤裸裸地揭示了人的本性,无论多么丑恶,都是地地道道的人性,并无所谓对错。用分析心理学创始人荣格的话说,这些东西以前"被上帝用优雅的面纱所掩饰",不愿意让人类看到。乔伊斯希望读者"能像读国外的下流来信那样一丝不苟、满怀激情、废寝忘食"地读他的小说。

说来也怪,《尤利西斯》中许多内容会引起女性读者的反感,但最早支持、帮助这本小说发表、传播和出版的偏偏是三位女性。

1918年,韦弗小姐在自己的杂志上刊发了小说的前五章。由于内容十分敏感,遭到印刷商和部分订户的抵制。韦弗小姐无奈,只好把发表《尤利西斯》的工作转给美国芝加哥《小评论》(*The Little Review*)杂志的编辑玛格丽特·安德森和简·希普。这两位勇敢甚至有些"任性妄为"的女士从1918年到1920年在刊物上连载了近一半的内容,引起读者异乎寻常的激烈回应,有点赞的,也有破口大骂的。面对这些批评,乔伊斯的态度是:你说我写得"淫秽",好吧,接下来的两章还要变本加厉地"淫秽"。两位编辑小姐只好不断安慰读者,请他们耐心。此前就有位出版商要求乔伊斯把咒骂维多利亚女王时用的"该死的老娘"一词删掉,他就改成"该死的婊子老娘",出版商气得鼻子冒烟。

有时候，连庞德[1]这样的老朋友也怀疑乔伊斯"疯了"，写信询问他："是不是被什么东西击中了头或是被野狗咬了，你才变得这么疯疯癫癫？"

美国邮政局以"传播淫秽"之名，前后三次扣押和没收了刊登小说的《小评论》杂志，第四次扣押改由纽约"正风协会"进行。1921年初，这份富有活力的杂志被迫停刊，担任编辑的这两位小姐因"出版淫秽读物"被起诉。《尤利西斯》连载中断后，韦弗小姐和奎因律师前后联系过多家出版商，无一人敢接手。

乔伊斯见到西尔维亚，绝望地说："我的书永远出不了了。"

"您愿意让我来出吗？"她小心地问。

听到这话，心情忧郁的乔伊斯眼睛一亮，脸上出现了红光："当然愿意。"

一个缺乏资金和经验、也不具备出版必要条件的小书店，要出版《尤利西斯》这样的文学巨著谈何容易！后来的事实证明，只有西尔维亚·比奇和莎士比亚书店才能担负起这个重任。

西尔维亚有胆识，有慧眼，她对好友艾德里亚娜·莫尼耶说，这是在"营救"一本仰慕已久的作品。著名作家伍尔芙夫妇刚刚创办了自己的出版社，韦弗小姐曾经小心翼翼地与他们沟通过，但最终他们还是退还了《尤利西斯》的手稿，虽然有排版能力不足的客观困难，爱惜羽毛、担心名声被拖累才是最重要的内因。伍尔芙在日记中有过嘀咕：为什么他们的淫词艳曲要通过她寻找出口呢？当然，伍尔芙后来从乔伊斯小说中学到了很多。

乔伊斯担心地告诉西尔维亚："印几十本就行，连这些都不一定能够卖完。"她坚持要印1000本。

西尔维亚没料到的困难是，乔伊斯的手稿分别写在笔记本、活页纸、零碎的纸片上，笔迹乱七八糟难以辨认。乔伊斯告诉她，曾经有打

---

[1] 埃兹拉·庞德（1885—1972），美国诗人和文学评论家，意象派诗歌运动的重要代表人物。曾帮助过劳伦斯、福斯特、海明威、乔伊斯等年轻作家。

字员见到他的手稿后"绝望得想跳楼"。她把陆续拿到的手稿找人打印后交印刷厂排版,校样送乔伊斯校对,他把校样改得面目全非。这不是在校对,是在继续写作,许多地方等于推倒重写,令印刷厂排字工人叫苦不迭。甚至在全书印完即将装订时,他还给印刷厂发去电报,希望再增加一个词。据统计,全书有735页,每一页都经过他四次在校样上修改。印刷商当然不答应,一定要西尔维亚多付5000法郎的排版费,为了遵从乔伊斯的意愿,她毫不犹豫地支付了这些费用。

后来西尔维亚在回忆录中写道:"我不会要求一位真正的出版者以我为楷模,也不鼓励作家们遵循乔伊斯的先例,因为这种做法将会导致出版业的死亡。我的案例非常特殊,我付出的努力和牺牲,是与所出版的伟大程度成正比的,对我来说,这一切自然而然。"正是她这份执着的心甘情愿,《尤利西斯》才得到充分的成长空间,才有了今天的面貌。

奎因律师的仗义与精明

约翰·奎因生在美国费城,常住纽约,是一位功成名就的金融律师,也是一位当代艺术作品和图书手稿的收藏家。在西尔维亚眼里,他长相英俊,个性有趣,品位使人佩服。他收集了叶芝、康拉德的手稿和温德姆·刘易斯[2]的画作,还有一些印象画派的作品。费城图书馆馆长埃德温·沃尔夫说,作为一名大力搜购在世作家作品的收藏家,奎因无疑"超越了他的时代"。但他也有看走眼的时候。他抱怨过庞德引诱他买下叶芝的诗稿,认为这些垃圾连收废品的也不会看一眼。没想到的是,叶芝于1923年获得了诺贝尔文学奖。

为了帮助乔伊斯解决写作时的生计困难,他出了1950美元购买了小说的手稿(不是版权),可谓传统意义上的艺术恩主。就在《尤利西斯》发表和出版走投无路时,他得知莎士比亚书店要接手出版这本书,

---

[2] 温德姆·刘易斯(1884—1957),英国文学艺术家,现代"漩涡主义"运动创始人。曾与庞德、T. S. 艾略特、乔伊斯并称"1914年四大风云人物"。

便立即从纽约赶到巴黎与书店商洽手稿出版事宜。他没想到接洽人竟是西尔维亚小姐，不禁感叹："又是个女人！"

早在1873年，美国就通过了一项以提出者安东尼·康斯托克命名的法案，禁止一切淫秽印刷物的出版和销售，对违反者将处以10年以下有期徒刑和1万美元罚款。康斯托克被任命为纽约正风协会的首任负责人，不遗余力地坚决打击"淫秽读物"活动。仅在他去世前的最后几年中，他就起诉了三千多起案件，拘捕了上千名色情作品从业者，销毁了五十多吨的图书，并导致十六人死亡。

他认为：各种原始冲动威胁和破坏人类文明，其中数情欲最具破坏力。他宣称："情欲侵蚀身体、腐坏想象力、破坏思想、麻木意志、摧毁记忆，使良知枯涸、使心灵冷酷、使灵魂受到诅咒。它夺走了人类灵魂中的美德，在年轻人的思想中留下终其一生都无法抹去的诅咒。"

1915年康斯托克病故，约翰·萨姆纳接管了正风协会，他于1921年正式提出对《小评论》两位女编辑的指控。

接手为两位女编辑辩护后，奎因想了许多办法。由于萨姆纳是对《小评论》杂志、出售杂志的书店和作者乔伊斯一起提出诉讼的，奎因必须先把乔伊斯择清。

在法庭上，奎因故意在《尤利西斯》中找了一些谁也听不懂的段落，让法官判断是否"淫秽"，法官说"听不懂"，这下好了，不能把"听不懂的东西"定为"淫秽"，于是法庭就撤销了对乔伊斯的指控。

接下来，奎因让案子集中到两位女编辑的作为上。

本来他有办法取得庭外和解，但安德森小姐坚持要把官司打下去，这样可以让《小评论》杂志名扬天下，销路大增。安德森是位相貌出众的美女，有颜值就任性，她甚至以为凭借美貌就可以征服公诉人萨姆纳和审案的法官大人，完全不知道将会有牢狱之灾。

也正是因为她的美貌，每次庭审时都坐满了旁听者，庭审一结束许多人就迫不及待地找寻《小评论》，想看看"淫秽文字"到底是怎么回事。无情的萨姆纳还是把收缴来的有连载《尤利西斯》章节的大批杂志让接受改造的妓女们"撕成碎片"。

经过不懈努力,法庭最终判两位女编辑因"文字把关不严"坐牢10天,或交罚金100美元免刑。100美元是区区小事,最大的收获是《尤利西斯》和其他著作没有立即被美国查禁,乔伊斯的作品可以继续设法出版。奎因律师功莫大焉!

律师也有自己精明的小算盘。他买下了乔伊斯的手稿,如果不能出版,就只是一堆手稿。他提供给西尔维亚出版用的手稿是复印件,在排版过程中,西尔维亚找的一位女打字员把几页复印件带回家里打字,她的丈夫拿过看了几行,马上投进火炉烧掉了。稿件没了,印刷厂排版就得停工,西尔维亚只好打电报请求奎因重新复印这几页手稿寄过来,奎因拖延不肯给,因为他想另收费。

乔伊斯的幸运和西尔维亚小姐的窘迫

乔伊斯真是好运。从刊物上开始发表《尤利西斯》片段起,世界上有许多有名作家和各方人士都在为他而战。

他的第一次幸运,是遇见了号称"诗圣"的叶芝。从1902年到1913年,乔伊斯一直在寻找他第一部作品《都柏林人》的出版机会,他给"一百一十家报纸、七位律师、三个协会以及四十家出版社"写过信,所有人都拒绝了他。正是叶芝,在1913年底向"现代主义无可厚非的领头羊"的美国诗人庞德推荐了他,庞德马上向乔伊斯发出了约稿信。庞德为了争取写作、出版自由,曾在文章中愤怒地写道:"如果我们在创作戏剧、小说、诗歌或者其他可以想象到的文学形式时,无法像科学家一样获得自由和特权,获得最低限度的追求真理的机会,那么我们会抵达世界何处?万事又有何用?"他敏锐地发现了乔伊斯作品中显而未露的光芒,激起他"挖掘人才的兴奋和使命般的热情",便尽全力支持乔伊斯。

乔伊斯的第二次幸运,是认识了韦弗小姐。韦弗出生在英国一个殷实家庭,她对乔伊斯的无私奉献令所有伦敦人包括自己家族百思不得其解甚至义愤填膺:从乔伊斯开始写《尤利西斯》直到他去世,她一

直给予他资助,是一个"骨灰级的乔粉"和赞助人。当她开始在自己的杂志连载发表《青年艺术家的画像》时,印刷商删去了小说中两个"有碍"的句子,她马上终止与印刷商的合作;后来另一家印刷商私自删掉两个单词,她又坚决地换掉这家印刷商。为了乔伊斯的作品,两年中她换了四家印刷商,而这些以出版为营生的可怜印刷商仅仅是担心背上违反《淫秽出版物法》的罪名。她也是《尤利西斯》后来在英国的首位出版者,《青年艺术家的画像》第一版部分被烧毁,第二版全部被烧毁。

他的第三次幸运,便是得到伟大的女性西尔维亚小姐的无私帮助,她使《尤利西斯》顶住重重压力成功出版。乔伊斯承认,西尔维亚将她人生最美好的年华奉献给了他和他的小说。

有人会说,一本书关键是要写出来,至于能不能出版,关系不大。试看《红楼梦》,如果没有程伟元和高鹗的"程甲本""程乙本",《红楼梦》的影响怎会如此巨大?俞平伯先生临终感悟:"程伟元、高鹗是保全《红楼梦》的,有功。大是大非!"西尔维亚·比奇为《尤利西斯》出版所付出的努力,同样有功!

一个小小的莎士比亚书店出版一部会被英语国家查禁的大部头小说,除了财力的困难,还要不断面临发行的困难。《尤利西斯》在1922年2月2日印出1000册后,迅速成为抢手货,其他书店从她这里以12美元拿到书,随即加价出售,最高达到每部200美元;第二版印了2000册,其中1000多册被大西洋两岸的英美政府没收并焚烧,交了订金拿不到书的书商不肯罢休,只能由书店自己承担损失。从1922年以后的整整十年中,随着其他国家的相继禁止,《尤利西斯》成了文学走私品,不法书商见到有利可图,趁机盗版赚钱,西尔维亚作为版权所有人却无法提起诉讼追究盗版,只能不断加印,同时呼吁各界制止盗版。但此举又被人指责为"贪得无厌",还被盗版者痛骂为"可恶的泼妇",一切委屈与损失她都得独自忍受。

在这十年中,她还承受了一些人对小说、作者以及她本人和书店的长期谩骂、攻击。有一篇评论是这样写的:"无论是在旧时代文学中还是在现代文学中,这都是最臭名昭著的淫秽小说。所有罪恶的秘密下水道都在这里汇聚泛滥,形成无法想象的思想、图像和色情文字。这种肮脏的疯癫夹杂着令人震惊的、反胃的亵渎神明,它反基督教,反耶稣——与撒旦教中最下流的欲望以及黑弥撒相关。"

更为可气的是,一些书店把《尤利西斯》与其他色情书刊摆在一起售卖,还有作者把自己的色情小说书稿拿来让她出版,有的竟当面朗诵其中的"精彩"段落,以为她就"好这一口"。为了不被冠以"色情书出版商"的名声,她拒绝了劳伦斯《查泰莱夫人的情人》的出版请求。劳伦斯于1930年病逝,令她后来感到十分遗憾。不过,也有评论说,这是劳伦斯最差的一部小说,《恋爱中的女人》才是他的杰作。

《尤利西斯》的解禁及其文学意义

《尤利西斯》出版十年后,终于在美国结束了被查禁的命运。

美国纽约南区地方法庭约翰·伍尔西法官接手一起有关违禁进口《尤利西斯》的诉讼。他花了几个月的时间读完了这本书,于1933年12月6日做出宣判,判词大意是:

> 我看《尤利西斯》是一本真诚实在的书,是一本惊人的旷世奇书,同时也不是一本容易读懂的书。
>
> 有些地方有些脏,然而它并不是为脏而脏。
>
> 书中每个字都在读者心中嵌成一幅完整的画。拒绝读此书——那是每个人的选择。但当这样一个真正的语言艺术家(毫无疑问,乔伊斯就是这样的艺术家)来描绘一座欧洲城市中下层生活的真实写照时,难道法律竟然就禁止美国公民来看一看这幅画吗?
>
> 海关法禁止进口任何淫秽书籍。一本书淫不淫秽,法庭要看它会不会激起读者的性冲动或促使人产生不纯的情欲。不管人如何想保持公正,也难以避免主观。因此我请了两位文学鉴定家(他们互不相识,彼此也不晓得我邀请了对方)读完后告诉我这本书是否淫秽。结果,他们都不认为书中有引起色情动机的倾向。

> 上述测验足以证明《尤利西斯》是一部出于真诚的动机，采用新的文学方法写出的作者对人类的观察。书中有些地方读了令人作呕，但并不淫秽。
>
> 《尤利西斯》可以被批准进入美国。

真是一篇具有划时代意义的判决词。约翰·伍尔西法官也因这篇判词被载入史册。

律师界认为：这是对书籍审查者的一次粉碎性打击。它划清了色情淫秽读物与文学作品中正常而必要的性描写的界限，作家们再也不必心存顾虑、拐弯抹角了。凯文·伯明翰在《最危险的书》中说："《尤利西斯》不仅改变了在它之后一个世纪的文学走向，也改变了法律对文学的定义。"它改变了文学观念，改造了表达方式。

《尤利西斯》的解禁出版赢来的是文学的自由创作，为艺术扫清了所有障碍，使艺术从形式、风格和内容上得到了毫无约束的自由，结果把一场"文化反叛衍化为公民德行，从文学炸药衍变成现代经典的革命历程"，使"其合法性高于其可读性"。

鲁迅先生说过：

> 至于说到《红楼梦》的价值，可是在中国底小说中实在是不可多得的。其要点在敢于如实描写，并无讳饰，和从前的小说叙好人完全是好，坏人完全是坏的，大不相同，所以其中所叙的人物，都是真的人物。总之自有《红楼梦》出来以后，传统的思想和写法都打破了。

"如实描写，并无讳饰"正是打破"传统的思想和写法"的利器。一言以蔽之，《尤利西斯》的文学意义也在于"打破了传统的思想和写法"。阅读《尤利西斯》需要相当的勇气和耐心，也要付出相当的智慧，但得到的一定比付出的要多。

《尤利西斯》是"意识流小说"的开山之作，也是意识流手法的"集大成者"，乔伊斯在这方面达到了全能的巅峰。其他作家只是会某种或某几种意识流手法的技巧。真正典型的意识流小说家屈指可数。当时就有评论家说：乔伊斯的《尤利西斯》，"让贝克特显得沉闷，让劳伦斯显得平淡，让纳博科夫显得幼稚"。

乔伊斯所处的时代，正是各种艺术形式大变化的时代，美术界出现了野兽派、印象派、后印象派，出现了凡·高、莫奈、雷诺阿。文学界的乔伊斯、伍尔芙、海明威也一样，他们在艺术美学上就是要与"众"不同，与"过去"不同，与"传统"不同。

荣格在《心理学与文学》一文中指出："《尤利西斯》在对统领至今的那些美和意义的标准的摧毁中，完成了奇迹的创造。"他肯定地说，从1922年以来人们已经将十版《尤利西斯》抢购一空，"这本书对于他们一定具有某种意义，甚至揭示出了他们以前所不曾知道或者所不曾感觉到的东西"，他们并没有感到这本书的"难以忍耐的乏味"，而是从中得到了帮助，受到了教益，清醒了头脑，改变了态度，进行"重新积淀"。荣格慨叹道："啊，《尤利西斯》，你真是为物惑物遣的白种人的祈祷书！你是一种精神的锻炼，一条苦行禁欲的戒律，一出令人痛苦的仪式，一道神秘的程序；你是十八个重叠起来的炼金术士的蒸馏瓶，在那瓶里的酸与毒沫中、火与冰中，一个遍及宇宙的、新的意识的侏儒提炼了出来！"

有人说，西方的现代派小说、意识流小说某种程度上就是与现代心理学、精神分析学对人的潜意识和精神结构的探索联系在一起的。作为心理学家的荣格，他这篇文章比许多文科教授的评论都深刻、专业。

西尔维亚的伟大

西尔维亚是伟大的女性，不仅仅由于前面的叙述。

有人猜她靠《尤利西斯》赚了不少钱，她苦笑着说：如果这样，"那乔伊斯的钱包里一定有一大块磁铁，把所有的钱都吸了过去。为他工作，我得到的只有乐趣——无尽的乐趣，而利益则是属于他的"。在书店生存困难时，法国著名作家安德烈·纪德动员了200个朋友注册为会员，每年会费200法郎。

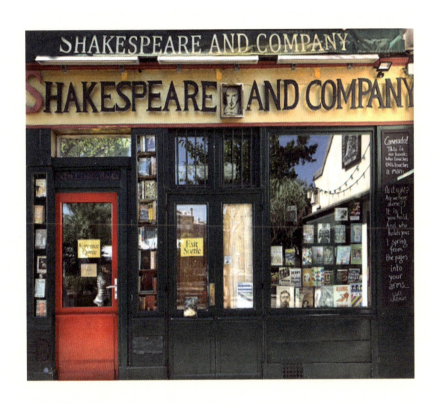

令人遗憾的还有,乔伊斯希望在美国正式出版《尤利西斯》,他亲自联系了著名的兰登公司,却把应当享有版权的西尔维亚完全排除在外。对于这种明显有背信弃义嫌疑之举,西尔维亚表现出令人敬佩的豁达,她放弃了权利,明确地说:"这些书(包括莎士比亚书店出版乔伊斯第二本书《每首一便士》诗集)都属于乔伊斯,就像孩子总是归妈,而不是归接生婆的,不是吗?"

西尔维亚还真诚地帮助过海明威,海明威从这里借阅了大量文学作品。他后来在《流动的盛宴》谈到西尔维亚:"她和气、愉快、关心人,喜欢说笑话,也爱闲聊。我认识的人中间没有一个比她待我更好。"海明威也帮助她把几百本《尤利西斯》通过走私从加拿大送到了美国预订者手中，他每天乘坐渡轮出入国境，裤子里塞两本书，样子像一个大腹便便的父亲。

"二战"中，纳粹德国占领了巴黎。1941年的一天，一位德国军官要买橱窗里陈列的乔伊斯小说《芬尼根守灵夜》，西尔维亚说："不卖。""为什么？""那是最后一本了，想留着。""留给谁？""给自己。"军官生气地离开，她马上把这本书转移了。两周后，德国军官再次前来索要这本书，发现没有了，气得发抖："今天就要把你们的全部财产充公！"于是，她当天就把所有的书和家具搬到另一个地方，毅然关闭了这个书店。

1945年的一天，纳粹撤离巴黎，参加战斗的海明威跟随盟军回到这个城市，他开着吉普车"解放"了莎士比亚书店所在的奥德翁路，在大街上呼喊："西尔维亚！"

1956年，西尔维亚写下自传《莎士比亚书店》。这是一本可以和任何名著比肩的非虚构文学，充满了人性关怀和道德普照。希望我的朋友们读读这本引人入胜的小书，伟大的小书。

1962年，西尔维亚在巴黎去世，葬于她的故乡——美国新泽西州的普林斯顿公墓。

1964年，美国人乔治·惠特曼为了表示对西尔维亚的敬意，在事先征得她同意之后，将他1951年在巴黎左岸比什利街37号的英文书店更名为"莎士比亚书店"。

2018年5月8日，我的大女儿梁凌陪伴母亲到巴黎旅游，行前我嘱咐她抽空到左岸莎士比亚书店拍张照片。她专程来到这里，代我向西尔维亚和书店致敬。还把《云烟》摆在书店的橱窗上，拍了一张书与"莎士比亚书店"的合影，让我有幸借光掠美。

（2016年10月初稿，2018年8月8日修改，2020年11月28日改定）

写作，是丰富生活的途径
——读巴乌斯托夫斯基《金蔷薇》

老师说："要使生活丰富起来。"巴乌斯托夫斯基经过认真考虑，认为："写作，是丰富生活最正确的途径。"

如果我许多藏书只能留下一本，必然是巴乌斯托夫斯基的这本《金蔷薇》；如果有新旧两个版本的《金蔷薇》只能选留一本，必然是上海文艺出版社由李时翻译的这本初版。这本《金蔷薇》已陪伴我度过大半生，无数次的阅读已使原先鲜艳的深红色书皮变得像一面斑驳脱落的故宫老墙，书角磨成了圆形，纸张也变得松散脆弱，不小心就会开裂，但我仍将它当作宝贝一样保存。

翁贝托·埃科在《植物的记忆与藏书乐》中说过，他年轻时用过的那本旧书"不能丢弃，它已然憔悴的陈旧面貌能让我回忆起我的学生时代以及之后的年代,这些都是我回忆的一部分"。他说出了我早想说的话,只是没办法说得这么好。

随着岁月的流逝,期望过的许多美好已渐渐黯然失色,也包括阅读过的文学名作,只有《金蔷薇》香远益清,继续散发着幽雅的沁人心脾的玫瑰香味,让我始终对文学保持着"最初的浪漫的狂喜"。

《金蔷薇》是一本引诱你毕生热爱文学的书

巴乌斯托夫斯基出生于1892年,1968年去世,属于苏联时代的作家。他写过许多"散发着温柔的抒情气氛和浓郁的生活气息"的中短篇小说,1957年人民文学出版社就出版了上下册的《巴乌斯托夫斯基选集》。50年代中国翻译出版的苏联长篇小说很多,能由人民文学出版社出版选集的作家很少,由此可见巴乌斯托夫斯基必然不同凡响。但当时并未引起我的兴趣,直到后来读到《金蔷薇》,这才记住了他的名字。

可能是书中的许多观点与当时盛行的教条主义和形式主义文学理论不合拍,这本书属于内部发行,并未像《钢铁是怎样炼成的》那样一印就是几十万册。老作家们应该都读过《金蔷薇》,却从不在任何文章中提及。那时能读到这本书的中学生,背后一定有故事。

我们那个年代的初中,功课不像现今这么繁重,读课外书的时间很多,主要是同学之间互相借书看。比如,你家有一本《林海雪原》,就可以和有《烈火金刚》《红旗谱》《青春之歌》《红日》等中国当代小说的同学交换;你有《说岳全传》,就可以和别人的《说唐》《杨家将演义》等古典小说交换;你有《远离莫斯科的地方》,就可以和有《青年近卫军》《日日夜夜》《海鸥》等苏联小说的交换。班上许多同学的家长都是有文化的人,或者在文化部门工作,书源比较广,让我几乎把能找到的小说看了个遍。回想起当年那个读书的氛围仍然觉得有趣,下课后闲聊,谁说出一本大家都没看过的小说,就会显得很得意。

应该是上初一那年,有位同学把借我的书弄丢了,记不起书名了,估计是本苏联小说,于是他拿来《金蔷薇》赔我,一看不是有名的长篇小说,我还不乐意要,他再三道歉,我才勉强收下。

读完第一篇《珍贵的尘土》,我就像一颗小小的铁钉,被一大块磁铁迅速、牢牢地吸住,全部身心都投入阅读,一篇接一篇,到最后竟然舍不得读完,只恨书太薄。这是一本极具诱惑力的魔法书,向你展现出一片又一片的文学新天地,让你不断地发现普通生活中的美和诗意,有人说这就是浪漫。它又像一本文学秘籍,帮你洞察文学阅读和文学创作的奥妙,几乎每一篇文章都能让你有醍醐灌顶之感,不得不如饥似渴地读下去,激动的心情如同孙悟空听懂菩提祖师授业那样抓耳挠腮。伊甸园里的智慧果的诱惑力也不过如此吧!那时中学外语教的是俄文,书中不时出现的一些俄语单词也让我感到几分亲切。

我的人生目标一下子明确了,决心从此以后热爱文学,还要从此开始为当作家做准备,尽管当年才十三岁。

年轻人一旦接受了文学的诱惑,就会迷上读书和写作,生活也由此丰富起来。文学成为引导你前进的一种力量,一种信仰,你会把它当作生命中的女神虔诚膜拜,永不动摇。文学让你变得细腻、深刻和善良,会多多少少地影响到性格的修炼,易受感动和向往浪漫主义,时常陶醉在由诗意文字虚构出来的种种美好境界之中,无论现实是何等荒唐。

这本书一直保存到现在。中间也曾推荐给几个爱好文学的朋友看过,只不过每归还一次,书的面貌便糟糕一次。有的还好心做坏事,先是恐怖地用透明胶带纸把书页破损的地方粘住,时间一长,胶带上的油渍渗开,书页呈透明状,两面的文字交织在一起,没法再看,还令纸张脆化,不小心就会掉下一片;最糟糕的是有人主动包书皮,竟然用糨糊和原书皮粘在一起,真是"熊的服务"。我只得用热水仔细把包的书皮揭下来,再把已经支离破碎的旧书皮裱在一张深红色的厚纸上,效果如题图所示。如此痴爱的书成了这个破样子,能不令人痛心?

前几年,发现旧书网上有1959年一版一印《金蔷薇》,这可是稀罕物,赶紧订购了一本。书如期收到,发现是馆藏书,品相接近九成,宛如当年初见。藏家称一版一印为"一刷",很亲切,后来才注意到台湾

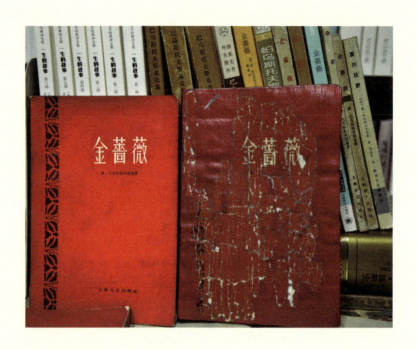

版图书就是如此称呼。乌尔夫·卢修斯在《藏书的乐趣》中说过:"很多收藏家都是为情所动,陈年旧物会勾起他们浓浓的怀旧之情。每一件藏品中都有一个世界,能让我们在主观想象中再造过去。"瓦尔特·本雅明把这种怀旧称为"重建旧世界",如同一个有魔法的水晶球,能帮你看到过去,找回失去的记忆。同时,眼前也会出现一个新的领域,等待你继续探索。

担心重读后再度损坏,这次我亲自给新买的旧书《金蔷薇》包上书皮,仍然觉得不放心,于是决定再找一本备用,最终是一连买回五六本一刷。后来还想再找,发现网上剩下的几本价格涨到几百元,这才作罢。须知原价仅是八角四分。

每本书都是有命运的,这命运掌握在读者的手中。一本没有读者的书最悲惨,它满腹经纶却如同废纸。看到这些品相极佳的《金蔷薇》,不禁悲喜交加:喜的是它们如同新书,悲的是如此珍贵的奇书当年多少人求之不得,却躺在图书馆的书库中无人问津,几十年未发挥应有的作用。如今到了我的手里,我知道如何珍惜,除了留下几本收藏外,其余都送给了同样喜爱旧版《金蔷薇》的老朋友,希望也能痴情似我。

1980年上海译文出版社用原上海文艺社1959年版的纸型重印了一批《金蔷薇》,封底俨然印有"内部发行"四个黑体字,1987年再印时才去掉了这些字样,可见思想解放之艰难。2007年上海译文社根据巴乌斯托夫斯基去世前重新修订后的俄文原版,由戴骢翻译了新的版本,增加了几篇新的文章。对比之后,感觉戴译缺少李译的高雅与紧凑。《金蔷薇》的新版本现在很多,有志文学创作的年轻朋友应该早点阅读这本书,越早越好。1985年湖南文艺出版社出版了据称是《金蔷薇》第二卷的《面向秋野》,延续了第一卷的内容和风格,还包括了专门记述作家写作故事的《文学肖像》,译文也不错,可惜只选译了原书的三分之一,后记称是"篇幅限制",没有道理。

纳博科夫有一段谈论文学阅读的论述很精彩,可以用来指导如何阅读《金蔷薇》。

> 文学,真正的文学,是不能囫囵吞枣地对待它,它就像是对心脏或者大脑有好处的药剂似的——大脑是人类灵魂的消化器官。享用文学时必须先把它敲成小块、粉碎、捣烂,然后就能在掌心里闻到文学的芳香,可以津津有味地咀嚼,用舌头细细品尝;然后,也只能在这时,文学的珍稀风味,其真正的价值所在,才能被欣赏,那些被碾碎的部分会在你脑中重新拼合到一起,展现出一种整体的美,而你则已经为这种美贡献了你的血液。

当你把《金蔷薇》中每一篇美文都"敲成小块、粉碎、捣烂",仔细咀嚼文章中的语言表达、细节描写、故事讲述和人物形象,嗅其芬香,品其美味,你就在整体上领会了全书的精妙。不用担心今后会忘记什么,它已经作为营养而进入你的血液、你的骨骼、你的肌肉,它不再是它,你不再是你,你已经为它所异化,它已经为你所同化。

《金蔷薇》是一本训练你掌握文学技巧的书

《珍贵的尘土》是该书的第一篇文章，十分经典。巴乌斯托夫斯基后来几次说明，这是他在童年时读到的一个法国小说，他根据记忆讲述出来，目的是解读作家劳动的规律。

雾蒙蒙的黎明，清洁工约翰·沙梅在巴黎塞纳河的桥上遇到久别的苏珊娜。十多年前，沙梅还是一名军人，负伤后，受团长之托，把他八岁的女儿苏珊娜从墨西哥战场带回国。她在漫长的旅途中郁郁寡欢，沙梅成了她唯一的亲人。他讲故事逗她开心：相传一朵人工打造的金蔷薇能让人幸运欢乐，如果一个姑娘能得到情人送的一朵金蔷薇，她就会一生幸福。"金蔷薇"的传说深深打动了她，像一粒金色的种子埋在她幼小的心田里。苏珊娜被送回姑妈家后，沙梅再也没有见过她。他多年来每天清晨在巴黎街头清扫垃圾，这一天无意中见到她在桥栏边凝望塞纳河，是因为当演员的男朋友刚刚抛弃了她。

沙梅收留她在自己简陋的家暂住几日。他来回奔走，尽力帮她与演员复合。当演员坐着马车来接她时，她叹息地对沙梅说："假如有人送给我一朵金蔷薇就好了！"小屋里留下一条她用过的蓝色发带。

苏珊娜走了，沙梅不指望那个演员给她带来终身幸福。他开始收集首饰作坊的垃圾，从尘土中筛选细微的金粉末。时间相当漫长，终于攒够了能够打造一朵小小的蔷薇花的金屑。他形容憔悴，镜子里是一张"干瘪的灰色的脸，松弛的皮肤和刺人的目光"。

金蔷薇打好了，花朵旁还有一只小花蕾。这时他才听说苏珊娜一年前就去了美国，没有留下地址。沙梅忽然感到轻松了，也不去打扫作坊了。不久，他就病倒了，悄悄死在床上。帮他打造金蔷薇的首饰匠常来看望他，这一次，他"抬起清洁工的头，从灰色的枕头下，拿出用蓝色的揉皱了的发带包着的金蔷薇，然后掩上嘎吱作响的门扉，不慌不忙地走了。发带上有一股老鼠的气味"。

首饰匠把这朵金蔷薇卖给了一个年老的文学家，他讲的故事在这笔交易中起了决定性的作用。

读到这里，我们会一致称赞这是一篇十分感人的爱与泪交织的短篇小说。然而，作者笔头一转，直接引述这位老作家的杂记：

> 每一个刹那，每一个偶然投来的字眼和流盼，每一个深邃的或者戏谑的思想，人类心灵的每一个细微的跳动，同样，还有白杨的飞絮，或映在静夜水塘中的一点灯光——都是金粉的微粒。
>
> 我们，文学工作者，用几十年的时间来寻觅它们——这些无数的细沙，不知不觉地给自己收集着，熔成合金，然后再用这种合金来锻成自己的金蔷薇——中篇小说、长篇小说或长诗。

收集、占有、分析材料，是初学写作的人最重要的基本功训练，也是最基础的审美能力训练，包括审美角度的丰富和审美情趣的提高。要时时、处处、事事地留心观察和思考，从珍贵的尘土中，"产生出排山倒海般的文学的洪流"。平常生活里每一次细小的经历和体验，留意或不经意之间看到、听到、嗅到、摸到的每件事物，从他人身上发现的每一道人性的闪光，都可以积累起来，熔铸成自己的金蔷薇，给见到的人带来快乐和幸福。初学者坚持这种训练，就能具备敏锐的洞察力和善良的心，也让自己不断摆脱庸俗和乏味。

有人总结说："以生命的力量祝福美，这是人类艺术精神的伟大本性。"这是巴乌斯托夫斯基一生的追求。

《车站食堂里的老人》讲了另一个故事。

一个寒冷的冬天，在海边车站的食堂里，坐着一个进来取暖的清瘦老人，身边蹲着一条毛茸茸的小白狗，打着哆嗦。它眼巴巴地看着旁边桌子围坐的一群年轻人，他们喝着啤酒、吃着熏肠面包。小狗忍不住走到跟前，举起前腿，阿谀地望着年轻人嘴里嚼着的半块面包。前腿还在哆嗦，刚一耷拉下碰到肚子，又马上举起来。年轻人没有看到这个情形，老人发现了，马上叫它回来，可是小狗只是哀求般地看了老人一眼，摇摇尾巴，继续举着前腿望着年轻人还在咀嚼的嘴。

一位戴帽子的年轻人看见了狗，大声对老人说："您的狗跟人家讨食吃，我们这里有法律规定不许讨饭。"这话引起一阵哄堂大笑。有一个人马上制止他"不要胡说"，随手扔给小狗一片香肠。

老人喊道："不许吃！"小狗蜷缩起身子，耷拉着尾巴，乖乖回到老人身边，没有看那片香肠。老人脖子涨得通红，开始痉挛地翻自己的衣袋，掏出几个铜子，一边数，一边吹着钱上面粘着的脏东西。他来到柜台前，哑着嗓子说："来一块香肠面包。"小狗夹着尾巴站在他身边。女售货员拿给他两块面包，老人表示只要一块，女售货员低声说："您拿去吧，我不会因为您受穷的……"

老人带着狗出门来到月台上，递给小狗一块面包，把另一块用手帕包起来。小狗痉挛地吃着，老人用袖子擦眼睛——是风吹下了眼泪。

短短的故事要告诉我们什么？巴乌斯托夫斯基这样写道："假如在这个故事中不叙写最主要的细节，不描写小狗用各种样子请求主人原谅，没有这条小狗的这种姿态，那么这个故事便要比实际情况拙劣。"如果再把形容恶劣天气和老人从口袋掏出粘着脏东西的零钱的叙述都去掉的话，故事会变得"更加枯涩而苍白"。

通过这个故事，初学者会立刻明白文学作品中细节描写的意义。

缺乏细节描写的作品，会失去生命力。普希金说过，被常人忽略过去的琐事，会在大作家眼里大放光芒。只有具有代表性的细节，才在文章里有生存的权利，才是必需的。巴乌斯托夫斯基在中篇小说《森林的故事》中展示了他无比生动、诗意盎然的细节描写技巧。例如小说第一节《轧轧作响的地板》的开头：

> 房子因为古老而干裂了。不过也说不定是因为它坐落在松林中的空地上，整个夏天受到从松树上散发出来的暑气侵袭的缘故。风有时有，但连敞开着窗子的阁楼都没能吹进来，只是在松林顶上呼啸着，在那上空送过一群一群的云朵。

耐心读过，每一句都很平常，但每一句又都充满画面感，包含着细腻的情愫和品位，真是令人舒心的开头。你不会想到，作者在第二段直接推出人物——俄罗斯著名音乐家："柴可夫斯基很喜欢这栋木头房子。"作者用了两三句话描写房前屋后的景致和屋内松节油与丁香花的气味,马上就跳到房间里"轧轧作响的地板",作响的原因竟然在开头第一段做过说明:"房子因为古老而开裂了。"年迈的柴可夫斯基每次走过这几块松动的地板来到钢琴前时,都要"眯缝起眼睛,细看着地板",这个场景令读者产生亲切、有趣的感觉,不知不觉之中,就被作者下面的故事所吸引。可以想象,当他在钢琴上弹奏的时候,整个木头房子都响起美妙的和弦,如同一曲和谐动听的交响乐。

有人可能不屑:这算什么?那就再看一段。

柴可夫斯基在森林中遇到瓢泼大雨,躲进巡林员的家里。雨刚停,从外面跑进一个十五岁上下的女孩子,是守林员的女儿。"她的头发上滴着雨珠,两只小小的耳朵上也各挂了一颗,太阳光从乌云中透射出来,照得那雨珠闪闪烁烁,像金刚钻的耳环一般。"多么动人!柴可夫斯基欣赏着这个可爱的情景,然而,女孩把头轻轻摇了一下,雨珠便洒落了。"什么都完了!"于是他明白,什么音乐也传达不出这昙花一现的雨珠的美妙。

巴乌斯托夫斯基在讲述柴可夫斯基故事的时候,完全是音乐家的眼光和感受,这里的细节描写那么自然,那么准确,又那么生动!

《阿尔斯王商店》讲述了报社一位老编辑只添加了准确的标点符号和重新分段,就让一篇本来无法阅读的小说变得生动有趣,这个故事会让初学者再也不会忽视标点符号的用法,比中学语文老师几节课都管用。

《金蔷薇》是一本带领你走进作家内心的书

巴乌斯托夫斯基在莫斯科高尔基文学研究所讲授写作技巧和心理学长达十余年,博学多才,有丰富的写作教学经验。他写过关于普希金、莱蒙托夫、果戈理、契诃夫、雨果、福楼拜、莫泊桑以及音乐家柴可夫斯基等人的传记作品,他让这些"干巴巴"的名字"变成了可以感觉到的有血有肉的人"。因此,在《金蔷薇》里论及这些著名作家的趣闻

逸事,随手拈来,妙笔生花,一下子拉近了我们和他们的距离,增加了亲切感,从而更加热爱世界的文学和文学的世界。

《夜行的驿车》是关于童话诗人安徒生的一段爱情故事。

安徒生走到哪里都要写作,但不能随身携带墨水。威尼斯这个小旅馆的房间倒是有个墨水瓶,墨水只剩下一点儿。他给瓶子里掺了几次水,纸上的字迹一会儿比一会儿白,最后,童话欢乐的结尾就留在墨水瓶底了。他决定,下一篇童话的名字就叫《留在干涸了的墨水瓶底里的故事》。(我读到这个开头,想马上就提起笔来写小说。)

他买到了去维罗纳的夜行驿车票。车夫说一定是撒旦想出来的主意,让从威尼斯到维罗纳去的驿车在夜间出发。他警告乘客,车上白铁灯里那段蜡头点完了再也没有了。(不多余的交代,也有趣。)

车上有三位乘客:安徒生、一个上了年纪的神父和一位披着深色斗篷的太太。上车后,安徒生建议先把蜡头吹熄,否则到真正需要的时候就没有可点的了,尽管神父不同意。蜡头刚一吹熄,车内漆黑一团,各种声音和气味就强烈起来。但黑暗能让他安静地思考一切,还能打一会儿瞌睡。(正是在黑暗的驿车中才能发生后面的故事。)

驿车到了一个地方停下来,又上来三个搭顺车的姑娘。她们的票钱不够,安徒生慷慨地帮她们补足,静寂的车厢一下子热闹起来。凭着丰富的想象力,安徒生在黑暗中一个一个地赞赏她们的年轻美貌,又预言了她们将来的生活一定幸福美满。他说这些祝愿也包括车上那位太太。一直阴沉沉的神父生气了,指责他欺骗这些天真的孩子,但姑娘们高兴极了,好奇地问:"我们想知道您是谁,我们在黑暗里可看不见人。"安徒生回答:"我是一个流浪诗人。我唯一的工作,就是给人们制造一些微末的礼物,做一些能使我那些亲近的人欢乐的事情。"

驿车到了姑娘们要去的地方停下,她们低声商议了一下,出其不意地一个个亲吻了安徒生,然后跳下车离开。到了维罗纳,同车的那位披着深色斗篷的太太邀请安徒生在城里游历后去她家做客。一路上她对他充满了好奇和敬意。

第二天,安徒生来到这位太太的家,她叫叶琳娜,从门口倒退着把他拉进小客厅。她坦率地说:"我是这样想念您,没有您我觉得空虚。"安徒生脸色发白,他知道"他会疯狂地爱上一个女人说的每一句话,落下来的每一根睫毛,她衣服上的每一粒微尘"。但他也知道,"假如他让这样的爱情燃烧起来,他的心是容纳不下的。这爱情会给他带来多少痛苦和喜悦,眼泪和欢笑,以致他会无力忍受它的一切变幻和意外"。他来以前就坚定了决心:看过她就走,日后永不再见。

叶琳娜望着他的眼睛说:"我认出您是谁了,您是汉斯·安徒生,著名的童话作者和诗人。您在自己的生活中,却惧怕童话,连一段过眼云烟的爱情您都没有力量和勇气来承受。"安徒生承认:"这是我沉重的十字架。"叶琳娜倒在沙发上,双手捂着脸,纤指间渗出一颗晶莹的泪珠。他跪下来,第二颗热泪落在他脸上。"去吧!"她悄声说,"愿诗神饶恕您的一切。"安徒生匆匆走了,维罗纳响起了晚祷的钟声。

后来他们再未相见,但终生相互怀念。安徒生临终时对一位年轻作家说:"我为我的童话,付出了一笔巨大的、无法估计的代价。为了童话,我放弃了自己的幸福。"

《夜行的驿车》是巴乌斯托夫斯基最出色的一篇"文学肖像"小说,历来脍炙人口。读来仿佛身临其境,一步一步引领我们走进了安徒生的内心。安徒生对艺术的追求和坚守,也是巴乌斯托夫斯基一生的秉持。维罗纳晚祷的钟声,是对他们共同的致敬和祝福。

巴乌斯托夫斯基在书中绘声绘色地为我们讲述了多位俄罗斯和法国古典作家的故事,其中最生动的当属苏联当代作家阿·盖达尔。盖达尔在50年代的中国家喻户晓,他自幼参军,十六岁当了红军团长,因伤退伍,一直致力于儿童文学的创作,其中《鼓手的命运》《丘克和盖克》《铁木儿和他的队伍》有书也有电影。

在《好像是小事情》一文中,盖达尔的性格和写作习惯活灵活现。

作者和盖达尔都是职业作家,两人相约住在乡间同一个院子一起写作,附近有河流和小树林。盖达尔正写《鼓手的命运》,大家讲好要专心工作,不能用钓鱼来诱惑对方。

一天,作者正在写作,连一页纸还没写完,就见盖达尔从他的房子出来,故意从作者的窗前走来走去,还装出一副漠不关心的样子。见作者不搭理他,盖达尔就吹起口哨,假装咳嗽,嘴里还嘟嘟囔囔。作者仍然不搭理,他终于忍不住了,冲着作者喊:"别装了!你写东西这么快,扔下一会儿算什么?我要像你这样写,早就有一部一百一十八卷的全集了。"又重复了一遍:"不多不少,一百一十八卷!"作者问:"你到底要怎样?"他高兴了:"我想了一个美妙的句子,你听听?"说出来后,作者不以为然:"句子好不好,要看放在哪里。"这让他大为不满:"琢磨你自个儿的文章吧,我可得把这句话记下来。"

过了二十分钟,他又跑过来,作者故意问:"又想起来什么了不起的句子了?"他哼哼几声走开了。过了五分钟,他又来了,远远地高声说了一个新句子。这个句子真的好,作者大加称赞,而他就需要这个:"好了,我再不到你这里来了,决不来了!"结果他真不来了。盖达尔就是这样写作的:一边走一边想着句子,然后记下来,接着再想,结果他这样写远比一口气写下来快得多。

两周后，他写完《鼓手的命运》，兴致勃勃地跑过来说：

"给你读一篇小说吧？"

"好呀！原稿在哪里？"

他用教训的口吻回答："只有那不中用的乐队指挥，才会把乐谱摆在谱架上。我不用稿子。"

"那你总会把几个地方背错吧？"

"咱们打赌！不会超过十个错误。你输了替我在旧货摊上买个晴雨表来。"

他把小说背诵了一遍，作者对着原稿，真的只错了几个地方。

两人为输赢争了几天，最后还是作者把一个老式的铜质晴雨表买了回来。根据这个晴雨表的指示，他俩出去钓鱼，结果淋了个落汤鸡。

这样的写作生活真令人羡慕！

不幸的是，盖达尔1941年在卫国战争中牺牲，年仅三十七岁。巴乌斯托夫斯基称赞他是"真正的巨人"。

有的作家，在任何条件下都能开始写作。

有的作家，只要在他面前摆上一令上好的白纸，便能写作，哪怕坐下来时还不知道要写什么。

列夫·托尔斯泰只在早上工作。他说卢梭和狄更斯都只在早上工作，他认为陀思妥耶夫斯基和拜伦喜欢在夜里工作，这就违背了他们的天才。

席勒只有喝完半瓶香槟，把脚放到冷水盆里才能写作。

安徒生喜欢在森林中构想他的童话。他能清清楚楚观察到一块树皮或一颗老松球，并且像放大镜一样精密地看到这些东西上的一切，用这些微小的细节很容易地编成童话。

《金蔷薇》就是这样一本书，不作空洞的写作说教，只用充满才情的语言和短小生动的故事为我们展现什么才是文学艺术，作家们是怎样工作的。它能打消你事先的一切顾虑，让你轻松愉快地参加到文学家的行列里来。

《金蔷薇》是一本激励你热爱祖国文化的书

巴乌斯托夫斯基从小喜爱文学,早年进入基辅大学自然历史系学习,丰富的自然地理知识令他倍加热爱俄罗斯广袤的大地和美丽的风光。他能随时想起莱蒙托夫的诗:"默默无言的草原蓝光闪闪,高加索用银白色的花环包围着草原",也能想起普希金的名句:"每一天时光都带走一小部分生活",还有费特的诗:"从冰雪的王国,从暴风雪的王国,飞出你的五月,它是多么清新,多么纯洁!"

他更换过各种职业,结识了许多人物,游历了许多地方。他努力熟悉生活、体验生活、了解生活,"贪婪地吸收周围所见的一切",从而形成了鲜明的创作个性。有研究说,"艺术之恋"和"自然之恋"是他的写作特点。我觉得,加上"俄罗斯之魂"才够完全。

从文学史看,所谓"俄罗斯文学"就是从19世纪中期到20世纪前十年这六十多年时间产生的文学,在世界文学史上异军突起,成为新的高峰。任何文化传统都需要继承人,但绝不是每个人都有资格、有能力继承。比如,能继承柳青文学传统的只有陈忠实,其他人都不能。从巴乌斯托夫斯基的作品看,作为苏联作家,他完全继承了俄罗斯文学的优良传统,而且"净化"了这个传统。

他学到了屠格涅夫的抒情诗人的气质,学到了契诃夫从平凡事物中发现异彩的敏锐,学到了蒲宁熟练运用语言表达节奏感、光色感、忧郁感的能力,学到了亚历山大·格林善于展示美好境界的幻想。尼采说过,艺术是"美的世界,高的世界",是对现实人生的"形而上的美化",是对悲惨世界的"形而上的慰藉"。巴乌斯托夫斯基虽然是一位小说家,本质上却是一位抒情诗人,"诗化的散文"是他最终的艺术追求。他善于在不为人注意的人物身上发掘出优美的品质,能"看到其他人无论如何也看不到的事物的本质",他以对生活、对大自然的巨大好奇心看待富有诗意的世界,因此他笔下的自然景物都是生动有趣的,不仅有美学的满足,还能熏陶读者的性格,使之变得崇高和纯洁。

他内心充满阳光,特别善于描绘大自然的美丽,无论是"落叶的簌簌,秋雨的唰唰,自然的声响声声入耳",还是"潮湿的锯末的气味、森林野炊的芳香,本真的清香沁人心脾",都寄托了他对俄罗斯大地上的山川、田野、湖泊、森林、村庄乃至空气"难以遏制的爱",也因此被称为"俄罗斯大自然的歌手"。

他的风景描写其实是文章意境的表达,是文章诗意的追求,不是纯自然风光再现。他在自传体小说《一生的故事》中写道:"我越来越强烈地感到自己是大自然的一部分,就像任何一棵树或一株草一样,并在这中间找到了安慰。"

他在《早已想就的一本书》中谈到诗人普利希文时写道:

> 大自然要求凝神注视和不断的内心工作,宛如在作家的灵魂中,创造这个大自然的"另一个世界",这个世界用思想丰富我们,用艺术家所能看到的大自然的美使我们高尚起来。
>
> 对像普利希文这样的大师——也就是能把秋天的每一片落叶写成长诗的大师——只活一生是不够的。落叶是无数的。多少落叶带走了作家的无言的思想,这些思想如普利希文所说,像落叶般轻易地飘落了。

他提到诗人亚历山大·布洛克时,讲了这么一段发人深省的话。

> 我有时想,布洛克身上有许多东西对现在这一代人来说,对新青年来说,是无法理解的。比方说,他对贫困的俄罗斯的爱,他们就无法理解。在今天的青年人看来,怎么能去爱这么一个国家,在那里,"数不尽的低矮的村落是那么穷苦,使你不忍卒睹,远方的牧场上升起一堆篝火,映衬着白天阴暗的帷幕"。
>
> 需要有恢宏、坚韧的心灵和对本国人民的伟大的爱,才能眷恋这些阴郁的农舍、哀歌以及灰烬和莠草的气息,并透过这种极度的匮乏看到被森林和荒山所包围的俄罗斯那种病恹恹的美。这个俄罗斯在消亡。布洛克哀悼它,为它唱着挽歌。

读到这里，自然会联想起艾青那首著名的诗《我爱这土地》，激发我们热爱中国的大地和中国的文化，发扬中国文化的精神。

> 假如我是一只鸟／我也应该用嘶哑的喉咙歌唱／这被暴风雨所打击着的土地／这永远汹涌着我们的悲愤的河流／这无止息地吹刮着的激怒的风／和那来自林间的无比温柔的黎明……／然后我死了／连羽毛也腐烂在土地里面／为什么我的眼里常含泪水／因为我对这土地爱得深沉……

正是《金蔷薇》，使巴乌斯托夫斯基成了对中国当代文学帮助最大的苏联作家。他自己这样说过："几乎每一个作家都有自己的鼓舞者，自己的守护人，一般说，这些人也是作家。只要读上几行这个鼓舞者的作品，自己便立刻想要写东西。从某几本书中好像能喷出酵母浆来，使我们心神陶醉，感染我们，使我们不自主地拿起笔来。"

曾在中国有很大影响的苏联作家和作品，后来绝大多数都由于种种原因，在中国失去光芒、成片陨落，而巴乌斯托夫斯基和《金蔷薇》的光芒却继续夺目，他本人成为文学家中的文学家，《金蔷薇》成为经典中的经典，显现出永恒的艺术魅力。

有人说，这是因为作者不去触摸当时社会文化氛围中最经不起碰触、最敏感最脆弱的神经，也没有直接去撞击历史的痛处。在苏联也有人贬低作者是"躲避在自然界和抒情的境界里蔑视现实"。

这样说的人根本不了解他曾为许多受迫害的作家正义发声，也不了解他是如何运用艺术的手段表明自己对社会的人文关怀。

艺术家不可能不关心政治，但他只能通过艺术去表明政治态度，而不是直接喊口号。在社会陷入丑陋境地时，巴乌斯托夫斯基用正面的人物和自然形象歌颂美；当社会践踏人性时，他用善良心灵和珍惜亲情、友情、爱情这些不可或缺的本性表现人。他正是通过自己的作品，维护和保持了艺术的独立和清白，唤起了人们对美好情感的珍视。经历过苦难、懂得善与爱的人都能从他的作品中得到力量。

巴乌斯托夫斯基在自传小说《一生的故事》中这样说过：人，应当认识、丰富和美化生活。人要使生活变得丰富起来，最正确的途径就是从事写作。

他语重心长地告诉年轻人："我曾经生活、工作、恋爱、受苦、幻想过，只知道一件事情——迟早，在成年的时候，或者甚至是在老年的时候，我一定会开始写作，不过完全不是因为我给自己规定了这样一个任务，而是因为我的生命要求我这样做。并且因为文学对我来说是世界上最壮丽的现象。"这句话从我年轻时起，就一直激励着我。

让我们用中俄两种文字记住《金蔷薇》作者的名字：

康斯坦丁·格奥尔吉耶维奇·巴乌斯托夫斯基

Константи́н Гео́ргиевич Паусто́вский

（2018年9月5日初稿，2020年12月3日修改）

文 ◎ 四篇

将洞察力和不受侵蚀的探索融为一体
——奈保尔与《印度：受伤的文明》

特里·伊格尔顿说："瓦尔特·本雅明教导我们，正是地位低下、默默无闻的人们才把历史炸开口子。"

真遗憾！最近刚刚把2001年诺贝尔文学奖获得者、印度裔英国作家V. S.奈保尔二十六部著作的中文译本买全配齐，就看到他于2018年8月11日去世的消息。2018年集中离世的名人，除了几位世界政治人物，还有霍金、李敖和金庸，等等。有影响的文化名人离世，往往标志着一个时代的结束，新时代的特征要在多年后才能被人发现。

自从有诺贝尔文学奖以来，获奖的作家那么多，为什么偏偏选中奈保尔来写篇文章呢？这是因为，就世界历史而

...065

言,最难以捉摸的是印度,无论古代史还是现代史;就诺贝尔文学奖得主而言,最难评说的当数奈保尔,无论作品还是人品。

奈保尔是一位作为作家存在的作家

奈保尔的文学地位已经被抬到十分吓人的高度。

《纽约时报》称赞他:"以天赋和才华而论,奈保尔当居在世作家之首。"甚至有这样的评价:"因为V. S.奈保尔,世界文坛被提高了一个级别。"这有点像古人赞孔子:"天不生仲尼,万古如长夜。"奈保尔的《大河湾》和《毕司沃斯先生的房子》进入20世纪最伟大的一百部英文小说之列,在一百部小说中独占两部,比例相当高。

英国历史学家帕特里克·弗伦奇在《世事如斯:奈保尔传》中写道:"奈保尔身为作家进行的半个世纪的写作,似乎没有他爱得罪人的名声那么重要。"奈保尔是20世纪一名伟大的作家,"并不表示他的所有作品都好,或者他的行为堪称楷模,而是他积累起来的成就超越了他的同代人,并且改变了作者与读者观察世界的方式"。

改变了什么样的观察世界的方式呢?诺贝尔文学奖主办者在给他的颁奖词中这样说:他"将深具洞察力的叙述和不受世俗侵蚀的探索融为一体,迫使我们去发现被压抑历史的真实存在"[1]。

对一般读者来说,不需要了解作家更多的身世,因为大多数作家的经历可以从他的小说中或明或暗地显现出来,虚构的东西来源于真实的思想。钱锺书先生比喻说,食客不必知道厨师长什么模样。对作者了解太多,还会影响读书的心情。有的作家也不想让读者知道他个人生活上的事情,伊塔洛·卡尔维诺[2]就认为,"一个作者只有作品有价值",有人想打听他的传记资料,他的回答是"我从来不会告诉你真

---

[1] "...for having united perceptive narrative and incorruptible scrutiny in works that compel us to see the presence of suppressed histories."

[2] 伊塔洛·卡尔维诺(Italo Calvino,1923—1985),意大利当代作家。主要作品有小说《分成两半的子爵》《树上的男爵》《不存在的骑士》《看不见的城市》等。

实"。托马斯·品钦写出了杰出的《万有引力之虹》,但他一定要确保自己的位置和身份不为人知,蓄意要在美国人的生活中消失。

然而,读奈保尔的书,必须了解他的出身和经历。难得的是,奈保尔对传记作者出人意料地开诚布公,提供个人隐私材料毫无顾忌,读完书稿也不提意见,任由出版。他认为个人私德与作品的伟大与否无关。

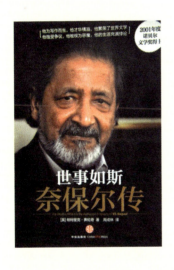

他是一个出身低微的人

有些人习惯嘲弄出身低微、家境贫寒的人。殊不知,在这些出身低微的人中,必定有一批为改变命运立志奋斗、顽强进取的人,他们付出的努力,正常人无法想象。这些人一旦有成就,其心智、感悟,往往有超凡之处。奈保尔就是这样的人。

1894年,他的外祖父科皮尔以一名"契约劳工"的身份从印度移民到中美洲特立尼达岛的查瓜纳斯。虽然科皮尔在印度的种姓属于高阶层——婆罗门,据说还是学者世家,但印度这时处于英国的殖民统治之下,丝毫没有种姓尊严可倚仗,大家都穷得叮当响,卑贱到极点。为了摆脱贫困,他谎称其他出身,成为陌生海岛上甘蔗种植园的契约劳工。所谓"契约劳工"就是由殖民政府组织的廉价劳务输出,有年限规定,期满后或返回印度,或得到一小块土地留下。来自孟加拉的一位印度工头得知他是婆罗门而且能读梵文,就把女儿嫁给他,还为他出钱赎了身。科皮尔把自己的名字改为卡匹迪奥·马哈拉吉,夫妻经营一家杂货店,生下九女二男。一位家境贫寒的二十二岁婆罗门西帕瑟德·奈保尔受聘在杂货店写招牌,爱上柜台后那位十六岁的女孩朵罗帕蒂·卡匹迪奥。他们成婚后,于1932年8月17日生下后来成为世界知名作家的维迪亚达·苏拉吉帕拉萨德·奈保尔。这是一个昌德拉国王的名字,意思是"智慧的施予者"。多年后奈保尔说:"这个名字气度超凡,非常特别——我为了这个原因而珍视它。我觉得我要做大事。"

奈保尔于1950年获得奖学金赴英国牛津大学留学,此前他一直生活在殖民地国度,与祖辈在印度的生活并无二致。用他的话讲,"我没法接受我所成长的农业殖民社会的世界观念,简直没有比它更压抑或限制人的了"。幸运的是,他有一个喜爱英国文学、梦想当作家的父亲,在他童年时就一直给他朗读、讲解莎士比亚和狄更斯的作品,他由此知道外面还有个世界,长大后下决心要逃离特立尼达这个地方。有记者这样问过他:"如果你留在了特立尼达,你的人生会是什么样子?"回答是:"我可能会自杀吧。"对能够分清"奴才"与"奴隶"区别的人来说,恶劣的社会生存环境真的能把人逼疯。

他是一个拼命上进的人

有人问美国作家海明威:"一个作家最好的早期训练是什么?"回答是:"不愉快的童年。"

奈保尔大学毕业后把写作看作唯一真正高尚的职业,他认为:"它之所以高尚,是因为它事关真理。你必须寻找不同的方法来处理你的经验。你必须理解它,你也必须去理解世界。写作常常是追寻深刻理解的斗争。这非常高尚。"他立志要成为一名成功的作家,但通向成功的道路何其漫长而艰辛!十年可以培养出成千上万名身手不凡的工程师、医生,却很难培养出一两个成功的作家,至于写作大师级的人物,根本就不是能培养出来的。作家没有才情是不行的,有才无情、有情无才都不行。在接受《巴黎评论》采访中,他讲了这样一段心路:

> 我的人生非常艰辛。当你年纪轻轻、一身赤贫,当你想让世界知道你的存在时,两年是一段漫长的等待。我被迫承受这种痛苦。
>
> 后来我的小说终于灵感爆发,然后一切都非常顺利。我很快就明白,这会是部伟大的作品。你要知道只有你接受了足

够的训练,你才能尝试去写伟大的作品。如果当时有人在街上把我拦住,告诉我说他可以给我一百万英镑,而条件只有一个,那就是不要完成这部小说,我会让他滚开。我明白我必须完成这部作品。

奈保尔两度尝试写小说都惨遭失败,很长一段时间人们对他的书不感兴趣,直到他的小说《米格尔街》获得奖金总额为1.2万英镑的"毛姆奖"。从此他的作品广受欢迎,一发不可收。

他是一个如愿以偿的人

奈保尔饱尝幸运之果。他1971年获得布克奖,这是当代英语小说界的最高奖项。1989年被英国女王授以爵位,1993年获得大卫·柯恩文学奖,该奖每两年颁发一次,金额为5.25万英镑,是奖金最丰厚的英国文学奖,旨在表彰"尚在人世的英国作家一生的成就",算是"终身成就奖"。这个奖项第一次颁奖就给了奈保尔。2001年他荣获该年度诺贝尔文学奖,而且被认为是"迄今最无争议的诺贝尔文学奖得主"。帕特里克·弗伦奇在《世事如斯:奈保尔传》前言中写道:"在智识相对主义的时代,他作为小说家与编年史家的公众地位不可改变:他代表高度文明、个人权利和法治。"

奈保尔的前半生充满动荡和迁徙,但他不是一个苦大仇深的作家,他如果那样写自己的经历,也不是今天的奈保尔。他"从不抱怨",只是"继续前行"。

分析家认为:他有殖民地生活的背景,有西方知识分子的眼光,又长期考察分析第三世界国家人民生活,因此他的作品犀利、简洁、焦虑,在感性的底色中蕴藏着饱经风霜的坚强。这是典型的奈保尔风格。他不是一位思想深邃的哲学家,也不是经验丰富的社会学家,他只是用一个有良知的作家眼光观察社会和世界,不能要求他每个观点都"政治正确",他也不屑为追求所谓"政治正确"而为黑暗"描上光明的花边",因为黑暗就是黑暗。

想要完整地评论奈保尔几千万字的作品是不可能的。与他的多部明显带有个人经历叙述的小说相比,他的游记类作品更令我折服。他在旅行中观察、感受、思考,发掘出许多前人未见的极为深刻的见解和思想。他运用的各种谈话材料,显出巨人的眼光和睿智。

正是这样一个著作等身的作家实地考察了最难以捉摸的印度,写下《幽暗国度》(*An Area of Darkness*)、《印度:受伤的文明》(*India: A Wounded Civilization*)和《印度:百万叛变的今天》(*India: A Million Mutinies Now*)三部印度旅行的著作。对我而言,从《受伤的文明》一书中受到的启发最大。有评论说,与《幽暗国度》感受到的震惊、愤怒、羞愧和失落不同,这一次他深入"乱象"背后,试图去触摸文明失落的灵与肉:印度的危机不仅在于政治和经济,更在于作为一个"早已被挫败的国度",印度不过是从一个黑暗时代进入另一个黑暗时代。奈保尔认识到:印度最重要的,需要去深入接触理解而不是从外部旁观的,是那里的人。

珍奇又神秘的古印度文明

在讨论奈保尔以前,需要简单回顾一下印度文明。回顾印度文明以前,需要对人类文明有个说法。

美国天文学家卡尔·萨根和安·德鲁恩在《被遗忘的祖先的影子》一书中写道:

> 人类的文字记录只能让人类追溯百万分之一的生命起源之路。人类的开始,人类早期发展的重大事件,就不是那么容易获取了。没有第一手的纪事流传下来给我们。它们在人类的现存记忆和历史记载中都找不到。我们的时间深度肤浅得可怜又可悲。我们对绝大部分的先人一无所知。他们没有名字,没有面容,没有弱点,也没有他们的家族逸事。他们永远都不能回来了,永远与我们失散了。

每当我读到类似的说法时,心中都有一种难言的伤感。现代人的生活多么舒适,远古人的生活就多么艰辛。《文明的故事》的作者威尔·杜兰特教导说,提起我们的祖先,必须少用"野蛮""未开化"等词语,宁可称之为"原始的"。读书越多,对远古人类的思念和惋惜就越强烈,也对自己的存在感到侥幸。

为了论证中国有五千年文明史,考古界正争论有无夏朝遗址的问题。姑且算上三皇五帝,也就是六千年,三十年为一代,六千年历史正好繁衍二百代。也就是说,如今存世的中国人,都是前二百代祖先的传人。且不论我们的每一个细胞和构成这细胞的每一种元素,都来自宇宙生成的远古,真不知要经过多少次轮回才能造就现在的身体。六千年来,遭遇无数的天灾人祸,都没有让自己的这一脉断绝,真是万幸!感谢前人用文字记录了近三千年的历史,也痛恨历史中人与人之间无数次的打打杀杀,断绝了多少人脉!

有文字记载的人类社会文明不过八千年,但没有文字记载的时代不代表人类社会没有文明。迄今被发现的古老文明只有区区几种,国人自豪的是只有中华文明延续不断。这可能是一种自我陶醉,因为我们对印度文明的了解实在太少,还不能匆忙下结论。

古印度文明以其异常丰富、玄奥和神奇深深地吸引着世人。正是为了寻找印度,1492年克里斯托弗·哥伦布到达了北美洲,1497年瓦斯科·达·伽马绕过了非洲好望角。

印度是这个星球上最独特的国家之一,文明辉煌久远却缺少文本记载,直到近代建立民族国家以前,似乎一直没有确定的疆域和历史。就连卡尔·马克思在《不列颠在印度统治的未来结果》中也这样说:"印度社会根本没有历史,至少是没有为人所知的历史。我们通常所说的它的历史,不过是一个接着一个的入侵者的历史,他们就在这个一无抵抗、二无变化的社会的消极基础上建立了他们的帝国。"印度的远古文明直到1922年才被发现,只是马克思看不到了。

由于印度远古文明的遗址首先在哈拉帕(一译"哈拉巴")地区发掘出来,所以通称古印度文明为"哈拉帕文化";又由于它主要集中在

印度河流域，所以也称为"印度河文明"。

在这个地方已发掘出公元前 4000 年至公元前 3000 年的四五个重叠的城市，上千座结实的砖瓦房和店铺，排列成宽大的街道和狭窄的小巷，有浴室、水井和完备的排水系统。学者们认为：这些遗址优于同一时代的巴比伦和埃及的状况。令人惊奇或怀疑的是，许多器物如铜器、彩瓷、金银器很像一千年前的制作水平。

哈拉帕文化延续了几百年之后逐渐衰落，于公元前 18 世纪消亡。它来得突然，去得更突然，以致日后印度文献对它一笔带过。哈拉帕文化衰落后，一般的说法认为：从印度西北方入侵的游牧民族雅利安人逐步向南扩张，经过长时期的兼并战争，在南部的恒河流域建立了以摩揭陀为中心的统一国家，创立了影响至今的"吠陀文明"，在文学、哲学和自然科学等方面对人类文明做出了独创性的贡献。据西方专家说，梵文比希腊文还完整、比拉丁文还丰实。

印度文明最显著的特征是其宗教性。这里最早创立了婆罗门教、佛教、耆那教等各种宗教，然后是新婆罗门教渐占上风，形成延续至今的印度教。现在有人从人种基因的角度和未发现战争痕迹两点质疑雅利安人入侵的说法，从这个意义上讲，古印度文明并未灭绝。

我在《花影》一篇文章中解释过，中国汉代称印度为"身毒"，是由于此时的发音为 Sindhu；魏晋时称"天竺"，此时由于波斯人的入侵发音变为 Hindu；后来入侵的希腊人发音改为 India，其中的妙处在于波斯人把 S 发成 H，而希腊人的 H 不发音。玄奘取经回国后正式使用"印度"的译名至今。现在用 Indian 专指原住居民印第安人。

印度教由新婆罗门教演进而来，教派繁多，主要有毗湿奴派、湿婆派和性力派三大派。马克思在评论性力派印度教时说："这个宗教既是纵欲享乐的宗教，又是自我折磨的禁欲主义的宗教；既是林伽崇拜的宗教，又是札格纳特的宗教；既是和尚的宗教，又是舞女的宗教。"总之是一种奇特的宗教。

做过殖民地大臣的英国前首相温斯顿·丘吉尔称印度人是"拥有野兽般信仰的野兽民族"。他可能忘记了，现在通用的从 0 到 9 的一套

"阿拉伯数字"和十进位法就是印度人发明的。之所以被称作"阿拉伯数字",是因为阿拉伯人入侵印度后发现了这套系统,然后由他们向周边国家传播开来。中国古代的四大发明应该也是由阿拉伯人通过"丝绸之路"从中国传播到西方国家的。

严格说来,古印度发明的"阿拉伯数字"和十进位法的意义不亚于中国的四大发明。这套系统传入欧洲后,通过增加几个其他符号(如加减乘除等),就构成了现代数学符号的基础。这是古印度文明对人类社会的最大贡献,不可小看。另外,古印度的医学与工业、解剖学与生理学都曾遥遥领先于欧洲。据说在公元前5世纪就有医生会做多种外科手术,包括剖腹产,公元前150年就有了《瑜伽经》。

古印度文明中消极落后的东西可能是延续至今的种姓制度。杜兰特在《文明的故事》中认为:"阶级制度的构想原是根据一种静止的农业社会状况,它提供了秩序,但没有给出身平常的天才一条出路,没有给野心和希望一点利益,也没有给发明和创新一点刺激。当工业革命到达印度的海岸时,这种制度注定要终结了。"

奈保尔对印度历史和文明的沉痛反思

奈保尔无法否认自己有印度人的血统,1962年他和夫人帕特第一次去印度游历考察,此后于1975年和1988年又两次重返印度进行深入考察。奈保尔称"印度三部曲"是"非虚构类作品",他说这"三本书相辅相成,我不希望其中任何一本去代替其他书。它们相辅相成,是因为我认为它们都是真事。写作它们的方式各不相同:一本是自传式的,一本是分析式的,而后一本则是对这个国度人民经验的讲述"。"这些书必须作为一个整体去把握,它们依然存在、依然相关、依然重要。"

就对印度的观察和书写来说,《印度:受伤的文明》是奈保尔"印度三部曲"中"最焦灼"的一本,《泰晤士报》评论认为:"本书颇为激烈,但也证明像奈保尔这样的小说家可以更敏捷、更有成效地指出问题所在,远胜世界银行经济学家们以及各种专家。"《华盛顿邮报》称这是"一部充满智慧、直击要害的杰作"。

奈保尔如何看待印度的历史和文明呢?这里摘录书中几个于评论界较少提及的观点,试看作者的深刻。

一是印度宗教靠加倍的虔诚来维护

英国军队驻扎在印度南部一座印度教千年古刹旁操练化学武器,他们射杀了寺庙中饲养的一条鳄鱼,还亵渎了庙里供奉的神像。英国人彻底离开印度后,这里的人们翻修了寺庙,将一座新的神像进行了郑重的安置。

奈保尔发现,这里的人们用世界上最古老的法事来安置神像,特别是在庙宇曾遭受过亵渎之后。神像必须被赋予新的生命和神性,人们对它——尽管只是由雕刻师制作的一件摆设,没被买走以前看起来了无生气——充满了虔诚,似乎比被亵渎前更加虔诚。五千个志愿者在神像前吟诵并抄写由十几个单词组成的符咒,每个人都要吟诵一万次,抄写一万张,以证明虔诚。这种仪式和法事,仿佛把人"带回到宗教和人间奇迹刚刚开始的时候"。

原来,印度教就是这样得以继续和永恒的,"征服和亵渎不过是历史中的几个瞬间"。

有位印度教的大公在南方建立了一个小王国,后来他被穆斯林打败带到德里,改奉伊斯兰教,然后又作为穆斯林政权的代表回到南方。他在远离中心的地方重建独立国家,对外宣称重新皈依印度教,成为印度教神祇在尘世的代言人。这个国家延续了二百多年,它保存并重复着印度教的遗产,但很难有创新,铜像和建筑显得异常陈旧。

二是过度"仪式化的社会"无法进步

思想睿智的作家们的书,有时一个新概念、一个新观点就足以让读者兴奋半天。奈保尔写道:"印度曾有几个世纪都完全没有知识生活,那曾是个仪式化的社会,并不需要写作。"只有"当社会走出原先纯粹的仪式化生活,开始在工业、经济、教育方面进行扩张时,人们就开始产生了理解现状的需求"。

"仪式化社会"对我来说完全是一个新概念。读到"过度仪式化的社会导致进步迟缓"这个说法，不得不掩卷沉思，联想到的却不是印度的历史。他是在1975年写下的这个名词，中国社会正处在极为隆重的"仪式化"过程中，但没有人这般思考过。当时所谓"一种倾向掩盖另一种倾向"，其实是"一种仪式代替另一种仪式"，社会本质上没有进步，甚至加倍复旧、倒退，回归更古老的仪式。

在网络上检索，发现"仪式化"这个概念来源已久，且近几年开始"火"了起来。

写出《天演论》[3]的英国著名科学家托马斯·赫胥黎最早用这个概念说明动物行为，被列入"行为生态学"，其定义是：在进化过程中，具有作为诱发因素功能的行为形式进一步增进其机能的强度、准确性和精密性而趋向于特殊化称为仪式化。随着仪式化的进行，行为特征变为显著而简单化，其本质内容不断重复，一部分被强化，终至形成一定的形式。根据赫胥黎的观察，这种"仪式化"在鸟类求爱和竞争中表现最为显著。比如，在求爱行为中的仪式，雁和凫是从整理羽毛开始；在同类竞争中，飞禽和走兽都要先表现出恐吓对方的举动，厉声鸣叫、吼叫以及张牙舞爪、振翅扑腾。伴随行为的仪式化，一种与其相关的构造和动作等也要特殊化。

动物的行为当然不能等同于人类行为，用来反思人类行为，也不能简单批评为"社会达尔文主义"。仪式对人类社会进步、文明进步是有用的，但物极必反，社会过度"仪式化"必然会阻碍进步。

孔子创立的儒家学说，其政治主张和思想道德，其实就是一整套礼仪规矩，是他创造性地把"周礼"变成一套可操作的行为规范和仪式规范。正是在汉武帝的推动下，中国才开始"儒术仪式社会化"。到了宋代以后，朝廷认可并倡导的儒教包括皇帝自己信奉的佛教、道教，其实都是进一步推行"仪式化社会"。"非礼勿视，非礼勿听，非礼勿言，非

---

[3] 原名《进化论与伦理学》，严复翻译时取名《天演论》，译文中运用自己的发挥。

礼勿动",以及"勿吐无益身心之语,勿为无益身心之事,勿近无益身心之人,勿入无益身心之境,勿展无益身心之书"之类的解读,都是"仪式化"的一种要求。

回看西方历史,中世纪之所以黑暗,就是因为宗教力量过分强大,把整个社会的僧俗生活都拖进了"宗教仪式"。中东也是如此,一旦某种宗教占据统治地位,必然形成"仪式化社会",思想和行为都会被禁锢。所谓"文艺复兴"和"启蒙运动",正是为打破这种"仪式化"。

三是甘地成为自己的"崇拜者"

甘地是现代印度的"国父",被尊称为"圣雄甘地"。"圣雄",是梵语,意为"伟大的灵魂",印度人把这个称号加在德高望重人士的名字前面,就是表示尊重。甘地曾就读于伦敦大学,获得律师资格,完成学业后到南非工作,从1893年到1914年,他领导印侨以非暴力抵抗方式反对南非当局的种族歧视制度。第一次世界大战爆发后,他回到印度,前后发动四次非暴力不合作运动,反对英国殖民统治。第二次世界大战后,为了尽快实现印度独立,他赞同"印巴分治"方案,希望结束教派流血冲突。这种政治主张引起许多人的不满,1948年1月,他在德里做晚祷时,被一名印度教狂热分子开枪杀害。他的历史功勋是不可抹杀的。

但奈保尔认为:"他活得太久了。"甘地在政治上是成功的,原因是他广受印度群众的爱戴和敬仰;在改革上他是失败的,原因也是他太受尊敬。这种情况就像南丁格尔在英国变成了圣徒,她的雕像矗立在英国各个角落,她的名字挂在每个英国人的嘴边,但她当初所描述的医院却还是老样子,一点都没有改善。读到这句话又令我大吃一惊:原来还可以这样看问题。

奈保尔后来在接受采访时心事重重地说:

> 印度于我是个难以表述的国家。它不是我的家也不可能成为我的家;而我对它却不能拒斥或漠视;我的游历不能仅仅是看风景。一下子,我离它那么近又那么远。我的祖先百

年前从恒河平原迁出，在世界另一边的特立尼达，他们和其他人建立了印度人的社区，我在那里长大。印度，这个我1962年第一次探访的国度，对我来说是一块十分陌生的土地。100年的时间足以洗净我许多印度式的宗教态度。我不具备这样的态度，对印度的悲苦几乎就无法承受——过去如此，现在如此。甘地把印度带出了一种黑暗年代，而他的成功则又不可避免地将印度推入了另一个黑暗年代。

他的意思是：印度摆脱殖民统治以后并没有走向一条光明大道，仍然在黑暗中徘徊。他在书中写道："印度把新生代吸收进旧我之中，以老方法使用新工具，清除自身不需要的思想，保持其平衡，土地的贫穷反映在思想的贫穷上，如果不这样则会平添灾祸。"他接着说："被征服的文明也是受挫的文明，它使人服从于灵活的'教义'，与土地一起日渐萎缩。甘地唤醒了印度，但他所唤醒的不过是个受挫的印度，是他继南非之后所需要的圣土。"

甘地所坚持的信念被称为"甘地主义"，历史学家的看法是：甘地主义属"宗教道德型"民族主义，在民族民主运动时期，具有革命性与进步性。他以印度教传统与非暴力抵抗手段相结合，充分发动群众，使印度的民族运动真正奠基于群众运动之上。但这种思想把非暴力看成唯一的"宗教式的善"，因而它又有限制群众运动和民族独立运动健康发展的局限性的一面。有人说：今天，甘地主义既不起政治作用，也不起社会作用，它所拥有的只是"妄想"而不是"思想"。

奈保尔通过实地考察，很早就发现甘地主义的不足之处。有这样一个实例：一个外国商人发现他的仆人很有天分，便让他接受教育并在离开印度前为这人安排了一个更好的工作。不幸的是，这个年轻人属于印度种姓族群的最底层——"不可接触者"，几年后商人返回印度，发现这人又变成了厕所清洁工。由于社会根深蒂固的陋习和偏见，他原来所在的族群认为他背叛了族群而排斥他，其他族群又不肯接纳他，他孤立无援，连妻子也娶不到，只好继续从事卑微的工作。尽管他受过教育，也只能被迫服从社会旧有的"教义"。

奈保尔无情批判印度现状是否不爱国

奈保尔是印度人后裔，但他出生在特立尼达岛，求学在欧洲，入了英国国籍，他在诺贝尔获奖演说中说："我的背景既很简单又很复杂。"他无法承认自己是印度人、特立尼达人，也无法承认是英国人。他说得到诺贝尔奖"是对我的家乡英国和我祖先的家乡印度之一大致敬"。他没有提特立尼达。被问起为什么没提，他说可能"妨碍致敬"，这激怒了许多特立尼达人。

奈保尔在书中写道："我是一个殖民地人，作为一个访问者，在行走的浪漫背景里，观察在那些地方生活着的人与社会，就像从远处观看我自己成长的那个地方。"他这本书写于四十年前，书中对印度当时状况的批评十分尖锐。我今天回顾这些批评不是出于幸灾乐祸的心理嘲讽、贬低印度，而是用这面镜子也照照自己，从中吸取点经验教训。何况如今的印度已大不同。

他发出这样的感慨："印度吞噬了自己的文明，在垃圾中产生垃圾，在废墟中制造废墟，人民居然能心安理得地生活。"能这样批评自己祖先的祖国吗？但柏杨不也写过《丑陋的中国人》吗？

他批评风行的印度教"轻易地走向了野蛮主义"。我们经历过的无数次所谓思想批判运动不也"轻易地走向了野蛮主义"？

他沉痛地说："没有任何文明对外在世界那么缺乏抵御能力；没有一个国家会那么轻易地被侵袭和劫掠，而从灾难中学到的又那么少。一个受伤的古老文明最终承认了它的缺陷，却又没有前进的智识途径。"我们的文明不是也在历史上的数次"浩劫"中缺乏抵御能力吗？之后又得到了多少教训？

奈保尔已不是印度人，"不爱国"的帽子戴不到他的头上。他如果仍是印度人，说了这些话，"不爱国"帽子仍然戴不到他的头上。鲁迅批评国人之劣根性时，言辞十分犀利甚至刻薄，不是不爱国。从以上引语,可以看出奈保尔对印度爱之深,责之切。

爱国有广义与狭义之分,狭义不是狭隘。狭隘的爱国主义起到的破坏作用甚于敌人的破坏。"爱国主义是流氓最后的庇护所"[4],这条惊世骇俗的警句出自英国文学泰斗塞缪尔·约翰逊的演说。

爱因斯坦说过这样一段很深刻的话:

> 我是一个真正的"独行者",从未全心全意地属于过我的国家、我的家乡、我的朋友,乃至我最亲近的家人。面对这些关系,我从未消除那种陌生感,以及对孤独的需求——这种感觉随着岁月的流逝与日俱增。
>
> 一方面,它能让人清楚地感觉到,这将使自己与他人的相互理解和支持受到限制,但我毫无遗憾。这样的人无疑要失去一些天真无邪和无忧无虑。但另一方面,这样的人才能在很大程度上独立于他人的意见、习惯和判断,避免让自己内心的天平置于这种不稳固的基础之上。

意思再明白不过:"纯粹的"爱国主义会"让自己内心的天平置于这种不稳固的基础之上"而变得盲目,拒绝接受真理。

奈保尔是否自私,干卿底事

《南唐书》记载,冯延巳有"风乍起,吹皱一池春水"之句,元宗尝戏冯延巳曰:"吹皱一池春水,干卿何事?"奈保尔的个人私事与外人无关。

"自我"有时可以和"自私"画等号。奈保尔在处理生活和感情问题上一直被知情人认为是一个自私的人。他经过热恋,与第一任妻子结婚后,拒绝过夫妻生活,却与一个在旅途中结识的女子保持了二十年的情人关系,后来遇到一位更令他心仪的年轻姑娘,"毅然决定"与第

---

[4] Patriotism is the last refuge of a scoundrel.

一任妻子离婚和她结婚,也令那位苦等一生的情人"诧谔不已",尽管这时第一任妻子因病奄奄一息不久于世。

对自己最深处的冲动感到羞耻,并且觉得有必要掩盖它们是人类的共通特性。当他的传记作者询问这些事是否可以写进传记里,他不仅慷慨允许,还主动把情人给他多年写的情书和日记提供出来,而这些充满朝思暮想的绵绵情书,他从未打开阅读过。这或许与他出身卑微而又长期奋斗的经历有关。

这种经历也造成他不易与人相处。他在面对《巴黎评论》记者采访时,那种直言不讳也令人难堪。例如,记者问:"看来你不喜欢接受采访。"回答:"我是不喜欢,因为思绪太过宝贵,很可能会在谈话中流失。你可能会失去它们。"其实,有水平的采访往往会激发作家的灵感和思绪,他本可以侃侃而谈,但他会希望赶紧结束采访,跑回自己书房把这一切思绪写下来。这一点被称为"自私",也能理解,毕竟作家是为自己的创作而活着。

奈保尔对自己人品与文品不一致应该有所觉察。他在接受诺贝尔文学奖时的答词中一开始就引用普鲁斯特关于"作家作为作家和作为社会存在之间的差别"的名言,借他人酒杯浇自己胸中块垒。

19世纪的法国评论家圣伯夫认为,要了解一名作家,必须尽可能地了解这个外在的人、了解他生活中的细节。而普鲁斯特反对这一做法,他认为:"书是另一个自我的产物,有别于在日常习惯、社会生活以及性格弱点中所彰显的自我。如果我们试图了解那个特定的自我,我们必须搜寻自己的内心,努力在内心深处重建自我,这样才有可能实现。"我们阅读一位作家或者任何一个依靠灵感的人所写的传记时,都应该牢牢记住普鲁斯特这段话。

普鲁斯特写道:"这是心灵最深处自我的作品,独自写就,只为自己而写,却惠及众生。作家建立在个人生活之上的作品——例如对话,以及充其量只能被视为对话集出版物的客厅文章——是表面自我的作品,不是心灵最深处的自我,那个将整个世界以及俗世中的'我'抛在脑后才能发现的自我。"

奈保尔说：我最有价值的一切都在我的书里。我是我所有作品的总和。这一切都是因为我既简单又复杂的背景。

2014年8月，他来到上海，出席《大河湾》中文版首发式。主持人问他会不会写一本关于中国的书，他坦率地回答："不会，这里是个巨大的国家，写中国需要大量的观察和知识积累，我没有这些东西。"他在中国说过的这段话影响较大："有一个遗憾，就是人生苦短，我认为一个人一共要有三个人生，一个用来学习，一个用来享受，还有一个需要用来思考。"

可以用这段评论作为本文的结束语：

> 他担负起为帝国命运编年记史的职责，而那是部道德史：即帝国究竟对人类做了什么。他的叙述的权威来自他的记忆，他记住了他人所遗忘的，那被征服者的历史。

（2018年4月2日初稿，2018年12月12日修改，2020年12月9日改定）

文 ◎ 五篇

不轻易赞颂未经生死考验的爱情
——从凯莉·泰勒《天堂可以等》说开去

墨西哥作家卡洛斯·富恩特斯说:"上帝不喜欢文学的,因为文学从上帝手中把天堂和地狱都夺走了。"

奈保尔的书读起来会感到沉重,这里读一部轻松愉快的爱情小说。

英国女作家凯莉·泰勒的 Heaven Can Wait 被评为"2009 年英国最佳图书",她也因此被誉为"欧美言情新天后"。2010 年 5 月江苏文艺出版社出版了中文本,书名译为《天堂可以等》,简单直白,尽管腰封上用"最精彩浪漫的故事、最情深刻骨的爱情、最超值的阅读体验"来推销此书,但吸引我购读的全在于这个书名。

小说中的女主人公露西·布朗与未婚夫丹尼尔·哈尔

...083

丁相识、相爱多年,但到结婚的前一天都没有对他说过"我爱你"这三个字。她觉得到结婚那一天再说也不晚。不料就在婚礼的前一天,她意外从高处坠下身亡。徘徊在天堂门口的露西十分懊悔没有及早对丹尼尔说出那三个字。她面临两个选择:一是自己先入天堂,等待丹尼尔死后也进天堂时,再告诉他"我爱你",但这可能要等十几年、几十年才能如愿以偿,而且那时她还会是他的太太吗?恐怕他已经另娶别的女人了。二是自己现在就可以重回人间陪伴丹尼尔,但只能以幽灵的形态出现,她能看到丹尼尔,丹尼尔看不见她,也不知道她就在身边。还是得等到他死后,两人才能在天堂相认。即便如此,她只有完成一项艰巨任务才能变身幽灵回到人间。她做出了正确的选择,最终露西在天堂对丹尼尔说出了"我爱你"这三个字……

这个穿越生死的爱情故事,情节设计巧妙,直面生与死的考问、纠结,塑造了一个超越现实的完美世界,描写生动感人、浪漫有趣,英国文学网评论:"这是一部能够在寒冷的冬夜里温暖心灵的作品,精彩绝伦!"欲知详细内容,还是自己看书吧!

说实话,《天堂可以等》值得一读,但畅销一时的书今后不一定成为经典。这里只是借机展开一些关于爱情的话题。

小说中的露西对"我爱你"这三个字看得很重,宁可为此经受一次莫大的考验、在天堂等数十年才能如愿。这三个字真的如此重要吗?艾里希·弗洛姆在《爱的艺术》中有段话可作解答:

> 同样的话(即丈夫对他妻子说"我爱你")可以是很一般的,也可以非同一般,这要按说这些话的方式而定。说话的方式则取决于这些话发自内心的深度,而不取决于个人意志。在双方息息相通的情况下,这些话会触动对方相等的内心深度。所以一个有能力区别的人就会听出这些话的分量究竟有多大。

弗洛姆是著名的心理学家和哲学家,他的《爱的艺术》出版于1956年,曾在心理学界引起一场大讨论,从此人们开始对爱情这一话题进行大量研究并做出无数建议。该书被翻译成三十四种文字,迄今畅销不衰。

弗洛姆精通马克思和弗洛伊德的著作,是首个研究"爱的能力"和"爱的艺术"的人。关于"我爱你"这个命题,他的观点是:不成熟的、幼稚的答案是"我爱你,因为我需要你";而成熟的答案是"我需要你,因为我爱你"。他引卡尔·马克思的语录进行说明:"因为我有眼睛,所以我有看的需求,因为我有耳朵,我有听的需求,因为我有大脑,我有思考的需求,因为我有心,我有感觉的需求。简而言之,因为我是一个人,所以我需要人和世界。"马克思还说:"如果你在爱别人,但却没有唤起他人的爱,也就是你的爱作为一种爱情不能使对方产生爱情,如果作为一个正在爱的人你不能把自己变成一个被人爱的人,那么你的爱情是软弱无力的,是一种不幸。"弗洛姆自己认为:如果能对一个人说"我爱你",那就意味着"我在你身上爱所有的人,爱世界,也爱我自己"。他还说:"如果一个人只爱他的对象,却对其他人无动于衷,他的爱就不是爱,而是一种共生有机体的联系或者是一种更高级意义上的自私。"

一个"共生有机体"的术语就能使一个简单话题开始变得深奥起来,就此打住,慢慢领会吧。

爱情是文学的永恒主题

"男人的一半是女人。"这句话源于柏拉图的《会饮篇》。

传说人类曾经有四条腿、四只手,并且由两张脸组成一个头,那时的人们是幸福的,完整的。因为太完整,神感到害怕,人的完整性会妨碍他们对神的崇拜,于是宙斯就像用头发丝切鸡蛋一样,把人一劈两半,让分开的两个自己在地球上痛苦地游荡,无休止地渴望着人们灵魂的另一半。据说人们找到自己的另一半时,会有种心照不宣的默契和喜悦。每一个孤独的一半都"急切地扑向另一半",拥抱、纠缠在一起,强烈地希望重新融为一体。柏拉图认为:"在观念世界的你的原本的另一半就是你最完美的对象。他或她就在世界的某个角落,也正在寻找着你。"他说:"这种成为整体的希冀和追求,就叫作爱。"

这个传说显然先于"上帝造人"的说法,也比"女人是用男人的肋骨做的"更合理。同样有"原罪"的嫌疑,但男女相爱却是天生合理的。这就出现了一个很有意思的问题:满世界都是失去另一半的半拉子人,其中只有一个是自己的另一半。茫茫人海,何时、何地才能找到属于你也属于他的另一半?概率极小。人的境遇、寿载有限,绝大多数人一生找不到那最合适的一半,况且大多数人都是肉眼凡胎,只能和不知道是谁的另一半凑合一生。找对了,幸福一生;找不对,苦闷一世。

讲述这种幸福和苦闷,似乎就是文学的重任。

经常见到有文章用"柏拉图式的爱"来表示"有爱无欲"的爱情。柏拉图的原话是:"站在爱人的身边,静静地付出,默默地守候,不奢望走近,也不祈求拥有。"显然,这看起来极为浪漫。但大家可能不知道,在柏拉图时代,所谓"爱情"是指男人之间的"爱",并非男女之爱。有些人自诩是"柏拉图式的爱",最好注意不要用错了。

爱是人与生俱来的所谓"七情六欲"之一,唯有"爱"可以进行细致的分析,自然有资格成为文学的重要主题。爱有博爱、母爱和性爱。文学中有关爱情的作品,无论是小说、诗歌还是戏剧,主要是性爱,尤其是男女性爱。由性爱引发的相互感情便是爱情。感情有真有假,才会出现"真情"和"假意"的判断;感情有厚有薄,才会有"厚爱"和"薄情"的分别。由此可知,在文学和现实生活中,"假意"和"薄情"都属于"假爱情"。

文学天然是美学的范畴。但只有哲学和心理学、社会学的全方位介入,文学才能完成这个解读任务。

令有情人能厮守到老的,不只是爱情,还有责任和习惯。

"爱是奉献或给予,不是索取。"仿佛很崇高,其实一崇高就坏了。爱情需要真诚,不需要伟大和崇高,也不需要刻意牺牲。不能把奉献、给予理解为牺牲。"给予"对有创造力的人来说是有力量的表现,是精神富裕、活力旺盛的表现,并非牺牲自己。真正的"助人为乐"纯属自愿,也不会为之自豪。正如阳光普照大地,不是太阳的奉献,而是太阳自身强大的表现,没有什么动机,更谈不上牺牲。奉献有时会要求回报,但强大的太阳从来不要求地球和其他太阳系星球回报什么。如果有一方甘愿牺牲奉献,则或多或少有点像"受虐癖",无法长久。

爱情的煎熬在于"等"

在爱情的词典里,"等"是一个常用字。古罗马奥维德说过:坠入情网的人"靠等待过日子"。"对幸福日子的期待有时比这些日子更美好",这是巴乌斯托夫斯基说的。"人类的全部智慧就包含在这四个字里面:'等待'和'希望'。"这是大仲马说的。

《庄子·盗跖》记叙了中国最早的"等":"尾生与女子期于梁(桥)下,女子不来,水至不去,抱梁柱而死。"这是傻等;民间传说《刘三姐》的唱词:"连就连,我俩结交订百年。哪个九十七岁死,奈何桥上等三年。"这是深情的等;白娘子和许仙的"千年等一回",是牵肠挂肚的等待,也可能只是消极无为的苦熬。牛郎织女的传说,是人与神在爱情领域的抗争与妥协,需要"等"一年。秦观很无奈:"两情若是久长时,又岂在朝朝暮暮?"

西方宗教文化中"天堂"的存在,成为无情世界的感情寄托。亚当、夏娃被赶出天堂,他们的后代无时不渴望重返天堂。于是,有上帝、天堂存在的宗教很容易成为人们的精神寄托。凯莉·泰勒《天堂可以等》的感人之处就在于一种于心不甘、积极有为的争取。

爱情中最苦又最甜的莫过于相思变成煎熬,度日如年。

加西亚·马尔克斯最著名的小说是《百年孤独》,但他认为《霍乱时期的爱情》是他最好的作品,是他发自内心的创作。应该承认,《霍乱时期的爱情》能让人轻松读完,从头等到尾,直到"有情人终成眷属"。书中女主人公费尔明娜·达萨和男主人公弗洛伦蒂诺·阿里萨从小就纠缠不清,龃龉不断,但"灾难中的爱情更加伟大而高尚",到了两个人都当祖父母的年龄时才收获到爱情果实。这时的他俩已经七十岁了,身上都"有股兀鹫的味儿","肩膀布满皱纹",画面上虽然没有丝毫美感,情感上却如"陈年的老酒"。

佛教传入中国,除了对现实的个人身体和意念的修行,"极乐世界"

和"阿鼻地狱"的轮回幻想与中国先民的神话谱系、道教的修炼成仙结合,形成了"神、人、鬼"即"天界、人间、地狱"这一套完整的现实世界与虚拟世界相结合的概念,填补了芸芸众生空虚的精神世界。能修仙的修仙,"一人得道,鸡犬升天";不能修仙的,只能寄托于"彼岸往返",重新投胎转世,期望来生好于今生。

投胎转世,是中国迷信文化中最人性化的环节,能否重新投胎,投胎后成为何等物种,全看生前修为。"不造孽"是国人的生存底线。

佛经有"昙花一现为韦陀"的爱情故事,民间有"奈何桥上等三年"的爱情承诺。迷信也能组建一套完整的虚幻文化架构,说起来既悲哀又无奈:每个刚去世的人的灵魂会遇到鬼门关,从此开始"人鬼相隔",然后要经过一段漫长的黄泉路,直通"阴间"。黄泉路上有一种颜色鲜红的花,叫曼珠沙华,也叫"彼岸花",是黄泉路上唯一的风景和色彩。过了黄泉路,就到忘川河,也称"奈河"。河上有座奈何桥,是过忘川的唯一途径。忘川桥头有个三生石,石头上记着每个人的前世今生。传说在三生石上刻上你和爱人的名字,就可以缘定三生。奈何桥尽头有个望乡台,是最后回望人间家乡的地方。望乡台旁边有个老女人,叫作孟婆,她给每个过桥人都端出一碗"孟婆汤",用忘川水熬成,喝下就会忘记今生今世,不喝就不能过桥去投胎。望乡台上哭完,喝下孟婆汤,就只有死心塌地进入阴曹地府,听候阎罗王的判决和发落。

鲁迅《祝福》一开头就写老病缠身、近似发疯的祥林嫂询问"人死之后究竟有没有灵魂"。她嫁过两个男人,担心到地狱被劈成两半。这个细节很惊悚、深刻,迷信的人临死前仍然充满疑虑和恐惧,需要临终关怀,小说中的鲁迅支支吾吾"说不清"。

"我这一生都是坚定不移的唯物主义者,唯有对你,我希望有来生。"这是中国一位当代伟人说的。"忘川"是迷信文化中最不尽如人意的环节。多少有情人指望在今生发些誓愿,在来生实现,不料喝了孟婆汤就全然忘记,又怎能在来生继续追求?《聊斋志异》中最动人的偏偏是那些讲述"人鬼""人妖""人仙"之间的爱情故事,明知虚妄,却足以慰藉受伤的心灵。这算是早期的魔幻现实主义吧!

热闹曲折的爱情小说看多了，荒诞不经的神鬼故事听多了，不如看一下张洁的《拣麦穗》这篇小小说，核心也是一个"等"，令人含着眼泪微笑。

一个刚能歪歪趔趔地提着篮子跑路的小女孩，跟在大姐身后拣麦穗。二姨问她拣麦穗做啥，她学大姐们那样说"我要备嫁妆"。二姨笑了："你要嫁给谁？"她突然想起一个平日对她好的人："嫁给那个卖灶糖的老汉！"这个四处为家、走乡串村、挑着担子沿街叫卖日用百货的老头已经满头白发，可能给过她几颗糖果，她就牢牢记住了他的好。卖灶糖的老汉知道了这事，张着大嘴笑了："你为什么要给我做媳妇？""能天天吃灶糖呀！""娃呀，你太小了！"小女孩不高兴了："你等我长大嘛！"听说他不能等，再等就该入土了，女孩的小脸皱成一颗核桃："你别死，等我长大！"老汉赶紧哄着说："我等你长大。"此后，这个小女孩就开始为卖灶糖的老汉绣荷包，技术比较差，绣得像一个"猪肚子"。老汉每次来，仍然给她带点不同的小礼物。几年后，小女孩长成小姑娘了，忽然发现很长时间没有看见老汉了，就每天在村口等候，终于有一天来了一个挑着担子卖杂货的年轻人，告诉小姑娘"他已经老去了"。她哭了，不是为过去说过的那句令人害臊的话，而是从此失去了一个"朴素地疼爱过她的人"。

这当然不是一篇爱情小说。但何尝不是一次幼稚的"初恋"呢？令人动情的地方正是那句——你等我长大。

爱情故事的焦点

司汤达写过一部伟大的著作《论爱情》，书中有一章《论爱情的诞生》，指出爱情在灵魂深处诞生后要经历的七个阶段：一、惊叹；二、自言自语；三、希望；四、爱情诞生；五、第一次结晶开始；六、怀疑产生；七、第二次结晶。他说："保证爱情经久不衰的是第二次结晶。"所谓"第一次结晶"是指一方感觉另一方爱自己，"第二次结晶"是确认对方爱自己。朋友们可以根据自己的体验品味验证。

司汤达的《红与黑》和《巴马修道院》在问世后一直好评不断，但

《论爱情》却长期无人问津，初版问世十一年后只卖出十七本。"思想家常常不见容于他的同代人"，他在再版的序言里坚持认为自己的写作态度是"科学严肃"的。他虽然活在18世纪与19世纪之交，这部书却是"为20世纪而写作"。中文版我见到两个版本，一是由崔士篪翻译、团结出版社的《司汤达论爱情》（中英文双语读本），一是由刘阳翻译、江苏人民出版社的《十九世纪的爱情》。后一个版本好读些。

如今世界公认这是一部伟大的著作。但两百多年来世人一方面赞叹不休，另一方面也议论不休，纠结焦点在于爱情能否"经久不衰"。

俄国心理学家谢切诺夫说："如同生活中的一切事物一样，爱情也经由蓬勃发展，繁花似锦而到衰老枯萎。"他认为：完整的爱情发展有三个阶段。第一个阶段是理想与现实选择，双方都找到了自己认为合乎理想的情人；第二个阶段是激情和热恋，男方激情燃烧得更加旺盛，女方也显示出前所未见的光彩；第三个阶段是烦恼和情感淡漠，有的转化为平淡的友谊，有的甚至变为陌生的路人。

这是一种典型的"爱情悲观论"，在讨论中容易占上风，因为中国有句名言"不如意事常八九"，爱情事也不例外。由此产生大量言论，如"婚姻是爱情的坟墓"以及"围城说"等等。"围城说"不是钱锺书的发明，只是借用了一位外国人的名言。

怎么会这样？因为这种观点占据上风："爱情是不理智的产物。"还有这样的说法："爱情存在的基础，就在于它颠倒了理性的一切规则，本身是无法预见、培养和控制的。"不受理性控制，必然是非理性的。一旦理智了，爱情就失去了基础。

塞缪尔·约翰逊博士说："爱是傻瓜的智慧，智者的愚蠢。"

当然这些说法难免失之偏颇，因为爱情中不仅包含动物本能，还充满文化因素和社会背景。比如，有不少人不断遭受爱情的挫折，是因为他们"一方面渴望爱情，另一方面却把其他东西如成就、地位、名利和权力看得重于爱情"。

弗洛姆继承、修正并发展了弗洛伊德的理论，他正确地指出：人们不仅在生理和心理上需要爱情，在生存和发展方面也需要爱情。"每一

不轻易赞颂未经生死考验的爱情

个在一个特定社会生活的人的爱的能力取决于这一社会对这个人的性格影响。"古代社会的爱情行为、爱情观与近现代社会的爱情行为、爱情观显然大不相同,比如古时人们接受"先结婚后恋爱",反对"先恋爱后结婚",现代人接受"先恋爱后结婚",反对"先结婚后恋爱"。现实中许多人希望并追求"持久的爱",也有人根本就不希望如此。

20世纪产生了许多著作特别是心理学方面的著作研究爱情,如弗洛伊德的《性爱三论》、赫伯特·马尔库塞的《爱欲与文明》、米歇尔·福柯的《性经验史》三卷集,等等。特别是福柯的著作,中文译本很多,有兴趣的可以一阅。他被誉为"对20世纪下半叶的时代精神影响最大的哲学家",以其"无比渊博的学识、才华横溢的文笔、惊世骇俗的思想,深刻影响了后现代主义、权力分析与社会理论、新文化史、刑罚史、身体史、性史、女性主义与酷儿理论,以及文学与艺术批评等各种时代思潮"。

爱情研究,是中国哲学、社会学以至文学"被遗忘的角落",只能翻译外国著作来填补这一领域的空白。对爱情到底是持乐观态度还是悲观态度的问题,中国人自己没有答案,一旦介入讨论,不使用伦理道德话语无法收场。

爱情小说的结局

读者很容易被作家写的故事感动。有情人能够幸福地生活在一起的童话般结局能够传递乐观精神、安抚心灵。

其实作家写爱情故事都是有套路的。让我们从结构上分析一下。

托尔斯泰写道："幸福的家庭都相似。"

这样就必然产生爱情的结局一：两人过上幸福的生活，白头到老。

许多优美的童话都是如此：《白雪公主》里的公主和王子，《灰姑娘》里的辛德瑞拉和王子。莎士比亚、狄更斯，等等，他们的爱情小说最后都是结局一。即使是《霍乱时期的爱情》，两人到七十岁才结合，也无非这个结局。

托尔斯泰还写道："不幸的家庭各有各的不幸。"于是爱情就会产生以下几种不同组合的结局。

结局二：女方不满男方，另谋新欢，走向结局一；男方痛苦余生。

结局三：男方不满女方，另谋新欢，走向结局一；女方痛苦余生。

结局四：男女互相不满，分道扬镳，各自找到了新爱，分别走向结局一。

结局五：男女互相不满，各怀怨恨，到后来重新和好，一起走向结局一。

当然还有两种结局：

一是男女双方互相嫌弃，分道扬镳，都终身不娶不嫁；

二是如《孔雀东南飞》中焦仲卿与妻刘氏、梁山伯与祝英台、罗密欧与朱丽叶那样双方都因爱殉情。

这两种结局过于悲惨，也不普遍，就不列入正常的结局之中了。

上述这些结局，相信读者都能在各色小说中找到相应故事，不用一一举例。

加拿大女作家玛格丽特·阿特伍德在《黑暗中谋杀》中列举了各种幸福的结局之后指出，任何爱情小说的结局只有一个："约翰和玛丽离开人世。约翰和玛丽离开人世。约翰和玛丽离开人世。"重要的话说三遍,再幸福的恩爱夫妻最后都要"离开人世"。她认为作家设计出来的种种结局都是假的,"可能是心存邪念、有意欺骗,也可能是太善感,或过于乐观",都离开人世才是"唯一真实"的结局。

这段话看似无聊、无理,其实用意很深:任何爱情故事,无论幸福与否,只有至死方休。活着,就还会发生各种故事,可能生变。

既然熟悉了这些套路,为什么大家还会乐此不疲地不断阅读新的爱情小说呢?阿特伍德当然有答案:"向来开头更有趣。""真正的行家最喜欢的还是中间这部分,因为要想在这部分变花样最困难。"她指出了爱情小说的创作重点和阅读重点,要求作者和读者不要看重小说中爱情的结局。当然现实中的爱情十分注重结局。

一批又一批的天才作家能够写出一个又一个完全不同的男女爱情萌生的撞击点和爱情过程中的爆发点,为读者提供完全不同的爱情体验。爱情小说的魅力就在于此。

爱情文学的作用与魅力

文学是什么?文学是在你需要时能及时出现的一个朋友。罗杰斯·里斯在《书蠹乐趣》中写道:"文学不仅仅是一个人在其快乐日子里的佐料,当在灾难突然降临时,就成为他的依靠和安慰。文学柔软地缠绕上他的心头,温柔地撑起他垂下的头,抚慰着他受伤的心。"本来想找一段关于文学的准确定义抄在这里,看来这段暗喻更好。

爱情文学中还是以"乐观论"居多。这反映了多数人还是希望有热烈而永恒的爱情。因为文学能够高度丰富爱情的情感和审美内容。

保加利亚伦理学家基里尔·瓦西列夫在他著名的《情爱论》中总结了四个方面的表现。

  一是文学是优美的形象语言艺术,这种语言有如动人的旋律。奥维德说过,爱情需要"甜言蜜语的滋养"。艺术语言的魔力就是使恋人的心理接触具有细密潇洒的形式。

这是从恋人之间语言交流层次的分析；文学有助于交流,促进相互理解。陕北民歌:"一碗碗谷子两碗碗米,面对面睡着还想你!"翻译家朱生豪写过:"如果有眼睛而不能见你,那么还是让它瞎了吧;有耳朵而不能听见你的声音,那么还是让它聋了吧,多少也安静一点。只要让心不要死去,因为它还能想你。"据说仓央嘉措有这样的诗:"我放下过天地,却从未放下过你。"能把炽烈的感情用这么简单的词语表达出来,只有文学语言。

蒙田说:"我需要三样东西:爱情、友谊和图书。炽热的爱情可以充实图书的内容,图书又是人们忠实的朋友。"他还说:爱情和美丽之神维纳斯到处有缪斯陪伴,"谁使爱情拒绝同诗歌交往,拒绝它的帮助和服务,谁就使爱情失去了最强大的武器"。难怪大家都喜欢听动人的情歌。当然,有时大白话也很动人:"醒来觉得甚是爱你。"

二是文学可以丰富形象联想的范围,促成审美的条件反射,使意识从情欲领域上升到精神领域,给人以艺术享受。

这是对爱情从美学层次的分析:文学有助于增加爱情的美感。别林斯基说:"爱情需要合理的内容,正像熊熊烈火要油来维持一样;爱情是两个相似的天性在无限感觉中的和谐的交融。"关关雎鸠、在河之洲,蒹葭苍苍、白露为霜,这些比兴手法的运用都扩大了联想范围,用环境、景物的美映衬了情感的美。瓦西列夫写道:"爱情总是男女关系的热烈而激动人心的审美化。它的奔腾激昂,它追求幸福的轻盈步伐,就是血液的流动节奏;它的语言就是高尚的诗篇,是美妙的音乐;而爱情的目光就是明媚的光辉。"

三是文学能把人的情欲本能同最纯洁的精神冲动结合起来,使爱情变得高尚和崇高。

这是从自我完善层次的分析。正如木心所说:"爱,原来是一场自我教育。"现实生活中的人有独特的爱情经历和经验感受,所谓"鞋子大小脚趾头知道"，由于羞耻感的存在无法与他人交流，于是阅读爱情小说就成了体验高尚、见贤思齐的自我教育的途径。被誉为"英伦才子""英国笛卡尔"的阿兰·德波顿的小说《爱情笔记》和《爱上浪漫》，情节曲折、描写细腻，有思想，有智慧，有趣味，足以承当这样的老师。上海译文出版社有他的全集。

除了提高思想层次，通过文学阅读人可以提升感情深度。被称为"20世纪最伟大的五大圣者之一"的印度思想家克里希那穆提在《爱与寂寞》一书中写道："如果你没有爱——你去做任何想做的事，崇拜所有的神明，参加各种社会活动，改革贫穷、从政、著书立说、写诗——你仍然是个死了的人。没有爱，你的问题会永无止境地增加；而有了爱，去做你要做的事，就没有危险，没有冲突。爱是美德的精髓。"

四是文学描写的恋人和恋爱场景之美能提高人们相互关系中的文化素养、审美情趣和道德标准。

这是从提高爱情品位层次的分析。曹植在《洛神赋》中形容宓妃的神态："其形也，翩若惊鸿，婉若游龙。荣曜秋菊，华茂春松。髣髴兮若轻云之蔽月，飘飖兮若流风之回雪。远而望之，皎若太阳升朝霞；迫而察之，灼若芙蕖出渌波。"几乎用尽了最美的比喻，每一句都倾注了无限感情，令读者如临其境，深深陶醉。

不轻易赞扬或歌颂未经生死考验的爱情故事

年轻人早一点阅读优秀的爱情诗歌和小说，细化感情、丰富阅历和体验，十分必要。但只须抱着欣赏、赞许或感叹的态度就够了，不必尽情歌颂和溢美。我后来不怎么翻看爱情小说，因为我产生了一个固执的标准：不经过生与死考验的爱情，无所谓坚贞与崇高。

也许正因如此，美国电影《人鬼情未了》、日本电影《生死恋》等作品特别使人感动、难以忘怀。20世纪末小说与电影《廊桥遗梦》突然走红，大概也是这个原因。回想阿特伍德在《幸福的结局》中关于"双方离开人世"的断言,对真正的爱情又多了些感悟。

反观中国古代爱情神话故事,如"梁祝""白蛇传""天仙配"等等,似乎都有这个因素。白居易的《长恨歌》以及后来白朴的《长生殿》也因悼亡而感人。《红与黑》《安娜·卡列尼娜》等名著莫不如此。等待死刑到来的于连对前来探监的德·瑞那夫人说出了内心的忏悔和感动:"如果不是你这次到监狱来探望我的话,我大概死也不知道什么是幸福。"他拒绝上诉,也拒绝临终祷告。玛特尔小姐吻着并亲手埋葬了他的头颅,德·瑞那夫人告别了儿子,也黯然离开人世。悲剧式的爱情比喜剧式的爱情往往更感人。

未读过巴尔扎克小说《驴皮记》的人,只看书名一定想不到这是一篇关于爱情的寓言小说。《驴皮记》写爱情别出心裁:主人公拉法埃尔对心上人波利娜的爱每多一分,代表他生命长度的那张有魔力驴皮就要缩短一分,他惊恐万状,百般躲避,但最后还是选择了"爱到死",成了"给自己行刑的刽子手"。

读过爱情小说的人才能谈论爱情。但只读过爱情小说的人不一定懂得爱情。经历过生死考验且能矢志不渝的人会理解真正的爱情。

如果一个智力超群的人爱上一个人工智能制作的顶级机器人,可能才会出现完美的持久的爱情吧!

为什么?这个机器人有自学习、自修复功能,除了饱读诗书、口若悬河的花言巧语,还能够根据主人的喜怒哀乐、年轻老迈等不同状态准确预判并迎合疏导,怎能不可心如意?再加上具备换肤变脸、伸缩自如、刚柔相济的变化本领,任何真人都无法匹敌。

机器人招架不住的是这句话:一个男人发自内心喜欢一个女人,其实是喜欢这个女人的缺点。

(2011年5月9日初稿,2018年8月15日修改,2020年12月11日改定)

文◎六篇

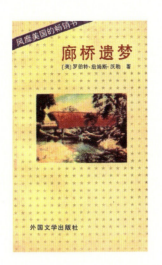

自然的人性与社会的人性
——关于《廊桥遗梦》的两个话题

弗洛姆在《爱的艺术》中说:"人们往往把这种如痴似醉的入迷、疯狂的爱恋看作强烈爱情的表现,而实际上这只是证明了这些男女过去是多么寂寞。"

说完正常的爱情小说,再说一部不正常的爱情小说《廊桥遗梦》。

然而再一想,什么是正常的爱情小说?难道只有主人公终成眷属的小说才算?世界名著中的爱情小说,除了《简·爱》,很难找到正常的。看来不能用这个标准来区分爱情小说。

罗伯特·詹姆斯·沃勒只用了十一天就写出的《廊桥遗梦》(*The Bridges of Madison County*),1992年在

...097

美国出版，造成巨大轰动，名列 1993 年畅销书排行榜榜首。1994 年 6 月外国文学出版社出了中文本，小 32 开，薄薄一本小册子。由国家级出版社出版内容如此时髦、敏感的畅销书，是少有的事，搁在以前不可想象。译者署名"梅嘉"，后来才知道是资中筠先生的化名，用她的话说"就随便那么一翻"，没当一回事。谁知一年中这本小书竟加印多次，达到二十五万册，还不算盗版的。台湾版译名叫《麦迪逊县的桥》，似不如资先生译为《廊桥遗梦》生动。在英文原作出版十周年的时候，译林出版社于 2012 年请资先生对译文做了校订，出了《廊桥遗梦》的纪念版，精装大 32 开，两年内又加印六次。据说全球的读者已达五千万。

叶芝的诗句推升小说情怀

小说前半段以叶芝的名作《流浪者安古斯之歌》里的诗句穿针引线，推波助澜。书中有句提示："在某种意义上讲，女人正在要求男人们既是诗人同时又是勇猛而热情奔放的情人。"

由于外语功底差，我一直无法喜欢外国诗。翻译过来的外国诗显然表达不出原诗的韵味和妙趣，只能了解个大致意思，个别哲理诗勉强可读，遗憾的是体会不到原文语言的精彩。正是这个原因，我读翻译小说多，知道的外国小说家也多，但对外国诗人和作品知之甚少，以至于对威廉·巴特勒·叶芝这样在西方赫赫有名的大诗人也前所未闻。知道他、了解他、喜欢他的诗，还是读了小说《廊桥遗梦》以后。

叶芝是爱尔兰有史以来最杰出的诗人，也是 20 世纪英文诗界最卓越的诗人之一，1923 年瑞典国王亲自给他颁发诺贝尔文学奖，1934 年又获哥德堡诗歌奖。他的诗受浪漫主义、唯美主义、神秘主义、象征主义和玄学主义的影响，形成了独特的风格。他虽然积极参加爱尔兰文艺复兴和民族主义运动，但在诗歌艺术上一直坚持精益求精，他说：不要为任何事业牺牲自己的艺术，即使是为国家、为民族而战，也不能写出"糟糕的诗歌"，那是"对尊严自身的亵渎"。他的艺术成为英文诗从传统到现代过渡的缩影。

叶芝二十三岁时遇见美丽的莫德·冈娜（又译茅德·冈），不但一见钟情，一往情深，而且至死不渝。在他眼里，冈娜不仅貌美如花，倾国倾城，而且品格高尚，完美无缺。他这样描写对她的第一印象："她伫立窗畔，身旁盛开着一大团苹果花；她光彩夺目，仿佛自身就是洒满了阳光的花瓣。"冈娜出身于都柏林的上流社会，却积极投身争取爱尔兰的民族独立运动，成为一名政治激进人士。受此影响，叶芝写出了最具政治色彩的剧本和诗歌。他一次次向她求婚，一次次被拒绝，知道冈娜嫁给了别人以后，他悲痛欲绝，大病一场，仍然继续傻傻地等待剧情反转。痛苦的爱恋煎熬，激发了他诗歌创作的灵感，为她写出了传唱全世界的著名爱情诗《当你老了》。最悲惨的是，到了七十四岁的高龄，他还盼望能有机会和她在一起喝茶谈心，冈娜虽然早已寡居独处，还是无情地拒绝了他。几个月后，叶芝就离开了人世。有人研究过他的人生和艺术历程，得出的结论是："叶芝越老越伟大。"冈娜也以拒绝叶芝的追求而出名，她的解释是："他是一个像女人一样的男子，我拒绝了他，将他还给了世界，世界都会因为我拒绝叶芝而感谢我。"冈娜也许是对的，愤怒出诗人，悲痛出诗人，失恋也出诗人。没有她的坚决拒婚，叶芝的诗也许打动不了全世界。

小说中第一次提到叶芝的诗，是在男主人公罗伯特·金凯德和女主人公弗朗西丝卡·约翰逊初次见面时。晚饭后外出散步，看到"几抹红光划破天空"，美丽的晚霞令男主人公脱口吟出两句诗："月亮的银苹果，太阳的金苹果。"女主人公在大学是读"比较文学"的，还在温特赛特本地学校当过教师，有文学功底，马上接口说："这是 W. B. 叶芝的《流浪者安古斯之歌》。"男主人公说："对，叶芝的作品真好。写实，精练，感官的享受，美，富有魔力。合乎我爱尔兰传统的口味。"这令女主人公意外而惊喜，因为她曾在班上给孩子们讲过这两句诗，调皮孩子的胡乱调侃让她灰心丧气。"安古斯"是凯尔特神话中的爱神和梦神，他将充满爱的梦给予世人，让别离的恋人们可以在梦中相见相守。理解了西方文化中的这个隐喻，中国读者就会明白，《流浪者安古斯之歌》是一首美丽的爱情诗。女主人公当然懂得其中奥妙，可是她在麦迪逊

县生活多年,这里从孩子到大人没有人喜欢诗和诗人。她不由得对男主人公产生好感。

小说第二次出现叶芝的诗,是第二天黎明前一小时,男主人公开车经过女主人公家,去拍摄清晨的罗斯曼廊桥。女主人公听见这辆车经过,等到车轮隆隆的响声渐渐杳然,脑海里便翻腾着叶芝的诗句:"我到榛树林中去,因为我头脑中有一团火……"她觉得金凯德就像诗中所歌咏的流浪者,开始对他动心却又不知所措。

小说第三次出现叶芝的诗,是男主人公读到女主人公头天晚上在桥头留的纸条,纸条中也引用了《流浪者安古斯之歌》中的诗句:

"当白蛾子张开翅膀时",如果你还想吃晚饭,今晚你事毕之后可以过来,什么时候都行。

If you'd like supper again when "white moths are on the wing", come by tonight after you're finished. Anytime is fine.

白蛾子一般到傍晚之后才出来活动，诗中借喻为"傍晚时刻"。他读完纸条，马上给她打电话："W. B. 叶芝作信使，我接受邀请。"

如果她没有写这张纸条，男主人公拍完廊桥，就可能离开麦迪逊县，一切故事就不会发生。叶芝诗是女主人公和男主人公情感爆发的导火索。

读外国诗和读《诗经》《楚辞》一样，读不懂原文时可以借助翻译先弄清大意，理解后就直接阅读和背诵原文，忘掉译文。严格地说，无论古诗还是外国诗，都是不能被翻译的。因为两种语言的"能指"和"所指"是两套完全不同的系统。诗的语言（所指）已经对普通语言（能指）进行了强化、凝聚、扭曲、缩短或拉长、颠倒，变成了文学语言。每一种语言的诗都需要解读才能有近似诗人原意的理解。再加上诗本身的格律和韵脚的要求，把这一套体系完全转换成另一套体系而不失原来的寓意和韵味，相当困难。

中国诗词讲究字数、平仄和押韵，英文诗也有严格的格律，每行以重读音节和弱读音节的音群个数、排列的升降顺序为韵脚（Food），相当于平仄的要求，行尾音节的读音一致为押韵（Rhyme, Rime）。

《流浪者安古斯之歌》原文十分优美：

I went out to the hazel wood,
Because a fire was in my head,
And cut and peeled a hazel wand,
And hooked a berry to a thread;
And when white moths were on the wing,
And moth-like stars were flickering out,
I dropped the berry in a stream
And caught a little silver trout.

When I had laid it on the floor
I went to blow the fire aflame,
But something rustled on the floor,
And some one called me by my name;

It had become a glimmering girl,
With apple blossom in her hair
Who called me by my name and ran
And faded through the brightening air.

Though I am old with wandering
Through hollow lands and hilly lands,
I will find out where she has gone,
And kiss her lips and take her hands;
And walk among long dappled grass,
And pluck till time and times are done
The silver apples of the moon,
The golden apples of the sun.

英文诗在明白大意后尽量还是用英语朗读，才能体会原诗的十足韵味和铿锵音调，继而感受诗中优美的意境。

这里试用蹩脚的韵文简述大意：我走进一片榛树[1]林，心头翻腾着一团火／砍根木棍当手杖，再给鱼线上拴只浆果／一群白蛾舞动翅膀，好似夜空中的星光闪烁／把浆果投进激流，一条银鳟被钓出水波／把它轻轻放在地上，接着动手生一团篝火／忽然传来沙沙的响声，仿佛听到有人在叫我／原来银鳟鱼变成了美娇娥，一朵苹果花插在了她鬓窝／她叫着我的名字跑开去，在明亮的气氛中消失了行色／尽管我是个流浪的老者，尽管道路上崎岖坎坷／无论如何也要找到她的踪影，然后手牵手与她亲热／在斑驳的草地上漫步走过，我要永远和她在一起摘折／摘折月亮的银苹果，摘折太阳的金苹果。

2012 年湖南文艺出版社出版的《叶芝诗选》有袁可嘉译的这首诗，题目译作《安格斯漫游歌》，为节约篇幅，只看译文的前两段和最后一段：走出门到榛树林／胸中憋着一窝火／割削一根榛树棍／悬上一线挂个果；

---

[1] 传说安古斯流浪时用的手杖是榛木做的。

/此时白蛾正四飞/蛾般星群正闪耀/我把果子掷下溪/银色鳟鱼捉一条;/长草斑驳我走过/采摘月亮银苹果/采摘太阳金苹果/采到时间成虚无。译文保留了原诗中的意象,但最后这个"虚无"略显突兀。

另一个版本也只看前两段:我去到榛树林/为了心中有一团火/我砍一条树枝剥去皮/又用钩子在线上串颗浆果;/白色的飞蛾扑扇起翅膀/飞蛾一样的星星在夜空中闪烁/我把浆果投进小河/一条银色的小鳟鱼上钩咯。

整体还不错,但"上钩咯"的"咯"字一出,诗意顿失,可见译诗之难。要知道这可是世界名诗呀!同样,用白话文翻译中国古诗词也是费力不讨好的事,丢掉的诗意、韵味远比翻译出来的多好多。真不如多加些注释、解词来阅读原文。

自然的人性与社会的人性

《廊桥遗梦》小说问世后,被许多人批为"诲淫诲盗"。据说改编的同名电影上映后,令美国当年的离婚率提高了百分之七,也引发了全球的离婚大潮。可怕不?有评论认为,离婚大潮是被剧情感动的人们用实际行动向弗朗西丝卡这位"基督殉难式"的可敬农妇致敬。

《廊桥遗梦》算不上一流的小说,但能够轰动一时,也说明确有过人之处,因为它再一次用文学艺术揭示了共有的人性问题。其中,有自然的人性,即未被压抑的人性,也有社会的人性,即道德规范压抑下的人性。激进的观点会认为这是"非人性"。

小说、电影有娱乐性,但由此引起的话题讨论却具严肃性。评论艺术,尤其要警惕、鄙视的是,有些人自认为站在道德的制高点,用卫道士的虚伪语言对这部作品全盘否定,进而对持不同意见者挥舞帽子和棍子谩骂恐吓。这些人如同一群黄蜂,只知道蜇人,却不会酿蜜。意大利诗人和文学评论家巴蒂斯塔·瓜里尼曾说过:"我们所批评的是艺术家,不是道德家。"数百年过去,这句话仍未过时。

尽管这个话题讨论得已经够多,现在重温一下弗洛伊德的有关论述还是有益的,因为在既往"热点讨论"中,我们始终缺少一个没有"语言暴力"的语境和认真探讨严肃问题的氛围。

弗洛伊德认为,在我们的文化中,爱情可以而且必须作为"目标受抑的性欲"来实践,并遵循由一夫一妻制的父权社会对此施加的所有禁忌和压制。一旦超出了这种合法的表现,爱情就是破坏性的,根本无助于生产性和建设性工作。严格意义上的爱情已被剥夺了,"因为现今文明生活中不允许两人之间有绝对的、自然的爱情"。他认为,在真实的自由与幸福同压抑性文明中被推行和鼓吹的虚伪自由和幸福之间,"有一道巨大的鸿沟"。

他的学生们对存在"这道鸿沟"无异议,对处置方向有不同的解读。马尔库塞[2]认为,一旦人的志向及其实践被内化、升华为"高级自我",会导致两种问题:于个人就成了"精神问题",于社会就成了"道德问题"。弗洛姆认为,当社会对不顺从行为采取嘲笑、压制和惩罚的态度时,个人负主要责任,社会也要受到"应有的谴责"。个体应该"面对他和他的社会道德问题",勇敢地"自在地和自为地存在",做到"关心、责任、尊重和明智"。马尔库塞认为弗洛姆这种态度会使人"逃避精神分析而接受内在化的宗教和伦理学"。

只有,也只有枯燥的理论才能打开心结,提高悟性。《廊桥遗梦》叙述一读三叹的爱情故事恰好为上述理论做了生动注解。艺术源于生活又高于生活,由此亦可见一斑。奥斯卡·王尔德说:"人生模仿艺术,远过于艺术模仿人生。"成功的小说能够提供普通人难以从生活中得到的体验和感悟。

读这本书,有两个关节点。

一是前半篇所描写的"绝对的、自然的爱情",可以把它当作"自然界"发生的故事来细致观察,丰厚情感。二是后半篇所描写的"道德抉择"带来的"精神痛苦",通过设身处地、换位思考,可增加理性深度。

---

[2] 赫伯特·马尔库塞(Herbert Marcuse,1898—1979),德裔美籍哲学家和社会理论家,法兰克福学派的一员,是"弗洛伊德主义的马克思主义"最有影响的理论家。

这两个关节点有情感的逻辑,也有伦理的逻辑,需要读者理解,也需要厘清,减少偏差和混乱。作者是交代清楚了,关键在于读者的认知能力。

西方爱情小说关注的往往是两人的相遇,常常是一段浪漫传奇,《廊桥遗梦》也不例外。浪漫之处在于把"偶然变成必然"。可以肯定,女主人公的丈夫和孩子如果那几天没有出门远行,男主人公不是恰好在这几天来到麦迪逊县,故事就不会发生;甚至他不是恰好路过女主人公的家门口才打听廊桥的位置,而是在临时住的小镇上就已经打听清楚,故事也不会发生。"无巧不成书",是浪漫主义文学的特点。

在叙述这个浪漫的爱情故事之前,作者在小说开头先写道:

> 在一个日益麻木不仁的世界上,我们的知觉都已生了硬痂,我们都生活在自己的茧壳之中。伟大的激情和肉麻的温情之间的分界线究竟在哪里,我无法确定。但是我们往往倾向于对前者的可能性嗤之以鼻,给真挚的深情贴上故作多情的标签,这就使我们难以进入那种柔美的境界,而这种境界是理解弗朗西丝卡·约翰逊和罗伯特·金凯德的故事所必需的。我知道我自己最初在能够动笔之前就有这种倾向。

这段话本来是多余的,大概是在为自己讲述一个可能引起非议的"婚外恋"故事预留一个自辩,因为海明威说过:"作家结合审美过程,进行有美学价值的思维活动,把情感通过形象体现出来。作为一个作家,你不应当下判断。"也就是说,"小说不需要讲大道理"。

弗洛姆在《爱的艺术》中写道:"人们往往把这种如痴似醉的入迷、疯狂的爱恋看作强烈爱情的表现,而实际上这只是证明了这些男女过去是多么寂寞。"

作者沃勒如果知道弗洛姆说过的这段话,就会庆幸他的小说刚好完美地诠释了它。

小说男主人公金凯德是专业摄影师,因为常年在世界各地工作,妻子被迫离开了他,他把感情破裂的原因归罪于自己。他后来的生活只

有大自然和技术追求，缺少情感，内心世界由寂寞变成麻木。女主人公是大学生，当过老师，结婚后由于丈夫的坚持当了家庭主妇，常年生活在一个相对封闭的农村小镇，情感生活也相对寂寞而麻木。这样两个人偶然相遇，彼此都从对方身上发现了自我，恢复了人的自然天性，由此产生了强烈的感情。

女主人公痛苦又无奈的自白："当一个女人结了婚，有了自己的孩子就……意味着，生活的起点，也意味着……终点。"

男主人公的自白："我现在明白了。我一直在从高处一个奇妙的地方的边缘往下跌落，时间很久了，比我已经度过的生命要多许多年。而这么多年来我一直在向你跌落。"

"每一个不曾起舞的日子，都是对生命的辜负。"女主人公读出了男主人公的执着，男主人公读出了女主人公的寂寞。在冷漠的心房里，他们发现又有了能翩翩起舞的天地。这就是《廊桥遗梦》送给世人的礼物。

人类的爱情十分伟大，不仅仅存在于婚姻之中。如果拒绝理解其他形式的爱情，难道不像一只藏在茧壳中结了痂的虫蛹吗？

小说用了极其浪漫的笔法叙述了两人的相遇、相爱,又使用极其现实的笔法叙述了两人的诀别和相思,同样产生强烈的震撼人心的艺术效果。面对不能继续的感情,男主人公这样说:

> 如果你愿意,我就待在这里,或是城里,或是随便什么地方。你家人回来之后,我就径直跟你丈夫谈,向他说清楚现在的局面,这事不容易,不过我会做到。

他要带女主人公离开麦迪逊县,但是,女主人公不能,考虑到家庭固有的伦理,她是这样回答的:

> 我多么想要你,要跟你在一起,要成为你的一部分;同样的我也不能使自己摆脱我实实在在的责任。……别让我放弃我的责任,我不能因此而毕生为这件事所缠绕。我只能把对你的这份感情,深深地埋在心里。你,你帮帮我……

两个人最终的选择是男主人公离开,女主人公留下,肯定是痛苦的决定。读一下这一句:"真是个难熬的经历。痛苦极了,可以说是惨痛。"

在两人最后离别的场景上,电影处理的效果要比小说强烈得多,画面和音乐以及两位名演员的精湛演技充分发挥了作用。

两个人只有四天的相聚相依,余生再也未能见过面。

男主人公给女主人公写过一封信:"我有感激之情,因为我至少找到了你。我们本来也可能像一闪而过的两粒宇宙尘埃一样失之交臂。……对宇宙来说,四天与四兆光年没有什么区别。我努力记住这一点。"

女主人公临终给孩子的信中这样说:"四天之内,他给了我一生,给了我整个宇宙,把我分散的部件合成了一个整体。……世界上任何两人的关系能有多紧密我们就有多紧密。……我把活的生命给了我的家庭,我把剩下的遗体给罗伯特·金凯德。"

最后,两个人的骨灰都埋在麦迪逊县那座廊桥附近。

《廊桥遗梦》让我看到了文学的伟大。文学是共鸣,是沟通操着不同语言却有着共同灵魂的人们的桥梁,把陌生变成熟悉,把遥远变成亲近。无论你是否同意、是否同情作品中的现实和情感。我的猜想是,如果他们在临终前能够重逢,一个七十六岁,一个六十九岁,一定会坐在壁炉旁边,翻开叶芝的诗集,一起欣赏那首著名的诗《当你老了》,互相安抚彼此"哀戚的脸上岁月的留痕",倍加呵护"朝圣者一样相爱的灵魂":

When you are old and grey and full of sleep,
And nodding by the fire, take down this book,
And slowly read, and dream of the soft look
Your eyes had once, and of their shadows deep;

How many loved your moments of glad grace,
And loved your beauty with love false or true,
But one man loved the pilgrim soul in you,
And loved the sorrows of your changing face;

And bending down beside the glowing bars,
Murmur, a little sadly, how love fled
And paced upon the mountains overhead
And hid his face amid a crowd of stars.

(2011年5月9日初稿,2018年8月20日修改,2020年12月12日改定)

一部内容深刻的"苏修小说"
——伊凡·沙米亚金的《多雪的冬天》

马里奥·巴尔加斯·略萨说："在我们生活的世界里，虚构已经代替了现实，我们对真实世界里的平庸之辈毫无兴趣，只有虚构人生的人才能引起我们的好奇。"

前文中介绍了古典俄国文学的代表作家契诃夫和苏联文学的代表作家巴乌斯托夫斯基，这里介绍曾被称为"苏修文学"的代表作家伊凡·沙米亚金。

对俄国文学，1917年前的俄国文学是古典意义上的俄国文学，1917年至1961年是苏联文学，1961年至1989年是所谓的"苏修文学"，1989年后是当代俄国文学。民间也有不成文的分期：列宁、斯大林时代的文学作品称为"苏联文学"，赫鲁晓夫、勃列日涅夫时代的文学作品称为"苏修

文学",苏联解体后就统称"苏联文学"。有人会问,赫鲁晓夫是1953年9月当选为苏共中央第一书记的,1964年10月被"宫廷政变"搞下台,为什么关于"苏修文学"两个分期不一致?这是因为赫鲁晓夫执政初期,中苏关系还是很友好的,到60年代初期,两国关系开始出现公开对立,展开大论战后,才把苏联称为"苏修"的。

不可否认,俄国文学和苏联文学对现代中国的影响巨大,尤其是对20世纪60年代以前出生的中国读书人。到了"苏修"时期,两国断绝一切往来,"苏修文学"进不到中国,就没有什么影响了。

然而,最不可能发生的事发生了。20世纪70年代初,上海人民出版社以"上海新闻出版系统'五七'干校翻译组"名义,翻译出版了苏联当代作家柯切托夫的《落角》和《你到底要什么》、巴巴耶夫斯基的《人世间》和《现代人》、柯热夫尼柯夫的《特别分队》等十一种小说,标明是"内部发行"。这些专供"批判"的所谓"苏修当代小说"一出现就供不应求,不到一年连续加印,有的印数达到十万册,我收藏的各个版本有加印八次的,且用的都是雪白优良的双胶纸。

至今无从知晓,当年批准出版这些小说的决策者不知是真糊涂还是装糊涂。这些典型的"修"字号图书被作为"毒草"公开出版"示众",读书人是何等欢呼雀跃!"肉包子打狗"这个比喻会侮辱广大读者,但用什么比喻会更好呢？"陈州放粮"？这个比喻又美化了决策者的动机。当时大家互相借这些书看，通用的言语是：把那本书也让我"批判"一下吧！甚至干脆说：让我中一下"毒"吧！在那个无可奈何、啼笑皆非的年代，会发生许多匪夷所思的事。上层设置的行为禁忌到了可以如此被调侃、被无视的地步，真不知是"上智下愚"还是"下智上愚"，反正总有一愚！好了，现在介绍1972年12月出版的伊凡·沙米亚金的《多雪的冬天》，如此一来，俄国文学各个分期的作品我都有论及，也算是照顾周全。

许多人怕读外国小说，原因之一是书中人名难记。我的经验是，先把那些长的人名多念几次，念熟后再读书就无障碍。小女浚儿还在小学一二年级时，我就让她把"弗拉基米尔·伊里奇·乌里扬诺夫·列宁"念得滚瓜烂熟，因为小说中的人物没有比列宁的名字更长的，她反倒觉得外国人名有趣好记，从此不怕读外国小说。记住了《百年孤独》中何塞·阿尔卡蒂奥·布恩迪亚的名字，其他人名就不在话下。同样，《神曲》中的贝雅特丽齐，《巴黎圣母院》中的爱斯美拉达和卡西莫多，两个美女和一个丑男的名字，还有《复活》中的聂赫留朵夫，都需要念熟。一旦和朋友谈起这些小说时，书中人名你脱口而出，那种感觉会相当好。

官场斗争有是非，难道不以是非定输赢？

《多雪的冬天》讲述的是"苏修"时期白俄罗斯加盟共和国一位中层领导干部的遭遇，类似曾经时髦的"官场讽刺小说"。书的内容如同它的书名，深刻厚重，令人忧郁。

好大的雪，好厚的雪，好多的雪。作者叙述主人公的现时和过往，季节都在冬天，背景都是雪地。雪是一种景色，也是一种心境，一种社会情绪。这本小说打破了苏联文学过去存在的种种桎梏，正面揭示苏联社会潜伏的各种危机，令人正视和反思存在的问题，并开始担忧苏联社会的前途，是一部不可多得的现实主义杰作。

当年读这本书的时候，恰好也在一个令人忧郁的年代。在忧郁的时候读一本忧郁的书，心情可能会产生相反变化，所谓"以毒攻毒"，通过阅读能够帮你解开许多郁结。

解开的第一个郁结之环：现实有是非，人生却不以是非定输赢。是非只是一时一事，不能控制一生一世。官场也一样。

小说讲述主人公安东纽克"被提前退休"的原因在于，他反对苏共最高领导赫鲁晓夫"退牧还农"（犁掉牧草，改种玉米）的政令。他认为这个政令不实事求是，一刀切，非要在不适合种玉米的地方种玉米不可，会对传统以畜牧为主的当地农业造成巨大损失。显然这是一个是非问题。他认为自己是正确的，却不懂在官场中他与上级意图不合的个人建议和执意坚持，未必会被其他同僚认可。

对安东纽克来说，他所处的官场分三级：上级、下级和平级，他的地位是不同的。在下级面前，他一言九鼎；在上级面前，他只是执行者；在平级面前，大家各有分工，各霸一方，彼此彼此，都是一个百分点，谁都不比谁多一点，也不会把自己的那一点加给别人。你分管农业，分管工业的会对你的主张不置可否，想获得其他同僚的一致拥护根本不可能。有时同级拥护你，是让你为大家火中取栗。

公开反对上级政令就会受到处罚。他的老同事、老搭档、老部下瓦伦京·阿达莫维奇·布迪卡就认定，他是"一个死抱着原则不放的理想主义者，反对农业革新，是个保守分子"。在讨论对他的处分时，同情他的领导建议这样写："鉴于安东纽克工作中犯有错误……"，反对他的领导要这样写："鉴于安东纽克不同意党的政策……"。显然，不如此"上纲上线"，不足以判他"违反组织纪律"：身为苏共高级领导干部，必须服从上级，服从中央，不能在行动上有"任何反对的表示"。

安东纽克仍然坚持自己的意见，他天真地想："我赞成纪律，但赞成的是自觉的纪律。这样的纪律从不凌辱人。牺牲自己的原则，克制自己的性格，让那份自尊心见鬼去吧！"

没过几年，赫鲁晓夫下台了，他的农业政策及其政治路线也随之停止。这样一来，安东纽克就有了恢复工作的可能。但这仅仅是一种可能。

任何现任领导都不会承认他们迫害了安东纽克,因为他们只是在执行中央最高领导的指示,自己不承担任何责任。这些领导也都不会承认安东纽克曾经的坚持有多么正确和正直。况且,赫鲁晓夫下台的原因,根本不是他要"铲除牧草,播种玉米"。

一个人的自我价值判断不能等值于他人对你的综合判断。安东纽克过于自信,当他的上级约他谈话商讨他"恢复工作"时,他坚持要"官复原职":

> 不。退休不是我自己请求的。是他们"委派"我的……所以我可以继续担任这个"职务"。跟那些嫁祸于人的家伙搞团结是可耻的。我非要某些人懂得……等我进了棺材才罢休。即使到了那天我也还要发出生物电流来,不让某种人安稳地睡觉。

同他谈话的领导给了他这样的敲打:"在我们刚要考虑您的任命问题时,就有人来节外生枝了。有的同志不这样想。年轻时谁没有些过错啊!"

这是警告有"举报"了。还不明白? 干脆进一步提醒:"男人心理嘛! 艳福不浅啊! 好像还有孙子……是这样吧? 不光彩的话柄!"

知道吗? 有"生活问题"是很严重的事! 你还以为你是谁?

这似乎才是官场的逻辑和手段。

官场斗争有输赢,难道不以输赢论短长?

巴乌斯托夫斯基在《面向秋野》一书中写道:"如果你想表现社会主义的建设者,别把他们描绘成道德和真理的化身,而要让他们充满鲜明的人的感情和人的特点——从做蠢事、犯错误到取得胜利,表现真正的英雄主义。"

《多雪的冬天》用很多篇幅说明安东纽克是"好人",是一个有能力、有思想、懂业务、为人正派的优秀干部,特别是在卫国战争期间,他担任游击队支队长、纵队长,带领部队在敌占区坚持战斗,功勋卓绝。不幸的是,同期他犯了一个"生活方面"的错误。

小说女主人公是娜嘉,她的丈夫当了德国占领区警察局的副局长,帮助敌人围捕、杀害游击队员,成了"苏奸"。她坚决地离开了他,怀着身孕来到森林,投奔游击队并积极参加各种力所能及的活动。许多游击队员都悄悄爱上了她。在多雪的冬天里,在极其艰苦的斗争环境中,她成了一道温暖的阳光。

生下女儿后,女主人公得了要命的产褥热。男主亲自带领队员,冒着危险到敌占区,找来德国医生为她救治;她喂孩子的奶水不够,他找来一头奶牛。在遇到敌人重重包围、形势严峻的时刻,游击队需要把伤病员和女人们转移到安全的地方,但她坚持要留下,他在纵队参谋长布迪卡的怂恿下答应了她的请求。后来,他在一次战斗中负了重伤,她为他换药送水,精心照顾。"在最虚弱的时候,"他后来回忆说,"既然发生了这样的冲动、这样的愿望,也就不难猜到事情会怎样发展下去……是的,我是一个软弱的人……"

他是有妇之夫,老婆和孩子都在大后方,他一个人在敌占区开展游击活动,战争延续了三四年,许多战友先后牺牲,大家都有这个准备:"谁知道会给我们活多少时间呢?"而她,是一个"伪警"的妻子和女儿的母亲。安东纽克这样想:"爱一个人必须爱到发狂、爱到忘我的地步,以致统率一切行动的是感情,而不是理智。"每个人都会为自己的不理智找借口来寻求心理的平静。他也不例外。

纵队政委瓦夏·舒冈诺维奇这样说:"你们打仗打昏头了!一旦打完仗,这种娘儿们的事看你怎么对付!"

战争结束了,娜嘉带着女儿到一个乡村学校当了教师,她时刻担心她的丈夫会回来,却一直不知道她的丈夫早已被游击队处死。安东纽克回到城市当了农业部门的领导干部。战后二十多年中两人只见过一次面,见面时她仍然惊恐不安。

这些陈年旧事,只有游击队的少数战友知道,许多战友又相继离世,时间又过了这么久,二十多年……

现在，有人把这件事不知用什么方法报告了上级领导，成为领导掌控安东纽克的一个把柄。他们会这样对他训话：

你过分关心自己的自尊心，却忘了别人也是有自尊心的，而正是这些人才有权决定恢复你的工作。你把你的自豪感举得那么高，好像它是一面旗帜。你反正是必须把职位让给比你年轻的人的，早两年让，还是迟三年让，还不是一个样……

他会这样争辩：

让给谁？让给那些不为这些农民着想、一心只想快点钻进科学界的人吗？

得到的潜在回答只能是：

给你一根骨头，走开吧！

作者用旁观者的口吻说："善于思索的人的本性就是如此。他整个就是由各种矛盾组成的。"安东纽克承认过去的事实，但他不认为那是可耻的："在爱情上我们到老还是个年轻人。各种不同年龄的人都屈服于爱情。"

他痛苦地感觉到，现在上级领导对待他"就像上帝对待乌龟那样"，有的人和安东纽克握手，却不看安东纽克的脸。在他只能接受一个低级职位以前，他要先去处理自己在感情上的两件私事。

一件是，由于多年一心只顾党的工作，与亲生儿子产生了隔阂，他要去部队看望儿子，修补亲情；另一件是，他要去看望娜嘉和她的女儿，不能让她们活在巨大的痛苦和阴影中。

娜嘉忧虑重重地度过了二十多年，他直到现在才告诉她，她的丈夫早已被处死，她不用再担惊受怕。薇塔一直不知道自己的父亲是谁，在同学中受了许多委屈。她已经二十多岁了，还没有男朋友。他亲口对薇塔说,他才是她的亲生父亲。她会为自己有一个游击队长的父亲而自豪,今后不用在疑窦重重中度过一生。

同时,他也向早已知道他这段经历的妻子坦承:他准备认领薇塔这个"女儿",让她能和自己的儿女一样得到关怀。

男主人公决定放弃到一个农产品加工系统当高级领导,因为这个职位要在一个人的领导下,而这个人,在战争时期曾被他严厉批评过:此人只负了轻伤,却要和其他重伤员一起撤退。以他的性格,不能在这种人手下工作。他愿意接受另一个战友的邀请,去他领导下的国营农场当总农艺师。

"墨菲定律"告诉我们:该来的一定会来,不管这种可能性有多小。就在这时,他遭受了两次重大打击。第一次打击是,一位烈士母亲专程来看男主人公,只是要告诉他:有人写信说,因为男主人公要去救他的情妇,她的两个儿子才在那场战斗中牺牲。但这位母亲不相信这些,她语重心长地说:

> 事情是很久以前的了,可是你瞧,恶人就是忘不了。你有仇人了。你看看,我收到了这样一封信。可是哪儿来这么一只蜘蛛,编了一个可恶的蜘蛛网。打哪儿编起?啊,打老远的地方!不知道编到最后怎么结束。说不定还会坑害好人。诽谤就像树脂,沾上了可不容易洗掉。留点儿神。

第二次打击是,就在薇塔对生活开始充满希望时,有人写信告诉她,她的生父是一个"伪警",一个"苏奸",正是被安东纽克亲手杀死的。薇塔不能接受这个现实,跳入了湍急的河流之中……

官场斗争有善恶,难道不以善恶判忠奸?

"苏修"的官场竟然如此险恶!为了不让男主人公"官复原职",竟有人不惜造谣诬陷、挑拨生事,定要把他置于死地方肯罢休。

这些都是匿名信,写给上级领导,写给烈士母亲,写给当事者的女儿。

他思前想后，断定这个人就是他曾经的老朋友布迪卡，因为只有他知道这些内情："为什么一个老朋友，一个不坏的可敬的领导人，要蓄意打击我这个已经失势的人？"

他决定不再容忍，找侦查人员做了一番调查后，以一位军人的态势来到布迪卡办公室，把一封用打字机打出的匿名信摆在他面前，冷冷地问："是你写的吧？"

每个使用多了的手动打字机都会产生不同的笔迹，这封信正是布迪卡办公室那台机器打出的，已经事先做过鉴定。

布迪卡不承认，马上把他的亲信、办公室主任克列普涅夫叫来，询问是不是他写的，因为信上说的那些事，布迪卡只告诉过他一人。

布迪卡曾告诉男主人公，他离不开克列普涅夫这样的人："我总不能夜以继日地搞行政工作。我是科学家，设计家。在你看来克列普涅夫是一个老奸巨猾的人，在我看来他是个生意人，会钻营，有门路，反正，你爱怎么说就怎么说吧，我需要这种人。"

男主人公早就认识到克列普涅夫是什么品性："这是一个没有原则的人，但不是胆小鬼。他不讲什么礼貌，即使和上帝在一起，只要过上半小时，也会对上帝称兄道弟的。大家都认为他是个厚颜无耻的小人，但在他含混不清的胡说八道之中，有时也有一得之见。"

面对布迪卡的质问，克列普涅夫毫不含糊地承认：

> 是我写的。你给我泄露的又不仅仅是这一件秘密，匿名信不是你写的，但我写的又不是告密信，只是让真相大白而已，我不喜欢弄虚作假。

无耻的人就是这么豪横：告密并不可耻。

男主人公没有说话，朝门口走去，布迪卡追上他，喘着大气说："我喂了这么一条毒蛇，多卑鄙！今天就叫他滚蛋！那边出什么事了？娜嘉怎么啦？"

男主停下来，大喝一声："滚！"

小说到此结束。后事如何？留给读者自己去猜想。

其实，官场最好的结局是"不了了之"，没有什么后事。如有后事，那就是另外一个故事。男主人公退休了，一切也该结束。

不能笼统地说官场斗争是"狗咬狗"。

《多雪的冬天》揭示了一个社会现象：当一个人受到政治打击、痛苦不堪、迷茫彷徨之际和之后，欲置他于死地的，恰好是昔日的同事、战友和部下，并非上层，上层根本不认识你，除非你对上层有威胁。一是他们最了解你，最恨你，可以借机报复；二是可以向上层邀功请赏，或许还能掩盖自己过去的恶行。后来发现，历次政治运动包括文坛、学界，都有这个现象。

这是从书中解开的第二个郁结之环，忧郁自然释怀。

许多人到头来才会明白：一生中所谈论、所接触的所谓"世人"，无非就是周围的熟人或半熟半生的人，一生中所立足、所奋斗的所谓"社会"，也无非就是生活、行动的最大周围。朋友在你周围，敌人也在你的周围。不要动不动就怨整个社会、全部世人，你只能抱怨你的周围。

匿名告状、栽赃诬陷的行为是一种罪恶。这些人比公开做坏事的坏人还坏。这种人也在你的周围或曾经的周围。可悲的是仍有一些人乐此不疲，甚至自以为荣。这些人在事情暴露后仍恬不知耻，佯装无辜，反过头攻击被害人"打击报复""不够大度"。

一个正常社会不能提倡、奖励"告密"。

家兄回忆，父亲曾经教导还在上小学的侄女"不许禀人"，意思是告诫她不许给老师打同学的"小报告"。这是一句文言，孩子可能听不懂。父亲能说出此话，足见平生伟大。父亲还说："别人家的肉长不到自家身上。"除了不要占别人的便宜的意思外，也提醒告密者损人不利己。一个有自尊、有自信的人，不会去当"告密"的小人。

不讨人喜欢的"退休老干部"

年轻时读《多雪的冬天》和现在重读，对主人公安东纽克的感觉有了很大变化。说不清哪个更符合实际。

那时认为男主人公是个大义凛然、一身正气的人,尽管有过作风问题。现在看来,男主人公是个不通情理、主观固执的退休老干部。

一是他在担负主要领导职务时,根本不重视培养、教育和提携年轻干部,以至于"被迫退休"后,身边竟无一个可谈心交流的人。就是有一个对他还客气的年轻负责干部,他也认为人家"穿得过于讲究,过于时髦,像外交家似的,掺杂有女性心理",过分挑剔。

二是他在位时完全无视和未警惕"官场潜规则",直到"被迫退休"后才明白自己已被这种"潜规则"套路摆布、算计而无能为力。

三是他到受到打击、"被迫退休"后才体会到亲情的重要。在此以前,他只知道整天工作,完全无视家庭、妻儿和友人的存在。

作者生活经验丰富,观察细微,把一个退休老干部的心态描摹得惟妙惟肖。

小说从他退休后去打猎的经过开始叙述,有些细节虽然琐碎,但很有必要,从中可以读出"苏修"时期官场的许多惯例和陋习。

在国营林场打猎,是当地官员的特权。男主人公尽管退休了,凭着过去的权威和退休后的待遇,仍然可以进入大森林打猎,只不过身边已没有人跟从。

他与接待上级领导的一场有组织的打猎活动不期而遇。组织这场活动的是他以前的老部下布迪卡,如今是本市一个重要机构的负责人。

按惯例或是"知趣",退休了的他应当回避,但他偏要在这个时候"摆老干部的架子",不但不回避,还要与人家接待的这位部长级领导正面交锋。他记着这位领导曾经是他的老部下,尽管人家早已与他平级且现在比他官大,交锋中难免生出许多尴尬,他却怡然自得。

他愤愤不平:先是觉得自己受了布迪卡的"怠慢",便苛责于人。他认为老部下对自己不毕恭毕敬,只是对部长百般逢迎,这样八面玲珑是不对的:"我们是世俗的官吏,你是个科学博士,你应当保持尊严!"貌似有理,但似乎对别人要求过高。他明明知道,布迪卡是一位懂得机械制造的博士、科学家,正在为单位申请一个科学奖项,这位部长有生杀予夺的权力,不照顾好能行?看来缺乏同理心。

再是发现布迪卡的部下克列普涅夫对他前恭后倨，便怒形于色。常言道"大人不记小人过"，他虽然告诫自己不要为小事生气、失态，但面对恶意的嘲笑，偏偏还要和这个小人计较，忘了自己已经退休，结果被暗中摆了一道。看来缺乏平常心。

三是渴望参与宴请活动，一接到人家客套的邀请，便欣然前往。打猎活动结束，照例要宴请领导，客气一下请他参加，本应谢绝才是，结果这时他的庸俗心理占了上风，竟渴望回到那群人中间去，因为"那儿有来自上层的消息、戏谑的谈笑和丰盛的筵席"。他饱尝退休后的寂寞和孤独："在退休人员散步的地方只能听到关于血管梗塞的新闻。"看来缺乏自尊心。

官场盛行"圈子"和"场子"风气，"圈子"和"场子"有高低层次，许多人渴望由低层次的圈子、场子上升到高一层，这就是所谓"朝上爬"。官员只有进入不同的"圈子"和"场子"，才能获得必要的信息和建立起码的信任，否则，永远处于"信息不对称"的境地。这就是所谓的"官场文化"。

四是不满宴席座位的安排和饭前饭后的招待，便浑身酸意。在任时他对机关事务管理主任之类人的"迎新弃旧"作风太熟悉了，但此时却感到难受和不解。他用他的年龄、过去的职位以及惯于教训下级的口气，要让人知道，退了休的安东纽克并不是"一个可以不必介意，或者今天碰到明天就可忘掉的人"。"放肆的胖子"克列普涅夫窘了一会儿，但也只有那么一会儿。看来缺乏自信心。

事后他才意识到："这就是旧的残余嘛，它就像铁锈一样，腐蚀了不少人。"所谓"官气"，就是旧思想、旧习惯、旧势力的表现。

小说第二章讲述安东纽克退休三年闲居在家的心情："过早的退休使他不由自主地变得庸俗起来，使他逐步陷入了日常生活、家庭问题的泥淖，而这些问题有时根本不值一提。"

退休了，仍然"放不下"，也令人怀疑当初是否能"拿得起"。

书中描写男主人公的妻子奥里加是一个贤妻良母形象，没有过多故事，似乎只是一个陪衬，虽然谈不上可有可无，但真是无足轻重。

过去,她抱怨过安东纽克忙于工作经常不回家,回家也不关心儿女的成长,但现在她又觉得丈夫待在家里的时间太多,想得太多,看书太多。她认为多想多看对他都有害处。自己受了委屈,过早地变成一个老头儿。

她深信:人一到老年,甚至比年轻时更离不开人们。

真是善解人意。好在安东纽克终于明白:

> 我是跌过跤。但是,并没有粉身碎骨。我们老年人对于有些蠢事、下流行为和假仁假义已经慢慢习惯,而且常常不去同这些现象作斗争,只求安安稳稳地过活。他们是年轻人,不愿安静地生活,他们希望炽烈地燃烧,而不是隐隐地冒烟。而我们有时把火浇灭……

读到这里,你得佩服作者,他没有把安东纽克描写成一个大智大慧、完美无缺的谦谦君子,而是一个存在种种庸俗心理的正派人。安东纽克是好人,但不可爱。仅从"打猎"这一章的描写,就可发现当时苏联的官场风气,这其实正是"苏修小说"在那时领先于中国同时代小说的地方。当然,现在看来,也只是小意思,打猎算个啥?

抄一段当年出版这类"苏修小说"的《后记》:

> 只要苏联广大工人阶级和劳动人民敢于斗争,敢于胜利,进行第二次十月革命,剥夺勃列日涅夫之流的社会帝国主义政权和垄断资本主义经济基础,一个社会主义的苏联就必将重新诞生。

这可能就是那时决定印行这批小说的初衷。

1978年,瓦西里耶夫的小说《这里的黎明静悄悄》在刚刚试刊的《世界文学》第一、二期上连载发表后,不知不觉中"苏修文学"的叫法悄悄消失了。随着《莫斯科不相信眼泪》《办公室的故事》《两个人的车站》等苏联电影的公开放映,其他苏联当代小说也开始放开引进,可惜缺乏有影响的巨著。直到1991年，随着苏联解体，"苏联文学"成为一段有始有终的历史。

多年来一直保存着这本曾经感动过自己的书，只是品相有点旧，好在是一版一印。1991年，花山文艺出版社正式出版了《多雪的冬天》，译者是佟灿年，以为是新译，购回一看，文字完全相同，原来当年所谓"上海新闻出版系统'五七'干校翻译组"其实就是由他一人翻译，如今才还名于他。

隐约记得柯切托夫的《青春常在》也是他翻译的，找来一看，译者是"佟轲"，不是他，记错了。这本《青春常在》也是从网上淘来的，幸运的是，这是佟轲本人的签送本。

（2018年9月17日初稿，2020年12月12日修改）

文◎八篇

魔音入耳的处世法则与警世戒律
——从《大伟人华尔德传》到柳宗元《三戒》

道德同宝石一样，容易做假；两种假货，对于佩戴人同样可以装饰，真正有眼力能鉴别真假宝石的人很少。

介绍过英国当代作家凯莉·泰勒的《天堂可以等》，还需要介绍一本英国古典文学作家亨利·菲尔丁的《大伟人华尔德传》，以求平衡。

读书人可能都有体会，读过许多书，时间一长就会忘记了大半或更多，甚至连书名都记不起来。不瞒你说，我经常有这种焦虑。有智者会告诉我：大可不必。你从小吃饭，还能记起每一顿饭菜的花样吗？不用记，那些饭菜已经变成了你身体的一部分，维持着你的生存活动。

...123

也是，每读一本书，不论好坏厚薄，都像是在脑海里丢进一颗石子，多多少少会掀起一层波澜或一圈涟漪，时间长了，其中的理论部分肯定会引起你思考方式的改变，知识部分变成了你的生活和工作常识，还有人说已经多多少少改变了你的容颜和气质。至于书本上原来是怎么说的，已无关紧要了。我还读到过一个更夸张的比喻：给脑海里不是丢进一块石头，而是丢进一台发动机，那就不仅仅是一层波澜了。丢进一台永动机更好。

令人印象深刻的书肯定难忘。有如享用过的豪华大餐，纵是多年过去，也能时常回味垂涎，不由得在人前津津乐道。

《大伟人华尔德传》就是这样一本生动有趣、读过难忘的书。忘不了还有一个重要原因，当时做了许多摘记，还和朋友进行了讨论。读重要的书，做笔记或讨论，是保持读书记忆的好方法。

令人五味杂陈的"华尔德处世准则"

1968年初的一天，寒意逼人，偌大中学校园只有很少的同学到校。一位同学神秘地对我说："这本书看过没？"接过一看，是英国菲尔丁的《大伟人华尔德传》，玫瑰红色封面，薄薄一册，繁体竖排本，是50年代初期上海文艺联合出版社的印本。那时我们读的外国小说，多是人民文学出版社或中国青年出版社的，上海早期出版社多，能保存下来的外国小说都是绝版，很罕见。我表示要看，他更神秘了："你悄悄看，不要让别人发现。"天上突然掉下馅饼，我自然十分意外而惊喜！用了一天半时间读完，摘抄了书中的十五条"警句"，然后对另一位关系密切的同学说："这本书你悄悄看，不要让人发现。"这位同学两天后还我，赞许地说："里面一些话很精彩。"我又拿给另一位同学看，也同样叮嘱一遍。等把书还给主人时，几个"死党"都看过了。

从苏联女作家安娜·叶利斯特拉托娃为本书撰写的《亨利·菲尔丁简介》得知，菲尔丁是18世纪英国著名作家，相貌堂堂，充满活力和幽默感，最初以戏剧创作著称，因在一部剧作里影射、讽刺当时的英国首相罗伯特·沃尔波,政府通过《剧院检查法案》,封闭大批剧院,他不得不结束戏剧创作而改写小说。受塞缪尔·理查逊书信体小说《帕米拉》的影响,他一年一部小说,先是《莎梅拉》《约瑟夫·安德鲁斯传》,后来是《大伟人华尔德传》,六年后写出他最著名的具有"散文体喜剧史诗"特征的小说《弃儿汤姆·琼斯史》(亦称《琼斯传》)。他在世时,与笛福、理查逊并列为英国三大现实主义作家,去世后,他与乔叟、莎士比亚并列为英国三位伟大作家。1954年,他被世界和平理事会列入号召世界人民纪念的四大国际文化名人。

写过著名小说《名利场》的英国作家威廉·梅克比斯·萨克雷激情地称赞他:"何等的天才!何等的魄力!多么光辉的智慧和敏锐的观察!对于卑鄙和邪恶的憎恨是多么正直!多么广大的同情!多么乐观!多么豪爽地爱好生活!多么热爱人类!"厉害了萨克雷!我也禁不住给他来个感叹号。他终于不用感叹号写了两句话:"这个人所写下的真理实在是太多了,他教导世世代代的人们智慧地、明朗地笑。"说实话,这两句话所包含的敬意比那八个感叹号更厉害。

写过《艾凡赫》的英国历史小说家沃尔特·司各特没有这么激动,他很冷静地称菲尔丁为"英国小说之父",这句称颂被写入英国文学史,因为他的确是英国第一个用完整的小说理论来从事创作的作家。

西方文学有所谓"母题"说,指文学发展历史进程中被不断反复书写、表现的共同主题,也就是永恒主题,例如"战争""爱情""救赎""野心"等等,其中"弃儿"母题即以《琼斯传》为样板。菲尔丁奠定了英国小说全面反映当代社会的现实主义传统,影响了西方近现代一大批作家,有歌德、席勒、彭斯、司汤达、拜伦、海涅,还有狄更斯、萨克雷、哈代、萧伯纳、别林斯基、果戈理、车尔尼雪夫斯基、高尔基,等等,连马克思都喜爱读菲尔丁的小说。

《大伟人华尔德传》是作者依据一件真人真事编写的一部政治讽刺小说。书中的主人公华尔德是一个坐地分赃的江洋大盗,一肚子阴谋诡计却充满伪善。他使用各种卑鄙无耻、阴险毒辣的手段欺骗、陷害他年少时的同学哈特佛利,逼得他破产入狱,还企图拐骗后者的美貌妻子,但未能得逞。但无论华尔德怎样奸险狡诈,机关算尽,最后还是恶有恶报,受到了法律严惩,被送上绞刑架。当时的英国人都知道:菲尔丁貌似揭露江洋大盗华尔德,其实是讽刺具有同样德行的官僚政客,甚至是继续影射首相沃尔波。

需要解释一下菲尔丁笔下的"伟人"是什么含义。简言之,他把人类分成三个等级,第一等善良而伟大,这种人极少;第二等善良但不伟大,绝大多数人属于此等,即所谓"世人";第三等伟大但不善良,菲尔丁把那些屠杀生灵、祸国殃民、抢劫财产的人列入此类。为什么这些人是伟人呢?因为他们作恶多端而且能够做到。显然,这个称呼是极大的讽刺,针对的是统治者、帮凶和强盗。华尔德属于最低层次的坏人,菲尔丁写他是借此影射、讽刺高层次的坏人。

《大伟人华尔德传》的神来之笔在于结尾处写道:大恶棍华尔德被处死后,在书房里发现了他写下的一些读起来十分"精彩"的处世准则,他在追求自己的人生"伟大"时也是常常遵守的。

一、害人永远不要过度,只要达到目的就适可而止;因为毒害是非常宝贵的东西,不可随便抛出去。
二、不要从感情上区别人们,为了自己的利益,要同样地能随时牺牲一切人。
三、派人出去做事,只要告诉他必需的一部分情况,不要多讲。
四、骗过你的人,不要相信他;知道他自己受过你的骗的人,不要相信他。
五、不要饶恕敌人,但报复时要加小心,慢慢来。
六、躲贫穷,避祸患,尽量亲附权势和富厚。
七、态度行为永远保持严肃,随时随地装作聪明。
八、在帮里酝酿彼此永远的嫉妒。
九、行赏要比功小,但总要暗示赏比功大。
十、一切人都是无赖或傻子,大多数是两者兼之。
十一、好名声同钱一样,必须舍弃,至少能当作孤注,才能替主有者取得利益。
十二、道德同宝石一样,容易做假;两种假货,对于佩戴人同样可以装饰，真正有眼力能鉴别真假宝石的人很少。

十三、许多人因为不能彻底作恶而失败；像赌博一样，不能赌到底的人往往要输。

十四、人们称说自己的道德，商家陈列自己的货物，为的是取利。

十五、仇恨应当放在心头，感情和友谊应当挂在脸上。

菲尔丁喜欢用滑稽、讽刺的笔法写作，是一种"英式幽默"。《大伟人华尔德传》里的这些"准则"都是用"反笔"，把反面的、本该批判的东西用正面的、欣赏的语气讲出来。比如，他借华尔德的口说出了本性善良人们的共同弱点就是"老实"，华尔德之所以精明狡猾，"任何事情都干得来"，就在于不受这个弱点的限制。有分辨力的读者自然不会认为作者在称赞恶人华尔德，他其实是在告诫世人：坏人之所以能够作恶，就是最大限度地利用了人们的善良、老实、谦逊和仁厚的品质。

这部小说虽然不是菲尔丁最出色的作品，但从动笔到临终修订，几乎占据了他从事小说写作的全部岁月，可见他对这部小说的重视。

当时年少，读《大伟人华尔德传》根本不在乎菲尔丁是在讽刺社会还是在讽刺官僚，也不管这本书是否有所谓"教育"意义，只要书写得生动、有趣就行，甚至只要求能够读完就好。说实话，写坏人的书早看多了，与《斯巴达克斯》中的爱芙姬琵达、《巴黎圣母院》中的克洛德、《奥赛罗》中的伊阿古等角色相比，华尔德这种蕞尔小人的小伎俩算不得什么，但他留下的那十五条准则让我牢牢记住了他的名字。其他小说中坏人的名字，比如《基督山伯爵》里陷害埃德蒙的三个坏人就一个都记不住。《悲惨世界》里的警长沙威的名字忘不了，但他可能不算坏人。

博尔赫斯说：我从小就接受了那些丑陋的东西，世界上本来就有许多格格不入的事物为了生存而不得不相互接受。

仔细琢磨华尔德这些"警句"，几乎句句精彩，句句惊心。精彩处在于其中包含着极丰富又极世故的社会经验，惊心处在于它们具有相当大的思想冲击力，无疑是第一次"魔音入耳"，与早先接受的善良教育形成强烈的反差，开始乱了头绪。虽然作者一再强调这是"反面教材"，但"反面教材"有时比"正面教材"更能"洗脑"。一段时间内，读

过这本书的几个同学在一起闲聊,满嘴都是书中的警句。印象最深的是十、十四、十五这三条:被我们经常挂在嘴边,不是揶揄某人是"两者兼之",就是挖苦某人自夸"为的是取利"。家长或老师经常批评孩子"好样子不学,坏样子学得快",华尔德就是个"坏样子"!

以当时的年龄和阅历,对这些教人如何隐忍、口是心非、极具城府的话还似懂非懂,只是隐约感到今后或许有用。后来才知道,在学习上,"似懂非懂"最有用,"懂"了的不用记,"不懂"的记不住,"似懂非懂"反倒令人常常挂怀,一旦顿悟,必然会铭记不忘。后来在职场经常遇到不停吹嘘自己、说自己是绅士的人,不由自主地就引经据典,暗中好笑:"他为的是取利。"

起初内心不接受"一切人都是无赖或傻子,大多数是两者兼之"这个判断,因为它在逻辑上有问题。说"有些人甚至大多数人是无赖或傻子",无论占多大比例都通,说"一切人"就不通,只要有一个人既不是无赖也不是傻子,这个全称判断就不成立,所以它是个假判断。

我这个认识对不对,一直不敢肯定,算是似懂非懂,当后来读到英国哲学家休谟的"无赖假定原则",便惊呆了。说实话,如果早年不注意华尔德的"无赖准则",就不会注意休谟的这个著名定律。

休谟说:"政治家们已经确定了这样一条准则,即在设计任何政府制度和确定几种宪法的制约与控制时,应该把每个人视为无赖——在他的全部行动中,除了谋求一己的私利外,别无其他目的。"他的这个思想对设定制约制度影响很大,后世的实践证明他是一个智者。

菲尔丁(1707—1754)和休谟(1711—1776)是同时代人,他的"无赖准则"有没有受到休谟的影响现在不可知,菲尔丁年长于休谟,休谟有没有受菲尔丁小说的影响也未可知。

思考是最复杂的享受,思想是可以结出果实的,思想也是可以传承的,且不受时空的阻隔。例如孟子的"民为贵"就是一种思想成果,可以影响他生前和身后的时代。休谟的"无赖定律"作为一种思想,说不定也影响到后世的英国经济学家弗里德里希·哈耶克。哈耶克认为:制度设计关键在于假定,从"好人"的假定出发,必定设计出坏制度,导致坏结果;从"坏人"的假定出发,则能设计出好制度。他还认为:在"人性善"基础上的道德约束极其苍白,而实践中则往往导致专制与暴政。

看来,读书还是越早越好,可以不求甚解,但不要中断思考。

当年同学间为什么要一再告诫"悄悄看"?因为那时禁止阅读所谓"封资修"读物,如果有人揭发,必定有大麻烦。民不告官不理,一旦有人告,学校领导还真不好不理,否则自己要背"包庇坏人坏事"的更大罪名。无论是出于"公心"还是私怨,中学同学中还真有以告密为能事者。总之,不得不提防这些"两者兼之"的人。

如今的孩子们已无法理解这些社会现象。是理解好还是不要理解的好,搞不清楚。多少年过去了,我仍不时地这样想:这本书到底该不该读?如果我的孩子读这本书或了解华尔德的这些准则,对她们的成长到底是好还是坏?有无可能让她们的人生观变得消极?我能够想通和正确处理,但她们能否正确对待?这个疑虑我至今没有合适的答案。

说起来,中国许多处世名言也充满所谓"负能量",与"华尔德准则"有异曲同工之妙。"逢人只说三分话,未可全抛一片心""人心隔肚皮""话说一半留一半""一不做,二不休""量小非君子,无毒不丈夫""君子报仇,十年不晚",等等。这些格言还真不能完全否定,有些已成为中国人的秉性。

大家其实都活在自己知道的各种戒律中。我见过许多没念过几本书的人甚至大字不识的人,说起谚语格言来,可以一套一套的,针对性强,句句在理,不服不行。

人的思维和行动有惰性,往往不用进行复杂的思考,每逢一事,想到的往往不是各种高深的理论,而是在脑海中本能地涌上的一堆"清规戒律"。这些"清规戒律"常常还十分管用。比如,遇到一个刚刚能谈得来的,就恨不得对人掏心窝,"交浅言深"这个成语就会突然跳出来阻止你。"人在做,天在看""要想人不知,除非己莫为""白天不做亏心事,夜晚不怕鬼敲门",这些格言会随时提醒生性善良的人抑制一时的贪欲和恶念。有些格言,早知道比不知道好。《伊索寓言》给善良人的忠告"提防狼一样的恶人""提防冻僵的毒蛇",还有中国的一些"老人言",在"丛林法则"主导的社会里,也是人生智慧之一。不能只喝鸡汤而不具备抗毒和排毒能力。

从古到今,正统教育一直提倡恻隐、怜悯、同情、博爱、善良、仁慈,提倡什么,往往是缺少什么。有人说:这些人类心灵中最珍贵的东西,恰恰是我们这个民族十分稀缺的珍宝。这是否意味着,我们一方面要教育孩子们有恻隐之心、怜悯之心、同情之心、博爱之心、善良之心、仁慈之心,也要教育孩子们在缺少这些仁爱之心的环境中学会如何自保。子曰"贤哲保身",孩子虽非贤哲,也应保身。我在教孩子读《论语》时,除了"学而时习之"之类劝学励志的语录,还挑出"危邦不入,乱邦不居"这两句让他们熟背,并专门加一句"险地不留"。帮助小孩平安长大,才是最大的爱护。家长若只重视学习成绩,很危险。

在物理学上,"能量"是不分什么正负的。如果硬要用这种比喻,也只能是"正能量"代表汽车上的油门,前进时必须踩,"负能量"代表刹车,该踩也必须踩。据说,"正能量"之说来自日本一个叫江本胜的骗子所写的书,书名叫《水知道答案》。书中有一个示例:在同样环境下的两碗米饭,如果对其中一碗米饭一直说负能量的话,三天后这碗米饭会发黑发臭;相反,对另一碗米饭一直说正能量的话,三天后这碗米饭依然香喷喷。

令人"细思极恐"的《三戒》

"细思极恐"是近年流行的一个网络词,意思是"仔细想起来会感到极大的恐怖和恐惧",很有趣,这里借用一下。

孩子长大了,我重读柳宗元的《三戒》,联想到《大伟人华尔德传》,突然不寒而栗,觉得必须尽快把这三个故事讲给她们。《三戒》曾进入语文教材,孩子耳熟能详,但未必能深刻领会这些十分重要的教训。

柳宗元在开篇写道:"吾恒恶世之人,不知推己之本,而乘物以逞,或依势以干非其类,出技以怒强,窃时以肆暴,然卒迨于祸。有客谈麋、驴、鼠三物,似其事,作《三戒》。"真的是语重心长,告诫世人为人处世不要不自量力,不要仰仗外物逞强,那些仗势欺人、犯强、施虐的,最终没有好下场。

《三戒》最著名的故事是《黔之驴》。该驴本来是无辜的,孤独地在山下吃草,闲得无聊偏要叫几声,刷一下"存在感",把在旁边偷窥的老虎真的"吓尿了"。老虎近在身边,驴浑然不觉,已犯兵家大忌,叫几下也就罢了,还连续不断地叫,让老虎"益习其声",适应了。这下引起大麻烦,老虎过来不断骚扰,该驴不知彼也不知己,本应韬光养晦,施展太极功虚与委蛇,却"不胜怒,蹄之"。"小不忍则乱大谋",这下该老虎偷着笑了:"技止此耳!"立即"跳踉大㘎,断其喉,尽其肉,乃去"。

每次读到"乃去"二字,都能想象老虎那时得意扬扬、狼吞虎咽一番后悠闲离开的神态,心中愤愤不平。因为这是一场不对称的作战。回过头再看驴"不胜怒",尤感可悲!

教训是:人生在世一定要有自知之明,不要随意暴露自己的弱点和短处,遇到一时无法战胜的强敌,应该早点三十六计走为上。尤其是受到侵扰时不要动不动就"蹄之",和人拼了,你没本钱!不幸的是,黔驴技穷的成语流传千年,妇孺皆知,现实中仍源源不断出现"黔驴"式的悲剧,大有前赴后继、赴汤蹈火之势头,形成群体弱智。

《三戒》篇幅最长的是《永某氏之鼠》。屋子的老主人属鼠,怕犯忌讳,就把老鼠当神敬,好吃好喝供应,还不许家人干涉。这些鼠辈本该知足,偏偏"得志便猖狂",自己享受还不够,还要广招亲朋好友过来挥霍,把主人家搞得"室无完器,椸无完衣",夜间还要制造噪声,让人不得休息。自作孽,不可活。新主人来了,它们仍不知收敛,不知悔改,"为态如故",终于引来杀身灭门之祸。新主人有勇有谋,全面部署,三路出击:一是找来天敌,让五六只猫追杀鼠类;二是关门揭瓦,以滚水毁其巢穴,逼迫离窝出逃;三是雇用帮工,张开天罗地网,活捉归案。一场事先张扬的灭门惨案就这样发生了!老鼠的尸体堆积如小山,被丢弃在人看不到的地方,污染环境、毒化空气达数月之久。柳宗元的感叹是:"呜呼!彼以其饱食无祸为可恒也哉!"你真的以为"免费的午餐"是可以永恒的吗?

教训是:不要把运气当本事,最可怕的其实是暂时的成功。同样,万不可把受宠当永恒,喜欢你的人可能没有不喜欢你的人多。

刘慈欣《三体》中讲过一个寓言:厨师提前准备宴席,选购了十只鸡先养着。第一天上午九点喂一次,下午五点喂一次,第二天、第三天依然如此。于是,这十只鸡中出现一只"智者",告诉大家:经过仔细研究,我发现了一个规律,一个真理,那就是每天上午九点和下午五点我们会得到食物。实践是检验真理的唯一标准,别的鸡开始验证,果然,第四天、第五天都会准时获得食物,于是另外九只鸡都承认这是一条真理,如太阳每天从东方升起在西方降落的颠扑不破的"永恒真理"。到了第六天,这十只鸡全被厨师宰杀,因为宴会马上就要开始……

人类目前获知的一切规律、一切真理,会不会也只是在一定的时间段有效?人类的智者会不会也是那只鸡?宇宙真的很可怕!

《三戒》最揪心的故事是《临江之麋》。一只小鹿崽被猎人捕获带回家饲养,一进门,家里圈养的一群猎狗就流着涎水、摇着尾巴围上来，以为是主人给它们带回的美味。猎人喝退了它们，还天天怀抱着小鹿，向群狗示意这是主人的宠物，不容丝毫侵犯。时间一长，狗都听话了，乖乖地与小鹿和睦相处。小鹿不知自己是鹿，以为大家都是朋友，于是每天和群狗在一起摸爬滚打，玩得尽兴开怀、忘乎所以。群狗害怕主人生气，只能扮着笑脸、耐着性子与之周旋，背地里都舔着舌头、吞咽着涎水。三年过去了，小鹿长大了，能够独自出门玩了。它看见路上有一大群野狗，便高高兴兴地前去打招呼，想和它们一起做游戏。野狗十分意外，且喜且怒，相互对视一番，便不约而同地扑上去，把小鹿撕成碎片吃掉，皮毛和骨头散落一地。小鹿至死不明白：为什么家里的狗对它很友好，外面的狗这么不客气？

正是《临江之麋》，让我警觉原来培养孩子的方法可能有误。

总是让孩子阅读讲述世界多么美好的读物，总是让孩子学会尊重别人、相信别人，这样下去，他们会不会变成"临江之麋"？但是，也不能让未成熟的孩子产生对外界恐惧、阴暗的心理障碍。何时对他们讲这些深刻的道理，真拿不定主意！

现在的"三观"教育，还应该加一条"社会观"，即如何看待今日的社会。当然不限于中国社会，是整个世界。

《万物简史》《人类简史》《未来简史》值得一读。

《大伟人华尔德传》最好的版本还是万紫的译本

当年读过的这本书归还书主后，再也无缘见到。有时翻阅笔记，竟十分怀念，近年查到旧书网上有1955年的一版一印馆藏本，正是熟悉的封面，马上购回，这才注意到译者为景行、万紫，感到十分亲切。

后来听说人民文学出版社1956年也出版过此书，书名为《大伟人江奈生·魏尔德传》，由老作家萧乾翻译，80年代人文社重出了简体横排本，遂买下作为收藏。

受"先入为主"的影响，我总觉得译名"华尔德"比"江奈生·魏尔德"看起来顺眼也好听。同样，最初读狄更斯的小说，是董秋斯翻译的简本《大卫·考柏飞》,人民文学出版社的全译本叫《大卫·科波菲尔》,总觉得不顺嘴,内心不由得会产生一些排斥。当然,对从未读过的人来说,选一个好译本很重要。如今,外国文学的引进翻译已是百花齐放,同一个作者的书由不同出版社翻译,译名也不同,如湖南文艺出版社把法国作家 Marc Levy 译作马克·李维,上海译文出版社译作马克·莱维,买书时我差点当成两个作家,准备有所取舍,幸好上海译文社在书的腰封上用的是马克·李维,才未搞错。

　　这里再说几句。译者"万紫"原名万文德,生于1915年,2010年去世。他生于杭州,早年毕业于浙江大学英语系,翻译出版过《欧文短篇小说选》以及杰克·伦敦的小说等英文名著。他还翻译过苏联女作家叶·乌斯宾斯卡娅的俄语小说《我们的夏天》,由中国青年出版社1954年出版。万紫是50年代初很活跃的翻译家,是中国作家协会上海分会会员、上海翻译家协会会员。2003年1月,中国翻译工作者协会特授予他"资深翻译家"的荣誉证书。据说他还是陈式太极拳第十一代传人,担任过上海市陈式太极拳协会名誉会长、国家武术一级裁判,在体育界也很有影响。

(2016年7月4日初稿,2018年11月4日修改,2020年12月13日改定)

文◎九篇

乡村空间自治变迁是历史合力的结果
——从《中国的历史脉动》到《白鹿原》

沟口雄三和陈忠实两位作者从未谋面,思想从未有过交集,他们的两部著作内容却可以相互印证,真是奇事。

有人说"上帝创造了乡村,人创造了城市",可见乡村是原始的。

中国最基本、最广大的社会板块是各地的乡村。既往历史学家对这一部分研究相对较少,纵有著作,也偏重于经济与政治的分析,极少有从思想史方面研究的论著。日本学者沟口雄三是前近代时期中国思想史研究大家,2011年以来,生活·读书·新知三联书店陆续出版了他的著作集,一套八册,供不应求。其中,《中国的历史脉动》对乡里空间和乡治运动在中国的演变进程提出了许多发人深思的见解。

日本学者对中国文化研究的角度和深度与中国学者的研究有很大的不同，尤其是近现代以来，他们对中国的政治、经济、文化和历史的研究似乎更加精细，较少政治框限，有人就提出"唐宋"是两个不同的社会分期，不宜并称。他山之石，不可小视。他们处在"庐山之外"，对中国当代史的研究也有一些独到之见。

国内现今使用的"近代"划分，都是沿用西方的概念。有从鸦片战争之后开始分期，理由是中国的封建社会开始崩溃，逐步沦入半封建半殖民地社会；也有以太平天国运动前后为分界线，标志是帝制开始崩溃。但许多日本学者认为，中国有着与欧洲不同的、相对独立的近代时期，他们以孙文的"三民主义"作为中国近代思想完全形成的首选，其萌芽从中国宋代就已经出现，明代开始量变，到了明末清初显现出一系列质变的征兆，这是中国近代思想的前期。

从宋代开始，儒教从官僚阶层向民间阶层渗透

有种说法，自唐以后，中国文化出现"三教合一"的趋势，即儒、佛、道三者的哲理和道德实践合一。严格说来，儒家学说不能称为宗教，沟口先生解释他书中的儒教专指"儒之教诲"，所谓合一，只限哲理和道德实践领域，不包括信仰。这个解释十分合理而必要，避免读者在概念上混淆。

其实，中国古语的"教"本指教化，并无宗教的说法，道家、道学存在已久，只是在佛教进入之后，为争地位，道家才自称道教。而所谓三教合一主要是儒家吸收和衍化了佛、道两教的许多教义，成为三教中唯一能兼容并蓄的学问。

由于历史教学的简单化，原以为自从汉武帝"废黜百家，独尊儒术"以来，儒家学说就成了占统治地位的主导思想，时间长达两千年。其实并非如此。沟口先生认为，儒教在汉代被独尊和国教化，只是就与诸子百家的关联而言。换句话说，这仅仅是学术地位问题，是各种门派的学者之间的事，其影响远远到不了广大民众。到了唐代，儒教与道教、佛教并列,仍然"仅仅是贵族和知识阶层的学问,是旨在文化修养或者经世济民的文化资源"。这种情况到了宋代才开始发生根本性的转变。他认为是一场"巨变":宋代科举的考试科目都采用儒家经典,"作为贵族之文化资源的儒教,变成了官僚的道德修养之学,其目标就是修己治人,即通过自己的道德修养感化民众、安定秩序"。这样一来,儒教就"从作为教养的学问转变成广义的政治之学"。科举官僚及其周围的士人阶层或地方实力阶层成为儒教的中坚分子。其中,朱熹的《四书集注》发挥的作用最大。

朱熹本人在宋代的运气并不好,但到了元明时期,他的著作成了科举考试所出试题中经书字句法定的统一解释,还形成了体制化教学。沟口先生发现,从明代开始,朱熹学说"具有道德秩序之学的性质,逐渐向民间渗透,并产生了企图进一步渗透的阳明学"。王阳明的学说教义在庶民中推广,并得到了庶民的广泛共鸣。

从上述判断,我得到启示和联想:中国家喻户晓、妇孺皆知的《三字经》在宋代出现,为普及儒教民众化做出了贡献,而《百家姓》为强化民众的宗族意识起了很大作用,宗族成为社会秩序保障的重要基石。同时,从宋代开始流行所谓"劝善之书",如《太上感应篇》《文昌帝君阴骘文》,鼓励人们乐善好施、架桥修路、疏河掘井、饶人债负等。明清之际的《增广贤文》等谚语格言读物的流行普及都有这种性质。各地乡间至今保留的民俗礼仪几乎都是儒家奉行已久的简化礼规。

还有一点也很值得重视。沟口先生认为,自《孟子》性善说以来,关于性之善恶的讨论历代持续不断,由于各家立场不同,目的不同,结论也不同。对统治者来说,将民之本性视为善,则取德治主义,视为恶则取法治主义。宋代遵循"性即理"的命题,讨论的目的在于身为统治者的官僚知识分子"圣人之道"的实践,即如何把宇宙的条理作为自己的人性和道德本性而自我实现,到了明代,开始将圣人之道向民众化推进,使更广泛的担负社会秩序构建责任的人士共同拥有这一目标。

沟口先生的这个判断也有助于区分唐宋两代不同的社会形态和思想高度,我们习惯于把两者相提并论。

明清之际，儒家思想通过乡规民约格言普及到乡村

沟口先生有一个发现，就是在儒家思想逐步向道德修养之学发展的过程中，道德的担承者也由统治阶层扩展到庶民阶层，乡规民约在这方面发挥了重要作用。

乡约是乡村成员以日常道德为基轴而订立的共同体式的规约，为使成员互相厉行善举而推行的一种劝善运动。最早由北宋吕大钧、吕大临、吕大防三兄弟倡导"德业相劝，过失相规，礼俗相交，患难相恤"的《吕氏乡约》（原名《蓝田公约》），就是把道德标准简化为若干条款，在关中乡村推广普及。到了南宋，朱熹重新编写了《增损吕氏乡约》，扩大了乡约的影响。到了明代，为应对以税收、治安为主的"里甲制度"的松弛，王阳明再次提倡"乡约"。明清皇帝也颁布了教化民众的"圣谕"，旨在保证乡村秩序的安宁。这些"圣谕"又相继被应用和写入各地乡约以及家训、族训之中，并收入宗族家谱。沟口先生指出，这个过程反映了官与民、体制与民间在道德教化方面相互渗透、相互合作的关系，这种持续不变的关系超越了时代。

明末学者朱用纯撰写的《朱子治家格言》，把朱熹的《朱子家礼》中贵族官宦人家的婚丧嫁娶以及日常生活上的礼法变成老百姓日常的伦理指南，逐渐浸透到一般家庭。沟口先生指出，明清时期的中国，社会秩序基本上是在重视道德的立场上，从法、情、理三方面进行管理，而不仅仅从法律方面。浸入民间的儒教在清代被称为礼教，礼教在实践方面的扩展一直延续到清末，儒教道德构成了社会秩序的基础，同时又承担着社会治安秩序的维持责任。

通过乡民受约、自约和互约来保障乡土社会成员的共同生活和共同进步是一个社会理想。沟口先生写道："圣谕"的广泛传播是时代发展的趋势与需要，即"明清时代乡村空间不断扩张"。

读到这里便会发现，他在这里又引入一个"乡村空间"的概念，使我们在习惯于从产业和从业角度划分"城市与农村""工人与农民"的

思想麻木状态下恍然大悟：原来在漫长的封建社会"莫非王土"的"普天之下"还存在着广大的在思考和研究时往往被忽视的"乡村空间"，使我们的注意力从帝王将相等少数人的夺权斗争转移到广袤的乡村空间中生存的亿万乡民的日常生存态势。

如今把"乡村"改称"农村"，丢失了多少历史和文化的信息？乡党、乡亲、乡情乃至乡愁，都在字面上见不到了！况且，"农村""农民"并非完全从事农业生产，"农民企业家"的叫法极滑稽。

有了"乡村空间"或"乡里空间"的概念，就连带产生"乡治空间"的概念。我过去阅读和思考中国历史，偏重于改朝换代的经过、大政方针的利弊以及历史人物的功过，从未注意过乡村空间和乡治空间的问题。没有思想道德维系的乡村空间是"一盘散沙"。为《沟口雄三著作集》写《代译序》的孙歌指出：乡治并非西方意义上的地方自治，它不是王朝体制的对立政治形态，它与王朝和官僚体系的关系毋宁说是不确定的甚至有时是互动配合的；它不是一个以政治权力为旨归的运动，它的核心是对于乡里空间经济生活本身的运营。

有了这两个概念，能帮助我们理解和分析许多有关中国乡村的历史变迁。"城乡分化""城乡对立"是资本主义兴起后的现象，并不是古已有之。中国最古老的《击壤歌》就这样高唱："日出而作，日入而息；凿井而饮，耕田而食；帝力于我何有哉！"历代文人笔下向往的是"田园牧歌"，从军士卒渴望的是"解甲归田"，官吏的归宿是"告老还乡"，他们的脑海中永远保存着一片"乡里空间"，在社会制度上期盼"世外桃源"式的自然生存，不用进行"经济全球化"，纵然"鸡犬之声相闻，老死不相往来"，也没什么关系。

乡里空间依靠宗族乡绅乡约和宗教禁忌实现自治

沟口先生发现：前人分析从明末黄宗羲等人的民本主义君主观到清末的反君主共和制的历史脉络时，总是利用欧洲式的市民革命的结构。他认为不能采用这种脱离中国历史实态的外来结构，被忽视的乡治空间结构才是中国的"历史实态"。

好一个"历史实态"！读到这个名词,让我对久违的"实事求是"一词有了更深的理解。史书上记载的未必都是"历史实态",我们平日写文章、做研究,依据的也未必是历史实态。沟口先生的严谨治学态度令人再一次致敬。

"乡治空间"是一个实体概念,指各地社会秩序得以形成的场域,是乡里空间中存在的实体性的社会关系。他认为,"明清的乡治空间是官、吏、乡绅、平民中的实力人物和一般民众通过宗族、行会、善会、团练等组织和网络交往,而形成的社会及经济合作关系的地域活动空间或者其秩序空间,从宋代一直延续到民国时期"。在这一时期,作为官僚体制的里甲制弱化了,作为乡治空间的"民间意识"开始加强,量变开始显现为质变。他进一步指出：明末清初是推广宗族制、普及善书和善会兴起的时期,这些活动在清代逐年兴盛。冯桂芬在《复宗法议》中说："盖君民以人合,宗族以天合。人合者必借天合以维系之,而其合也弥固。"意思是君民之合是人为的,宗族之合是天然的、自然之合,君民之合要靠宗族之合来维系、巩固。

乡绅阶层由科举及第未仕或落第士子、当地较有文化的中小地主、退休回乡或长期赋闲居乡养病的中小官吏、宗族元老等一批在乡村社会有影响的人物构成,近似于官而异于官,近似于民又在民之上。他们的社会地位是封建统治结构在乡村社会组织运作中的典型体现。一是扮演朝廷、官府政令在乡村社会贯通并领头执行的角色；二是充当乡村社会的政治首领或政治代言人,在皇权不容易支配到的乡村,通过其"软实力"控制底层,可以补充地方行政能力的不足；三是乡绅从官府和宗族两种势力方面得到支持,既维护上层的利益也维护宗族和乡民的利益,构成官府之外的又一股势力。在经济发生危机、朝政腐败外显时期,这一点尤为明显。乡绅希望改善自己命运,同时也期待子孙繁荣,这种合作关系一旦松弛、分解,社会政治秩序即会出现无序。

乡绅是近代中国社会一个不可忽视的重要阶层,是封建统治者与下层农民之间的桥梁。乡绅势力既是皇权统治在社会底层的延伸,有时又是宗族和官府压迫百姓的工具。有了乡绅和宗族主导的乡治空间，乡规民约便演变为宗族和血缘共同体的家训、族约，成为民间的道德规范，更多地彰显了民间的自立性，也使乡治空间成为"民不告、官不理"的民主自治理念弥漫的特殊空间。

要补充的是，明清以来的农村社会结构、乡村自治的管理模式中，不仅有儒、道、佛教的普及，鬼神迷信也进入了农村的上层建筑体系。家法、宗法和迷信混合，乡规民约变成赏罚分明的民间律法。

沟口先生还写道：礼教秩序所包含的"吃人"的侧面是历史的真实，但是礼教所具有的相互扶助功能也同样是历史的真实。希望他这段话不要引起无聊人的鼓噪。

《白鹿原》再现了封建没落时代乡村的历史实态

陈忠实先生《白鹿原》问世以来，见仁见智，本无可厚非。但对一帮所谓"专业评论家"来说，贬斥过度就是一种心怀叵测的诋毁。

比如某大学知名教授这样说：《白鹿原》是一部缺乏创新精神的平庸之作，它之所以能够在体制内获得国家所颁发的最高奖项，恰恰反映出了20世纪中国文学走向沉沦的衰败之象。用叔本华评价"庸作"的尺度来说，就是"牵强附会、极不自然、谬误百出，字里行间永远渗透着一种夸张造作的气息"。另一个教授说：作者过于深情地描绘了封建帝制覆亡前后小农田园经济的这一抹夕阳余晖、古老村族的最后的宁静，这实质上是一种乌托邦式的理想。还有教授说：一大堆材料艰苦拼接而成的那么一个"对一个历史时期社会风貌全面反映"的史诗框架，这个框架装满了人物和故事，但并没有用鲜血打上的印记，在我看来，它是一个空洞的躯壳。

《白鹿原》有这么糟糕吗？"不废江河万古流"，我宁可相信这帮教授如今改变了看法。但应记取一个古训：文章千古事。这些人过去写出的白纸黑字永远抹不掉。写作要严谨，态度须端正。

有人说，《白鹿原》有深刻的历史意义。这话很对，但具体有什么

历史意义,却又语焉不详。陈先生把巴尔扎克的语录"小说被认为是一个民族的秘史"作为题词置于卷首,也有引导读者从历史角度阅读小说的用心。我查到这句话的原文是:"既然小说被认为是一个民族的秘史,那么,要成为真正的小说家,就必须对社会生活进行调查。"出自巴尔扎克的小说《夫妻纠纷》。

读过《中国的历史脉动》,回过头再读《白鹿原》,感觉书中若隐若现的时代文化背景被推到前台,固有的历史脉络立刻变得清晰可辨。

由于篇幅关系,本文不能也无法全面评价《白鹿原》这样的巨著,只是指出其他论者从未注意的一个视角,这就是《白鹿原》的前半部分用生动的人物和故事叙述向读者展示一个典型的"乡里空间"如何转变为"乡治空间",后半部分讲述这个"乡治空间"如何分崩离析。

不论陈先生是有意还是无意,《白鹿原》的历史价值正是揭示、诠释了中国农村传统的"乡治空间"是如何在清末民初以及后来的革命运动中"礼崩乐坏",一步步走向瓦解的过程,恰好是其他乡村题材的作品所缺失的一段"秘史"。《白鹿原》没有表现的乡村新秩序,此前已有其他小说讲述过了:土地改革的曲折,由《暴风骤雨》担纲;合作化的推行，是《创业史》的任务；公社化的斗争，是《艳阳天》和《金光大道》的用心。这些作品的是非功过，只能留与后人评说，仅从旧秩序分崩离析这一点，《白鹿原》十分精彩地完成了小说的历史使命，再现了这段即将在亲身经历过的人们记忆中永远消失的历史。读《白鹿原》，应该从这个角度来着眼，来理解，来探讨。

法国作家阿兰·巴迪欧在《爱的多重奏》一书中写道：

> 艺术就是在思想的秩序之中，完全赋予事件以事件应有的秩序之中。在政治上，这些事件是通过此后发生的历史来衡量和分类的。唯有艺术试图重建或者尝试重建事件的力量。唯有艺术，能够将某次相遇、某次起义、某次暴乱的感性力量重建起来。任何形式的艺术，都是关于这类事件的伟大思想。一幅伟大的画作，就是画家以自己的方式，对某种无法直接显示出来的事物的重新把握。

我是读了《中国的历史脉动》以后才开始读《白鹿原》的，如实说，开始是带着极为挑剔的心态去读的。粗粗读过，便感觉小说非同一般，认真细思，更感不同寻常。

如果说中国古老农村的历史实态有什么"秘史"，沟口先生揭示的代表儒家道德的乡约、依靠血缘维系的宗族和代表一方民意的乡绅，正是维系乡村治理结构的三根支柱，《白鹿原》一切历史演变由此展开。

《白鹿原》开头就将白、鹿两个家族的形成和宗族势力发展的由来讲述得清清楚楚，本来没有什么了不起的，《百年孤独》也能这样写。马尔克斯讲述的是拉美固有的文化被西方殖民统治后呈现出百年"碎片化"的景象，有一种"文化自觉"。陈忠实讲述的是中国传统乡村在剧烈历史变革中的人间百态和人生百态，暗藏一种"文化呼唤"。

"无后为大"，是儒家的训条，也是家族、宗族得以繁衍的首义。小说第一句话就是："白嘉轩后来引以自豪的是一生里娶过七房女人。"既能引起读者的好奇，也开宗明义地直奔叙事要害。后面的故事紧紧围绕白嘉轩的儿子白孝文、女儿白灵和鹿子霖的儿子鹿兆鹏、鹿兆海展开,顺理成章。浩然《艳阳天》第一句话也是:"萧长春死了媳妇,三年没续上。"但洋洋洒洒三卷本只提到他的小儿子被阶级敌人绑架。

"认祖归宗",这种儒家的训条既是乡里村民自我定位的归属感,也由此增加在社会中的安全感。黑娃就是因为白嘉轩坚持不让田小娥进祠堂"认祖归宗",对白嘉轩产生怨愤,后来把他的腰打断。

朱先生是儒家思想的传承者和儒家道德的实践者,在书中是一个正义和智慧的化身。辛亥革命爆发,清朝灭亡,白嘉轩叹道:"没有皇帝了,往后的日子咋过呢?"在朱先生的帮助下,白、鹿两家的祠堂订立了以群体道德规范为内容的"乡约"。村民一出问题,白嘉轩就让他们跪到祠堂背乡约。

历史学界早有这样的共识:"成文乡约"后来有了组织形式,从最初的聚众"讲学"发展成松散而不固定的组织状态,又逐渐发展成为有组织的固定状态。负责管理和推演"乡约"的人,也从最初的纯粹"教化民众",演变成同时负有一定行政事务的"乡约",被称为"官人"之一。《儒林外史》中有这样一句话:"族长严振先,乃城中十二都的乡约。"《白鹿原》中鹿子霖没当上族长,却被县政府任命为白鹿原保障所的"乡约",白嘉轩大感不解:"乡约怎么成了官名了?"他不明白,此"乡约"非彼"成文乡约"。

官派"乡约"是一种民间组织,在维护社会治安,促进社会稳定,统一群众思想,规范乡民行为,以及其他政务活动方面都成为中国基层政治社会中不可缺少的一支力量。乡约除得到官方的支持外,也得到希冀安定、稳定的群众的认可。村民日常的利益冲突、斗殴争执,平时均由乡约或族长调处平息,非重大事件一般不上解县府。

造成乡村自治体系礼崩乐坏的动因在于历史合力

沟口先生在《中国的历史脉动》中写的这段话,让我思考良久:"在直观意义上依靠传统社会的乡治秩序,已经无法应付现代社会剧烈变动的现实,帝国主义的入侵与建立独立主权国家的必要性,已经迫使中国的知识精英和政治精英放弃传统的意识形态，改用另外的话语系统。"

为沟口先生这本著作写翻译序言的孙歌显然是明白人，他用两段话诠释了沟口先生的这段话：

> 在这个短暂而混沌的瞬间，中国历史显示了它不同于欧洲历史的特定逻辑。这个逻辑在明末清初之际已然形成了社会共识，在整个清代依靠礼教等社会秩序、通过"万物一体之仁"等意识形态，逐步地聚集起地方社会以自己的主体之力实现"乡治"的基础。
>
> 辛亥革命是自十六世纪后期开始的儒教向民间渗透这一漫长历史过程的一个到达点，它完整地执行了自己所担负的历史功能；辛亥革命在种种挫折和失败当中依然充分地展现了这三百多年间中国社会积累起来的那个向量：以乡里空间的乡治活动作为基础，结构了以省为单位的政治、经济、军事力量，在省独立的口号之下，以乡村地主为主体的地方势力并不取代清王朝而是以脱离清王朝作为自己的政治目标，东部和南部各省实现了独立。……这瓦解造成的空白必须填补，于是在革命之后，各种各样的国家构想在中国大陆上交错杂陈。

但他也为中国历史学界不强调乡里空间和乡治运动的功能做了看似无奈的解释："自清末开始，中国的有识之士在亡国灭种的危机意识推动下发出了否定传统的启蒙之声，礼教的黑暗部分在五四时期被放大到了极限的程度。"其实这也是一种"百年孤独"。

这些论述，估计陈忠实从未听闻，却鬼使神差地用小说《白鹿原》做了形象而生动的诠释，让这个地动山摇的历史阶段的民族秘史保存在文字中，《白鹿原》会成为中国文学史上独具风光的一座小山。

读了《中国的历史脉动》和《白鹿原》，结合孙歌的论述，我想到的是恩格斯关于"历史合力"的精辟论断。

之所以对"历史合力"感兴趣，缘于早年读过的《克雷洛夫寓言》里的一个故事：河边停放了一辆无人照管、装满食物的货车，天鹅、龙虾、梭鱼合议把它拖走供大家享用,结果一个拉向天空,一个拉着后退,另一个使劲朝水里拖,用尽吃奶的力气,货车却纹丝不动。这个流传很久的寓言寓意明确,大家都已心领神会。但是,苏联著名科普作家别莱斯曼对此作了物理学的计算和分析后,明确指出:在这种情况下,货车不是"纹丝不动",而是朝着四个作用力形成的平行四边形的对角线方向移动,这就是物理学中的"合力"方向。其中货车代表方向朝下的重力,假定它可以被这三个动物拖动。别莱斯曼的这个分析发表在他的《趣味物理学续编》,令人印象深刻。后来再读到恩格斯关于"历史合力"的论述,一下子就明白了其中奥妙所在。简言之,恩格斯认为历史是这样创造的:有无数相互冲突的单个意志产生无数互相交错的力量,形成无数个力的平行四边形,由此就产生出一个合力,即历史结果。

一句话,历史的结果是历史的合力造成的,不是某一个人、某一种势力能独力促成的,历史合力的方向不是角力各方的初衷,也是不以主观意志为转移的。

《白鹿原》再现历史实态的精彩在小说的后半部。

相安无事的"乡治空间"的传统秩序开始被一点点打破:先是部分村民的外流破坏了白鹿原的稳定,后是白、鹿两家的矛盾影响了稳定,到了民国初年,官方的介入使"乡治"出现分化,黑娃的归来直接向"乡治"宣战,国共两党的斗争从根本上动摇了"乡治"的基础,统统表现为你死我活的阶级斗争。外部文化的冲击,西方的,政党的,还有经济的,相对独立的乡治空间像河堤被洪水冲刷一样,一点一点地、不断地塌陷,最后彻底崩溃,这就是"民族的秘史",其实是公开的秘密,却并不被人发现、探究而已。

能在小说中写出形成历史合力的角力各方激烈冲突的历史实态,正是陈忠实先生高于同时代其他作家的眼力、笔力所在。

新文化运动之后,中国曾经涌现许多乡村题材的优秀小说,代表作家有鲁迅、鲁彦、沈从文、周立波、柳青,等等。传统需要有传承人。传统并非每代都有合适的传承人,有的后继有人,能代代相传,有的需隔代相传,还有的相隔几代才能得到一个传承人。《白鹿原》的出现,是同期中国农村题材小说甚至所有小说都无可比拟的,使陈忠实成为当前中国优秀小说传统的代表性传人。

一般说来,农民出身的作家有独到的农村生活体验、独特的文采,主要表现在接地气的农民语言,生动活泼。但也有经历和阅历上的片面性,知识结构不甚合理,缺乏长远眼光。但是,陈忠实不一样,他人生阅历丰富,又非常重视阅读和思考,《白鹿原》富含象征性的沉思。它的人物、它所述的历史、它描写的习俗惯例、它的精神实质,以及它的命运——都是地地道道中国的。它是中国当代文学的一道清泉、一缕阳光,绝非"20世纪中国文学走向沉沦的衰败之象"。中国优秀古典文学无疑是世界文学中的瑰宝,但中国当代文学还没有达到这一高度。《白鹿原》是中国小说、中国当代文学进入世界文学之林的号角。

如嵌在牡蛎壳中的一粒沙子,经过不停地扰动形成的珍珠,《白鹿原》写得辛苦,对陈忠实来说真是一种煎熬,有一种无法抗拒、无法左右的力量迫使他写完《白鹿原》,可以想象,写到后来就是一种鬼斧神工。历史的感悟,灵魂的释放,艺术的灵动,生命的驱力,令《白鹿原》为他而生,他为《白鹿原》而死。陈先生是文学艺术家,只是用文学再现历史,并非宣传家、鼓动家,如何理解他的小说,是读者的事。

从小说塑造的人物看,柳青《创业史》中的梁三老汉最成功,他的言行代表了合作化初期老农民普遍存在的真情实感,真实可信;陈忠实《白鹿原》中白嘉轩的形象塑造最鲜明,他的言行代表了封建宗法行将崩溃的最后挣扎。这两个人物的成功正好说明符合沟口先生所谓的"历史实态"。

据说金庸先生读过《白鹿原》后,见到陈忠实时说了一句话:《白鹿原》是为地主阶级翻案。这令陈忠实大吃一惊。这正是小说出版后他一直担心的事:一是担心关于书中的情色描写被人"扣帽子",二是担心有人在政治立场问题上"打棍子"。在《白鹿原》获得茅盾文学奖之后,我曾当面向陈先生表示祝贺,他只是感慨:"总算有了个说法。"可见此前之苦闷。我请他为我主编的《经济观察》杂志题词,他立即在我的笔记本上写道:"抚四海于一瞬,西晋陆机句,赠《经济观察》杂志。"陆机《文赋》中的名言"观古今于须臾,抚四海于一瞬",可知陈先生早已烂熟于心。

陈忠实是有历史眼光的大作家,诸多文学评论家偏偏没有历史眼光。在这个意义上讲,他写出来的只能留给未来的读者思考。这一代人还无法完全理解。这本小说不合时宜,不是写早了,就是发表早了。只有最终能够历史地看待中国社会中的农民问题,才能客观看待地主的历史作用,以及找出今日农村社会治理的问题。

孙歌认为《中国的历史脉动》一书对我们思考中国农村发展道路和前途有借鉴作用,他还做了这样的判断:"由工业化浪潮引发的城市化和现代化进程的不断推进,导致20世纪中国乡村社会发生急剧的变动:一方面,是原始村落正在成片地急剧消失,被现代化建筑所取代;另一方面,是传统乡村的生活模式、社会结构、乡村文化和信仰体系等也发生了结构性变动。乡村社会是整个中国社会的基础,华夏文明主要是建立在乡村社会基础上的文明。20世纪中国历史发展的两次最重大转折,即世纪之初革命道路的选择和世纪末改革道路的选择,都是从农村开始的。"中国人喜欢讲长治久安,可是多年来一直在农业、农村、农民这三个问题上纠结,以至于出现"严重的问题是教育农民"的苦恼。似乎可以转变一下观察角度,把"三农"问题还原为"乡村""乡里"治理,探索符合历史和现实实态的有效的治理结构。

回到《白鹿原》的卷首题词,"小说被认为是一个民族的秘史"。很希望有更多的小说家能够写出符合"历史实态"的民族秘史,当代这样的小说真的很少。这需要小说家多学习,多思考,具备真正的能够居高鸟瞰的历史眼光。

(2018年10月15日初稿,2020年12月14日改定)

童话是儿童的梦想天堂
——从《快乐王子》到《大林和小林》

文 ◎ 十篇

卡尔维诺在《意大利童话·序言》中写道:"介绍一部童话书,应该永远不会遭人诟病。这些童话包含了对这个世界的全面阐释,丑陋的,美好的,都在里头,而即便是面对那些最可怕的魔力,我们也总能找到办法来摆脱它们。"

"爸爸你会不会飞?"四岁的凌儿晚上临睡时这样问我。

我说:"当然会!但白天不能飞,半夜你睡着了我才能飞。"于是她睡觉时把我的手拉得紧紧的,生怕我飞走。

昶昶三岁去幼儿园前先上亲子班,认识许多小朋友。回家后我问他:"倒霉熊"有没有去?答:没有。又问:"米老鼠"去没去?没有。他失望地对我说:小朋友里没有一个动物。

孩子童话看多了,相信童话世界的事物是现实存在,只是没有亲眼见到而已。不能随便破坏孩子短暂的充满美好、浪漫理想的童年思维,尽管在成年人看来那是不真实、不现实的幼稚思维。

我从小就喜欢看童话和民间故事,包括幻灯片、动画片、连环画,后来还收集了国内出版的世界各国童话和民间故事,主要是让孩子读。我的两个女儿都是在我讲的童话故事中长大的,在她们的幼小心灵里,每天都能发现一个诱人的童话世界,而这个世界却是我们这些大人早就看厌了的。她们真是幸福的童话中的幸福的孩子,奇迹总是能那么容易出现!我现在老了,开始给孙子辈的孩子讲同样的童话故事,照样让他们听得如醉似痴。

西方童话的主人公,经常是国王、皇后、王子与公主,也少不了月亮、星星和各种动物、植物。开头总是"很久很久以前",结尾总是"过上幸福美满的生活"。不要嘲笑这些童话中的老套,这些老套对孩子们不厌无数次重复,还能经得起千百年考验。

孩子们应该先读童话、神话和民间故事。一是陶冶善良、本分的情操,去除邪恶心理,至善至美;二是丰富想象力,增加联想、类比能力;三是训练孩子简明、完整地讲故事和写作文的能力。一旦心理逐渐成熟,再读童话和神话,孩子就再也体会不到故事中的种种美好。从没读过、听过童话的孩子长大后肯定有某种心智不全,至少不知何谓"童心"。

童话有助于成年人反思自我

卡尔维诺说:"童话是真实的。"因为童话决定了世间男女的命运,生命中确实有一部分受命运支配。

本雅明说,民间故事有"抚慰"功能,现代小说却正在失去。

这两位著名学者简单的论断,需要用另一位著名学者复杂的理论才能解释清楚。

荣格十分重视童话在表达集体无意识理论中的作用,"如果说梦是通向个人无意识的皇家大道,童话则是通向集体无意识的华丽之路"。他指出,正是童话、神话中的种种意象形成集体无意识的"原型",童话与梦比邻而居,都以象征的方式、意象的语言传达意识之外的东西。

这里提到的"集体无意识"（collective unconscious）,是他扩展了弗洛伊德的无意识理论后提出的新心理学理论。他认为有两种无意识,纯个体的无意识和非个体或超个体的无意识。非个体的无意识是由遗传保留的无数同类型经验在心理最深层积淀的人类普遍性精神,包括祖先生命的残留,它的内容能在一切人心中找到,带有普遍性,故称"集体无意识"。

他认为,研读、分析、理解童话,可以为我们找到进入人类更深层的集体无意识的方法。我们重返童话,所看重的正是这条简单、重复、古老与神秘的心灵之路,开启一扇集体无意识的原型之门,在其中学习陌生的语言,认识用意象说话的象征世界,尔后重拾自身创造象征的能力,深刻理解自己内在的无意识。

读荣格谈论童话的作用,不禁会再次联想卡尔·马克思谈论希腊神话那段高屋建瓴的名言:

> 一个成人不能再变成儿童,否则就变得稚气了。但是,儿童的天真不使他感到愉快吗?他自己不该努力在一个更高的阶梯上把自己的真实再现出来吗?在每一个时代,它的固有的性格不是在儿童的天性中纯真地复活着吗?为什么历史上的人类童年时代,在它发展得最完美的地方,不该作为永不复返的阶段而显示出永久的魅力呢?

"因为重获言论自由,人们便开始渴望讲述故事。"卡尔维诺是意大利当代最有影响的作家,他从事文学创作近四十年,一直尝试着用各种手法表现当代人的生活和心灵。他的作品集现实主义、超现实主义与后现代主义于一身,以丰富的手法、奇特的角度构造超乎想象的、富有浓厚童话意味的故事,深为当代作家推崇和效仿。他花费了两年时间,收集、整理了意大利所有大区的童话作品,编辑出版了由二百篇童话组成、卷帙超过一千页的《意大利童话》，他称赞意大利童话和民间故事"这门艺术里流淌着幸福，充满着想象力，到处是对现实的启示，也绝不缺乏品味与智慧。民间故事的首要特点是用词简练。一些特殊的波折只会留下其核心内容。民间故事总会忽略时间的延续，忽略那些阻止或拖延人物实现愿望或重获幸福的障碍"。他还梳理了世界各国童话各具特色的魅力，将童话的奇妙、质朴、趣味和寓意一一呈现，他说：久远的童话真谛，是"所有人类故事中不可替代的规则"。这个判断，接近于荣格的理论。

摘录几条卡尔维诺关于童话和民间故事的类似法则的语录，这些充满睿智的语录散见于译林出版社的《论童话》全书。

- 它们首先一定是令人捧腹或毛骨悚然的好故事。
- （故事中的一些主人公）狡猾成性不仅被奉为生存的最高法则，而且掩盖了一种生活态度在历史和道德方面的局限性。这种态度在某些知识分子的圈子内也不稀奇。
- 在叙述中，肢体语言是非常重要的。没有动作的配合，这些故事的叙述会丧失一半的力度与效果。
- 传统童话中的描写几乎只有骨架，用词也平淡无奇。需要看带有插图的童话。
- 童话只是一种奇幻故事，充满了那个文化时期所需要的粗俗表达。
- 专为儿童阅读的童话确实存在，却是作为一种独立的文学体裁……只能作为朴实的、家庭式的传统传承下来……并倾向于童谣风格。
- 童话叙述中的说教功能并不存在于故事的内容中，而是要在故事自身的模式，在讲故事和听故事的过程中去寻找。
- 与国王的世界形成鲜明对比的是农民的世界。众多童话的"现实主义"开端将穷困潦倒、食不果腹、失业赋闲的生活作为开端。
- 这些处于风口浪尖上的故事应当被珍视，它们既有自我意识，又不拒绝命运的安排，既具备现实的力量，又能在想象的世界中完全绽放。至于最优良的诗歌和道德教育,童话是无法给予我们的。

· 我们处在一个传说故事的世界,一个寓言故事的世界,却从未处于一个魔幻童话的世界。

把一本书抄完会让大家耻笑。他的语录中有几点值得注意:一是给孩子们讲的童话必须是一个好故事;二是给孩子讲故事最好带有肢体语言,有插图的文本更好;三是给孩子讲童话要成为家庭传统;四是成年人也要从童话中吸收点什么东西。

以下谈几本难忘的童话书,仅仅是我个人的阅读体验。

最感人的童话是王尔德的《快乐王子》

博尔赫斯说过:"千年文学产生了远比王尔德复杂或更有想象力的作者,但没有一个人比他更有魅力。无论是随意交谈还是和朋友相处,无论是在幸福的年月还是身处逆境,王尔德同样富有魅力。他留下的一行行文字至今深深地吸引着我们。"

创作于19世纪80年代的童话小说《快乐王子》是英国唯美主义作家王尔德最经典的作品。唯美主义者本来是指且仅仅指对美有特殊鉴赏能力的人,后来却被蒙上一层贬义。王尔德像个中国人名,他的全名之长是西方少有的:奥斯卡·芬格尔·奥弗拉赫蒂·威利斯·王尔德。他的人品和其他作品曾遭受极大非议,他也因此身陷牢狱。如今,有了这篇小说流芳百世,那一切苦难便都不重要了。

"童话"的英文是 fairy tale,意思是"精灵的故事",代表意象往往是长着轻盈翅膀的小仙女,为可爱的孩子和幼小的动物带来种种欢乐。《快乐王子》的小精灵是那只甘愿牺牲自己帮助他人的小燕子。

为了行文方便,还需简要地叙述一下这个家喻户晓的故事。

一个城市的王子住在"无愁宫"快乐地度过一生,死后该城贵族院为他塑像纪念,用蓝宝石做双眼,纯金叶子装饰全身,宝剑上镶着红宝石,高高地矗立在城市中心。

一只飞往埃及过冬的小燕子,当晚落在塑像的脚下暂时歇息,准备积攒气力第二天追赶其他伙伴。这时一滴泪水落在它身上。

塑像开口说话了,小燕子惊奇地发现塑像眼里充满泪水。孩子们会毫无障碍地相信塑像和动物都能说人话,这是童话奇妙的地方,并非修辞中的拟人手法。

快乐王子对小燕子讲述了他站在城市上空后目睹的一切人间苦难,一次又一次地请求它把他身上镶嵌的宝石和金叶子取下来,衔给生病的小男孩、饥饿的年轻人、卖火柴的小女孩,还有城里急需救助的穷人。

这些事做完,王子就没有眼睛了,全身也变得灰暗难看。看到这个情形,小燕子不再提出飞往埃及,它要留下来陪伴王子。雪来了,严寒也到了,小燕子最后吻了王子的嘴唇,冻死在他的脚下。这时王子的铅做的心也裂成两半。

市参议员们拆除了快乐王子的塑像,原因是他现在太难看了。这时的快乐王子丑陋吗?显然王尔德认为此时的王子有一颗最美丽的心灵,作者追求的唯美主义就表现于此。

上帝要天使把这个城里最珍贵的东西拿来,天使拿来的是快乐王子的那颗铅心和死去的燕子,上帝让他们永远住在天堂里。

这个故事十分感人,原作的语言也十分优美,蕴含的人文精神更是伟大,经得起时代变迁的考验。尤其是小燕子的形象,中国孩子们阅读之后,一定不再局限于"穿花衣,年年春天来这里"的简单描述,会萌发诸多人文关怀的情愫,有利于心智健康发展。

这篇童话最出彩的自然是那只小燕子。它迷恋北方河畔一支芦苇,整日陶醉在谈情说爱之中,因此没能及时同伙伴们一起飞往南方过冬。它最后愤然离开,是因为芦苇只是摇摆身体,不肯与它同行。它落在王子塑像脚下,王子的泪水掉下来,它抱怨他"把我一身都打湿了"。王子请求它摘下宝剑上的红宝石去拯救女裁缝那可怜的病重孩子,小燕子先强调它要赶往尼罗河和伙伴们戏玩,又抱怨曾经被孩子们用石块击打过,因而不愿帮忙。但当它看到王子满脸忧伤的样子,善良的天性开始被唤醒,便答应去帮助那个孩子。当王子要用一只眼睛上的蓝宝石救助穷困的年轻人时,它吃惊了,没有想到世界上还有这样肯牺牲自己救助他人的人。当王子要用另一只眼睛上的宝石救助卖火柴的小女孩时,小燕子彻底崩溃。它下决心不走了,要留下陪伴双目失明的王子。就这样,它受到快乐王子英雄榜样的感召,完成了自己的精神升华,达到了舍己助人的崇高境界。

这样的童话,这样的故事,对所有阅读的孩子和成年人,都会有极大震撼,会终身受益。

但对成年人来讲,快乐王子的行为,其意义值得深入探讨。一是他舍身救助穷人是不是一种"赎罪"?二是如果是"赎罪",是否一定要粉身碎骨才算彻底?快乐王子生前只是享乐,这是地位特权造成的,是制度带来的,他个人并无其他罪行;成为塑像后,他发现了现实中存在的贫富差距和百姓苦难,由此产生莫大愧疚到产生彻底牺牲自己、补偿救助他人的思想和行动。从私德上讲,他是高尚的。但他无法改变这个制度。联想到现实,那些曾经凭借不正当手段发财致富的人,如果自己醒悟,要做到什么地步才能使自己良心得安并令社会认可?是否必须做到快乐王子这般地步才能让灵魂升入天堂?

这些问题,对孩子们来说自然太早。故事会永远铭刻在幼小的心灵中,总有一天会引发他们的思考。这也是童话的功效之一,童年未必能够充分理解意义,长大未必不能继续思考。每个人小时读过、背过的经典名句,只有等他们长大才能真正发挥作用。不知能否这样说:小时读过的许多不理解的意识内容,长大会变成心理上潜在的集体无意识而支配行动?小燕子的形象一定会成为其中一个重要原型。

最值得收藏的童话集是《安徒生童话》

《格林童话》和《安徒生童话》是西方两大童话经典。大家不知道安徒生和格林兄弟第一次见面的情形吧?

汉斯·安徒生在成名之后,应邀去法国、德国、希腊和意大利旅行和结交名流、权贵,曾因此被戏称为"欧洲的交际花"。令我想不到的

听剑楼笔记·书梦

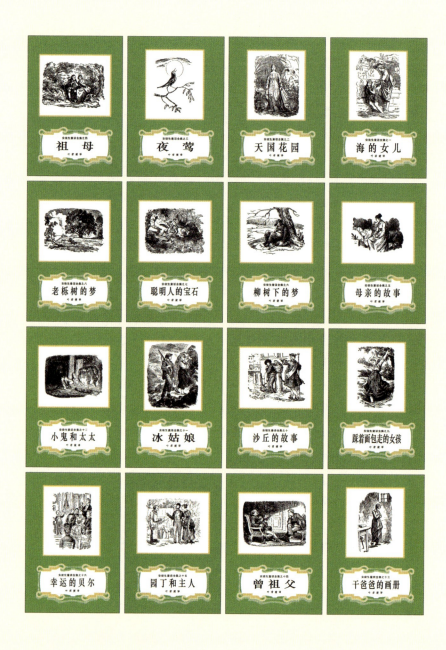

156...

是,他竟然和大仲马、雨果、巴尔扎克、拉马丁、海涅这些大作家,还有著名作曲家罗伯特·舒曼等是同一个时代的人,并且曾与他们会面、交谈。这真令人羡慕!

安徒生第一次去柏林,没有携带熟人的推荐信就贸然去拜访格林兄弟——雅各布·格林和威廉·格林。当时只有哥哥雅各布在家。

《格林童话》中的《白雪公主》影响深远,意义非凡,因为"白马王子"成为全世界姑娘们心仪的对象和情结。

安徒生自报家门:"我希望我的名字对您来说并不完全陌生。"

雅各布以略带尴尬的声音说:"我不记得我听过这个名字,您写过什么作品呢?"

这回轮到安徒生尴尬了,他提起自己的童话故事。我猜想他会先说《卖火柴的小女孩》《皇帝的新装》《丑小鸭》,这几个故事恐怕引用频率最高。

"我没有听说过这些,"雅各布说,"不过请告诉我您其他作品吧,因为我肯定听到它们被提起过。"

安徒生又列举了一些作品的名字,估计有他的诗歌和其他小说之类,他并不是只写童话的作家。世界各地的孩子们都读他的童话,但赞扬、评论这些童话的却都是成年人,因为真正能理解这些童话的也只有成年人。他的第一部童话集名为《写给孩子们的童话》,后来再写时就将"写给孩子们"这几个字从书名中删去,后来几本就叫《新童话故事》。他意识到,不同年龄的人都很喜欢这些故事,而年长的人却对更加深刻的含义感兴趣。在丹麦,他的童话"进入了每家每户和每一颗心",他也担心自己今后无力担当这样的荣誉和赞扬。

但雅各布还是摇摇头,这令安徒生感到"自己很倒霉"。他着急了:"丹麦已经出版了一批来自所有国家的童话集,那是献给您的。其中有我至少一篇童话作品。您一定读过和知道我的名字。"

"不,我连那也没看过,"雅各布和他一样尴尬,温和地说,"不过很高兴能认识您,可否允许我带您见见我的兄弟威廉?"

这回轮到安徒生说"不"了。他只盼赶快离开,因为才遇到兄弟之一就如此不顺利,别提还要见第二个。

时隔不久,雅各布知道了安徒生的影响,带着热忱专门去哥本哈根会见他。威廉·格林后来说:"如果您当时先来见的是我,那情况就完全不一样,我对您更了解。"真会说话。

这件逸事被安徒生写进自传里,足见其重要。他来到柏林,发现在德国和世界如此著名的《格林童话》作者竟然不认识他这个在丹麦和欧洲著名的《安徒生童话》作者,这令他对自己产生怀疑。可见,著名作家也有不自信的时候。后来他们成了好朋友,总算令人欣慰。

安徒生的成名作其实是他的长篇小说《即兴诗人》,非少儿读物。有句名言:只有能够变成儿童读物的作品,才是经典。乍看不可思议,细想也有道理。《诗经》本来远比唐诗经典,但现在比不过少儿版《唐诗选》;《红楼梦》文学水平最高,却不如《西游记》《三国演义》少儿版对孩子们的影响大。在这方面,各国童话作品运气最好。如今,安徒生童话的影响远远超过他的诗歌、诗剧和长篇小说,有一百五十多种文字翻译出版,成为公认的世界经典。知堂先生称赞他"以孩童的眼光和诗人的手笔,写下了文学世界中的极品"。

在中国,安徒生童话的出版很早,我见到最好的版本是叶君健先生翻译的《安徒生童话全集》,原上海文艺出版社版,1978年6月上海译文出版社新版,依据丹麦原版分为十六册出版,珍贵的是附有全部原作插图。相比起来,各家出版社的《安徒生童话选》就逊色多了,没有收藏价值。很多连环画读物的文字都是改写的,几乎没有原作的韵味,很难感受作者的伟大。

正如现在许多文章引用安徒生童话《皇帝的新装》,都只注意"童言无忌"这一点。但读过原作的都知道,安徒生的重点是写两个骗子的骗术高明,先是用"欺",抓住皇帝追求世间最美丽外衣的心理,一步步令其相信"大象无形";再是用"诈",令大臣们畏惧"凡是奸佞之徒必不能见"的警告,然后才能配合演出这一丑剧;最后才用童言破题。安徒生的童话是写给成人看的,意在告诫世人要学会识别骗术,谨防骗局,我们的认识不能停留在"童言无忌"的层面。当然,许多文章的重点是讽刺挖苦皇帝的愚蠢,那是另话。

对这个过程的描写,才是安徒生才华的表现,不读原作是无法领会的。

最富诗意的童话故事是《小王子》

安托万·圣埃克苏佩里的《小王子》是安徒生童话之后世界文学史上最有影响的童话,而且是值得成人阅读的"儿童童话"。1975年,一颗小行星被命名为"圣埃克苏佩里";1993年,另一颗小行星被命名为"B612",这正是小王子星球的名字。

这篇童话的中文版最早发表在《世界文学》1979年第3期上,我在邮局订阅了这本刊物,因此算是最早阅读这篇童话的中国读者。迄今,《小王子》的中文版本已达数十种。我认为最好的中文版本应该有作者手绘的全部彩色插图,有法文原作,附上英文更好,有助于读者学习外语和鉴别译文质量。

一位小王子生活在一个被称作B612的星球上,星球很小,只有他一个居民。他对一朵玫瑰痴情,即使在睡着时,这朵玫瑰的影像仍在他身上发出光芒,就像一盏灯的火焰一样……

小王子从自己的星球来到地球,直接的原因就是为了摆脱那朵玫瑰,那朵玫瑰娇气、矜持却又十分依赖他。

小王子见到一只狐狸,想和它一起玩。

狐狸说:"我不能和你一起玩,还没人驯养过我呢。"

"'驯养'是什么意思?"

"意思是'建立感情联系'……只有驯养过的东西,你才会了解它。"

狐狸很会表达友谊。它和小王子约好每天同一时间见面:"最好你能在同一时间来,比如说,下午四点钟吧,那我在三点钟就会开始感到幸福了。时间越来越近,我就越来越幸福。到了四点钟,我会兴奋得坐立不安;幸福原来也会折磨人的!可要是你随便什么时候来,我就没法知道什么时候该准备好我的心情。"

  狐狸把这种约定称为一种"仪式":定下一个日子,使它不同于其他的日子;定下一个时间,使它不同于其他时间。读到这里,相信有过约会经历的朋友会发出会心的微笑:让狐狸这么一说,约会前的等待竟如此充满诗意!

  狐狸显得比小王子有智慧:"正是你为你的玫瑰花费的时光,才使你的玫瑰变得如此重要。对你驯养过的东西,你永远负有责任。你必须对你的玫瑰花负责……"

  小王子游历了多个星球,遇到了各式各样的人,天文学家、国王、爱虚荣的人、酒鬼、商人、点灯人、扳道工和地理学家,等等。在了解他们千奇百怪的想法之后才发现:他必须回到他的那朵玫瑰身边……

  小王子请求飞行员——本书的叙事主人公——为他画一只很大的绵羊,并给它画上嘴罩,以防把它带回 B612 星球后吃掉花朵。最后他和飞行员的对话充满诗意的友情:

"当你在夜里望着天空时,既然我就在其中一颗星星上面,既然我在其中一颗星星上笑着,那么对你来说,就好像满天的星星都在笑。只有你一个人,看见的是会笑的星星!"

飞行员也认识到:"一个人可以很天真简单地活下去,必是身边无数人用更大的代价守护而来的。""我们整天忙忙碌碌,像一群群没有灵魂的苍蝇,喧闹着,躁动着,听不到灵魂深处的声音。时光流逝,童年远去,我们渐渐长大,岁月带走了许许多多的回忆,也消蚀了心底曾经拥有的那份童稚的纯真,我们不顾心灵桎梏,沉溺于人世浮华,专注于利益法则,我们把自己弄丢了。"这段话,可能是故事的用心之处。

《小王子》问世以来,先后被翻译成一百六十多种语言出版,据说总发行量仅次于《圣经》。无论用哪种语言朗读,都会被小王子的眼泪感动。

圣埃克苏佩里把这本充满诗意和忧伤的书"献给还是小男孩的"一位好朋友,尽管他早已是个大人。我的理解是这位朋友"童心未泯"。

说来奇怪,我无论翻阅几遍这本书,都有回到童年的感觉,那份天真,那份无忧无虑的心情多么熟悉,使人忘掉现实中的一切烦恼。最近我很高兴地知道小外孙在幼儿园听老师读了《小王子》。

1944年,《小王子》出版次年,圣埃克苏佩里驾机从科西嘉岛东北起飞执行任务,竟然在地中海上空消失,再无踪影。大家只好猜测他去了小王子的星球。1988年,人们从海底打捞出他的飞行员手链,上面刻着他妻子的名字——康苏艾罗,以及《小王子》的纽约出版商地址……

最难得的中国童话集是《童话选》

中国自古以来流传着众多神话和民间故事,但缺少专门的童话创作。据说,连"童话"这个名词都是从日本引进的。中国童话是从1919年"新文化运动"之后,由叶圣陶等前辈开端,张天翼、严文井、贺宜、金近、陈伯吹等老作家紧随其后。1949年之后的十多年,童话作品迎来创作高潮,有影响、流传广的童话形象层出不穷。

叶圣陶的《稻草人》类似《快乐王子》,却更加悲惨,他写于1929年的《古代英雄的石像》更像一则寓言故事,讲的是雕刻家用巨石雕刻了一位古代英雄,被安放在城市广场,底座用凿下的碎石砌成。人们来到石像前,都要鞠躬敬礼,以示对古代英雄的敬仰,久而久之,石像便骄傲起来,看不起脚下的碎石,碎石们很不服气,原来我们是一整块时不都一模一样吗?石像认为,经过雕刻,你们都掉下去了,只有我才能光荣尊贵、高高在上,受到市民的崇拜。后来,碎石砌成的底座崩塌,石像倒下摔成碎石,所有的碎石块被用来铺路,大家又重新混在一起,不分彼此了。

1930年叶先生还续写了安徒生童话《皇帝的新装》,说的是皇帝被戳穿没有穿衣服后执迷不悟,下令禁止臣民议论,敢乱讲的便就地正法。结果大家当面不讲背后讲,大臣不讲百姓讲,皇帝的处罚越加严酷,终于激起全国百姓的反抗,一拥而上,都来撕扯皇帝身上难看的汗毛,谁叫你不穿衣服!

洪汛涛的名字可能比较陌生,但他的《神笔马良》的故事通过各种载体流传极广,堪称经典。类似的还有金近的《鲤鱼跳龙门》。

任溶溶的童话一时脍炙人口,尤其是《一个天才的杂技演员》和《"没头脑"和"不高兴"》,对孩子可起到循循善诱的教化作用。

包蕾是老作家,写过动画剧本《金色的海螺》和《三个和尚》,但观众注意力往往聚焦在动画形象上,忽略编剧的存在,直到1962年少年儿童出版社出版他的《猪八戒新传》,才使他的名字轰动一时。其中《猪八戒吃西瓜》和《猪八戒学本领》堪称杰作,后来也改编成动画片上映,愈加遐迩闻名。这两篇童话之所以经典,完全在于包蕾所刻画的猪八戒形象既符合《西游记》原型,又有所深化,令读者觉得毫无违和感,远超后来的许多胡编乱造的"戏说经典"的作品。

1978年10月,上海教育出版社编辑出版了《童话选》,精选了五四以来各个时期六十位作家的八十二篇代表性童话作品。当时我能买到这本书真是欣喜若狂。后来还买到一本中国民间故事大全《水浒汉子》,被人借走不还,据说丢了。在旧书网上也找不到,估计印数太少。

几十年过去，回头再看这本书，在作家和作品的选择上，仍有明显的"挂帅"和"斗争"倾向，这是时代标准存留的局限。另外，可能考虑篇幅的关系，除了张天翼的《大林和小林》，许多优秀的长篇童话无法选入，如张天翼的《宝葫芦的秘密》、严文井的《唐小西在"下一次"开船港》、贺宜的《小神风和小平安》等。但无论如何，《童话选》还是中国童话书中难得的一部"童话大全"，装帧、印刷以今天的眼光看仍属一流，值得收藏。

同时，随着这本书的出版，似乎也宣告了中国童话创作繁荣时代的结束，老作家搁笔了，年轻作家尚未成熟。此后，外国的童话书刊以及动画片不断引进，"唐老鸭"、"汤姆和杰瑞"（《猫和老鼠》）、"桃乐丝"（《OZ国历险记》）、"小妇人"、"蓝精灵"、"辛普森"、"巴巴爸爸"、"阿童木"、"奥特曼"、"一休"以及宫崎骏动画中"龙猫"，这些崭新的童话形象迅速在80年代以后出生的孩子头脑中扎根，除了孙悟空和哪吒，中国童话形象似乎失去了还手之力。

最出色的中国童话是《大林和小林》

尽管当代国内有几个所谓作家号称"童话大王"，但中国真正的"童话大王"非张天翼莫属。他于1933年写出的长篇童话小说《大林和小林》，其"奇特的构思，夸张的手法，大胆的想象，曲折的情节"，迄今无人能出其右，无论在任何年代阅读，都会被深深吸引，堪称中国最优秀的童话作品。有人在这部童话前加了"民族"二字，不加也罢，因为这是中国唯一能与西方优秀童话媲美的作品。《童话选》都是短篇，唯独选进这部长篇，可见其特殊。当年买《童话选》，也是看中其中有《大林和小林》，而且保留了华君武为单行本配的部分插图。华君武的插图，成了小说的绝配，真是做到了"珠联璧合，相得益彰"。想要一窥全貌，只能找中国少年儿童出版社1956年版单行本《大林和小林》。1988年重印三万册，累计达到二十八万三千册。

《大林和小林》的故事内容很简单：一对出生于穷人家的双胞胎

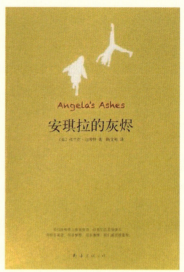

兄弟外出谋生,在路上被妖怪冲散,后来大林当了大富翁的儿子,小林在资本家工厂做苦工,两人经历了截然不同的人生。主题思想更简单:揭露官僚和富人的昏庸无耻和腐化堕落的生活,歌颂穷人勤劳善良和追求光明的努力。小说的精彩在于人物刻画、情节推进和细节描写的生动和奇特,妙趣横生,深得读者的喜爱。

和大林失散后,小林遇到两位绅士,一个是狗,叫皮皮,一个是狐狸,叫平平。皮皮认为小林是他捡到的,应该成为他的东西,小林不服,皮皮就带小林去国王那里评理。国王年纪很大了,长着长胡子,走路时经常被自己的胡子绊倒而号啕大哭。国王拿出法律书,翻了翻,念道:"法律第三万八千八百六十四条:皮皮如果在地上拾得小林,小林即为皮皮所有。"真是岂有此理。然后国王对皮皮说:"你到外边碰到馄饨担子,让他给我送一碗馄饨。没有馄饨担子,送一块油炸臭豆腐也行。你先给我付了钱吧。"

小林被皮皮卖给开珠宝公司的资本家四四格做苦工。四四格长着绿胡子，鼻孔特别大，说起话来会产生回声，因此听起来每句话的后面几个字像是在重复。他对小林说："你早晨三点钟起来，替我到厨房里去把我的早饭拿来，早饭拿来。然后你给我剃胡子，剃胡子。然后你去做工，做工。然后休息一秒钟，一秒钟。然后再做工，再做工。然后再休息一秒钟，一秒钟……"

小林和同伴拿出自己在公司造的金刚钻来卖，被巡警抓住，审判他们的狐狸包包是个自恋狂，小林质问为什么罚他们，包包回答："因为我长得很美丽，所以你们偷了东西，就得罚你们。"小林辩解，包包说："我已经去过御花园了，大家都夸我美丽。我既然美丽，所以你们到这里来了，我就得罚你们。"最后他们被关起来，判罚"足刑"：绑到凳子上，由小狗巡警搔他们的脚底板。孩子们读到这里都会笑起来，但再想一下，又感到十分难受。如果写成被打得皮开肉绽，印象反倒不会如此深刻。

和小林失散后，大林遇到狐狸包包，被包装成天使推荐到大富翁叭哈家当儿子，包包再让叭哈向国王推荐自己做大臣。他临走时唱的《天使之歌》是这样的：

吃一块鸡蛋糕。
美丽的包包。
吃一块鸡蛋糕。
美丽的包包。
吃一块鸡蛋糕。
美丽的包包。

吃一块鸡蛋糕。

*****

……

用不同的字号表示了包包渐行渐远的声音，形象！

大林成了富翁的儿子后，改名唧唧，整天好吃好喝，迅速发胖，长得肥头大耳，以至于哭笑不得，想笑和想哭时得示意两个仆从把他的嘴向两边拉开。这令我想起契诃夫在《手记》中的一个搞笑的比喻：她脸上的皮肤不够用，张开嘴巴的时候得把眼睛闭上……

唧唧在宴会上遇到一位亲王，国王的弟弟，问："你叫什么名字"，亲王回答：我叫"从前有个国王他有三个儿子后来国王老了就叫三个王子到外面去冒险后来三个王子都冒险回来了后来国王快活极了后来这故事就完了"亲王。唧唧说："您为什么取这么长的一个名字？"亲王回答："我是亲王，亲王是贵族，贵族的名字总是很长很长的。您每天不用做事，把我的名字念念熟吧，您也好消遣消遣。"

这种讽刺的手法随手拈来，不温不火，意味已足。

除了童话《大林和小林》《秃秃大王》，张天翼先生在国民党统治时期还写过许多著名的讽刺现实的长篇小说和短篇小说，我读过文学出版社的《清明前后》和开明版的《张天翼选集》，真是妙笔生花。他的短篇小说《华威先生》曾被收入中学语文课本，《包氏父子》也很有名，被誉为"中国现代讽刺小说中的上品"。有本《中国近现代小说史》把张爱玲、张天翼、钱锺书、沈从文四位小说家并列为"黄金十年四大家"，这个排位差强人意。张天翼的讽刺小说造诣在钱锺书之上，文学影响也在沈从文之上。

最动情的成人童话是《安琪拉的灰烬》

《安琪拉的灰烬》、《就是这儿》（又名《纽约，我来了》）、《教书匠》是美国作家弗兰克·迈考特的自传式小说三部曲。其中第一部《安琪拉的灰烬》是一本成人述说的"童话"，书很厚，本打算随便翻一下，没想到读了开头几页就放不下了。书中讲述了作者出生后家里发生的大大小小的琐事，用的是三四岁孩子眼里、心里那些鸡毛蒜皮的不成系统的闲言碎语，几乎每一件琐事都包含着深刻的社会背景，正是这种"令人捧腹"又"令人心碎"的语言吸引我，对迈考特一家充满同情和怜悯。

作者写道:"当我回首童年,我总奇怪自己竟然活了下来。当然,那是一个悲惨的童年,幸福的童年是不值得在这儿浪费口水的。比一般的悲惨童年更不幸的,是爱尔兰人的悲惨童年;比爱尔兰人的悲惨童年更不幸的,是爱尔兰天主教徒的童年。人们总吹嘘或抱怨他们早年所遭受的苦难,但那根本没法和爱尔兰人的苦难相提并论:家庭穷困潦倒,父亲一无所长,醉话连篇,母亲虔诚而沮丧,坐在火炉旁哀叹个不停;神父自以为是,教师恃强凌弱;还有那些英国人和他们八百年来对我们所造的孽。……我们在物质上极端贫困,但我们总是很快乐,有很多渴望,很多梦想,很多激情,我们感觉很富有。"

不得不承认,这本名列《纽约时报》年度畅销书第一名、被誉为"影响全球的成长小说杰作"确实名副其实。

书里有许许多多"最可爱的语言",有趣有味、耐人寻思的地方很多。我印象最深的是以下这个段落。

作者的父亲是地道的爱尔兰人,他曾来到北爱尔兰为这里主张统一的爱尔兰共和军打过仗,最后当了逃兵。他每次深夜醉醺醺地回到家,总要把四岁的作者和他两岁的弟弟从睡梦中拉起来,跟他"一二一"学共和军操练的动作,还要高唱军歌,高呼"为爱尔兰战斗到死"的口号。等到作者上了天主教会办的小学,神父和教师又要让孩子们忠于天主教信仰。当作者大了一些,想知道死去的弟弟、妹妹是为信仰而死去还是为爱尔兰而死去的时候,爸爸说"他们太小,不是为什么而死的",妈妈说他们"是因为疾病、饥饿"以及爸爸的"永远失业"而死的,家里一发生争论,爸爸就赶紧戴上帽子出门"长途散步"了。

作者这里写下的一段话令人笑不出来:

> 老师说为信仰而死是件光荣的事情,而爸爸说为爱尔兰而死是件光荣的事情,我想知道这个世界上还有没有人想让我们活。

未成年孩子的生命价值无法估算,他们将来或许是爱因斯坦、霍金,或许是国家领导人,即使什么都不是,生命价值亦无可估量。任何人无权剥夺他人生命。孩子不会主张自己的权利,要靠家庭、学校和社会提供保护,无论是有孩子的和没有孩子的成年人都有这个义务。

五岁的外孙昶昶看动画片《燃烧的蔬菜》,劲头最大,竟然能激动得心里发揪,流下感动和狂喜的眼泪,自己学唱插曲:"我虽然性子慢了一些,可我胸中有热血。我的梦你们不曾发觉,不代表它不壮烈。每一个人都有一些特别,水果蔬菜或蝴蝶。每颗心都是一个世界,有白天也有黑夜。让我们大声歌唱,嘞哦嘞哦;轻舞飞扬,嘞哦嘞哦。"这样的歌词会令成年人发笑,却能诱惑一个五岁孩子的童心。我故意问:"蔬菜一燃烧,是不是就可以吃了?"他说:"不是,是打坏人,我长大也要打坏人。"还是别长大吧!

(2018年12月28日初稿,2020年12月16日改定)

附:读过贺宜《野旋的童话》之后的仿作

同事借给我一本"童话大王"贺宜的早年作品《野旋的童话》,有黄永玉的插图,翻开一看,哪是什么童话,明明是记录了小孩子说过的一些话、一些事而已。野旋是贺宜的孩子,从小喜欢听故事,也喜欢自己讲故事。贺宜便把他所讲的故事和讲故事时的时间、孩子的年龄都记了下来,编成了这本书。原来童话还可以这样写。这么看叫作"童话"也有道理,儿童自己的话语,相当于《论语》。

于是从那时开始,我就把我的孩子们幼时自己说的一些天真烂漫的话语随时记下来,给每人做了一本童话,让他们长大看。下面抄几段。

《凌儿童话》

前几天刚刚用涂料把屋里刷了一遍,今天就发现谁在雪白的墙壁上用红粉笔和蓝粉笔画了一只鸭子凫水,还用毛笔蘸水涂抹。我问孩子她妈："谁在墙上画的？""不知道。"凌儿放学回来，她妈问："谁在墙上画的？""我画的。"凌儿回答，毫不顾忌。她妈教训说："有小黑板不画，为何偏在白墙上画？"她说："神笔马良都在墙上画了一只鸡。"岂有此理！

带凌儿看电影《英雄儿女》，看到王成身负重伤，在战场上东冲西杀时，她号啕大哭，连声说："不！不！"我赶紧劝："你看，王芳都哭了，你就别哭了。"她抽泣着说："她是假哭，我是真哭。"

我对凌儿说："爸爸每天要送你上学，还要去上班，晚上才能回来，你看多辛苦？"她不同意："我上课才辛苦呢。上课时老师连一下都不许动，文具盒也不许摸。你上班可以打电话，还可以到别的办公室去……"小学生有小学生的苦楚。

《浚儿童话》

浚儿一岁半，已能讲简单的句子，可以教她说儿歌了。我说上一句，让她跟下一句。"从前有个山，山里有个庙"，我问："庙里有个谁？""老和尚。"好听的童音，但"老"和"脑"还咬不准。我接着问："老和尚给小和尚在干什么？"她突然眼睛明亮起来，脸上出现了笑靥："喂奶奶。"原来她这时想吃奶了。

她妈在厨房做饭，对浚儿说："叫你爸来。"浚儿就蹒跚着过来，冲我说："你爸来！"

《昶昶童话》

昶昶刚满四岁，不好好吃饭。我催他："不吃饭就长不大。"他回答："我不想长大。"我也不愿孩子长大。

孩子们都爱看动画片。昶昶对《海底小纵队》九十九集了如指掌，每集有什么鱼种都叫得上名字，如"海鬣蜥"，光听音我都不知道。每集故事梗概都能复述，还百看不厌，手舞足蹈，同步台词。假期到三亚玩，在海边渔村吃晚饭，饭前在鱼缸选海鲜，有一种怪怪的鱼，我随口问他这是什么鱼，他不假思索地说"刺豚"。当我们半信半疑时,店家在一旁说:"是叫刺豚。"现场的人都惊呆了。上幼儿园幼前班,老师先考问他:"五加二等于几?"他不会回答,说:"老师,我给你讲《海底小纵队》的故事吧?"真会"扬长避短"。

男孩子必须会打电子游戏。我给昶昶示范打"植物大战僵尸"2代,遇到难关,第一次没打过去,就说"我生气了",重打第二次就过关了。昨天他自己打,有关没过,我回家后他找我说:"我也生气了,可是不知道怎样生气。"他以为"生气"是一种过关的技巧。

《旸旸童话》

旸旸是昶昶的弟弟,两三岁时就喜欢看《地球脉动》一类有关各类动物的纪录片,能准确说出包括脊椎动物、爬行动物在内的各种恐龙、鱼类、鸟类名称。有天我陪他看电视,边看边说:"这是鲸鱼。"他马上纠正:"这是蓝鲸。"我说:"这是海鸥。"他说:"是崖海鸥。"我说:"这是狼。"他说:"是鬣狗。"我说:"这肯定是海豹。"他说:"是海象,有牙。"到底谁教谁?

"刺猬爱吃什么?"我问旸旸。他分得清肉食类、草食类,想了一下,望着我说:"爱吃仙人掌。"真的吗?刺猬爱吃仙人掌,怪不得身上长满刺。

文 ◎ 十一篇

其言谆谆，其情切切
——傅增湘《秦游日录》与《登太华记》

对陕西文化人而言，这两部关于讲述陕西风物文化的名著不可不知，不可不晓。

前面介绍了许多外国和中国当代文学作品，很有必要介绍两部中国近代学者的著作，这就是傅增湘先生的游记作品《秦游日录》和《登太华记》。阅读此二书，让我知道了什么叫"文史功底"。

傅增湘（1872—1949），字沅叔，四川江安人，别号双鉴楼主人、藏园居士、藏园老人等，光绪二十四年（1898）中二甲第六名进士，入翰林院庶吉士。1917年任北洋政府王士珍内阁的教育总长，1919年5月因反对解散北京大学、拒签罢免蔡元培北京大学校长的命令愤然辞职。1925年

...171

出任故宫博物院图书馆馆长,在政界、教育界和文化界享有很高威望。他是近代著名藏书家,与叶德辉并称"北傅南叶"。他的藏书总数达二十万卷以上,在藏书、校书、目录学、版本学方面,堪称一代宗主。去世前,他将绝大多数名藏捐赠国家图书馆,其余古籍捐赠给了故乡的图书馆。

"庶吉士"名称源于《书经》"庶常吉士",故亦称"庶常",为明清时代对科举中名次居前且潜质优异的进士的临时职务安排,其间进行再培训,考核成绩优秀者正式授官。光绪二十九年(1903)傅先生以散馆考试一等一名的成绩被授翰林院编修之职。历史上有同样经历的名人很多,比如张居正、曾国藩和蔡元培。

傅先生一生的著述很多,有关他藏书、护书的故事也很多,可谓众人皆知。唯独介绍、评述《秦游日录》与《登太华记》的文字资料极其罕有。可能是两部游记全由文言写就,用字艰深,难以普及。借用陕西师范大学朱鸿教授的话说,这样的著作"对读者有要求"。

细读二书,傅先生的学问、见识锋芒毕露,文字、性情活灵活现,记游中兼顾考据,每处景物描摹笔笔生情,文学意境直追郦道元、徐霞客,甚或有过之而无不及。同时在游览中又能处处体恤民情、关注民生,洋溢着范文正公"庙堂江湖皆忧"的耿耿正气。如此好书岂能任由湮灭无闻?尤其是对陕西文化人而言,这两部关于讲述陕西风物文化的名著不可不知,不可不晓。

由此我生出奢望,在世余年如果能下功夫为傅先生《秦游日录》和《登太华记》做一番注疏后重新出版,让更多的陕人得以欣赏先生美文,不啻一件美事!可能是痴心所在,不自量力。受《书梦》篇幅限制,本文只能对这两部书做一大概介绍,目的在于重新认识傅增湘先生的胸襟与才识。

民国二十一年农历四月初八,即1932年5月13日,傅增湘先生从北平启程,来陕西游览,至农历四月二十四日(5月29日)返回,共十七天,行程六千余里。

同年11月,大公报馆出版《秦游日录》,附刊《登太华记》。第二年,先生自己用线装重印了这两部书,白纸蓝面,字大精美,缺憾是没有大公报本附录的几十幅珂罗版实景照片。那些照片弥足珍贵。

傅先生这次来陕,有两个原因。

一是西岳华山的吸引。他辞去政务二十多年来,"游迹遍于东南,双屦孤筇,凌虚缒深,曾无畏沮,惟华山之险,自古著闻,游者恒望影而却步"。他"历览诸家游记及地志山图,神往者久矣",后在黄山遇到一位老僧告诉他:华山"山径之险,固不逊黄山,然有石级可步,铁锁可攀,君今既仰摩鳌腹,横踏龙潭,则瞳峡犁沟[1]之阻,殆可曳杖犹而度矣"。于是,他"壮游之志,闻此益决"。

二是陕西高官的诚邀。当年农历二月,国民党元老于右任、张继来到傅先生在北平的居所"藏园",盛情邀请先生赴陕游览,同时告诉他陇海铁路铁轨已经铺到潼关,由潼关到华山"克期可达"。傅先生遂决定在清明节扫墓后,于农历四月初八"浴佛日"从北平出发来陕。著名国学家江瀚[2]、外交官胡维德[3]、实业家陈惟壬[4]三人陪同成行。

与于右任同邀傅先生的张继,字溥泉,国民党元老之一。1932年3月7日,国民党中央执行委员会政治会议决议:"以长安为陪都,定名西京。"同年4月"西京筹备委员会"成立,张继任筹委会主任,开始为期十三年的西京建设工作,其城市规划理念影响至今。

傅先生此行,诸位好友闻说,纷纷相助,动静极大。除了傅先生自己电告张继外,时任北平图书馆采访部主任的徐鸿宝[5]原定同行,因馆务羁绊无法相从,亦电嘱于右任转告关中将吏准备接待;北平电车公司董事

---

[1] 千尺瞳、百尺峡、老君犁沟,都是华山险要之处。
[2] 江瀚(1857—1935),字叔海,号石翁,著名学者。任京师图书馆馆长、参政院硕学通儒参政、第一届高等文法官考试主考官、总统府顾问,京师大学堂代理校长。
[3] 胡维德(1863—1933),字馨吾,清末外交官员,民国后历任外交总长,驻法、日、西、葡公使,参与"巴黎和会",主签字。
[4] 陈惟壬(1969—1948),字一甫,以字名世。号恕斋居士。著名实业家,参与创办北洋银元局造币厂、北洋劝业铁工厂、唐山启新水泥厂等。
[5] 徐鸿宝(1881—1971),字森玉,以字名世。著名文物鉴定家、金石学家、版本学家、目录学家、文献学家。民国期间曾任北京大学图书馆馆长、故宫博物院院长、上海博物馆馆长、全国第二中心图书馆馆长,对珍稀文物抢救保护贡献极大。1949年后曾任国务院文史馆副馆长、国务院古籍整理三人小组成员。

兼总经理的袁翼[6]打电报给时任铁道部平汉铁路管理局局长何竞武,令平汉铁路局派员护行,并赠送车票三张;金融家、金城银行总经理周作民亦电告郑州金城银行为傅先生等预订旅馆并准备兑换豫秦通用钞票。未出京门,函电交驰,部署周至,如此种种,足见傅先生交游笃厚。

第二天(5月14日)傍晚到达郑州,于右任派秘书高兰亭拜会,张继先生偕国民政府委员、担任过陕西靖国军总指挥的刘守中也赶来相见。刘守中是陕西富平人,多次登览华山,为傅先生详细介绍登山路线,并再三邀请傅先生登华山后到古都长安一游。张继先生由于正着手制定陪都西京的文物遗址保护规划,对长安周边的名胜古迹很熟悉,当晚就草定了傅先生到长安后的五日游程。

这些小事为何要在此细说?无非是说明傅先生的陕西旅行全是由陕西要人力邀而成。如果按照原计划只登华山,就没有傅先生的长安之行。这也算是陕西和西安的一件幸事。非如此,不能有佳作《秦游日录》问世。

次日(5月15日)下午六时由郑州乘车沿陇海铁路西行,翌日(5月16日)晨到达陕州,换乘汽车,稍停参观。试看傅先生笔下的三门峡:

> 山距州城三十里。此三十里中,大河行山峡中,至峡尽处,一山如堵墙,横截河流,愤怒不得骋,禹凿山为三洞,乃得喷泄而出。洞穿大如城门,中为神门,右为人门,门旁有矶,操舟不慎,触矶辄糜碎。惟左方鬼门一洞,可通舟楫。距三门山下游里许,一大石如柱,兀立中流,河水经三门峡东而来,穿穴奔腾,猛悍之势,如惊马激箭,至此触石分流而下,势乃少杀。此即所谓砥柱也。

到了函谷关,登关眺望。傅先生不忘考据:"按《说文》云,函,舌也。县南薄山,北阻河,中通一径以行,如舌在口焉,因名。"他又从《括

---

[6] 袁翼(1881—1959),字涤庵,又字鸿缙,号剡溪老人,毕业于日本大阪高等工业学校,做过县知事,创办北平电车公司、热河北票煤矿及剡溪农场实业等。藏书甚富。

地志》《西征记》《方舆纪要》书中广征博引,讲述函谷关的险势,令读者一如眼见。

进潼关即入陕西境,十七路军派人迎接,时在西北军兵工厂任职的关中文化名人李问渠赶来陪同,向西过华阴到达华山下玉泉院投宿。傅先生在书中这样介绍李问渠:

> 问渠,徐州人,随宦来秦。世居华丽,家世儒素,记闻淹博。雅嗜收藏书籍,与余尚好颇同。家中旧藏前岁毁于火。与谈版本目录之学,皆属当行。且言关中路小洲[7]后人,尚存有秘籍,所知者,为宋版《尚书》《论语》《考工记》诸书,抄本有钱遵王[8]所藏数种、朱竹君[9]所藏十余种、内府旧藏三十余种,号为精秘。其后人有厕身军界者,今尚居长安。异时可访求其藏目相示。不图风尘抢攘中,乃获此良友,为之欣快,书一联赠之,并侑以诗文各册。

我在三十年前得到的《秦游日录》,正是傅先生亲笔题赠李问渠的原本。手书原件贴在扉页上,内容辨识如下:

> 游秦、登华二记新印成册,谨以奉上,希赐教。伪字不能免,阅时祈记出,或有舛误,亦乞示知,竢(俟)重刻改正。此上问渠先生座右。增湘拜启。

手札中,"竢"同"俟","祈"或是"期",未能确认,有待能者指点。农历四月十二日(5月17日)一早,傅先生一行五人(过洛阳时主

---

[7] 路慎庄,字子端,号筱洲、小洲。陕西盩厔(周至)人。清代藏书家,藏书极富,才证精详。道光十六年进士,入翰林院,官编修。丹铅之暇,以山水自娱。父路德,字润生,官至翰林,归家时必载图书百种,并有藏书楼为"仁在堂""蒲编堂""怪华馆"。

[8] 钱曾(1629—1701),字遵王,号也是翁、贯花道人、述古主人,清代藏书家、版本学家。虞山(今江苏常熟)人。父亲钱裔肃和族曾祖钱谦益都是著名藏书家。

[9] 朱筠(1729—1781),字竹君,又字美叔,号笥河,清代著名学者,人称"竹君先生"。性喜山水花木,酷爱诗书金石,考古著录日夜不倦。据载"聚书至数万卷,金石文字数千种","所著文数百篇,古今诗数千首"。现存《笥河文集》四卷。

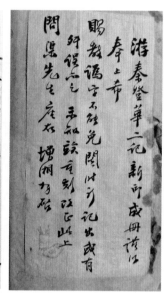

办旅行社的曾子耀加入）开始上山,当晚宿北峰真武宫;十三日(5月18日)晨,过擦耳岩、上天梯、苍龙岭,穿金锁关、落雁峰,下南天门,上东峰,晚宿中峰玉女祠。十四日(5月19日)由中峰出发,游西峰后按原路下山。仍宿玉泉院。十五日(5月20日),陈一甫东归,傅先生与江瀚、胡维德前往临潼。

华山三日游的详情有《登太华记》专述,绘景状物,文字精妙。摘抄文末几段对华山的综述,评价之高,前所未有。

> 夫两戒山河之灵气,交会于太华,太华四面之山脉,结秀于三峰。气禀秋成,卦居兑位,怀蕴金玉,藏蓄风雷,盖上帝之别宫,神仙之窟宅也。

好一个"上帝之别宫,神仙之窟宅"!

> 今正观南峰峻极，衣冠瞻瞩，俊伟尊崇，有王者中天而立之概；东峰咸重有度，西峰雄杰无伦，左右将相也。而玉女[10]静美妙娴，实居中宫之位，翩然环佩之容，环山十里，自为一宫，迥立千寻，空诸依傍，盖其端方正直，实赋金天清肃之气而生。故不必语明星、玉井、仙草、琼浆之异迹，茅龙、青鸟、白羊、赤斧之仙真，而瞻拜苍颜，咸肃立竦赞，谓非宇内诸山所能及也！

文中的铺排、用典无法招架，莫非令人不要忘记他是进士及第、翰林编修的出身？以下傅先生一一列举九华、太乙、雁荡、天柱、黄山、天都、天目、天台以及庐山、泰山诸山景观，不是雄而不秀，就是秀而不雄。

> 岂如华山之拔天而出，俯视中原，巍然具地负海涵之象，左翊右弼，后障前屏，环卫森罗，秩然成列而不紊，近玩只欣其秀异，遥观益叹其崇闳，分立各自为雄，合之共成其大。秦地名山，甲于天下，而此独尊之为岳，且复气压嵩恒，名高衡岱，良有以乎？

这样的赞美，是不是会让华山有点不好意思？"拔天而出，俯视中原"，这八个字有气势却不夸张。

游历完华山，他感到"目绘心开，意兴为之轩举"，最后写道：

> 俾后来者毋畏其巇危，致坐失此奇景。即壮于游者，亦勿徒赏其秀趣，震其奇观，要知兹山之真面目，正以其清刚隽上、迥绝群伦，譬之于人，顾视清高，而气度深稳，目之所载，意之所欣，凡人世委琐龌龊之怀，浩然随颢气仙风，扫涤以俱尽，奇崛之气，郁起于胸中；超旷之情，迥出乎尘埃，则千里跋涉，此行为不虚矣！

真是遗憾没有在年轻时读到这样的文章！

从十七岁开始，我每年都邀几个同学登一次华山，连续五年不断。

---

[10] 指中峰，一名玉女峰。相传昔有玉女，乘石马入峰间，故以名。

仗着身强力壮,每次都是一天打个来回:那时每周只有一个休息日,周六晚上八时从西安上火车到孟原,从孟原车站沿铁路往回走十里大约半夜十一时到华山山口,"自古华山一条路",用手电照路上山,赶到北峰已近周日黎明,只能在苍龙岭上观日出,然后是中峰、南峰,下"鹞子翻身"到"下棋亭",不休息直接转东峰,看完西峰,太阳已经偏西,赶紧下山,大约晚八时到达华山车站,乘十一时火车回西安,到家刚好是周一的黎明,洗漱完便赶去上学或上班。大好的景致,就被这样走马观花放过,权当锻炼一次身体。好在那时上山人少,一路上前后五里不见人影,为防意外,临行前还要准备刀具护身。多年前陪外地客人重游两次华山,时见人山人海,拥挤不堪。乘索道上北峰,走到苍龙岭即返回出山,再无当年一天游完五峰的豪气和体力。后来所见诸多华山游记,没有一篇有如傅先生这样学识渊博,文字精湛,令人震撼,回味无限。

　　西安省府派了两辆车到华山脚下接傅先生等,一路过华阴县城、罗敷镇、华州、新丰镇、鸿门坂,午歇华清宫。途中傅先生对过而未访的历朝名人故里所在都能一一道来。

　　十六日(5月21日),傅先生看到骊山东岭以下"荒原兀壁,极望濯濯,无尺株片柝",已无古书所记"引望绣岭,古柏满山,浓翠欲滴"的景象,感到有些失望。华清宫景点的负责人孟邕谭向他请教华清池温泉在全国的品位,他认为论水质,黄山紫云庵的温泉当排第一,超过燕京汤山的温泉,但若论"地接神京,名标史牒,帝王后妃之所流连,文人学士之所咏颂",那就只有华清池"独擅其美"。他建议:陇海铁路即将通达,到西安访古搜奇、褰裳争集的中外人士会空前增多,应该"乘兹暇日",抓紧机会,"力事规恢"旧时景观。一是按照古书、旧文记载,寻找往迹,在华清宫内,尽可能恢复飞霜、玉女、七圣、瑶光之殿,尚阳、星辰、莲花、海棠、九龙之阳,羽帐、瑶坛、梨园、药室等古建;二是在华清宫外,恢复"逍遥、斗鸡之殿,按歌、舞马之台,宜春、摘椒之亭,及东西瓜园,大小球场,宏文之馆,重明之阁,观风之楼";三是在东西绣岭上,恢复"明珠、长生之殿,唐昌、白鹿之观,荔枝、芙蓉之园",还有望京楼、积灵台、翠云亭、朝元阁等。上述历史旧观即使一时难以复原,当下也可以先"掇取嘉名,榜诸故址,庶耆古者得以考兴亡之鉴,选胜者于焉助吟眺之怀",从这些地方开始着手,"则崇观丽瞩,计日重新不难矣"!

孟邕谭还向他展示了华清池附近的新村规划,傅先生认为:"新村区画斐然成章,窃叹其规制之颇周,而虑其措施之未适。"特别叮嘱:"盖名区胜域,要在保存故实,启后人景慕之思,未可轻议革新,使古迹有沉湮之惧。"

即使用百年后的眼光看,傅先生的这些建议都可谓颇具前瞻性,迄今为止,傅先生的设想还未实现十之三四,日后尚有可为。

到了临潼,傅先生自然想看"负骊山、带渭水,左青门、右鸿门,形势最为崇丽"的始皇陵,终因行程仓促而未果。他认为:"始皇手夷六国,废封建,置郡县,筑长城,尽反前圣之法,当时苦其专暴,然自汉以后,遵守其制,利赖至今,至推为千古之雄杰,其功罪未可轻议也。"他还对久传的"坑儒"说提出异议:"始皇所坑四百六十余人,乃侯生卢生之徒,皆方技之流,非真儒者也。"但他对近来有人过始皇陵而大赞焚坑"言甚悍而理殊乖"的做法亦有不满,认为凡事应该"因略考事实,以衡其是非,若徒耕奇论以骇世人,岂余之所敢出哉?"这才是大学者的风度。"耕奇论"的"耕"字甚妙!

当日过灞桥。他称赞灞河有"桥适跨其上,沙沫飞雨,水花溅云,电掣虹腰,雷斩马首,关中之胜,此为称首"。再过浐河、长乐坡、会垣,来到西安城外。省主席杨虎城派副官长迎候,同车入城,下榻鼓楼东侧的省民政厅训政楼。因张继筹备西京事公务繁忙,预定长安五日游缩为三日游。

傅先生来到西安,第一件事就是偕江瀚拜会陕西名流宋伯鲁(字芝栋),相见时皆喜不自胜。傅先生在《秦游日录》中对宋先生赞美有加:"先生少赋清才,早登翰苑,甲午以后,怵心国事,倡言变政,冀挽危亡。其时京朝诸公,委蛇便安,惮于改作,更以君置身华选[11],乃转与后进,

---

[11] 华选,指显贵的职位。

倡导新学,群相怪诧。戊戌政变,竟罣党祸,谪戍穷边。及遇赦东还,流连江海,偃息京华,殆二十年,惟以鬻画卖文自给。垂老还乡,又经十载,著述等身。……余谓先生平生遭际,似洪北江[12]……与今世曲园[13]、湘绮[14]为近,宜其关中仰若灵光,海内尊为祭酒也。"

下午参观慈恩寺,登大雁塔。关于"雁塔"名的来历,傅先生了解有二:一据《天竺记》,达傫[15]国有伽叶佛,伽蓝穿石山,作塔五层,最下一层作雁行,谓之雁塔;二因唐新进士同榜题名塔上,妙有行列,故名雁塔。到塔顶凭栏四顾:"北则万雉[16]鳞鳞,汉唐京阙之遗基在焉;南则樊川韦曲,青苍可挹[17],终南太乙,渺然在岚霭中;西望咸阳礼泉,高原盘亘[18],帝王圣杰之陵墓,累累若人之拥髻;东视骊山灞水,往代之离宫御苑,于荒原寒岫中,依稀指其方域;近瞰塔下,曲江杏园乐游宴喜之地,已荡为埃尘,鞠为茂草,无涓流残址之可寻。极望苍凉,感喟横集。"返回时从东郭门入城,称赞西安城"形势雄厚,燕京之外,殆难并驾,吴楚汴洛,皆所不逮"。

十七日(5月22日)参观汉城未央、长乐宫遗址,西行抵渭水滨,在咸阳古渡处乘舟至北岸。谒顺陵,附近多大冢,"弥望如繁星,考赵王如意、萧何、曹参、娄敬、周勃诸人皆葬此"。折回南行,登周文王陵顶远望,武王陵在后,成王在西南,康王在东南,周公、鲁公、太公墓亦在附近。成康陵侧,为汉平帝、景帝、元帝陵。傅先生慨叹:

自周秦以逮隋唐,陵墓殆无虑千百,方者如鼎,长者如卧

---

[12] 洪亮吉(1746—1809),初名洪莲,又名礼吉,字君直,号北江。清代经学家、文学家,毗陵七子之一。嘉庆四年,上书军机王大臣言事,极论时弊,免死戍守伊犁。
[13] 俞樾(1821—1907),字荫甫,号曲园居士,浙江德清人。清末著名学者、文学家、经学家、古文字学家、书法家。
[14] 王闿运(1833—1916),字壬秋,又字壬父,号湘绮,世称湘绮先生。晚清经学家、文学家。
[15] 傫,音衬,梵语达傫指布施(僧尼)。
[16] 万雉,极言城墙周围之广。
[17] 音易,舀。
[18] 盘亘,交结,连接。

> 主,圆者如钟如釜。凡往古以来,帝王后妃、公侯将相、圣哲贤豪之流,举一生之德业勋名,尽付诸一抔之土,甚者片碣不存。冀传姓名于后世,而亦不可必得。世之役荣利、快恩仇,以争钟漏须臾之景者,观此可以索然矣!

看来,帝王将相的陵墓对后人的启迪教育作用就在于此:归于尘土,归于尘土,还是归于尘土。

傅先生毕竟是高士,不会在参观时听由导游胡诌。史书记载"文王葬于毕",但"毕"有二处:一为毕郢,在渭水之南,一为毕陌,在咸阳原上。他根据所掌握的各种史书资料,对刚刚参观的咸阳原上周文王墓址提出质疑,大胆判断:文王墓当在镐东南仁村(俗称冢儿仁村)。他表示愿意"与海内方闻之士共衡论之"。傅先生所疑之事,至今无解。因为众说纷纭,积非成是,"儒家之言,或不敌齐东之语"。"劣币驱逐良币",文史界亦是多见。

十八日(5月23日)早,出城至韦曲,谒牛头寺,入杜公祠。傅先生在这里发出感叹:

> 自来长安三日,遍走郊坰[19],汉唐遗躅[20],所至如林,然水渴山髡[21],尘坌[22]薉[23]集,荒残之景,入目怆怀。

只有来到长安樊川一带,作者才感到欣喜:

> 今日道经韦曲,境接樊川,清辉照人,心襟忽畅,如垂老之见异书,空谷之逢绝代,欣乐之情,匪可言喻。杜牧之尝言富

---

[19] 音駉,《说文》:"邑外谓之郊,郊外谓之牧,牧外谓之野,野外谓之林,林外谓之坰。象远界也。"《诗传》:"远野也。"
[20] 音竹,足迹。
[21] 音昆,古代剃去男子头发的一种刑罚,此处喻山秃。
[22] 音笨,尘埃聚积。
[23] 音汇,与"秽"同。

贵有数,吾得老为樊川翁,有文章数百卷,号《樊川集》,顾草木虫鱼,亦无恨矣!牧之文章干略[24],隽伟[25]无俦,夙所钦崇,今身入其乡,心玩其言,益深动高山仰止之风矣!

看来傅先生来到樊川之后,心情真是极好,他又在书中大段抒写樊川一带的美景:

> 盖出长安南门,东南行十五里,即高岗郁起[26],是为杜陵原,其凤栖鸿固,皆异名耳。其南之高原,为神禾原,两原之间,潏水贯之,清流沃壤,三十里相望,是为樊川。樊川本名后宽川,经华严寺前者,又谓之华严川。自韦曲而南,长渠纷注,土壤丰腴,蔬圃稻塍[27],罨[28]分绮错;田庐鸡犬,恍入江南水村图画中。其循原麓而西,青林连天,蔚然深秀,层崖曲岫,时有妙区。凡韩宅、郑庄、朱坡、杜固、何氏山林、樊水园,诸遗址,犹可披寻;至如清明渠、杏花坪、雁鹜坡、第五桥、定昆池,之胜,其传诸歌吟,载之志乘者,咸得网罗故实,如逢良友而回梦痕,使人徘徊慨慕于城南韦杜之盛焉!若夫升高而极望,则终南太白,列屏幛于前,玉案、紫阁诸峰,霏霞叠翠,若引手而可拾;御宿诸水,萦带乎其中,辋川、渼陂诸胜,环流乎其左。山川百里之壮观,宫阙千年之遗事,指顾之顷,而总览无余。
>
> 余以为关中胜迹虽多,而樊川实为之领要。惜乎兹行遽迫,未遂幽探。异时招邀嘉侣,重赋清游,流连景光,盘桓岁月,续张氏《城南》之注,补毕公《胜迹》之图,庶快偿夙愿乎?

真是如数家珍。我辈长居西安,却对樊川诸景熟视无睹,不禁汗颜。这段话应当记入新编《长安志》。

---

[24]指治事的才能与谋略。
[25]优美而宏伟。
[26]纷纷耸起。
[27]音成,稻中畦也。
[28]音拐,网上方格。

从樊川归来,又参观了大兴善寺。此寺始建于隋文帝时,因此地东西方向属大兴城中乾卦六爻的九五贵位,不能由常人居住,故建玄都观与兴善寺镇之。此地又属青善坊,《酉阳杂俎》云:"清善坊大兴善寺,取大兴两字坊名一字为名……为长安诸刹之冠。"傅先生在寺内发现藏经残本为宋刻,遂嘱寺僧要"善护持之"。这是他独到的版本鉴别功力。随后又参观了荐福寺,发现小雁塔上题名少于大雁塔,遂得出此塔为唐代武进士的题名之所、大雁塔为文进士题名之所的结论,右文左武,积习使然。这个说法我也是第一次得知。

西安文物古迹之多令傅先生兴奋不已。离开荐福寺之后返回住处,晚饭前又被朋友拉到碑林参观,极兴奋,"如入百宝之藏,游五都之市,精光夺目,应接不暇,洵钜观也"。他认为西安碑林保存石刻碑版的做法,国内各大都市"咸宜仿效",因为这关乎中国"文字之渊薮,史籍之资材,其所系于宗教风俗地理源流迁变之故,至闳且要"。看来,西安最适合傅增湘这样的先生们游览观赏,对彼此都是一个丰富。

十九日(5月24日)早七时,傅先生兴致勃勃拉着朋友去南五台游览。到西安不去秦岭南山一游,便是有眼不识泰山之愚钝俗夫。一路上"高原长坡,回曲倾欹,升降殊险,然修林回坞,绣陌清渠,所在皆成村落,亦卜隐之妙居也"。今日已有高等级公路由城墙根直达山下,平坦如砥,虽便捷,却再无野趣。山顶五峰拔起,峰巅皆有庙宇,东峰为文殊台,东南最高者为灵隐台,东北一峰在外者为舍身台,西峰为兜率台,标奇挺秀,环拱中峰,故谓之五台。站在最高处,傅先生"南望岩层岫衍,障日千霄,远为太白秦岭,近则石楼紫阁,北视沣滈双水,缭曲如带,耳目所接,神魂欲飞"。先生不禁感叹:"不意长安近坰,乃有幽遁[29]神乡,秀情超拔如是者也!""南山佳丽之处,唯此为最。"先生描写登山经过的文字,文采斐然,堪比柳河东《小石潭记》、王文正公《游褒禅山记》、苏学士《后赤壁赋》,惜不能尽录。

当晚,杨虎城主席在新城黄楼设宴款待傅先生一行。因杨本人大

---

[29] 幽遁,犹隐逸。

病未愈,由参谋长王一山代之做主。本省官吏、绅耆三十余人作陪。酒罢参观新城小碑林,颜勤礼碑在焉。

二十日(5月25日)早六时,乘汽车返程,至华阴庙,再访李问渠。在潼关留宿。文中对潼关名的由来又作考据,此处不表。二十一日(5月26日)下午上火车东去。二十二日(5月27日)上午到郑州,食河鲤。二十三日(5月28日),乘火车北行。二十四日(5月29日)下午三时,到达北平正阳门,乘汽车回家。

游历完陕西,傅先生大慰平生,颇多感慨。他在《秦游日录》中动情地写道:"余自入关以来,西至长安,往复甫届一旬,寻幽览古,良用欣愉,然道途所经,諏[30]访所得,则人民之困厄,名胜之荒残,触目惊心,辄生悲叹,为之不怡者累日。秦东当道[31],亦尝殷殷下问,求所以振兴之策。自维疏拙,又以闻见未审,不欲妄言。既而思之,空桑三宿,未免有情。尘露之微,或其少益,追忆所及,辄复言之。"

他注意到国民政府当局已认识到此前只注意东南是片面的,已开始"幡然为开发西北之计,定西安为陪都,而从事于建设焉"。但他看到:"陕西自改革[32]以来,战争不息,群盗满山,人民已不安其居,加以捐税繁苛,百业凋零,物价腾踊,生事因之益迫。况复连年荒歉,死亡转徙,人口减耗,至二百万有奇。余辈行经村聚,其荒寂残破之状,至不忍睹。即省会一隅,凡百所需,皆取给于外,物直昂上,远过平津。中流人士,终岁勤劳,至不能维持其家室,愁苦之气,充溢人心。则偏乡下邑,劳农苦工之颠连无告者,更无论矣!"

历数当时陕西人民的苦难境况之后,傅先生发问:"夫以天府之国、四塞之区,昔人得之以称雄天下者,今乃地瘠民贫,求欲自完其宇而不得,无亦治理之未得其道耶?"如今陕西仍需有人不断这样发问。

傅先生认为:全陕人民要尽快修成陇海铁路,这是"国家根本之

---

[30] 音邹,询问。

[31] 指陕西接待的领导。

[32] 此处指辛亥革命。

大计"。他写道:"余尝私议政府欲成统一大业,非经营川陕不为功。而经营川局,又必以陕西为根据。川陕既操之掌握,斯长江大河南北诸行省,皆可控制自如矣!"他批评当局:"近岁以来,国内工商之业,应时而起,风披云涌,偏于江海都市,殚财骋智,利尽锥刀,负雄才者,正苦于地小回旋,未足以发挥其伟业,岂有视此历代宝藏、千里陆海之秦中,而不思措手其间乎?"

他最后向当局提出建议:

> 为今之计,首宜修明吏治,申饬军纪,使兵戈永戢[33],萑苻[34]不惊。闾阎有安集之风,道途得转输之便,行见陶猗[35]之徒,争先恐后,籯[36]金景从,即海外豪商,亦必不惮千里,叩关而请吏[37],励精奋志。期以十年,不独疲敝之秦民可转而强富,远而新甘万里,回蒙诸部,亘古未开之富源,亦将辐凑而集,以秦中为之笾毂[38]。愿当道明达,高掌远跖[39],奋起而图之,以永奠国家根本之大计。此不独秦中之民所引领而企望者也!

其言谆谆,其情切切,令秦中大众感动,亦应令秦中当局惭愧!八十多年过去,估计曩日陕西政要无暇亦无心读完先生《秦游日录》,辜负了先生对秦中历史文化的厚爱和推崇。常言道"旁观者清",倘若旁观者不走心,无情而无义,则未必清。相信各地读者通过阅读以上部分引文,都能感受到傅先生写作时不遗余力,对秦中景物史迹的描绘饱含深情,对陕西的未来寄托厚望。大师级文笔,秦中秀才难以企及。

书中还有关于李问渠的一个小插曲。

---

[33] 音及,收敛,收藏。
[34] 春秋时郑国沼泽名,那里密生芦苇,盗贼出没。后代指贼之巢穴或盗贼。萑,音环,芦苇。
[35] 陶朱公范蠡和大商贾猗顿的合称,后专指富人。
[36] 音莹,竹笼。
[37] 请吏,请求为臣。谓愿意臣服。
[38] 笾毂,中枢,中心。
[39] 音职,脚掌。远跖,远行。

傅先生下华山后歇在玉泉院。闻说附近有仙姑庵，便往参观。先生根据《华岳志》记载断定，应是仙宫观。从观中出来北行，有嘉庆时归杨翼武的"清白别墅"，清末为徐州李氏得之，便是李问渠的祖父。李曾告诉傅先生："园中修竹万竿，松梧夹径，池台亭馆，高下回环，华丽名栖，斯为最胜。"当傅先生慕名而入，却发现"衰杨丛筱，弥望凄凉，裂砌断垣，遗踪隐约"，园内荒无人烟，只有一个亭子还在，水池干涸，池边巨石魁奇，仿佛和人道别。据悉，此地现为荣军疗养院。

既然书中多次提到李问渠，我特地查了有关资料得知：

李问渠（1884—1964或1967），又名李集，号苦李，江苏彭城（今徐州）人。早年毕业于上海圣约翰大学。民国时期仕官来陕，擅书画、广收藏，尤好宋元旧椠和明清闻人手札、字画等。1930年遭遇火灾，所有藏品付之一炬，遂另行积聚，小有规模。以诗书琴画广交秦中名士，与宋伯鲁、张寒杉、于右任、党晴梵等相友善，抗战期间与来陕的关山月、赵望云、郑振铎、沈逸千、启功等亦有交往。久则落籍长安，自称"准长安人"，居城南五岳庙门终老。中华人民共和国成立后，任西北文化部文物处保管科科长、西安市文物管理委员会驻会委员，负责考古、文物鉴定，后调入图书馆编撰古籍目录，直至退休。为中国美术家协会会员。有资料称：20世纪80年代初，谣传李先生故宅拆迁在即，其后人匆忙处理先生所藏，多数藏品流向西安文物商店，广州集雅斋拣选部分精品南去。我这本《秦游日录》当是彼时散出。陕西省图书馆善本藏书中有数种李问渠旧藏。2007年，陕西省国画院曾主办"李问渠先生书画展"。

谨以此文表达对傅先生的敬重和怀念。也顺便感谢赠送这本书的朋友，我认真读完了，不负君望。本书是傅先生送给陕西名士李问渠先生的，我得之，亦感幸甚。

（2016年7月9日初稿，2019年4月26日修改，2020年12月16日改定）

采书圆梦

幸有柴门自深闭　不妨窗下蠹残书

路近城南已怕行，伤情
——忆西安盐店街西头的"三才书店"

文 ◎ 十二篇

1966年，书店被一群戴红袖章的中学生勒令停业并当街烧毁全部藏书，店主也被赶回原籍务农。1976年后，店主回西安，家兄顾旧情安排他在街道办上班，工作稳定，得以善终。

陆游《十二月二日夜梦游沈氏园亭》："路近城南已怕行，沈家园里更伤情。香穿客袖梅花在，绿蘸寺桥春水生。"西安的城南也有值得魂牵梦萦的回忆，只是早已人事俱非。

从清初以来，西安城里的老户人家主要集中在城南，碑林、文庙、书院、省市报馆、图书馆、古旧书店等文化场所也在城南。全市最有影响的租赁书店——"三才书店"就位于城南盐店街的西头。

家兄梁春奎从区政协岗位退休后，参与《碑林区志》撰

...189

写,有多篇关于区街文化典故的博客,其中一篇是《三才书店和古旧书店》,记叙了那年书店被"勒令当街焚书"的情形:"长发三才惊恐万分,慌张中连户口本同书一并投入火中,幸得人捡出。其后,随居民上山下乡,三才书店从此倒闭。1976 年后,得以赦免返城,衣食无着。其时,街办正缺一全日门房,时为街办小令,遂嘱其担任之。"家兄的文章唤起我许多幼时记忆。略有遗憾的是有些地方述之未详,借机在此补足。

没有当年的照片,家兄手绘了书店外貌的速写,作为本文题图。

我家就在盐店街

盐店街东西走向,长约半里,实测 277.5 米。街道中部北侧有寺庙曰文昌宫,庙巷北通西大街,正对都城隍庙。通过唐长安城地图覆盖考证,这里是唐皇城里的宗正府衙门和右领军卫衙门之间的街道。盐店街东头是丁字路口,连接唐长安中轴线上的朱雀大街。明清后城内这段朱雀大街曾名广济街,有寺院景龙观(后名迎祥观)。街西头是十字路口:西边梁家牌楼街,牌楼为清初建立,彰表的是清初名将、官至江南提督的梁化凤,现牌楼无存,唯留街名;北边是琉璃庙街,因屋顶使用琉璃瓦而得名;南边北四府街,是明代秦藩王四个王子的府邸所在。

同治四年(1865)在这里设官营盐店。盐铁从汉代起就属官家专卖,是国税的重要来源。盐店开张后,每日有大量现金交易,外国银行和民间银号、钱庄纷纷前来设点收储和放贷,多达二十家,分布在盐店街和梁家牌楼北侧,成为西北地区的金融中心、西安的"华尔街"。各路镖局、会馆也来此安营扎寨,比较有名的如东北"五省会馆"(原名八旗奉直会馆)就在盐店街中段,其他各省会馆分布周围街道,云集四海客商。这些商人日常消费、消闲场所,大都在附近的南院门、五味什字街和大小保吉巷,这里有民国时全市最大的西药店、老字号"藻露堂"中药店、西式电料行、高档洗浴中心"红星池",有鲁迅等名人造访过的西安古旧书店、"四大名旦"之一的尚小云领衔的京剧院、冯玉祥倡建的卖日常小百货的第一劝业市场,还有大大小小的烟馆、妓院。如要烧香敬神,则到西大街对面都城隍庙去,庙门外有大牌楼,热闹类似北京的天桥广场,江湖把式你来我往,各色人等混迹其中。

1949年后,原来居住在这里的官宦、富贾大多逃散或放弃产权交公,加之诸多会馆弃用,留下许多空宅院,多为明清和民国式样的四合院,新政府的工作机关于是陆续进驻。最早成立的市民政局就设在街东头南侧的深宅大院。

1950年,母亲在西木头市小学教书,全家住学校隔壁。1952年母亲调到市民政局,便搬家到盐店街73号院,与民政局对门。民政局是一个四进院,所谓四进,指四个院子套在一起,以穿堂相通。进了大门,东西有相对的厢房,过一间"一明两暗"的穿堂,便到第二个院子,又是东西厢房,再过一个穿堂到下一个院子,如此四进。这种进深的院子有后门,供买卖杂物和清运厕所秽物的人进出。我三四岁的时候经常到局里玩,记得曾从盐店街机关大门进,从五味什字街后门出来。由于多是在下午机关下班时去,院子空荡荡的,我独自走过一个又一个小院还见不到人,会有点害怕。这个情景幼时经常在梦中出现:我怎么也走不到大门外,天快黑了,周围还传来门窗自动关闭声,令人心悸,想喊又喊不出声音。长大后,偶尔还做过这样的梦。

和三才书店成为隔壁

1956年,位于街西头39号(后改为24号)院的民政局家属院建好,我们再次搬家,与三才书店成了紧隔壁。

说是紧隔壁,其实没有墙壁连接。因为书店不是正规建的,它的西边是一家私人经营的带阁楼的小杂货铺,铺子与东边我家院子门口的檐柱都伸出一截,与滴水檐齐,之间是属于北四府街一家院子的后墙,约有两间房的宽度,店家就在这两面外伸的檐柱之间搭建了一个一米多纵深的铺板门面,并充分利用檐柱的高度加装一层木板形成同等面积的小阁楼。这便是"三才书店"的经营场所。放在今天绝对属于违章建筑。

"三才"的名称当然来源于天、地、人三才的说法。这个书店在西

安很有名,足以与钟楼新华书店、南院门古旧书店并称,只不过规模小得多,是一家专门出租和可供读者阅览连环画书籍的特色小店。从房屋的建造和店里的藏书看,起码在20世纪40年代中期就存在了。西安人把连环画叫"娃娃儿书",文一点儿的叫"小人儿书",当年是无数儿童梦寐以求又求之难得的读物,它的吸引力就在于此。那时城南的许多街道上也有"娃娃儿书摊",多是在门口地上铺块布,或立个书架,摆上三四十本小书,供路过的大人小孩阅览,不能出租,其数量、品种和更新速度根本不能与三才书店比,而且一下雨就收摊儿,不能如三才书店春夏秋冬风雨无阻地经营。从这个意义上讲,三才书店是西安规模最大、品种最全、历史最悠久的小人儿书店。我从六七岁起便与它为邻十年,得以饱览群"小人儿书",该是多么大的幸事!

　　39号院是民国式样的四合院。大门类似北京传统民居常用的"如意门"和"蛮子门"的混搭,是街上最讲究的。前檐出廊较多,砖砌檐柱宽大,门楣门框浑厚,门扇结实沉重,两个石礅贴在门框上,一尺高的门槛嵌在石礅里,门上有一对生铁铺首,半夜敲门用。大门内有门廊,左侧有门房,前院东西为两间的厢房,北边是三间临街房俗称下房,南边是四间的上房,所谓民国式四合院,主要指上房为两层新式楼房。西厢房与上房之间空地是井台,有绞水辘轳。上房左侧有一带门的通道到后院,后院西侧盖有厕所,分男女,有门窗,有水泥砌衬的大小便池,当年算是很卫生了,还有电灯照明。39号院属于比较高档、设施比较齐备的宅院。

说是民政局家属院,其实只有我家算是家属房,其余是单身职工的午休房,后来又陆续搬走,在很多年里院子里只有我们一家。空置的屋子都没锁门,想在哪个房间玩儿就在哪个房间玩儿,这段时光令人难忘。后来院子移交市兵役局,开始住进带家属的现役军官,最后又交回市房产局管理,院子住满,再无昔日清静悠闲景象。

搬家的当年我刚好上小学,学校用的是位于街中间小巷里的文昌宫旧址,文昌宫后改名城隍庙,西大街上的那个庙叫都城隍庙,总管西北,这个庙只管西安。

家里把厨房安顿在门道的门廊一侧,盘灶头,安风箱,放一张大梨木案,大水瓮,用桐木瓮盖遮苫。每天中午和下午放学回家,我都坐在门道烧锅拉风箱,帮外婆做饭,不论春夏秋冬,一坐就是一两个小时。过年做年饭、蒸馒头,经常要一坐半天,连续拉几天火。好在一边坐小板凳拉风箱,一边可在膝盖上放本书看。小学六年读课外书的时间有一半是这样度过的,安详、井然之情境常可回味。

与书店主人的第一次接触

搬进39号院不久,有天中午我照常坐在门道拉风箱看书,背朝着大门。忽然听到有人在门外和我打招呼:"看书呢?"我转过身,见是个留着分头的陌生人,就问:"你找谁?"没想到他一个大人,见了我这六七岁的小孩说话脸都红了,显得很腼腆:"我是隔壁书店的,能不能去你家院子上一下茅房?"那时一般西安人把厕所还叫茅房,文明点的才叫厕所。那时民风淳朴,生人上门问个路、讨口水喝甚至在大门里避个雨、歇个脚都司空见惯。我很自然地起身领他穿过院子,到后面指点了厕所方位,然后继续回来拉风箱。出来时他冲我点头笑笑,脸似乎更红了,我也冲他点头笑笑。

来一次就会有第二次,只要见我在门道坐着,他就会经常来,开始还打招呼,后来时间长了,进门只是点点头笑笑,就直接去后院。有时看来实在不好意思,便停下来和我寒暄几句,无非是"上学了没有""读几年级"一类没盐没醋的闲话。也可能我从小就"少年老成",大人们不容易等闲视之吧。后来才知道,他叫张文义,是书店的二掌柜,大掌柜是光头,有家有室另有工作,平时不在店里。为了区分,旁人背后称张先生"分头三才",家兄文中称他为"长发三才",大掌柜自然是"光头三才"。面对面时没人这么叫,统称"三才"。

对每个人来说,如厕是小事,如厕是否方便却是大事。整条街上只有一座正式公厕,位于街道中段。街上的居民大多在自己院内如厕,只有路过的和个别院里无厕所的才上公厕。公厕和公用自来水站在一起,用自来水收费,公厕不收费,管水站的老头兼营厕纸收费。男厕所有一个小便池和四个蹲坑,蹲坑人多时则必须排队。书店离公厕至少一百多米,离我家仅一步之遥。张先生每日一人照看书店,到我家院子如厕不走远路,极省时间,还可避免出现书店长时间无人照看时的不测之事。他自从认识我之后,"方便"的事就变得特别方便。

除了到门道做饭,外婆(我家习惯叫奶奶)主要在屋里做针线活或其他家务,不在院子多停留。偶然在院子见到张先生出入,便皱着眉头说[1]我:"耍把生人领到院子!"我答:"不是生人,是隔壁书店的三才。"外婆便不再言语,只是还皱着眉头。我虽然年纪小,帮外婆干家务活儿却是主力,烧火、倒垃圾、到水站抬水、到杂货铺买盐打酱油打醋,都是我。所以她平时不过分说我,如果我生气了,耍"小孩儿脾气"(尽管当时就是小孩儿),甩手不干家务活儿了,她还得好言相劝。所以

---

[1] 西安话中"说"某人有"教训""批评"的意思。

在允许三才到院子如厕这件事,外婆得由着我,不能严加禁止。如此一来,张先生来院里上厕所便成常态,家人习以为惯,视若不见。

这应当算是我少年时社交公关的一个胜利。

三才书店成了我儿时的"天堂"

与人方便,与己方便,真是至理名言。从此,我和张先生成了忘年交。后来我到书店看书,他总是和颜悦色,笑容满面。书架上的书每个人都可以自己选取,但新书和受欢迎的"畅读"书,另放在他的身边,不能自取,得点名索要。当然,我来了,要看什么书,他会优先照顾。别人借书回家,要先交押金,归还时按天算账,对我不但不收钱,还允许我每次带几本书回家看。书店来了什么新书,张先生也总是很高兴地先告诉我。我每天在拉风箱时看书,看完马上到隔壁随意更换。老版《三毛流浪记》《三毛从军记》系列不用说,20 世纪 50 年代后陆续成套推出的《三国演义》《西游记》《水浒传》《杨家将演义》《聊斋故事》等等,我全部在第一时间看完,有的还反复看几遍。那时还出一些由电影截图编成的连环画,用电影台词做文字说明,看完便对看过的电影加深了理解和记忆,对没看过的电影增加了兴趣和渴望。其他同学看了电影,知其一不知其二,我却能知其三、其四,那种得意令人愉悦。更重要的是,有了连环画垫底,后来再读纯文字小说,感觉容易得多。

在家做完作业,我还爱照着连环画画画儿,当然水平和我哥不能比,他能模仿华三川、刘继卣、戴敦邦、王叔晖等名家画的连环画,各色人物惟妙惟肖,令人羡慕。但我那点水平,在班上同学中还算厉害。下课休息十分钟,同学们围上来,要我给他们本子上画关羽、赵云、岳飞,画青龙偃月刀、錾金虎头枪和青釭宝剑,还画赤兔追风马。为此,我到书店挑一些易于模仿的连环画悄悄在家练习,第二天再去显摆。当年能分辨清楚黄金锁子甲和镔铁连环甲、鱼鳞甲和人字形铠甲的区别。岳飞的铠甲就是人字形的,似乎是元帅的专属,元帅铠甲只露一个胳膊,另一边是战袍。关羽好像也是这种画法。黑色的乌骓马好画,但张飞不好画,掌握不住那金刚怒目的表情。我只能画斯斯文文的人,有人说,画家画出来的人都像他自己。

去街道垃圾站倒垃圾时,除了提家里的垃圾筐,我顺手捎上书店门旁的垃圾筐,偶尔也帮书店灌满一电壶(保温瓶)开水。有时在店里看书,张先生临时要离开一会儿,就托我照顾一下店铺,我便坐在他的座位上,为来看书的大人和小孩取书,收钱,俨然是个小老板。按同学的说法,三才书店成了我家开的。

每次来新书,书店一般一种进两本,张先生把其中一本的封皮撕下贴在招牌上,悬挂在醒目处,来人指名索要,他再从书架上取出。下一批新书来时,他才把上次撕下的书皮贴回原书。说来也怪,许多小孩望着招牌上的书皮,叫不出书名,只是说"给我取一下那本啥啥啥书",他就能知道这孩子想要什么书,一取就准。我仗着自己认字多,在旁只管讥笑他们。

书店除了租借图书,还兼营糖果、炮仗和儿童玩具,有时还搞点博彩,虽是店主的生财之道,但足以吸引大小儿童把这里当成天堂。每到过年,附近街道穿新衣戴新帽、手握压岁钱的孩子都会聚拢过来,买糖的,买果丹皮的,买摔炮的,买孙悟空面具和金箍棒的,还有"戳彩"的——就是在用纸蒙着的方格里放置各种"奖品",交两分钱任意戳一个格子,里面有张卷起的纸条,写着"硬糖一个""弹弓一个"或其他小物品。有几个格子属于"重奖",五分钱一戳,里面的东西要贵一些,如"手枪一个""棒棒糖一个",孩子们乐此不疲。格子里大多是"硬糖一个",平时买一块硬糖是一分钱,戳彩得花两分钱,算是店主多赚了孩子的钱。也有几个孩子各要一本书坐在一起,偷偷交换,这样每人只掏一分钱就能看四五本书。算是孩子想办法让店主少赚钱。当然,这是书店不愿看到的,但孩子太多,张先生根本顾不上过来阻止。

三才书店给我的童年带来无穷乐趣和生活自信,我家几个兄弟也都和张先生亲密无间。我上中学之后,阅读来源变成了省图书馆、市新华书店和古旧书店,但两个弟弟还小,他们继续保持着这种亲密关系。说起来,张先生对我家兄弟个个都不错,令我们从小就得到温暖的文化熏陶。这种熏陶,我哥称为"润物细无声"。

帮舅舅借阅文字小说书

二舅刚成年就去了青海柴达木油田工作,每年回西安探亲半个多月。他不爱讲话,白天喜欢一个人慢慢悠悠地转大街、看电影,晚上待在家里没事,知道隔壁书店除了连环画还有小说书,就问我能不能借到《福尔摩斯侦探案》。

我过去问,有,看哪本?一本一本借,都看。于是我先后借来《巴斯克维尔猎犬》《血字研究》《四签名》等,都是1949年前出版的老版单行本,繁体竖排,有些书上有比较恐怖的插图。他读完我接着读,大多看不懂,感兴趣的是《巴斯克维尔猎犬》:"那坚硬的突岩、枝叶茂盛的沼泽地植物、让人毛骨悚然的夜半尖叫,一只闪着亮光的猎犬向人冲过来……"这场景会久久萦绕在你的脑海中挥之不去。

二舅要的《归来记》书店没有,张先生便从其他人那里找来一本,再三嘱咐不要弄丢和损坏。我不知道二舅从哪里知道福尔摩斯的名字和这些书的名字的。三才家的小说书,都包着牛皮纸的封皮,怕书在传看过程中散开,拿锥子扎眼,用线绳订几道,和线装书的装订方式一样。后来才知道,这种保护方法对书的品相损害很大,为藏家所不屑。

第二年二舅探亲回家,这次点名要借张恨水的小说。他告诉我,张恨水原名张心远,喜欢谢冰心,追不到,就把名字改成"恨水",恨水不成冰。后来知道这是江湖传言,张恨水明确说笔名源自李后主的名句"人生长恨水长东"。冰心也有专文澄清,并尊称张恨水为"前辈"。

张恨水是中国章回通俗小说的奇才,一生创作有一百多部小说,三千多万字,名作很多,有"中国的巴尔扎克"之誉。奇怪的是总被中国现代文学史忽略,可能是"天妒英才"。当年他的小说在报纸上连载时,每日排队买报等着看小说的人比肩继踵,蔚为大观,其影响远超过同时代任何一位小说作家。三才书店藏有全套张恨水的小说,大多是三四十年代出的各种单行本,也有上海文化出版社新出的《魍魉世界》

等新版。我一本接一本地借，二舅一本接一本地看，读得飞快，一本看完，马上催我归还，借下一本，让我没有时间趁机浏览。只是借《八十一梦》时，书比较薄，我先抢着看完才拿给他。这本小说把猪八戒拉出来在梦中辛辣地讽刺时政，还能避过图书报纸杂志审查官的苛求，很有趣，很巧妙，很有智慧。

我问过二舅，要不要借新出版的小说。他抽着卷烟，笑着说：在柴达木把苏联和中国新出的小说都看完了，但那里没有老书，只听说过柯南·道尔和张恨水的名字，没想到三才书店应有尽有。是啊，这些书当时的新华书店都没有。

这些旧书三才从来不在明处摆放，都藏在阁楼上。阁楼十分逼仄，勉强能住人。我上去过，楼上的空间只能顺长放一张狭窄矮床，层高不过一米五，平时人只能坐在床边，无法站直。除了床，其余地方摆满了不允许公开阅览的古旧书，其中有民国时粗制滥造的武侠神怪荒诞字书和小人儿书，可能也有黄色书刊。这只是猜，没有亲见。

我上了小学四年级后就不再看连环画，开始从三才书店借读上海文化出版社竖排繁体《聊斋故事》《唐宋传奇选》等古典短篇小说简写本，还有林汉达编写的东周列国和两汉故事，后来就读《七侠五义》《小五义》《续小五义》之类的侠客小说。说来也怪，读后不甚喜欢展昭，反倒喜欢缺点百出的锦毛鼠白玉堂，他有小聪明，但很讲义气，称得上是侠肝义胆，可惜他在冲霄楼盗宝时被机关杀死，英年早逝。

下象棋是张先生唯一喜好

我一直不清楚张文义先生是哪里人。从冬到夏，他总是一身蓝布外衣，两颊带有"高原红"的血丝，肯定不是土生土长的西安人。见人总是很腼腆，说话斯文客气，完全不同于另一个"光头"三才。

"光头"三才蓄短髭，看样子练过拳脚，外形孔武有力，总是铮眉豁眼，说起话来生冷嶒倔，大家都不喜欢他。他好像姓王，就住在北四府街口，与书店不过十米。实际上他才是书店的主人，张先生不过是个伙计,但以兄弟相称。他每次来店里主要是给张先生送饭,往往是一大碗"然面",拿几瓣儿蒜,张先生吃起来狼吞虎咽,满头大汗。

回想起来张先生留的也不是什么分头,就是头发比平头长一些。分头有中分与偏分之别。电影上留中分的,不是汉奸就是流氓,偏分的也多是纨绔阔少或柔弱书生,如电影《青春之歌》中的余永泽。但张先生没有发型。到了冬天,他套上两只鼠毛护耳,围一条灰色毛线围巾,在脖子上一绕,胸前垂下一截,这才像个旧时商铺老板的样子,和电影《林家铺子》中的谢添相似,只是没有穿长衫长袍。

顾客少的时候,张先生戴上眼镜,也拿一本新书看,更多的是在小桌上摆一副袖珍的象棋盘,对着棋书打谱。除了杨官麟、胡荣华、王嘉良这些当代名家的棋谱外,还见他拿着线装的老棋谱看,肯定掌握不少"怪招儿"和"秘密武器",一旦使出,招招要命,让对方缴棋认输。

书店有一副特大号的木制棋盘,棋子儿当然也大,拍起来啪啪作响,一旦叫将特别在"连吃带将"时能给对手产生极大的心理威慑。我也经常在一旁观战,发现拍棋的一方最后往往输棋,赢棋的一方则是默默地推着棋子儿走。

西安城里有的是象棋高手。会下棋的人经常彼此约战,来三才书店斗棋,这成为盐店街西头的一道风景线。棋摊儿就摆在我家门口,周边笃定围满了观战的人。吴承恩有一首关于描写围观围棋的诗,形容最是精妙:"四方豪隽会观局,丈室之间围再重。架肩骈头密无缝,四座寂然凝若梦。忽时下子巧成功,一笑齐声海潮哄。"如果有人先夸海口说要赢最后却输了,观战的必然起哄大笑。张先生也时时过来看一下进程,我问他谁能赢时,他只是笑而不语,回去继续照看书摊。

我印象最深的是一次盲棋大战。一位经常来的戴眼镜的中年人坐在店里拿一本连环画看,张先生蹲在街对面的棋盘前替他走棋,对手每走一步,张先生大声说"炮二进七"之类的招法,戴眼镜的放下书略加思考,说:"车五退一。"如此这般来回继续。

这种场面我是第一次见,真是惊呆了,有这样下棋的?这记忆力该有多强呀!最精彩的一幕是,戴眼镜的把书合起放回书摊,推起自行车,说一句:"卒五进一,缴棋!"然后骑上车扬长而去,只见对手默不作声,表情狼狈不堪,围观者又爆发一阵哄堂大笑。

"缴棋"是棋局结束时双方把吃掉对方的棋子儿交还对方,先交还的便是表示认输。下棋时说"缴棋"是让对方认输,相当于喊"缴枪不杀"。王安石也有围棋诗:"讳输宁断头,悔误乃批颊。"是说下棋的人不肯轻易认输,下出了臭棋便会自批耳光,很生动。

自从看了这盘蒙目大战,我决计再不下象棋了,因为我今后不可能达到这个水平。达不到这个水平,下象棋还有什么意思?改学围棋算了,但那时我周围没有人会下围棋。

不知什么原因,张先生一般不和别人下棋。我只见过一次张先生和别人下棋,看形势张先生即将赢棋,只见他表情变得紧张而又激动,拿棋子的手抖个不停,和茨威格《象棋的故事》中描写的那个B博士一模一样。打谱多而实战少的人下棋往往都这样,对局中出现与打过的谱有相同棋形而自己又十分熟悉的时候,往往心跳加快。这和考试发下卷子,发现自己猜中了试题的激动心情一样。

三才书店的最后绝唱

1966年9月的一天下午,三才书店被一群戴红袖章的中学生强令在街道中间烧毁全部藏书,这个当口儿我正好在外地,没有亲见,事后听家兄讲述,十分痛心和愤懑。

这些学生可能来自梁家牌楼街的市二十七中,他们学校距离书店只有一百多米。不过,那时全国形势都一样,三才书店的书不是被这个学校就是被那个学校的学生焚烧,终归难逃一劫。可以想象到当时的场面:一群穿着绿色军装、戴着军帽的男女学生打着某某战斗队的红旗,高呼着什么无罪、什么有理的口号,突然包围了书店,几个领头人用手指着张先生大声训斥,其他人把书店的书搬下来,用脚践踏,乱七八糟地丢到街上,形成高高的书堆,过往的路人围成一圈,看着他们有人用火柴把书点燃,有的人还厉声骂着,用棍子拍打张先生,责令他亲自把其余的书都扔进火堆。不一会儿，盐店街西头便火焰熊熊，腾起一团黑烟升上天空，这些学生的情绪进一步被烈火激发，大喊着，推搡着，命令着，把书店楼上、楼下的带纸张的东西烧个精光。我哥眼见张先生把户口本也丢进火堆，经人提醒才赶快拿回。火焰熄灭后，这群学生还拿出一张传单似的东西大声朗读，内容是京城某总部的通告，勒令一切所谓成分不好的人立即滚出城市，哪里来的哪里去，立即生效。

这场被冠名某种行动的场面总算结束了，张先生肯定吓坏了，他绝对没想到平静了十七年的日子突然就这样消失了，以极恐怖的方式消失了，陪伴他二十多年、赖以生存的群书瞬间变成一团发烫的灰烬。烧书的学生中恐怕有不少人曾经来这里看过书，有的可能还只花一分钱就偷看了几本书，有的在这里摸了几次彩发现都是小奖品而怀恨在心吧？有的没钱看书就叫骂"三才洋来、上山打柴"而被赶跑过吧？张先生不知道做错了什么，只能赶紧收拾东西，连夜离开西安城。

一个在西安极有影响，和我个人、全家有紧密关系的三才书店就这样没有了，从1956年到1966年，整整十年的美好记忆突然变成一场噩梦。"始作俑者，其无后乎？"那几十个亲手毁掉西安这个文化田园的无知暴戾少年，汝今安在否？几十年过去，仍感觉青春无悔否？猜想这些人都已经老态龙钟，仍然没有丝毫罪恶感，还是一脸无辜的样子吧。有人说，他们也是"受害者"，施虐者和受害者能一样吗？

十几年后的一天，大约是1977年，我在盐店街家门口看书，张先生突然出现在眼前，那情形，那感觉，简直和鲁迅在《故乡》中见到阔别多年的闰土、在《祝福》中见到被赶出四叔家的祥林嫂一样。

他还是长头发，但两鬓已经灰白，脸颊的"高原红"变黑了，似乎多日未洗脸。头顶和衣服上全是灰土，好像刚干完重体力活儿，样子显得十分疲惫，说话也有气无力。

多年前他第一次见我，曾怯生生地问能不能进院子上厕所，这次他仍是怯生生地问我："你哥在不在？"我告诉他家兄这会儿在南院门公社（后改称街道办事处）上班，没在家，他道声谢便匆匆离开。

后来才知道他是回来找工作的。我哥多年前便在南院门街办工作，此时已是"街办小令"——副书记、副主任。张先生打听到原来被驱逐回乡的人可以返城了,便从原籍赶回,又听说我哥在街道办工作,就想找他帮忙。家兄和书记商议后,就安排他在办事处传达室工作。办事处聘用临时工不用请示汇报,街办财政能够支付工资就行,不算违反规定。

我后来有次去办事处找我哥,经过传达室,张先生戴着眼镜正在读报,见有人来立即从窗户探头询问,见是我便笑容满面,带点紧张地说:"你哥在后面。"我离开时和他打招呼,他从屋里走出来,送我到大门外,说:"没事常来。"这是我和他最后一次见面。

一如家兄文中所述,街道办事处自己盖家属院,也给张先生分了一套两居室。他晚年的工作和生活都很安定,虽然没有孩子和亲人。张先生最后安静地在家里去世,办事处出面送终时,只见家徒四壁,仅有棋谱数册和生活用品而已。

家兄这是做了一件善事,也算是我家兄弟对他的一种报恩。只是没想到,西安的三才书店竟与我家如此有缘!

2000年前后,盐店街西头拆迁,我家也彻底地离开了。但时隔二十年,24号院仍是一片废墟,工程没有进展,还能让我和没在这里住过的外孙们看到老家原来的旧址,也算惬意。

(2018年6月30日初稿,2020年12月18日改定)

江湖夜雨十年灯
——关于"书荒"岁月的几个片段

文◎十三篇

> 问题不在阅读纸质书还是"屏幕"书,要害是要不要阅读。阅读才是与人类文明同步发展、与时俱进的行为。

题外话

黄庭坚"桃李春风一杯酒,江湖夜雨十年灯"这两句诗已传为经典。"十年灯"一般比喻"十年寒窗苦读",会终生难忘。然而,1967年至1976年这十年,却是中国文化史上罕见的"书荒"岁月。十年"书荒"意味着什么?没有经历过的人不知道,也想不到。

历史上有过无数次兵荒马乱的岁月,外族入侵、血雨腥风、军阀混战、民不聊生,在这些岁月里,读书人虽然无法静心读书,但这不是"书荒"岁月。相反,"书荒"十年是所谓"到处莺歌燕舞"的年代,越是如此,"书荒"之苦才变得分外煎熬。经历过这种岁月的读书人,已经越来越老,也越来越少。其中苦涩,已难为当今年轻人所想象。

这十年,极少数的十五到二十二岁的青少年在千方百计找书读,对知识的探求、对提高自身修养的重视,比以往任何时候都强烈,终于等到1977年底恢复高考时,凭"江湖夜雨十年灯"的实力第一批考上大学。

回顾"书荒"岁月时,一直在思考两个问题。

第一个:阅读真的那么重要吗?

许多哲人断言:阅读是与人类文明同步发展、与时俱进的行为。

但是,英国科幻小说家赫伯特·威尔斯在1899年写了一本《昏睡百年》(When the Sleeper Wakes):一个叫格雷厄姆的人从昏迷中醒来,已经到了2200年,他发现书籍已经被人们废弃,所有的阅读都被影像取代,通过电影放映机播放……

似乎不用再等百年,这种情景如今就已经出现,只不过人们的阅读不是通过电影放映机,而是通过电脑、电视和手机。再过百年,谁知还会变成什么样子?一百年后,说不定人类的知识、技能已经能全部输入某种微小的生物芯片,谁想学什么用什么,买来直接嵌入大脑就行,文学的、艺术的芯片随便挑。

不能不承认,近二十年社会发展的历程起码已经改变了人类的阅读习惯。

我们不用担心纸质书消亡,不会。但问题不在阅读纸质书还是"屏幕"书,重要的是阅读。

从古到今,人类阅读的方式和内容一直是在变化的。

人类有了图书,相伴产生的就是阅读。有用眼睛阅读的,也有用耳朵听读的。最早的书是要朗读的,因为没有副本或足够的副本供更多的人同时阅读。还要读给不识字的人听。这些听读的人们接着会口口相传,影响后世。有韵的诗歌是最容易被记忆和传诵的,尤其是能唱的诗歌,一旦学会就很难忘记。戏剧里的唱词也一样,演员记起第一句开头,下面大段的戏文会滔滔不绝地自然流出。每个戏剧演员都有这个能力。

听读的历史很悠久,后来便有了专职说书人,从而产生"话本"这个体裁,这才有了《三国演义》《水浒传》乃至《红楼梦》,《荷马史诗》《一千零一夜》最初都是这样的话本。识字人多了,印刷术发明了,不耐烦每天听一段,才催生了专供阅读的各种内容的小说文本。

还要看到,阅读的内容反过来也会左右阅读的形式。如果你只是想消遣、看热闹,娱乐为上,读历史就不如读小说,读小说则不如看电影、看电视,甚至看3D,用VR、AR或其他什么R。好电影感人,好电视剧娱人。但阅读文本和阅读图像,两者之间欠缺一个心智。

所谓心智不全,指的是只看视频和图像的人会缺乏"否定""概括""整理"和"时间伸缩"的能力。这正是图像阅读的缺陷,所有的实物图像都展示不了负面的表述,最后会导致"集体无思考"。法国学者雷吉斯·德布雷指出,不同思想时代判断聪明才智的标准是不同的。才智一般要具备三个能力:智慧、判断和假设精神。这三种能力没有一种可以用图像或通过图像来操作。

由此我会相信:任何时代,文本的阅读对人类都是不可或缺的。

第二个:"书荒"岁月真的没有书可读吗?

有人会反驳这个论点:十年中虽然大大小小的图书馆关门,但新华书店没有关门,明明有书在卖,何来"书荒"?不能罔顾事实。确实有,所有的图书馆关闭了,新华书店没有关门,政治类的语录、选集、单行本和报刊社论,一刻也没有停售。文学类的《牛田洋》《沸腾的群山》《激战无名川》乃至《金光大道》等所谓"小说"也不断出版。想听读吗?每天时时、处处各种大喇叭24小时不停地播报文件、通知以及各种勒令、警告之类,足够你听的。

所谓"书荒"是指古今中外的文学经典图书供应奇缺。当然,哲学、社会科学经典也奇缺。有哲人说过,真正能唤醒大众、拯救灵魂的往往不是"枯燥乏味的论述性活动",而是文学,只有文学才能占据"更可贵的感情和经验领域"。另外,自古以来,号称"文学"的并不都是文学。比如"垃圾文学"就不能算是"文学"。有些曾经是"文学"的,也会被后来的文学经典挤出文学的殿堂。文学经典不仅自身重要,它还浓缩了种种创造性的能量。《诗经》《史记》《三国演义》《红楼梦》《水浒传》、唐诗宋词以及外国优秀文学名著,对社会的作用恐怕无法用物质数量来衡量。正是这些文学经典在"书荒"岁月被戴上"四旧"和"封资修"的帽子。我至今佩服那些发明"四旧"和"封资修"这些名词概念的人,涵盖了古今中外一切文学经典,无一能漏网。

"书荒"并不是社会储存的书籍短少,而是不准露面。灾年缺粮,市面上不是真的没有粮食,而是有许多大粮商囤积居奇,要卖高价。"书荒"岁月,纵是高价也无法在书店买来文学经典。

"书荒"对社会造成一种"精神贫血"和"精神摧残"。广大青少年在长身体、长知识的时期,长期缺乏书籍会造成失智,十年会影响整整一代人。"精神摧残"对知识分子格外有效,通常有两种形式:一是令你自己不停地责备自己和摧残自己;另一是断绝思考来源,无书可读,无笔可写,无人可谈。两种形式最后都可能使人精神失常。

茨威格的《象棋的故事》就描写了遭受纳粹精神折磨的痛苦。读这本书时,我刚开始自学围棋,对讲下棋的故事特别感兴趣,同时对读书的渴望变得十分强烈,有了一双"饥饿的眼睛"。这种渴望会造成病态的恐惧,虚拟出"受迫害的假想",担心有一天B博士的遭遇会降临在我身上:几月、几年不准接触任何一本书,也不让写一个字。想到这里便心急火燎,恨不得赶快读尽天下所有能够见到的书。

是为"题外话",言归正传。

读书成了偷偷摸摸的"地下活动"

在"书荒"的岁月,公开读古今中外的文学名著是要承担各种风险的。随时随地都会被人揭发,揭发人可能正是天天和你朝夕相处的"战友"或"对立面"。

但人以群分。想读书的人都会惺惺相惜,彼此互通有无,一是互相询问,二是互相帮忙,你找来我看,我找来你看,书友越多越好。也有品行差、借书不还的,那就会自绝于天下书友。

盐店街院子新搬来一个女邻居,院里的人叫她小苏,大约二十岁出头,似乎已成家,却独自住在楼上的一间小屋。我建立的秘密"藏书房"也在楼上,相隔两间屋子。有天我到书屋来,门没关上,被她路过发现了屋中的藏书,便主动搭讪,嬉皮笑脸地缠着要借书看。我年龄小,没注意到她是个美少妇,现在回想,那种娇态真是动人,无法不答应。借去读了几本,她可能觉得应该有所回报,便主动找她闺蜜借书给我看。

一天晚上,小苏神秘地叫我去她屋里,有一个戴眼镜的大女孩在等着,盯着我看半天,问我在哪个中学,有没有参加造反组织,都读过哪些"违禁"书,我一一做了回答,她这才从书包里掏出一本《悲惨世界》第一卷给我,说好两天后来取,如果说话算话按时还,她再把第二卷带来让我继续看。临走时借走我的《茨威格小说选》,估计要作为旗鼓相当的"书质"了。

《悲惨世界》写得何等令人感动,真是毕生难忘的阅读!读完第一卷,迫不及待地等着第二卷的到来。第二卷读完就没有了,我还以为雨果就写了这两卷。接下来又借到《笑面人》和《九三年》,雨果在我的心里已被奉为神灵。后来才知道,1959年人民文学出版社只出了两卷《悲惨世界》。第三、第四卷到1980年才出,第五卷出版已是1984年了。如今我已拥有《悲惨世界》几个版本,还特地购买了人文社版的精装三卷本收藏。冉阿让的形象能洗涤读者的灵魂。

从那时起,才懂得搜集书尤其是搜集"好书"的重要,所谓好书是指中外世界名著,稀缺罕见的更好。一是在借不来书时,自己有书可重读;二是你有好书才有条件和别人交换。想用高尔基的《母亲》换读大仲马的《基督山伯爵》,可能很难,价值不对等,高尔基好找,大仲马难寻。家里一本好书都没有的人,是很难借到好书的。

并非"书非借不能读",而是能借来的书如果不先读、快读,按时还,今后再也借不到书。

好景不长。我有几天没有回家,回来就听说小苏已经搬走了。原来有天她在楼上与楼下的邻居发生激烈争吵,后来还相互大声谩骂,对方是四十多岁的中年家庭妇女,平日也够泼辣,竟然骂不过年轻的她。更令人想不到的是,隔了一天两家竟同时搬走,而且谁都不知道他们搬到哪里去了。从此与小苏断绝了所有的消息,相互借书戛然而止。

从废品垃圾中捡书

一时间变得眼里只有书。到同学家第一眼先看有没有书,再看有没有未读过的书,然后就是开口借一本没读过的好书。那时年龄小,家中有书的也不属于同学自己,遇到他们的哥哥或姐姐控制住这些书不外借,只能悻悻离去。

有时需要到处"搜书",突然发现城里的废品收购站是不能不去,而且要经常去的地方。不重视藏书的人家在卖废旧报纸时会把旧杂志和破旧的图书一起打捆卖掉,里面可能有宝贝。过去许多废品收购站把收来的废旧书报就堆在店门口,路过时一眼就可以看到有没有旧书。我这样一个十七八岁、不大不小、人模人样的"知识青年"去废纸堆里翻找破旧书,简直是"有辱斯文"!好在当时顾不得这么多,能找到就好。

上天不负有心人。总算被我在废品收购站搜到了几本书:50年代人文社版的繁体竖排《红楼梦》上册、《镜花缘》下册,《鲁滨逊漂流记》《克雷洛夫寓言全集》,还有民国时期商务印书馆的《聊斋志异》上册,等等,虽然都没有封面,有的还缺头少尾,但绝对是宝贝。正是因为缺头少尾,才被当垃圾、当废品。找到不容易,想要带回更费周折。收购站有的售货员很好,你想要就给,大不了交一两毛钱;有的不行,先说不能拿,低三下四再三央求后,才答应多收几毛钱给你。什么破书这么贵?算了,一切为了阅读,给吧!

值得重视的是那本《红楼梦》,前八十回的精华恰好在上册,前后都少几页不影响阅读。我视若珍宝，自己动手把它还原为精装版：用硬纸板糊上旧道林纸画报做封面，用白道林纸做前后扉页，并给书脊口贴上绸缎封头，用胶水粘牢，和新书一模一样。敝帚自珍，不知反复读了多少遍。现今许多年轻人说读不下去，令人匪夷所思。《镜花缘》有趣的海外故事主要在上册，但作者卖弄琴棋书画、音韵学问的章节却在下册。上册的故事从三才书店的小人儿书中看过，下册却能令人长知识，"黑齿国"秀女难为多九公一章，让我后来对学习音韵训诂学产生兴趣。

捡来的几种书后来都买了新的版本。除了人文社最新珍藏版《红楼梦》，有民初上海商务印书馆万有文库版全绣像《石头记》，线装本《脂砚斋重评石头记》，1974年外文出版社出版、杨宪益夫妇翻译、戴敦邦插图的《红楼梦》英文版上下册，还收集了大量"红学"著作以冒充"半个红学家"。

若干年过去，读到捷克作家赫拉巴尔的小说《过于喧嚣的孤独》。一个在废纸回收站工作三十多年的打包工汉嘉，每天把珍贵的图书从废纸堆里抢救出来，藏在家里陶醉般地阅读。在退休的那一天，他把自己打进了废纸包，跟着那些书籍升入天堂。同情之中有同病相怜之感。

骑车到五十里外去买书

1968年夏天的一个中午，我去南院门古旧书店，这里变成了新华书店，只卖报刊社论等新书。但旁边还有一个门面，对外继续收购旧书。透过玻璃门向里望去，有人从书包取出许多书放在柜台上，我马上进去旁观，发现都是渴望已久的古人诗集，最上面放着《李白诗选》和《苏东坡集》。书店收书的是位老职员，瞄了我一眼，冷冷地说："不卖书的请出去。"我一面朝外走一面回头望，卖书人把书包掏空了。不知为何不甘心，我继续从玻璃门外朝里望。只见那位老职员把书全部翻看一遍，一本一本说价钱，又拿过算盘，噼里啪啦拨出合计数，然后付钱给卖书人。卖书人出门见我还在，便问："想要书？"当然。"跟我走？"远吗？"不远，城外。"他骑上自行车，我也赶紧骑上车，跟着他出南门向南行驶。我继续问："去哪里？""前面。"

走了半个小时，还没有到的样子，看出我有点怀疑，他便和我并排骑行拉话，问我读过什么书，喜欢谁的作品，还问我喜欢哪些新诗人。我说喜欢贺敬之和郭小川，他问："会背不？"可能太紧张，我只能背两句：在九曲黄河的上游，是西去列车的窗口。谁知他出口就是："五月——麦浪。/八月——海浪。/桃花——南方。/雪花——北方。"真是的，我读过《放声歌唱》，怎么就没想到背几句这样的"阶梯诗"在人前炫耀呢？他接着背："三伏天下雨哟，雷对雷，朱仙镇交战哟，锤对锤；今儿晚上哟，咱们杯对杯！财主醉了，因为心黑；衙役醉了，因为受贿；咱们就是醉了，也只因为生活的酒太浓太美！斟满酒，高举杯！一杯酒，开心扉；豪情，美酒，自古长相随。"我知道这是郭小川的《祝酒歌》，读的时候只感到文字巧妙，韵脚险峻，却不知道背诵。今日听到他背得如此陶醉，让人感到人生阅历上的差距。我开始钦佩他了，突然想起来还真背过一段郭小川为《军垦战歌》纪录片写的解说词："十多年前啊，这里没有河川没有水，只有风暴，只有沙堆，自从来了人民的军队，战斗的号角在这里高吹……看如今啊，高楼平地起，大树排成队；机器隆隆响，汽车快如飞；棉花似雪海，粮食像山堆。"不言而喻，我的欣赏水平差远了！

那时的长安区，塬高坡陡，上下起伏不断，路况极差，车子不时掉链子。"还远吗？""前面就到了。"往他住的村子里拐的时候，我注意到公路里程碑上的标志是二十五公里。里程碑是从南门城墙开始计算的，也就是说我糊里糊涂骑了五十多里的土路，已经到了秦岭山下。

我坐在院子的石桌旁歇息，喝着用沙果叶子[1]泡的茶水。他从屋里抱出一大摞书，摆在石桌上让我挑选，还拿出算盘，按新书八折、旧书七折和我论价。我只带了十四元钱，是这个月在学校搭灶的生活费。聊了一路，还幻想他能白送我一些书呢，真是做梦！《战争与和平》《唐璜》之类的大部头书就免了，挑价钱便宜的、急需读的，这样能多买几

---

[1] 过去西安郊区农村人家喝不起茶叶，用沙果树的叶子浸泡，用来代替茶水。

本。再三选择,把《唐宋名家词选》《贵族之家》《俊友》《人生》和精装版《普希金文集》等十来本装进书包,书保存得相当好。言谈中得知他是玉门油矿的宣传干部,运动中受了打击,干脆把藏书都处理掉。

回家的路上已经夜幕四合,没有月亮,所有的农庄都漆黑一团,不见一星灯火。到家后把书摊到桌子上,悲喜交加。这个月的生活费怎么办?先借同学七元钱,过半饥半饱的日子,下个月拿到十四元生活费,还七元,仍过半饥半饱的日子,到下下个月就一切如常。

过了几年,口袋里有点闲钱,又萌生再去他家购书的念头。书上有他的签名"杜秉章",可是根本记不起他家所在的村子叫什么。感觉像《桃花源记》的结尾,迷失来津,"不复得路",一切似梦非梦。

形成小规模的藏书屋

1970年以后,新华书店陆续出版一批新小说和《学习与批判》《朝霞》等文艺期刊,我也尽量购买。现在回过头再看,无非是一批"垃圾"

书。可喜的是古旧书店也开始对部分古旧书开设"内部供应"窗口,只要持有县团级以上的单位介绍信就可入店选购。

这令我喜出望外,想办法弄到几张介绍信,便在古旧书店买到一些价廉物美的线装本旧书,如涵芬楼在 20 世纪二三十年代影印的《四部丛刊》:一套八册的影宋版《豫章黄先生文集》,4 元;一套二册的影宋抄本《括异志》,0.97 元;一套五册的影明版《淮海集》,2.5 元;一套四册的影明版《元氏长庆集》,5 元;一套二册的影明版《唐皇甫冉诗集》,0.96 元。最喜欢的是一套三册影宋钞本唐人选唐诗《才调集》,2 元,一套二册影明版《韦江州集》,0.7 元。《韦江州集》妙在被旧藏家全书朱笔标点,还用铅笔做了上百条注释,一看就是"不动笔墨不读书"的学者认真读过的书,有榜样效法价值。中华书局聚珍版印《四部备要》:《张子野词》一册,0.15 元;《今体诗抄》一套二册,1.2 元,有清末陕西泾阳首富周氏的藏书印。涵芬楼的《四部丛刊》比中华书局的《四部备要》要好看些,多了古籍原版风韵。

还以很少的钱买到清光绪癸巳年上海鸿文书局的石印版《吕氏春秋》《尉缭子》《竹书纪年》,以及光绪丁卯年广百宋斋活字排印的一套五册《诗韵合璧》等。不可否认,中国传统的线装古籍对喜爱读书的人还真有一种感染力和吸引力,不知不觉中就会被它迷上。小时候见到家里藏有不少线装古书,总感到字大行稀,一部《三国志绣像演义》至少要装订成八本,还没有标点,不小心就把纸弄破或从中间撕开,远远不如现代版本读起来方便。随着年岁和阅历的增加,才慢慢体会到它的妙味。有两位朋友后来把他家的旧古书无偿送我收藏。

1972 年,各地借"评法批儒"之际出版了一批古人文集,《商君书》《柳河东集》《刘宾客集》《王文正公文集》《汤显祖集》,还有李贽的《藏书》《续藏书》《焚书》《史纲评要》等被我买到。

不知不觉,两三年中竟然积攒了近千本书,成了我"书荒"岁月赖以续命的精神食粮。我开始每日做读书笔记,杂以感想心得,几年中也写满了两厚本。经常翻看这些笔记,不但能加深对读过书籍的记忆,还能让我回到读书时的情景。通过笔记本上的笔迹变化、墨水颜色的深浅,过眼的云烟似乎又被我抓在手里。比如,那一天读什么书时,天气晴朗心情愉快,或者天阴下雨心情惆怅,甚至某天读什么书时有朋友来访,都可依稀记得。

早先读过《契诃夫手记》,那种自由的、分段记录的、不失奇思妙想的格式让我心仪,我也用这种方式做笔记,随便写,如实就行,今后也不会"悔其少作"。笔记对我整理思想、激发灵感,起了很大作用。哪本书丢了固然令人心伤,如果这两本笔记丢了,可真是要命!

这也是我把现在所写的文化随笔用"听剑楼笔记"命名的由来。我也做过上千张资料卡片,时间证明其效果远不如用笔记本。笔记本不但不容易散失,还方便按日期检索和随身携带。如今使用电脑做笔记有其方便之处,但仍不如手写的笔记直观、亲切,尽管在写文章引用时要重新输入,但这又给了你再次思考和选择的机会,有些旧材料未必再用。

被真正藏书的人藐视

大约是1974年,在古旧书店门口,一个青工模样的小伙儿过来搭讪:"你有什么书?咱们可以交换。"经常在这里出入,难免会遇上和我一样来搜寻书的同人。

这种问话,在钟楼邮电大楼集邮门市部门口听多了。小学时候爱上集邮,跟着有经验的同学来地摊儿上换邮票。各人打开自己的邮册和对方相互查看,彼此都中意了就进行交换,稀缺的邮票能换几套普通邮票。如果你缺一张不能成套,就必须用很多张才能换回那一张。

没想到书也可以这样换!

他要求到我家里去看藏书,真佩服这种比我还执着的搜书人!我从小到老学不会的本领就是坚决拒绝人,拗不过只好带他来到我的小"书屋"。他看了几眼,竟毫不客气:"你这些书的品相也太差了!"我只知道找书、读书,没听过书有"品相"一说,邮票倒是讲这个。别对我谈书的品相,我有的书还是从废品站捡来的,品相能好吗?

这可能是他的"淘书"策略。他从书包里拿出几本包着书皮的书,指着我书架上的几本"品相"尚可的书,提出交换。哼!岂有此理!他要换的都是我经常要读、要用的外国文学经典,他拿出的都是一些品相好的文化垃圾书。我笑了,拉着他离开小屋。他还是缠着,最后提出用三本书换我的《果戈理小说戏剧选》。真是得"呵呵"两声。这是我跑了五十多里路从农村买回来的好书,其中一篇小说《画像》读了真是摄人魂魄,值得多次欣赏,哪能随便用来交换?

后来他还来过几次,一次见我正在读明代著名思想家李贽的《史纲评要》,说:"还是多读正史。"他指的是《史记》《汉书》和《资治通鉴》之类,算是给我提了个醒。每次他都带几本新书,比如中华书局的《北齐书》,缠着交换。我干脆拿几本不用的旧书白送给他,这才把他打发走不再来。现在回想起来,还是要感谢他那个提醒。

经过这么一遭,我开始注意书的品相了,会看出版社、版本和印次,阅读时也学会保护书了。也学会了修补旧书的一些技巧,能"修旧如旧"。为此攒了许多种类的废纸边角料,以备万一遇上同等材料的旧书可用来修补。

人生必须接受高等教育

有一天在阅读中,突然读到一句话:"一个人一生中应当接受高等教育。"这句话有如当头一棒,令我顿悟。

从读书识字以来,所受的宣传都是瞧不起那些受过高等教育的大学生和知识分子,各种当代小说和戏剧、电影中,他们的形象都是需要进行改造、需要给予"再教育"的。以此类推,这种教育还让我们认为古时的"状元"也是没有本事的,反倒是屡试不中的人有"真才实学"。

无知从来不会给人以帮助。法国诗人波德莱尔1857年在《恶之花》开篇《题一部禁书》中有两段诗句:

　　在恶的枕头上,正是三倍厉害的撒旦 / 久久摇得我们的灵
魂走向麻木, / 我们的意志如同价值连城的金属 / 被这神通广

大的化学师全然化为轻烟。／正是这个魔鬼牵着支配我们一切活动的线，／我们居然甘受令人厌恶的外界的诱惑！／每天，我们都逐步向地狱堕落，／穿过臭不可闻的黑暗也毫不心惊胆战。

无意中发现自己头脑中存在如此大的思想偏差，随即产生某种紧迫感。这也算是人生的第一次"自我觉悟"，没有家长逼，没有老师催。从大学课本中主动接受高等教育，成为我此后读书的动力。庄子说过："见兔而顾犬，未为晚也；亡羊而补牢，未为迟也。"不能再盲目地读书了，不能只凭兴趣读书了，要开始学习系统的知识，要系统地学习各门知识。包括自学英语，自学古代汉语基础知识，自学现代汉语语法和逻辑，自学中国通史和世界通史，等等。同时也要开始读哲学，读政治经济学，还要补上未学完的高中数理化。

一句话改变了我此后多年的读书安排。不是要学马列吗？列宁说过：只有用人类全部知识武装起来的人，才是共产主义者。

感谢书籍。高尔基说："书籍一面启示着我的智慧和心灵，一面帮着我在一片烂泥塘里站了起来。如果不是书籍的话，我就沉浸在这片泥塘里，就要被愚蠢和下流淹死。"我和许多同学凭借书籍作为扁舟，颠簸于岁月的风高浪险之中，主动、自觉地改变思想和行为中的种种陋习，努力提高个人修养，幸免沉沦。

1977年9月宣布全国恢复高考，像是晒麦场上扬场机的一阵强风吹过，充实饱满的麦粒便脱颖而出那样，对许多人意义重大，也使许多人的梦想随风而逝。12月9日，我以"老三届"身份参加了统一考试，1978年2月，接到录取通知书。据统计，本届高考全国报名人数570万，录取27万，占全部考生比重约为4.8%。

高考落榜的"老三届"同学中许多人曾是学习尖子，放在今天就是"学霸"，十年不读书，只能"泯然众人矣"。抱怨时代不公没有用了，还是得多想想自己为什么不能坚持读书。

我经常用鲁迅先生的《人与时》来警示自己：

一人说,将来胜过现在。/ 一人说,现在远不及从前。/ 一人说,什么? / 时道,你们都侮辱我的现在。/ 从前好的,自己回去。/ 将来好的,跟我前去。/ 这说什么的,/ 我不和你说什么。

等到别人不和你"说什么"的时候,再问"为什么",没用。

还是题外话

荷兰学者杜威·德拉埃斯马在《记忆的风景》一书中指出:大多数的记忆来自一生中的头四分之一的时间。震惊世界的事就是你20岁时发生的事。每个人都会出现"怀旧效应"。怀旧效应有三大理论:第一,从神经生理学的角度看,我们的记忆力在20岁时达到最高峰;第二,一般来说,我们在15—25岁所经历的值得记忆的事情更多;第三,童年和成年早期所发生的事情塑造了我们的个性,决定了我们的身份,同时也指引了我们的人生历程。

我的"书荒"岁月恰好处于这个阶段。如果在无知与无所事事中度过,该是多么不堪!很感谢那段相对自由放任的岁月,让我能够自主安排一段精心阅读的时光。没有"书荒"所迫,我读不了那么多书。

德拉埃斯马的书如此精彩,我还得说一句:相知恨晚!

(2018年7月4日初稿,2019年6月7日删改,2020年12月19日改定)

十分春色破朝来
——「书荒」之后的二十年

查尔斯·兰顿说:"在读书方面,我百无禁忌。但有些东西,虽具有书的外表,我却不把它们当作书看。老实说,每当我看到那些披着书籍外衣的东西高踞在书架之上,就禁不住怒火中烧,因为这些假圣人篡夺了神龛,侵占了圣堂,却把合法的主人赶得无处存身。"

朱淑真诗:"一夜腊寒随漏尽,十分春色破朝来。"

十年"书荒",令中国五六十年代出生的年轻人出现知识断层,把"知识青年"这个冠冕堂皇的名称变成讽刺;同时,也令中国的社会文明和文化传统产生了裂痕,出现了断层。任何说教都变得苍白,只有文学,也只有文学才能弥补这个裂痕、连接这个断层。国家出版社终于开始——

名著重印 启蒙回归

从 1978 年起，人民文学出版社和上海译文出版社连续几年重新出版一批外国古典文学名著，同时开始发售许多中国古典名著。消息一经披露，久旱待雨、闻风而来的年轻人和中年、老年人都早早涌到新华书店大门外排队，有的半夜即开始在门口守候。西安第一批到了五种书，规定每人只能选购三种，每种一册。

第一批"重印名著"有《莎士比亚全集》《堂吉诃德》《大卫·科波菲尔》《悲惨世界》《战争与和平》《安娜·卡列尼娜》《斯巴达克斯》《十字军骑士》《名利场》《死魂灵》《希腊的神话与传说》《一千零一夜》等四十多种。不同的是，有些书有大 32 开和小 32 开两种版本，甚至还有精装版，但西安出售的多是小 32 开的普及版，大 32 开的极少。有意收藏的我感到十分委屈。因为这些书立在书架上高低不齐，尤其是巴尔扎克单行本系列的《高老头》《欧也妮·葛朗台》《搅水女人》《赛查·皮罗多盛衰记》《邦斯舅舅》《幻灭》《中短篇小说选》等，封面设计一致，但版本大小不一。

还有，人文社与上译社各出了一套上下集的《笑面人》，人文版由郑永慧翻译，上译版由鲁膺翻译，因为过去小苏的闺蜜借给我读的是人文版，所以就兴高采烈地买下人文版做纪念，带回一看，怎么书里没有插图？过去明明看过道林纸插页的图片，没有插图怎么想象关伯仑的模样？怎么知道盲女蒂的美丽？回头再看上译版，发现有熟悉的插图，但不是道林纸插页。为了插图只好再把上译版的《笑面人》买下，以保持美好记忆。后来购买其他版本的《悲惨世界》时，先检查有无插图。

年轻人不知道当年的"买书难"，但愿今后永远不用知道。

新华书店总店是国家文化部指导全国图书发行的职能部门，在计划经济体制下，有一个独立的可以说是垄断的发行系统。人民文学出版社、中华书局、商务印书馆等都得先向新华书店总店提供出版信息，由总店向各省新华书店发出新书预告，各省向各地市转发，汇总征订数反馈出版社,出版社据此确定开印数,出版后按照新华书店总店提供的订数向各省新华书店一一发送,各省再向各地市发送。如此一来,一本新书发到基层书店,一是时间拖得很长,二是图书要按照行政等级先行分配。等到党政机关、省级图书馆、大专院校图书馆、大中型国有企业和中小学图书馆、基层文化馆的订单都照顾完,最终能摆到新华书店门市部货架上零售的新书就十分稀少。在纸张供应困难时期,为了保证政治书刊和学校教材出版,一般文学书籍的印数很少,种类也少,能不出的就不出。1964年我通过新华书店邮购业务预订了秦牧的散文集《潮汐和船》,等了半年多才拿到。

年轻人不知道当年的"借书难",但愿今后永远不用知道。

当年市民借书,只有各级公共图书馆一个渠道,在校师生多一个院校图书馆,一些企事业单位也建有图书馆或图书室。现在从网上"淘"旧书,许多货源是从这类图书馆流出的,感谢他们当年的收藏。图书是各级国有公共图书馆的固定资产,每本书的采购、登录、入库和分出复本供阅览、出借,都有严格手续,经常是新华书店已经有售,要过很长时间省级图书馆才对外提供阅览和借阅,一般读者想借到一本畅销书有时要等几个月甚至一两年。

我上了中学才能凭学生证进入省图书馆的阅览室读书,也才有资格办一张省图书馆的借书证。去省图书馆阅览室读一本书,要先在登录处的卡片库中按照图书索引查到书名和书号,填写借书单,然后拿着借书单去图书出纳处向管理员借书,得到的回答总是"借出了",然后把我辛辛苦苦查阅、填写的借书单没收、丢进废纸篓。过几天再去借,又得重新查阅填写,结果还是被告知"没有还回来"。在我的印象里,只有一次成功借到想要读的小说。没有办法,只好借一些读者少的、科普之类的书读,比如弗拉马里翁《大众天文学》、别莱利曼《趣味物理学》等。当然,有些畅读小说就是有,管理员也不愿意拿给你,试想,一个普通中学生在省级图书馆的图书管理员面前的地位有多高?摆架子、面带怒容的偏偏是中年女管理员,男管理员虽然漫不经心,却也不屑与小男孩计较或故意刁难。

十年"书荒",广大青少年生活在一间无法外出、也看不到窗外风景的屋子里,年复一年,日复一日,没有新知,也没有旧识,浑浑噩噩,无思无想。井底之蛙难知天高地厚、水远流长,宛若桃花源中之人,不知有汉,何论魏晋?由此可见,这些早在五六十年代就出版的中外文学名著得以重印发行,意义何等重大!名著重印,无疑是重新打开了一扇小小的窗户,透进了一线阳光和新鲜的空气,令年轻人耳目一新,精神为之一振,终于可以开始自由呼吸。有评论说:"它在国内植入了新的话语生长点,为新时期的知识构造提供了动力,其直接结果是促进了新时期最早的思想文化潮流——人道主义的话语实践。"[1]也就是说,这些著作为中国思想文化界掀起一次新的"启蒙运动"提供了宝贵的精神武器,尽管多数还是20世纪以前的作品。由此也可看出,我们那时的全民阅读、全民教育何等落伍!

雨后春笋 层出不穷

继人文社、上译社"羞答答"重印了第一批中外经典名著之后,进入80年代,为了满足全国兴起的"振兴中华、奋发读书"热潮,又直接使用50年代的旧纸型重印了一批竖排繁体的名著,比如《红楼梦》《三国演义》《贝姨》《邦斯舅舅》和《红与黑》等。"书荒"时读的正是这样的竖排繁体,买到后备感亲切,后出的简体横排,读起来反倒滞涩。第一次阅读的会影响一生,书还是要早点读。

"外国古典文学名著丛书"是20世纪50年代末就启动的宏伟出版计划,由中国社会科学院外国文学研究所和北京人文、上海译文两家出版社邀集专家组成编委会,有计划地选择出版世界文坛影响较大的优秀作品。60年代中期被迫中止。经过一番准备,两个出版社在80年代初共同恢复执行这套丛书出版计划,人民文学版推出"外国文

---

[1] 见赵稀方《翻译与新时期话语实践》,中国社会科学出版社,2003年。转引自洪子诚《中国当代文学史》,北京大学出版社,2010年版,第249页。

学名著丛书"(著名的"网格本"),到2000年共推出一百五十一种;上海译文版推出"二十世纪外国文学丛书"("版画本"),计划出二百种(最终可能没有出全)。这两套丛书版式统一,标准的大32开,装潢设计端庄大方,代表了80年代国家出版社的翻译、编辑、印制水平,显示了强大的文化吸收能力。我在此时刚好学完了《外国文学史》,购书、读书计划开始有了自己的书单,不再盲目,可以按图索骥,选自己喜欢的书买。我仔细对照过,人文版的名著,从古希腊《奥德修纪》到亨利·詹姆斯的《一位女士的画像》,按照外国文学史经典排列,作品大致截止在19世纪末;上译版则专门出版20世纪以来的特别是历年诺贝尔文学奖的优秀作品,从《海明威小说选》到《莫迪亚诺小说选》,绝大多数是国内从未翻译引进过的名著。其中就有马尔克斯的《百年孤独》。据说这部书没有得到正式版权,90年代马尔克斯来中国发现后十分生气,发誓不允许中国出版他的书。直到2010年之后,经过谈判,南海出版社得到了授权,翻译出版了他的全部著作,这是后话。这两套丛书初版的印数不等,多在两三万册以上,有的经过多次加印,达到十万册还供不应求。目前在民间收藏界十分抢手,网上售价不菲,足见其珍贵。2020年人文社隆重推出精装版的网格本,我已无力再买。

上译社实力强大,1979年在出版长篇小说的同时,还开始不定期出版以短篇小说为主的"译文丛刊",到1985年共出版了十辑,每辑的书名是:《暴风雪》《春到人间》《节日的晚宴》《O侯爵夫人》《在最后一节车厢里》《音乐的回声》《别墅之夜》《美的天使》《少女温婷娜》《女妖媚人案》。

80年代"对外开放、对内搞活",出版政策开始放开,各地出版社雨后春笋般崛起,避开"国家队"的选题,抢出了一大批国外畅销小说。突出的是广西漓江出版社、江苏人民出版社、安徽文艺出版社、浙江人民出版社以及广州花城出版社,新书井喷,琳琅满目,美不胜收。这几个出版社最早推出了《飘》《教父》《荆棘鸟》,赚足了真金白银。能显出地方出版实力的,是它们都相继推出了世界中篇小说丛书。

听剑楼笔记 · 书梦

安徽人民出版社不定期出版的"外国中篇小说丛刊",由著名翻译家张英伦先生担任主编,前后出版了十册。这套丛书按顺序排列如下:《贵族之家》《少年维特的烦恼》《红字》《圣彼得的伞》《黑桃皇后》《挤奶女的罗曼史》《赌徒》《爱情的结局》《铁血雄师》《一张彩票》。每册丛刊收五至八部世界著名的中篇小说,十册共有六十六部,将世界名作基本收齐。这套丛刊到此为止,估计与主编张英伦在1988年出国定居有关。随后,安徽人民出版社又改聘著名翻译家白嗣宏为主编,出版《外国抒情小说选集》十一册(从第五册起,交由安徽文艺出版社出版),排名是:《茵梦湖》《舞姬》《黄玫瑰》《田园交响乐》《牧童与牧女》《魔沼》《红帆》《都会的忧郁》《魂断威尼斯》《蔚蓝的和湖绿的》《牧羊神》,文集里个别篇目与中篇丛刊有重复。

另外,漓江出版社也出版"世界中篇名作选"一套六集。同时出版类似《世界文学》期刊的《漓江译丛》,前后有十一辑:《猎枪》《巴黎的秘密》《最后一个莫希干人》《沼中梦》《在码头上》《暗沟》《人生游戏》《斜雨》《为了你》《甜蜜的生活》《木已成舟》。

之所以不厌其烦地把这几套丛刊的书名全部抄下,是想告诉大家,经历"书荒"之后,这样的书名有强大的诱惑力,当时光看到这些书名,就令人涎水横流,恨不得一下全买光。这几套丛刊,内容虽有相互重复的,但这是出版业恢复生机、重新繁荣的表现。有了地方出版社的加入,"书荒"岁月便彻底结束,一去不复返。

囊中羞涩 节衣缩食

"名著重印"之初,"上班族"深感痛苦,因为不可能天天清早去新华书店排队,而且一次只能买三种,想要重新排队,门市部进的三四百套书早已卖光了,只能看着别人拿着你想要的书咽口水。

这里,要特别感谢老朋友文林,他知道我是书痴,便通过他中学老师找到在土门新华书店工作的晏惠贤老师帮忙买这些书。土门书店是西安市新华书店下属的二级图书批发单位,把市店发来的图书分配给下面大大小小的门市部出售，有相当大的自由裁量机动权。晏老师是书店的负责人，每次进新书，无论是文学类还是社科类，她都及时通知我俩先去挑选。多亏有她帮忙，我才能买到渴望已久的《悲惨世界》后三册和久闻其名不见其面的《基督山伯爵》。不难想象，在"经济短缺"时代，在我最需要读书的岁月，能够在新华书店的书库里挑书买书，该是何等幸运！

"不如意事常八九。""书荒"时有钱买不到书，新书"井喷"时有书没有钱。1978年人文社推出朱生豪译《莎士比亚全集》新版，晏老师专门为我留了一套。这套书有十一卷，每卷定价一元左右，前十卷包括全部戏剧，第十一卷是十四行诗集。那时不喜欢外国人的诗，同时想省点钱，竟然厚着脸皮向晏老师提出只买前十卷，不买第十一卷，晏老师面有难色但还是答应了。

时光荏苒，转眼几十年过去，每当目光从书架上扫过，总会有"全集不全"的遗憾，悔不当初。一是后悔当时怎么就舍不得那一元一角钱，愚蠢透顶！二是后悔当时怎能给晏老师出那么一个难题，自私透顶！2016年终于从网上花五十元淘到原版初印的单册第十一卷，《莎士比亚全集》总算合璧，真如一场梦！

买书人囊中羞涩是常态。小时听我三舅说过"好书到手不论钱"，印象殊深，我每到要掏钱买书时总要把这句"咒语"默念一遍以促使自己下决心。买书后的结果是：在单位食堂搭灶，每月饭票十二元（主食副食各六元），日均四角改为日均三角或更少。过去每天早餐一碗稀饭一个馒头，五分钱买半块豆腐乳，夹着吃比肉香，现在夹一分钱咸菜；中午由一角钱肉菜改五分钱素菜，也挺好，减肥。在衣着上，多穿工装，少穿便装，朴素。这就叫"节衣缩食"。工资的其余部分要养家糊口。

后来单位给机关干部每月增发五元"书报费"，心中暗喜。其他人认为这是变相涨工资，并不用来买书订报。我也断定，周围绝大多数人参加工作后从未进过新华书店，从未自己掏钱买过一本文学作品。我有了这笔主收入，加上衣食节省出来的，每月买书预算可达十元，相当奢侈。等到工资增加，书价也水涨船高，买到书的数量难以大幅度提高。那时的最大理想是,等有钱,一定要把所有想得到的书都买回来,让家里变成一个图书馆。

读者分化,热潮退去

"书荒"过后在全国掀起的读书特别是读中外文学书的热潮持续不到五年就渐渐消退。原因是多方面的:由于恢复了高考,三十岁以下、高中十六岁以上的青年人不是在读大学就是在准备读大学的路上,已经没有闲暇时间去疯狂读"闲书"了;三十岁以上、没有进入大学的"知识青年"正陆续返城,开始忙于找工作、结婚生子,也失去了往日的闲暇;读文学特别是读小说的人群开始分化,有一大批中青年准备加入文学创作队伍,阅读开始有了选择,不再会见书就读;一大批原先的文学爱好者转投科学技术的研究和生产第一线,使文学作品的阅读大军骤然减员。这时好的、能激动人心的文学作品十分少见,也使读者减少了阅读兴趣。还有一个重要原因就是影视的兴起和辉煌,包括国产和引进国外的,全国人下班后的时间都"泡"在电视机前,静心读书的人变得稀有。傍晚,当电视连续剧《渴望》"好人一生平安"歌声响起,路人都匆忙回家,据说连小偷都歇工看电视了。这个时期,还有哪本小说问世能产生如此大的影响力?

再加上90年代以后,全国掀起经商赚钱狂潮,读文学书便成了"无所事事"的同义词。

恩格斯说:"每一个时代的哲学作为分工的一个特定的领域,都具有由它的先驱者传给它便由此出发的特定的思想资料作为前提。因此,经济上落后的国家在哲学上仍能够演奏第一提琴。"这段话很精辟,解释了意识形态的发展有自身的传承关系,并不一定与经济发展同步或成正比关系。哲学是这样,意识形态中的文学艺术也是这样。中国历史上有过长篇小说创作无比辉煌的明清时期,但五四以来,确确实实没有出现过可以与四大名著并肩媲美的传世小说。以恩格斯的论断,没有出现伟大的长篇小说,不是中国近百年来经济落后造成的,只能说明我们在传承上出了问题,丢掉了不该丢的东西。

一个作家的文学地位不是不可动摇的。流行一时的畅销作品忽然会被公众赶下文学殿堂,不是不可能的。这正应了一句名言:"只有经典的,才是文学的。"中国读者对古代的、外国的文学作品相对宽容,对当代作品相对刻薄。作家们对此不能置之不理。

90年代还出现一种现象,就是"盗版书"盛行,除了非法翻印中外正版畅销小说,各种低级庸俗甚至淫秽读物在地摊儿上泛滥,吸走了大批人群,使严肃、纯正的文学丢掉了读者和市场。人民文学出版社从80年代开始编辑出版三十卷本的《巴尔扎克全集》,前面几卷每册印数都在一万以上,供不应求,我在1983年、1984年从新华书店分别买到前三卷,之后就见不到了。这套全集到90年代末才出齐,从第十四卷开始,初版印数降为五千册,第十八卷开始徘徊在三四千册,使得最后十卷在如今旧书网上成为稀有图书,每册书由原定价几元飙升为数百元乃至上千元。我至今只收集到一至二十四卷,是《人间喜剧》的全部内容。后面六卷,无论如何也不愿意每卷用千元购回。目前,后面几卷有关书跋、序言、日志、杂记的单册已难见到,但能见到全部三十卷出售的,有的定价高达十万元。

1990年去日本访问,我专门参观了日本的书店,发现他们出版了世界各国著名作家的全集,都整整齐齐摆在书架上。读者什么时候需要,什么时候就能买到。就像生活日用品,永远不缺货。应有尽有,随时供应,这才是大型书店应有的职能。

经过80年代的繁荣,90年代的徘徊,到了新千年后,中国出版界终于迎来了真正的成熟。因为我国也出版了迄今为止中外一切著名作家的全集,令人欣喜。

2020年,人文社重新出版了《巴尔扎克全集》,总价两千元左右。我已经犹豫不决,失去倾囊豪购的勇气。

(2018年3月27日初稿,2020年12月20日改定)

"不得,我命,如此而已"
——失之交臂的一次"艳遇"

文 ◎ 十五篇

古老的波斯童话《西伦迪普的三王子》中的主人公是一位"总是凭智慧偶然发现他们未曾追寻的意外宝物"的人。而我,总是由于缺乏智慧和判断力而与意外宝物失之交臂。

年轻的时光真好!有一些深刻的记忆总是难忘,但我还是不愿意重新回到那个年月。

明末著名出版家、藏书家毛晋年轻时曾连做三个有关书的梦,内容都是看见红牌金书的匾额上有"十三经""十七史"的字样。后来他就下决心每年订正经史各一部,刊木印行,成为"汲古阁丛书",对当世影响重大,后被《四库全书》全部纳入。

大约是1971年春天,有次到一个姓马的同学家里帮了几天忙,他为了感谢我,带我到内屋两个大箱子前,说:"你喜欢看书,这里面的书你随便拿。"箱子应该是用樟木做的,味儿还很重。

旧式家庭都有这种箱子,体积大,容纳多,我家也有过这么大的箱子,外面蒙了一层皮革,平时放在大床底下,里面的东西不常用。

我先打开一只,里面全是带函套的线装书。心中一惊:有没有宋版书?翻来翻去,全是明版十七史之类的史书,款式一致,竹纸,长仿宋字体。依稀记得有"汲古阁"字样。

"明人好刻古书而古书亡",我那会儿刚读完《鲁迅全集》,书中的这句话记得很清楚。当然,对另一段话也印象深刻:"苟有阻碍这前途者,无论是古是今,是人是鬼,是《三坟》《五典》,百宋千元,天球河图,金人玉佛,祖传丸散,秘制膏丹,全都踏倒他。"书后的注释说,"百宋"指黄丕烈的藏书楼"百宋一廛","千元"指吴骞的藏书楼"千元十驾",由此知道宋版、元版书的珍贵和明版书的不值钱。

不过,有我想要读的《史记》《汉书》和《三国志》也行,我又细看了各个函套上的标签,偏偏没有这三种。因此,我对这箱书不感兴趣,很客气地把书整好放回,合上箱盖,再打开第二只箱子。

这个箱子里装了一半同版本的明刻史书,其他算是杂书了,还有一些没有装裱的碑帖。史书里仍然没有发现我要的,杂书里发现了民国时期的《六十种曲》,这我喜欢,翻遍全箱,只有四函,每函有十种,该是缺两函。有点遗憾,却也欣慰。再拿点什么呢?有一套清刻本的《诗经注疏》,这个可以,拿回去读吧!最后,在碑帖中看到一本用硬木包裹绸缎装裱好的明拓本《圣教序》,这也行。一共三件收获。

书挑完了,我们在院子中间围着小桌吃饭,菜肴很丰盛,有炒鸡蛋、回锅肉,还有西凤酒。可见这位同学真是感激我的帮忙。边吃边聊,话题就是这两箱书的由来。

从谈话中得知:他从小父母离异,跟着住在西安东关正街的外婆长大,现在仍和外婆在一起,外婆身边也只有他一个人。东关正街虽在城外,但住在这个地方也算城里人,有许多西安老户。

外婆有一个儿子,是民国时的水利专家,他当然要叫舅舅,一直在外省工作，解放后在青海省水利厅，当了厅长一级的干部。1966年运动刚开始，偷偷托人把两大箱书送回西安。几年过去，目前失去联系。

这位同学不是爱读书的人，但从谈话中知道他这个舅舅有文化，是他从小崇拜的对象。这两箱书是舅舅的部分藏书。我估计箱子里缺少的《史记》《汉书》应该还在他身边。

过了一两年，我在西安古旧书店买到一套民国齐鲁大学编著出版的线装版《明代版本图录初编》，一套四册，读后对明版书的规制和优良刻本有了初步了解，才知道明版书也有精品，比如毛晋刊刻的《汲古阁丛书》。突然怀念起同学家的那两箱藏书，尤其是那些明版的"十七史"。这个愿望一时变得十分强烈。因为我已经知道，在民间想得到一本宋版书、元版书，是痴心妄想。

我以别的借口找那位同学，貌似随意地问道："那两箱书还在不在？"他也显得漫不经心地说："都让我外婆生炉子烧掉了。"他又补充了一句："这书的纸引火时旺得很，比废报纸好得多。"

完了！我再没有机会得到"汲古阁"版本的书了。藏书家一般有两大遗憾，一是找不到，二是买不起。现在要加上第三个：不识货。我恨自己曾被"明人好刻古书而古书亡"这句话蒙蔽，那时我为什么如此狂狷自信？上天把这么一份珍贵的礼物放在我面前，我竟然不屑一顾？顾廷龙在《明代版本图录初编·叙》中称"不习目录"、只知"一家之言"的人是"井底之蛙"，见到好书也会"宝山空返"。用来说我再合适不过。《大话西游》中的那段惋惜失去爱情的著名台词也不足以表达我的懊悔。那些书可以不归我所有，被白白烧掉却是我的罪过，本该为世人保留这一份珍贵文物。

再说说我带回的三种书的命运。

《六十种曲》由毛晋汲古阁合刊，是中国戏曲史上最早的传奇合集，集中了元明两代著名作家的戏曲作品，同学家的这个版本是1935年上海开明书店的排印本。全书共六函，我只有前四函，第一函中有《西厢记》。不知怎么回事，当时单位家属区传达室的一位师傅得知我有《西厢记》，好说歹说要借去看。

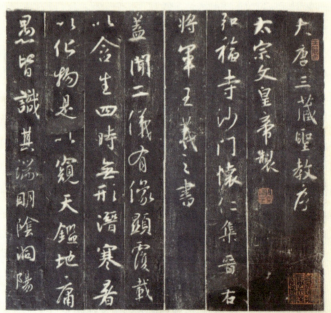

这位师傅因公致残,缺一条小腿,只能看大门,但他特别喜欢读淫词艳曲,一天怪话连篇,惹得众人没事时就围着他瞎聊,常常是哄堂大笑,他也好生得意。我算是单位里有名的读书人,他平时对我十分客气,尤其是把我在邮局订阅的书刊都保管得很精心,不让闲杂人乱拿,一有杂志送到,见我经过时便叫住我,从抽斗里取出给我,我也十分感谢他。如果他不精心,把寄给我的杂志随便往传达室的桌子上或外墙的信箱上一放,不知道会被谁偷偷拿走,再也别想找回。要知道,杂志贵在成套。我从创刊号就开始订的《世界文学》《艺术世界》《读书》杂志以及新版《围棋》《围棋天地》,都一本不差地保存到现在。

家中没有其他版本的《西厢记》,我就从《六十种曲》第一函中抽出那本线装本借了他。后来我很快明白把书借给别人的人是"傻子",把好书借给别人的人是"傻子中的傻子"。过了一个月我去索要,他推三阻四就是不给。看来他懂还书的人"更傻"。不久后我调离了原单位,书还是没要回来。又过了几年,听说他已经病故,这才断了要书的念头。几十年过去,家中其余的《六十种曲》一直在讥笑我的愚蠢。

后来,《西厢记》单行本见到多种,便陆续购回。特别是多年前去山西永济市普救寺参观,买到一套线装本新椠古籍《西厢记》聊以自慰,因为书中的故事就发生在这里。不久前,围棋名手孟昭玉女士又送我一套新出的精装本《金圣叹批〈西厢记〉》,值得收藏。

明拓本《圣教序》在家放置多年,只偶尔打开欣赏几次精美的装裱技术:墨色古老黢黑,碑文按照行文次序,一条一条整齐排列,镶嵌在古老发黄的册页中。我甚至都没有把它从头看到尾,也没有把这个册页完整地展开过。

说实话,我当时并没有特别重视过这本碑帖。从小住在盐店街,离碑林也就是两三条街的路程,经常一个人或伙同一两个同学去碑林闲玩。《圣教序》的原碑就在那里摆着,我们手可以随便摸,也可以用纸片和铅笔蒙在上边拓印。像柳公权的《玄秘塔》碑文、颜真卿的《多宝塔》碑文,我们都可以随便用铅笔拓印,只是那些字都太大,拓起来费劲,《圣教序》字小,用作业本上的纸拓起来大小刚好。还有一个原因,

《圣教序》是集字,整体看起来不是那么流畅,有些笔画显得生硬,心里其实不怎么喜欢。另外,那时在碑林附近的街道上,随时都能很便宜地买到整张的《圣教序》《玄秘塔》《多宝塔》拓片。不知道的是原碑拓片属于文物。

到了 80 年代一切开始回归正常,碑林的管理也走向正规,许多名贵的石碑用玻璃罩了起来,再想直接拓印不可能了。门票也涨价了,过去我们把碑林当家一样,随时都可以进,看门的最多查一下学生证。

就在这时,在《西安晚报》上读到一条消息:碑林博物馆的镇馆之宝是民国初年的《圣教序》拓本,价值二十万元。我笑了,这算什么,我有明拓本的《圣教序》。于是开始在家里找,竟然找不到了!

把家翻了个底朝天,依然杳无踪影。静下心来细想,隐隐约约记得有位很要好的同学曾说过要借去看,但实在记不起来给了他没有,也不好意思去问,问错了岂不尴尬?或许是别的熟人拿走了?真是想不起来还有谁会拿走。"借书一痴,还书又一痴",只好就这样算了。但愿某人或他的家人能好生保护这本古物,不要像我这样漫不经心待之。

"我将于茫茫人海中访我唯一灵魂之伴侣,得之,我幸;不得,我命。如此而已。"徐志摩写过这样的话,用来表达我失书的心情,似乎也是合适的。

只有那本清刻本《诗经注疏》还在,但从来不看,只看陈子展的注释本,一本是《国风选译》,一本是《雅颂选译》。

(2018 年 3 月 23 日初稿,2020 年 12 月 21 日改定)

藏书，十年种木长风烟
——舅舅淘来送我的古旧杂书

黄庭坚有诗云："万卷藏书宜子弟，十年种木长风烟。"后一句既是实景，又是暗喻藏书传人、教育子弟的重要。

三舅阁福善博览群书，见多识广，才艺双全，我从小就引他为楷模。他退休后专注于中国古钱币研究，担任过国内协会副秘书长，参与《中国钱币大全》类书条目撰写。西安是古钱币收藏家的天堂，在多年孜孜以求找寻罕见钱币之余，他还从旧货摊上淘回许多清末民初杂书刻本、抄本和稿本。近年知我有志于此，便陆续转赠于我，期望我能辨析探研。因时间与精力不济，不能专心致志，我只能以笔记形式记录一二，供识家参考。

我最珍惜的是其中这些抄本和稿本，都出自百年前陕

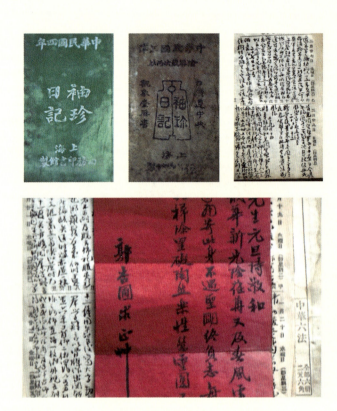

西各地文化修养极高的读书人之手。想必其后人中再无文化人,否则怎能让如此珍贵的前辈手泽流落在外,家风何存?常言道"富不过三代",看来"书香门第"也不过三代!我至今珍藏着一本外祖父留下的手书杂记,从所记录的年月推算,当是曾祖父辈所书,可惜无法面询考证了,只能慨叹长息。

旧日记两种

日记是最容易掌握的文体,也是最难坚持的写作。我断断续续坚持了二十多年,深知其甘苦所在,曾奢望在有生之年把现存的日记整理出来，再设法弥补一些能够落实的记录，现在看来很难实现了。

翻看别人的日记，本是一件无聊的事，除非需要查考、佐证一些历史事实，例如阅读《鲁迅日记》。私人日记也不能全信，还需查考其他当事人的记录。只准备给自己看的日记存真度会高些，真心话也多些，否则可能会言不由衷。写过日记的人都明白其中奥妙。

三舅送我的杂书中，有两份民国初年凡人的日记。

一份是郭杏圃在民国四年（1915）和民国五年（1916）在上海求学期间记的两本日记，用的是商务印书馆出的两册编年日记本，红、绿色软皮封面破旧不堪。两个本子几乎写满，日期连续，全用毛笔书写，蝇头行草笔迹秀丽，行文精练，文质彬彬，不是普通学生文笔。有些日子是先用铅笔记录，后来再用毛笔描补，十分用心。

作者在两年日记中记叙了每日天气、饮食、学业内容，科目以商学为主。每日早饭后必读《史记》《汉书》及唐贤诗文，午饭后写书法大字数十个，间或临《兰亭》。可以看出作者是个十分认真细心的人，我不由生出几分敬意。

日记本上无作者署名，但本子中夹了一张"读立乾先生元旦诗敬和"红纸诗帖，字迹与日记同，署名"郭杏圃"，可判断是日记主人，但"杏圃"许是字号。日记后面记有在西安的活动，且这两本日记"淘"于西安地摊儿，由此估计作者郭某或是关中前贤。

这里摘抄一则作者在民国四年农历二月初二的日记：

> 阴，记如昨。郑云俦言：日人待朝鲜之虐，虽微必及。凡朝鲜人出外营业者，必有人担保，限以三年归来，逾期以保人负责。大连王家曾君云，彼出大连时，伪为商人得脱艰境，如欲出外读书，日人必不允许也。大连居民受日虐待，有泽不得渔，有林弗能入内，兴利益数，悉握日人手。又日人尝假验疫之名苛遇居民，无故毙命，不乏其人。验者甫入民宅，睹形状惊慌者，辄指为有疾，或投诸火，或闭诸暗室，夜分人静，缚石其腹，掷诸河流。又或犯彼之怒，即以吸水筒插犯者口内，机关摇动，水灌腹部自肛门出，又继以石油入腹而命丧，复以解

法施之，乃返原狀，受苦已深矣！火車中或缺買車票者，彼即待以此刑忿之。彼妒我民眾，多施歹方以除之，用倭族以替受产業，其心之忍毒，恐財（豺）狼亦不如是！

郑云俦是讲"国际公法"的老师。以上文字，从手书日记中一一辨认抄出，内容触目惊心，当是实情。

另一份是陕人郭廷乾1927年到1934年的两本学习笔记，从书法和文字看，作者的文化程度以及生活水平远不能与"郭杏圃"相比。但还是能获悉许多民国初年的时代信息。

第一本笔记写于民国十六年（1927），主要是作者跟随陕西泾阳柏堃（字厚甫）先生学习新旧文学的范文抄本，其中有柏先生自己的两部作品：《读史鉴法》和《读四书集注关系》，写法类似诗话，许多段落颇有见地。笔记主要内容是一些时文，标题有：《送西北大学学生留学东洋序》《中国青年的奋斗生活与创造生活》《张兴科通电讨奉》《拟贺徐大总统就职电》《劝同学注意自修启》《劝同学敦厚学风启》等，从中可见当时的学习重点，极具时代感。另有《浙教厅严禁学生入党训令》，大意是：学生是中国之主人翁，此后数十年担负国家治本之责者，唯学生是赖。将来担负的责任越重，今日的求学态度越应勤勉，一如植树要培本根，筑室要立基础。如果在血气未定之时，先弃学而骛外，则许多举动会有如儿戏。训令最后要求学生不得加入任何政党团体，已加入的要自行陈明，即日脱离，各校校长要随时密察报厅呈候，分别劝惩，毋违毋忽，切切此令！真是好文笔。笔记中还抄有一篇以"全国鳏夫"名义戏谑北大某著名陈教授狎妓斗殴的文章，可见此事件在当时的影响。

第二本笔记除了作者1928年至1930年在陕西三原鲁桥镇"清麓书院"学习《四书集解》《说文解字》和《新编专门珠算》（由民国初年福建莆田某私立高小校长郭维城编撰）的受业记录外，还有作者1933年和1934年从陕西赴兰州学做生意的日记。民国十八年（1929）陕西发生空前旱荒大灾，米价飞涨，室如悬磬，毫无生路，作者只能从"清麓书院"肄业,随叔父和堂弟来到甘肃兰州商号学做生意,陕甘人俗称当"伙计",出师后开始写日记。可以看出,他当学徒时已经相当有文化知识和珠算技能,一旦独立做生意定然有出息。日记中有这样一段话:

> 每年正月初间,号中同人共赌,输赢辄数十元,胜者请客应酬,任意挥霍,负者满心愁肠,失神丧志,所谓有哭的就有笑的,后来发悔,不能及矣!掷骰子、押宝、掀花牌、打麻将,我均不爱,亦不好看,所以每日夜无事,看戏以作消遣,所费有限,尚能长见识,不致染恶劣嗜好也。

看来十分自律。再看另一则日记:

> 正月初九。接父亲一函,所言乡间苦况,极为详尽,真如活现眼前。并言家中冬间即乏食粮,拉人外债。年关紧迫,命我在兰设法借贷,速为寄家,至出息大小不成问题。我总抱定宗旨,不拉人账,不看人脸,不受人下视,不知其存何念想,屡次教我设法借款。我正在年青前进之时,克苦乃是自然途径。至借钱拖账,乃是自我苦受,决不为也。去秋婶母去世,即来信命借,假若当时借下,到今正必须归还,今正还在那里,就来信要钱,还要贰佰之多,我真为难,奈何?

这也令人为之忧虑,遇到这样一个不能体恤儿子苦衷的父亲,也无可奈何。儿子出来学做生意,可能在乡下父亲的眼里就是挣钱的机器和提钱的银行。但作者也有快乐的时候:

> 自到此间,瞬已数载,多年新春,俱无今年热闹。因城方各乡,秋田丰收,故有此举:走高桥、跑船、耍狮子,锣鼓喧天,极为热闹。每日必有数十家从门而过,真乃山阴道上,令人应接不暇。特别出色的叫好的,要算直鲁豫的跑船、耍狮、走高桥(跷),首屈一指,观者人山人海,几乎将铺门拥坏。某日午间,狮子在院门上梯折板凳,闻四围观者,满房上地下,约数万

之众,颇极一时之盛。

寥寥数语,也让百年之后的我身临其境,欣慰之至!

此前还记录了民国二十二年(1933)陕西农村遇到大旱时的惨状。日记中有农村"麦已涨至卅元,房屋地亩无人过问""村人逃亡过半,夜间盗贼甚夥"的记载。西安的前辈老人都忘不了从前荒年带来的苦难。

我感兴趣的还有这一段日记。民国二十三年(1934)四月作者从兰州回乡探亲,一别五六年,亲戚家的小孩都不认识了。兰州到渭南,大约一千三百里,乘客运汽车回乡用了六天,家乡人都叹神速不可思议,但作者已注意到陕西境内正在修建陇海铁路。我没想到作者在返乡前竟没有到过西安城,有必要再摘抄一段途中游览当时西安的记载:

> 廿八日晨,由乾县东行,经礼泉城内而过,在咸阳渡过渭河,道路更加宽坦,霎时已到本省省会,现做陪都[1]。此生尚未一历之西安矣!因所乘系红牌车,不能载客进城,故在西关即下车,各雇黄包车,一直乘到东大街之中西旅馆内。洗澡后往街上游览。街道之宽阔,商肆之繁华,城垣之庞大雄伟,兰垣(注:指兰州城)比之,诚属望尘莫及。尤其钟鼓二楼,更显古壮之建筑。他如南院门世界(大药房)(注:作者漏"大药房"三个字)等新式商店门面之装置,雄伟奇巧,更觉富丽动人。……至晚赴易俗社观剧。该社素为秦腔泰斗,誉满全国,孩提在乡时即习闻其名,今始身历目睹,大快人意。其建筑布置,皆独著精巧,一班大小艺员大显身手,久著盛名之旦角王天民今晚表演《得意郎君》,其做作更属可人。

西安当时之景况,自然远不能与沪、京相比,但在西北地界仍首屈一指。

日记中还有许多家长里短的琐事,都是人间疾苦,活生生的乡村纪

---

[1] 1932年3月5日,国民党四届二中全会决定"以长安为陪都,定名西京"。"西京筹备委员会"于当年4月17日办公,为期十三年之久的陪都西京筹建工作拉开序幕。

实,这里无法一一复述。

《古文拣选》及其他八股范文和习作

三舅所赠旧抄本中比较罕见的是刘光蕡《烟霞草堂遗书》稿本一册。刘与康有为并称"南康北刘"。网搜得知：刘光蕡(1843—1903),清末儒家学者、教育家,字焕堂,号古愚,陕西咸阳人。建崇实书院,把爱国思想与实业教育结合起来。康有为视之为"海内耆儒,为时领袖";梁启超誉之为"关学后镇"。不知这个稿本是不是孤本,如是则有价值。

旧抄本中还有一册《古文拣选》,辑录了《左传》《国语》《公羊传》《穀梁传》《檀弓》《国策》《汉书》《后汉书》以及唐宋八大家数十篇策论文选。封面除书名外,有抄录者的题记:"甲午春三月集于青门槐市,古洴州壁峰氏识。""甲午"当是1894年。当年中日海战就发生在"春三月"之后。"古洴州"有四处,今湖北三处,陕西一处,这本册子三舅由西安收来,可能是由汉中勉县传来。明代改洴州为洴县,1964年改为勉县。"壁峰氏"当为抄录者的字号。"识"通"志",亦读"志"。今人把"标识"不读"标志",读若"标十",大谬。检视发现抄录人小楷抄写极工,一丝不苟,必是潜心学业、心静气定之人,估计是当年科考应试之秀才。想起乾隆甲戌本《脂评红楼梦》影印抄本,那抄写者的书法功底极差,仅仅是会写字而已。二者之别,一是求学,一是糊口。

所得杂书中数量最多的是八股范文刻本如《小题正鹄》和私塾先生批改学生的塾课作业,也有学生手抄的前贤范文和精选典故读本。翻看清末学生这些纸张破旧脆黄的八股习作,文章出众,

字迹秀美,是难得的学习材料。也令人有一种莫名的感慨油然而生。

明清以来,朝廷以八股取士,三年一科,文章写得好就能做高官,辅弼皇帝统治百姓,享有荣华富贵,回报是极优厚的。八股文兴盛五百多年,无数文人学士无不殚精竭智,穷经皓首,孜孜以求精妙。由于选题、体裁和篇幅的限制,完成一篇绽放胸中所学、文笔才思出众又令当局者满意的八股文,是极艰难的事。

废除八股后的百年中,一般人不要说会写能读,绝大多数人可能从来就没有见过八股文,"八股"这个词只是用来攻击或批评他人文章的公式化,真不知谁抬举谁。看看当年这些学生的八股文习作和塾课先生的批语,真是饶有趣味,文章题目虽平凡,论述却别出心裁。例如有一篇谈《揠苗助长》,学生竟然能从"天性"与"人性"入手破题起论,分析"苗"的自然属性和"人"的贪欲本性,最后强调要"各安本分"。如此见识出自一个学生笔下,令人惊叹!迄今为止,我认为这个从小就熟知的寓言故事只是嘲笑宋人"性子急"而已,相比之下,真是浅薄无比!

古人读书求"精研",要求"深究其义",今人读书多"浏览",经常"浅尝辄止",不免流俗。

在一本作业中有授业先生的感叹,他认为,八股文风行数百年,其间多少人因此出将入相,屡出不世之才,不能简单贬斥为迂腐、无真才实学。如今变八股为策论,但当时的大中小学学堂只习体操,选学的文章十分肤浅,令他很郁闷。也是,废八股后,新学未能跟上,文人的写作水平大退,书法也大坏。

杂书中有一册署名"范玉鹏"的《策义论》练习本,收有一百三十八篇策论作业,篇篇都有先生的点评和批改,学生写得用心,先生改得精心。有的篇章,先生几乎全部抹去,重加改写;有的篇章,先生又字字圈点,赞不绝口。一本册子让我目瞪口呆,惊心动魄。学生的作文就不用摘抄了,只看几段先生的评语:

"清华朗润,雅合制艺体裁。"八股文也称"制艺""制义""时文"或"八比",这是先生称赞学生写的八股文中规中矩,文理通顺。

"大致平顺,尚少中肯。"这是嫌文章说理不够全面。

"不见醒心豁目,然亦无大疵累。""通体词虽清白,尚少精湛。"说文章一般般。

"词颇顺便,再求精警。"提出更高要求。

"前后大致清爽,中幅尚未完善。"这是指出文章的核心论点未能撑起。我仔细看了一下,发现先生把中间一大段全部抹去,在旁边另行改写,文笔显然高出一筹。

很耐心:"开局不免空滑,入后虽亦无深思精义,而词气平妥,亦属可取。""词意未能生新套来,亦不大差。""有可取处,尚未能一律朗畅。"

有夸奖:"笔锋快利,一往直前。""入手清利,中幅亦不轻佻,凤毛之誉,聊以特赠。""通体神不外散,略加切磋,即属良器。"

有训斥:"庸腐字句,急求除删。""词笔俱无可取,尔在学不用功可知矣!"

册中有篇文章的评点可能换了一个先生,笔迹不同而褒奖有加:"通体持论正大,庄重不佻,后幅责曹公处尤觉词笔完善。尔能办此,当非辕下驹。""辕下驹"典出《史记》,指车辕下不惯驾车之幼马,一般用来比喻少见世面、器局不大之人。先生用这个典故夸奖作者文思已经成熟。

整本册子先生的评语都还和气中允,不知为何,到了最后一篇,先生竟大发雷霆,批评学生文章有"八股气":"通体纯是八股气息,于作义体裁不合。想是抄袭而来者!"我也佩服范玉鹏这个学生,默默地把这篇文章和先生的恶评都装订在厚厚的作文本中,让后生们鉴别。

通观全集,先生有一条批语可资借鉴。估计是先生批改了一篇文章后,学生另行抄录再呈,先生批道:"文须自出,直录所改,何也?"意思是不能把先生修改的文字直接变成学生的文笔,当为今日语文教学效仿。

还有两本学生策论作文本,察其文,当是第二次鸦片战争之后清廷开办"洋务运动"时作。作文有《中国为欧洲所垂涎急求防御策》《办理洋务人员何者称职论》《西国赋重而民乐输其故安在》等,这种努力救国的精神弥足宝贵。

清刻本《乐亭县志》《莘野诗集》及其他

曾经有过搜罗古籍善本的野心,后来就打消了。原因一是存世的古籍善本十之八九都被国家图书馆收藏,二是此外极少量古籍善本也被有钱的民间收藏大家占有。一般个人能得到的只是不重要、不罕见的古旧书而已。三舅送我的古旧书有几部清末刻本尚可保存阅览,在这里展示给朋友过目。

一部是清乾隆年间刻本《乐亭县志》,全志两册合订,共十一卷。三舅在西安地摊儿以50元收购。

考:乐亭县今属唐山市,秦时属辽西郡,宋宣和五年始建乐亭县,宋元明至清雍正年均属滦州,乾隆元年直属永平府。乐亭县的"乐"读若"烙"。这个音只在地名中使用。

这部《乐亭县志》刻本完整,附图精良。从三篇序中可知:该志最早成

于明万历二十一年,为知县潘敦复纂修,天启二年知县刘松增补一次,清乾隆二十年由知县陈金骏续修付梓,永平知府为之作序。

旧志各地保存较多,此本仅属普通古籍,不为珍稀。但由于这部县志原由同治年间乐亭知县王斗坪收藏,才有了附加意义。其后人王友松在封面有题识:"余族祖斗坪由进士于清同治十一年任乐亭县事。"不知何时何故流于市肆?

另一部是清康熙十六年(1677)刻本陕西合阳著名诗人康乃心诗集,为《三千里诗》与《莘野诗集》的合集。纸张厚实,印刷精良,保存

完好,是诗人的早期著作,版本当属清初刻本的精品。封面有"康太乙著翠园藏"的字样。

合阳原写为"郃阳"或"洽阳",古"有莘国"所在。据《关中丛书》(第二辑)收录《康太乙先生墓表碑》记录:"康先生讳乃心,字孟谋,号太乙。由郃阳(原作洽阳)县学生拔入国子监。康熙己卯年(1699)陕西乡试举第五,试礼部不第。岁在丁亥年(1707)六月,先生年六十有五卒于家。"康乃心为清初关中大贤,与顾亭林等名士过从甚密,时人称之"莘野先生"。据说渔洋山人王士禛来陕见到他在小雁塔上的题诗,大加称赞,遂使他的诗名远扬。甚至有人称赞他的诗"奔青莲而走少陵",直追李杜,还有人把他与姜宸英(西溟)、陈维崧(其年)两位大家并称"海内三髯"。姜、陈两人闻名遐迩,惊世骇俗,但对康的事迹我孤陋寡闻,知之甚少,不敢多言。

随便翻阅了诗集,发现康的诗还真是有点气势,比如《开封一·大梁行》:

忆昔秦王并诸侯,春蚕食叶蔑宗周;
河华以东强国六,争将割地为奇谋。
秦从献孝崛西土,刻薄商君革五羖;
秦王奋臂叱群雄,眈眈怒目咸如虎。
伐鼓鸣金下太行,上党摇摇指日亡;
不知唇齿两相切,魏王高枕拥齐姜。
……
轻车直赴邯郸道,可怜晋鄙椎中老;
扫去豺狼十万师,大梁轮偓中山草。
……
探囊沽饮一杯酒,每将物色向屠狗;
莽榛何处哭英雄,落日大梁挟剑走。
大梁古道何纷纷,百劫荒台惨夕曛;
三千散尽薛门客,我来犹忆信陵君。

卷末有《石渠天禄阁[2]赋》,摘录起手数行:

> 巍巍汉国,漠漠秦疆,星缠参井,地入雍梁。启鸿蒙于河华,收雅颂之文章。将经天而纬地,亦继圣而开王。维嬴皇其肆虐,悲六艺之残殃。逮重瞳之一炬,乃榛莽乎咸阳。幸东南之王气,发龙彩于沛乡;竖义旗而西指,实约法其三章。固真人之天授,亦佐命之非常。抱遗文于灰烬,搜图籍于阿房。知中原之厄塞,得户口之存亡。于焉起层台于霄汉,藏秘册于禁中。深似酉山之室,高如岱岳之宫。接星辰于牖户,错日月而西东。上映奎文之灿灿,下环璧水之淙淙。朱窗玉砌,白石丹枫。贮累朝之宝典,唯丞相之雄功。

细品之后感觉还真是下了功夫。

另一份是清末学部第一次编写的《初等小学手工教授书》,由宣统元年(1909)陕西学务公所图书馆石印线装,内容很有趣。

1901年1月29日和8月20日,光绪帝和慈禧太后在西安连续两次发布公告,宣布要实行"新政":"唯有变法自强,为国家安危之命脉,亦即中国民生之转机。"同年9月4日,清政府令各省城书院改成大学堂,各府及直隶州改设中学堂,各县改设小学堂,并多设蒙养学堂。这套初等小学手工教材当是应运而生。

所述小学手工内容均是孩子成长实用技能,包括打绳结、搓草绳、搓纸捻(点火、引火),搭各种木架、叠土墙,还有折纸。有图有真相,这里不再赘述。如今的孩子也应选学一些手工劳作的实际技能才好。

(2017年2月17日初稿,2020年12月23日改定)

---

[2] 建于汉长安未央宫中的石渠阁、天禄阁,为中国最早的国家图书馆,遗址犹存。

书卷多情似故人
——采书缀梦

于谦《观书》诗:"书卷多情似故人,晨昏忧乐每相亲。眼前直下三千字,胸次全无一点尘。活水源流随处满,东风花柳逐时新。金鞍玉勒寻芳客,未信我庐别有春。"

瓦尔特·本雅明说:"访得一本旧书,就是一次新生。"这话很提神。

童年和青少年时读过的书大多不在身边了。一是那些书原本就不属于自己;二是想不到以后还需要重读再用这些书,没注意保存;三是有些书借出去没要回来或者就根本要不回来。

突然见到一本久违的书,不管是不是当年读的那本,都会有故人重逢般的惊喜。读这本书的那天,可能是最后一道夕阳照在东墙上,屋里的光线开始变暗的时候,或者外面下着小雨,心情郁闷,随便翻看的时候,书中的若干段落曾经感动过自己……原来所谓记忆,就是一段经历。

前些年开始涌动重新找到这些旧书的念头,哪怕不再重读,也要让它们留在自己身边。我的孩子们可能不会被这些书感动,一代人读一代书,有那么多新书要读,不会把目光停留在如同垃圾一样的破旧书页上。只有有过同样阅读经历的人才会重视这些无价之宝。

淘旧书,西安的古旧书店历史悠久,货源丰富,不幸的是书价暴涨;大雁塔、八仙宫、兴善寺周边有一些不错的地摊儿,价格也好商量,但很难找到想要的。终于发现网络购书的渠道,想要的基本都有,令人欣慰。价格不如预期,很少有捡漏的机会,这时才会发现,全国有同样需求的人太多太多。

乐府《古艳歌》:"茕茕白兔,东走西顾。衣不如新,人不如故。"后面两句用来形容藏书,也是极好的。昔日梦寐以求而不可得的,有过又丢失的,才是个人藏书中最可珍贵的。

马雅可夫斯基《给孩子们》

"如果孩子/爱念书,/指头/指着书读,/书上就说/这个宝宝,/的确是/十分好。""如果/你/比黑夜还黑,/一脸上/黑七八糟,——/对于/孩子皮肤/说来/这自然非常不好。""他主意拿定了://'我是一定/要做好,/我不要做——/不好。'"

这是母亲在我六岁时送给我的书,是马雅可夫斯基写给苏联孩子的一本诗集,用图文并茂的形式循循善诱地讲解哪些行为好、哪些行为不好,也是我今生第一次有了自己专属的书。

清楚地记得那天中午在盐店街73号两进四合院的后院,母亲下班回家把书给我,那种疼爱和期望的表情终生难忘,我捧着它在阳光下一页一页翻读,阶梯诗,每页字很少,好懂好记又读得快。母亲显然是让我学习这些行为规范,但我更神往的是书中叙述的苏联儿童的幸福生

活。我很羡慕孩子们能戴着海军帽,乘船行驶在大海上。几十年过去,这本书在几次搬家后早就找不到了,只是此情此景宛如昨日。

母亲去世后的"七七"祭日,同家兄去墓地祭奠,回家就收到在旧书网上淘的这本蓝色封面的小书——《给孩子们》,苏联诗人马雅可夫斯基著、派霍莫夫画、任溶溶译,1955年时代出版社出版。以此纪念母亲。

(2017年9月21日)

上海文化版《聊斋故事》

每个人都会有想看又怕看、忍不住偷偷看某种东西的经历。《聊斋故事》于我就是。第一次读"聊斋",是上小学时从隔壁三才书店借到的《聊斋故事》,上海文化出版社1956年出版,白话缩写翻译的,一套六册,竖排繁体,每个故事都有原版插图。书中描写的女鬼、女狐和女侠的故事让我惊悚又迷恋,还不敢让家长发现我在读这种书。到了初中开始读文言原版的《聊斋志异》,完全被迷住,竟然能一口气读到底。有段时间变得精神恍惚,满脑子都是聂小倩、娇娜、阿宝、公孙九娘之类的形象,反倒觉得现实世界像梦,书里的才是真实的世界。

后来收藏了《聊斋志异》包括线装本的十多种版本,但始终忘不了那套《聊斋故事》。网购时顺便购回同期读过的《唐宋传奇故事》。古人说"书能醉人",读《聊斋志异》真能醉人。最好从头到尾一气读完,才能陶醉在与神鬼妖魅缠绵相交、难舍难分的感情世界,多读几遍,才能体会蒲老先生行文的简练和传神。

(2016年6月19日)

《不怕鬼的故事》

不知着了什么魔,一度沉迷于此书。如今重读,只觉好生无聊。

1960年初,中国科学院文学研究所所长何其芳奉命选编一本《不怕鬼的故事》,旨在"提振"国人"大无畏"精神。何其芳将此重任交付陈友琴完成,陈先生从中国历代笔记杂著中摘选了七十则故事汇编成书,1961年2月由人民文学出版社出版。何先生为此书撰写了长篇序言,领导人亲笔修改,经各地报刊转载,影响惊人。

但书店见不到这本书,遂到省图书馆阅览室搜罗各地报刊上选载的数十篇短文,抄录成书。还请上初中的家兄题写书名并画封面。几十年过去,不知丢了多少书,小学六年级时的这个手抄本却完好地保存到现在。那时的字好丑,绝对不能再拿出示人。

前几年和小友单于津谈起,他马上帮我淘到一册二版一印,我这才知道能在网上找旧书,于是又淘到几册一版一印。一版为白色封面,红字题签,但字体恶俗。同年10月又出二版,改为蓝色封面,漂亮许多。二版将序言由五号字改排为四号字,删去一版的五篇故事和《编辑说明》,新增一篇,并将纪昀的八篇故事全部排在袁枚之后。意外的是,我淘到一册出版社的赠阅本。这批赠阅本当时由陈先生一一分送要人。我将原版书和手抄本两件"古董"摆在一起拍照,家兄见到,很惊奇:"呵呵,居然还在,以为早都不见了。"

(2016年10月11日)

邓友梅《在悬崖上》

《在悬崖上》写一个年轻干部的感情危机,是我读的第一个短篇小说和第一篇爱情小说。

当时市政府还叫市人民委员会,简称"市人委"。我一位姓李的小学同学他父亲在湘子庙街的"市人委农办"工作,我们都住在盐店街,下午放学后经常去"农办"大院玩。"农办"大楼的一楼有阅览室,小

孩不能进,楼道尽头是阅览室的库房,门上无锁,大人平时不进来,我俩就待在那里玩。库房很大,书架和地上堆满了过期下架的旧书、报纸合订本和杂志,蒙着厚厚的一层灰。他翻各种画报看美女,我翻《人民文学》《文艺报》《文艺学习》《萌芽》等杂志找小说,感兴趣的就带回家看。《在悬崖上》就是在一期《文艺报》上发现的,附在张天翼写给邓友梅的一封评述长信之后。这也是我读到的第一篇文学评论。

《在悬崖上》是邓友梅的成名作,也因这篇小说遭罪二十多年。现在重读,确实还显稚嫩,但张天翼先生当时就发现了作者的才华,在信中有鼓励也有批评,极中肯,谆谆教诲、循循善诱,堪称楷模。

20世纪80年代邓友梅复出后,接连发表《烟壶》《那五》和《寻找"画儿韩"》等几部才华横溢的中篇小说,堪称中国小说的当代经典。为收集他的小说,我连续购买了几年的《全国获奖中篇小说选》。

多年找不到《在悬崖上》,终于在1981年北京出版社的《邓友梅短篇小说选》中发现,这是作者三十年创作生涯出版的第一本作品集,一版一印,弥足珍贵。

(2016年8月20日)

周遐寿《鲁迅小说里的人物》

小时家中有书,不知读什么,便观察三舅读什么,我就读什么。他仅比我年长五岁,每逢新学期发新书,我喜欢先读他的语文课本,从初一到高三,十二学期一册不落。他们用的课本比我们后来的内容要丰富得多,尤其是古文篇目难度要高得多,和三舅比,我中学时的古文素养差得远。但我的语文成绩好于同班同学,可能与早读多读有关。

他那时读《鲁迅小说里的人物》《鲁迅的故家》,我也跟着看,对熟悉鲁迅作品的时代背景和家乡风俗很有帮助。孟子说"知人论世","世"就是作者所处的时代,读书不了解作者的时代背景就影响对作品的理解深度。

当时不知"周遐寿"是何人,感觉像是鲁迅老家的长辈,因为他知道的东西似乎比鲁迅还多。相对于《鲁迅的故家》,《鲁迅小说里的人物》一书要有趣得多,《呐喊》《彷徨》和《朝花夕拾》中涉及的人物都能一一点出来历,十分不易。凭这个署名,这两本资料才得以流传。

我很满意淘回人民文学出版社1957年初版一印。

(2017年9月21日)

文研所《中国文学史》

1974年在南院门古旧书店用四毛钱买了一本1963年中国科学院文学研究所编的《中国文学史》第二册。这套书共三册,书店只摆了这一本出售,后一直未见其他分册。

先读一门学科的历史,再学这门专业就比较容易入手。例如,学经济,从《经济学说史》入门;学哲学,从《西方哲学史》和《中国哲学史》入门。对于学文学的人来说,选择好的《中国文学史》和《外国文学史》

版本,尤为重要,日后的阅读可以少走许多弯路。

收集和学习过许多版本的《中国文学史》。个人编著最出色的是刘大杰的《中国文学发展史》,作品选评较全面;郑振铎插图本《中国文学史》中的珍稀古籍书影,可大开眼界。集体编著的,以文研所本最权威,游国恩和后来袁行霈主编的版本是文科大学标准教材,很有特色。只有北京大学1958年编的那个红皮版本质量最差,标准的"大跃进"产物。新版《剑桥中国文学史》令人刮目相看。

匪夷所思。最近路过南院门,在古旧书店地下室书堆中发现有文研所《中国文学史》的第一、三册,且店中再无第二册。莫非这两本分册等了我四十年?心中暗喜,与当年的孤本放在一起,终成全璧。美中不足的是旧有的那本书脊已经发黄,刚买的成色尚新。

(2016年5月20日)

《随园诗话》与《读随园诗话札记》

1967年读到郭沫若的《读随园诗话札记》,第二年才得见《随园诗话》,先获上册,后得下册,实属侥幸,令人狂喜。

1968年,区革委会要收回区文化馆库房另作他用,通知文化馆尽快腾空库房。担任馆长的老前辈与我相识,有一天主动邀我去库房,这里存放着各公社文化站停办后上交的图书,堆满了整间屋子,几乎插不进脚。这些书不久就要处理给废品收购站,他知我爱看书,让我挑一些能用得上的先带走。书堆中少儿读物较多,对我无用,欣喜的是发现有《随园诗话》,匆忙中没有注意到只是上册。过了几天,听说库房的书还没被处理,便央求

再去,终于找到下册,不料只是薄薄的一本。

与后来读的其他诗话比,《随园诗话》能教你读诗、作诗和评诗,而且常读常新,不断有悟。书中妙语警言甚多,摘几段与朋友共享:

> 磨铁可以成针,磨砖不可以成针。
>
> 诗有干无华,是枯木也;有肉无骨,是夏虫也;有人无我,是傀儡也;有声无韵,是瓦缶也;有直无曲,是漏卮也;有格无趣,是土牛也。
>
> 所谓诗人者,非必其能吟诗也。果能胸境超脱,相对温雅,虽一字不识,真诗人矣。如其胸境龌龊,相对尘俗,虽终日咬文嚼字,连篇累牍,乃非诗人也。
>
> 京江左兰成尝云:"凡作诗文者,宁可如野马,不可如疲驴。凡为士大夫者,宁可在官场有山林气,不可在山林有官场气。"有味哉其言!

吴江严蕊珠,夸赞:

> 他人诗,或有句无篇,或有篇无句。唯先生能兼之。……先生之诗,专主性灵,故运化成语,驱使百家,人习而不察。譬如盐在水中,食者但知盐味,不见有盐也。然非读破万卷,且细心者,不能指其出处。

袁枚主张"性情说"或"性灵说",不喜欢"格律派"。他说:

> 从古讲六书者,多不工书。欧、虞、褚、薛[1],不硁硁于《说文》《凡将》[2]。讲韵学者,多不工诗。李、杜、韩、苏,不斤斤于分音列谱。何也?空诸一切,而后能以神气孤行;一涉笺注,趣便索然。

---

[1] 指初唐四大书法家欧阳询、虞世南、褚遂良和薛稷。
[2]《凡将篇》,汉代司马相如著的有关文字学之书。

真是高论!可以说,不见《札记》,便不知有《诗话》。

多年来此书随身宦游,常置案头,焦躁时翻阅几页即可清心。有次办公室调整后找不到了,失落之情无法言表。后来找回,赶紧妥藏。

三峡出版社出文白对照版洋洋四厚册,浙江古籍社也出了新版本,后购得《读随园诗话札记》手稿本,一并收藏。与《诗话》相比,郭老的《札记》十分浅薄。说也奇怪,读其他版本的《诗话》,怎么也找不回感觉,只有读旧书,才能进入,莫非旧书如故友能"心照不宣"?感谢那位馆长老前辈让我有缘读到此书,天堂安好!

(2016年6月4日)

别利亚耶夫《陶威尔教授的头颅》

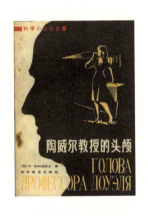

科幻小说是科学与幻想的结合,是在小说想象的基础上加上了科学的可能性。美国发明家、出版家雨果·根斯巴克在1926年创办了第一家专门刊登科幻作品的杂志《惊奇故事》,成为科幻小说的主要奠基人。"雨果奖"就是以他命名的科幻小说专项奖。刘慈欣的《三体》获得2015年第73届"雨果奖"。法国作家维尔辛说:"科幻小说并不是一种文体,而是一种精神状态。"夏尔·阿兹纳佛尔说:"科幻作品是朝未来睁开的一只眼睛,另一只眼睛仍留在目前。"

苏联著名科幻小说家别利亚耶夫的《陶威尔教授的头颅》作于1926年,小说长盛不衰。1959年有了中译本。书中讲了一个令人脑洞大开"换脑袋"的故事:陶威尔教授发明了能使从刚死亡的人体上摘下的器官恢复活力的新技术,但他却在准备进行头颅复活试验时意外死亡。当他恢复知觉后发现,自己只剩下一个头颅被摆在试验台上,脖颈处插满管子,还与一颗跳动的心脏相连。助手克尔恩过来同他讨论继续试验的各种问题,并以自己个人名义发表研究论文……

这是我小时看过的第一本外国科幻小说,印象特别深刻。此后阅读儒勒·凡尔纳的科幻小说和柯南·道尔的侦探小说,神游四海。并开始对《十万个为什么》备感兴趣,收藏了80年代前的全部四个版本。

遗憾的是,网上没有1959年中国青年出版社的老版本,只好买回1981年的重印本,封面和开本都不如原本。

(2017年7月22日)

无名氏《野兽·野兽·野兽》

1968年和隔壁同学的父亲交换看书,他还保留了几本民国时出版的小说,我先是读了张资平的《天孙之女》,后来就是无名氏的《野兽·野兽·野兽》。

早就听说过张资平,但印象不好,原因是鲁迅挖苦他,形容他的全部小说是一个△,意思是擅长写三角恋爱。《天孙之女》出版于1930年,写一个日本军人的女儿被遗弃骗卖到上海沦为妓女的故事,不是传闻中的艳情小说。日本翻译出版后,引起日本民众强烈不满,认为是污蔑了日本民族。仅就这本小说而言,张资平没有那么不堪。

《野兽·野兽·野兽》的作者无名氏,闻所未闻。古诗词的许多作者为无名氏,那是佚名,不是署名。这本小说写于1946年,真善美图书出版公司1948年出版,讲述一名热血青年投身1927年大革命的狂热和失败后的彷徨。虽说是在国民党统治区出版,读起来却像一本类似《三家巷》《苦斗》之类的革命进步小说。小说语句近乎疯狂,仿佛是激情朗诵,青少年很容易受到诱惑,其文学技巧显然超过后来的欧阳山。

我当时边读边摘抄,觉得很过瘾。现在回头看这些笔记,仍然觉得"邪"气方刚:

> 整个波兰大草原在他音符里抖颤着,哭泣着。啊,夜曲来了,幽幽袅袅的,飘飘袅袅的,甜甜凄凄的,令人不能忍受的哀

丽,令人不能忍受的芳香。天才在旋律中五光十色熠耀,灵感随暗美的小溪流而流,流过月夜小森林,挟着幻觉的落叶,披拂着发卷似的青色水藻。啊,流吧,流吧!流不尽的眼泪!流不尽的青春!流不尽的悔恨。

大雷雨狂啸着,狂嚎着,飙舞着,奔突着,野兽般从天上俯冲扑下,从地底汹然勃发,从东南西北慓悍旋涌,从四面八方潆沆激射,魑魅(魅)似的,魔魔似的,凶狞而阴险,蛮犷而跋扈。它吼着,号着,滚着,仿佛要撕碎整个宇宙,要毁灭全部地球。

是生命在喊,在蹦,在跳。是生命在愤怒,在爆炸,在冲击!是生命在呼号,在狂驰,在急舞!

人们海潮样冲过去,野牛样冲过去,箭猪般冲过去,吊睛白额虎般冲过去。数不清的脸突然出现了:暴怒的脸!幻象的脸!狞兽的脸!死尸样疲惫的脸……炮在吼。枪在吼。人在吼。火在吼。天地在吼。到处都是火把、火炬、火鸦、火云、火的爱、火的恨。

生命的调子慢慢降下来,继续往下沉。不知是从他心底,还是从地底层,一根沉重的弦子忧郁地低低响,把一片哀愁广播到天穹与海面。远远的,海浪中似有哭泣声,千千万万人的眼泪,混杂于海波,悄悄向岸滨卷来,在滩边缓缓低回、徘徊……一切沉闷而眩晕。

书读完了,目瞪口呆。从没见过如此张扬的小说标题,更想不到有如此激烈而冷静的文字描写。相信绝大多数同辈文青没有读过他的作品。处在同样疯狂的年代,心情相当恶劣,既受他的感染,也理解他的颓唐,结果把心境搞得更乱。很佩服他的才华。后来学《中国现代文学史》,教材里没有他的任何记录。估计是作者背景复杂吧。

有了网络之后,搜寻"无名氏"的信息就容易了。原来他的本名叫卜宁、卜宝南,又名卜乃夫,是20世纪40年代"后期浪漫派"的代表作家。他和西安很有缘,曾在华山独居一年,他的成名作《北极风情画》就是1943年在西安完成、在西安《华北新闻》连载发表的,轰动一时,"满城争说无名氏"。半年后他又以西安友人的爱情故事为原型,写出了《塔里的女人》,名声大噪。据说这两部书销售版次达到五百多,在海内外华人作家中首屈一指。

1995年,花城出版社出版了六卷本的《无名氏全集》,一经发现立即拿下,连定价也不必看。

(1968年8月28日摘,2017年5月3日记)

艾芜《南行记续篇》

"山上山下,全是绿叶茂密的树林,整天就在树林里走。从树叶稀疏的地方望出去,近处的山,布满了树林,显出一片浓绿。……我恍惚觉得阿秀又在我们新世界里复活了。新的世界就展现在她的四周和脚下,随着山坡,她步步升高,阳光正为她发出灿烂的光辉,山花正为她显示鲜艳的颜色,鸟儿正为她婉转着歌喉。一直到山上绿色的树林遮没了她,我才抹下眼角的泪珠,跟着社长走下江堤,一路心里禁不住想:'幸好这个世界是我们的了!'"

上面这段文字,出自艾芜的《野牛寨》,是短篇小说集《南行记续篇》的第一篇小说。小说中阿秀的故事令人唏嘘,难以忘怀。

20世纪60年代,可读的中国短篇小说很多,结集的有李准的《李双双小传》、王汶石的《风雪之夜》、马烽的《我的第一个上级》等。比较出色的有茹志鹃的《百合花》,可惜其中感人的只有一篇《百合花》。令人耳目一新的是艾芜的《南行记续篇》,几乎每篇故事都感人,还充满异国异地情调。那时利用下午课外活动时间跑到省图书馆阅览室借读,读完续篇即索取正篇。《南行记》苦涩厚重,有点压抑沉闷,《南行记续篇》则清新凝重,更适合缺少见闻的青少年。如果先读《南行记》,可能会错失读《南行记续篇》的兴趣。

人的一生的不同阶段,阅读侧重会有所不同。在长身体长知识阶段,只要能开阔眼界、满足好奇、增长见识,便五花八门,乱读一通。读《南行记续篇》的时候,正好对异国浪漫情调开始好奇,也渴望体验苦涩与甘甜交织的复杂心理，这样能迅速提高写作水平，有助于我在同年级同学中领先。这本书为我开了一个头，此后阅读兴趣就转向了外国浪漫主义文学，那是真正的异国情调。

1980年人民文学出版社再版《南行记》和《南行记续篇》，封面设计和内文插图都很棒。女儿上大学期间想读小说，立即指定她先读这两本。

（2018年8月7日）

陈登科《风雷》

1964年冬天，在新华书店排队买到陈登科长篇小说《风雷》第一部，为上中下三册，欢喜极了。现在看，这本小说也是"以什么为纲"时代的作品，脱不了历史的局限，没有办法。

书籍的封面是邓拓的题名，他的《燕山夜话》分五集出版，被奉为知识性杂文写作的楷模。为了学习杂文写作，我不知从头到尾读过多少遍，几乎达到烂熟于胸的程度。《风雷》一书中有多幅插图，是著名版画家彦涵的作品，也怪，那时我刚好十分喜欢木刻画。

此前读过陈登科的《活人塘》，感觉一般，没想到《风雷》写得如此之好。摘一段开头对羊秀英狗肉摊的描写：

> 小镇的十字街头，有座古庙。在庙门前右边那棵快枯死的老槐树下，新搭起芦席棚子。棚子门口，站着个不到三十岁的女人，扬着清脆诱人的嗓子，向街上来往的人喊道："要吃犬肉的，到这边来。里面有桌子有板凳，有酒有菜，有茶有水，有火有烟。喝得醉醉，吃得香香，烘得暖暖，回家也有人疼你……"一喊一大串子。这个女人，名叫羊秀英。……跟着她那诱人的鼻音，走进一个人来。

进来的正是小说的主人公，转业军人祝永康。

全书的写法就是这样，很有《水浒传》的风格，羊秀英好像孙二娘，祝永康的出场带点武二郎气势。那时当红作家是浩然，《艳阳天》红极一时,然而我认为陈登科在《风雷》中显示的才气,已超越浩然、峻青等一批同代作家。

《风雷》后来也难逃被查禁的厄运,当年买的书只剩下破旧不堪的中册。前日在地摊儿发现有《风雷》上、下册,以为能与家存的中册配套,购回后才发现是1978年的再版,是将三册改为上、下册,配不上。

不得不指出,当年《风雷》的文本生产过程交织着文学与政治的妥协,编辑、文学政治权威、出版社和审查机构等都插手甚至掌控小说的创作方向和表达方式,几乎变成集体创作,以致《风雷》后来在审美评价中十分难堪。这可能是古今中外文学创作的一个特例,据说金敬迈的《欧阳海之歌》也是类似情况。

(2016年5月20日)

《百花齐放》与《红旗歌谣》

1959年4月,人民日报社出版了郭沫若的新诗集《百花齐放》。为配合全国的"大跃进",他在十天内写了九十八首诗,加上三年前的三首,共凑成一百零一首赞颂百花的诗汇集出版。这些诗任何时候读起来都味同嚼蜡,据说当年就有学生写信给他:"郭老郭老,诗多好的少。"当年的《女神》何等有才,《百花齐放》却何等不堪!

许多诗连韵都来不及押,还是选读一首基本押韵、排列整齐,在书中算是比较上乘之作的《腊梅花》让朋友们欣赏一下:

> 在冬天开花已经不算甚么希奇,掌握了自然规律可以改变花期。
> 不是已经有短日照菊开在春天,我们相信腊梅也可以开在夏季。
> 我们希望能够参加五一和六一,也希望赶上七一、八一、十一献礼。
> 园艺家们,科学家们,请你们试一试,
> 让我们能够与荷花、桂花开放同时。

但此书的收藏价值在于书中插图极其出色。

八位作插图的画家是刘岘、李桦、马克、黄永玉、力群、肖林、沃渣、王琦,全是版画大匠。其中刘岘承担了一半以上的画作。由于这些木刻十分精彩,原诗反成陪衬,变为画作的艺术说明,分不清究竟是诗集还是画集。这本书的一版一印已很难得,精装本的价格极高。

　　在同一年,郭沫若和周扬还编辑出版了《红旗歌谣》,选录三百首全国各地"大跃进"民歌,号称新中国的"诗经"。与《百花齐放》不同,我倒是喜欢这本诗集,尽管也有许多假大空的豪言壮语,例如那首标为"陕南民歌"的《我来了》:"天上没有玉皇,地上没有龙王,我就是玉皇,我就是龙王,喝令三山五岳开道,我来了!"如果抛开时代背景,单独细品此诗,能让人豪迈一下,倒也不错。后来许多流行歌曲的歌词都来自此书,如《唱得幸福落满坡》《南来的大雁北去的风》《金瓶似的小山》《山歌向着青天唱》《麦苗青来菜花儿黄》等等。

　　淘到《红旗歌谣》精装本的一版一印,后又得到两个简装本,一本是1962年的,用再生纸印,很黑;一本是1979年的再版,周扬专门写了后记,号称要迎接新的"大跃进",故重印1959年歌颂"大跃进"的"民歌"。三个版本的插图大致一样,作者都是当代名画家。

　　我还淘回几种新诗集,郭小川的《将军三部曲》、闻捷的《复仇的火焰》、李季的《王贵与李香香》《当红军的哥哥回来了》、马萧萧的《石牌坊的传说》,还有民间文学丛书《爬山歌选》和《信天游选》。再读马萧萧,诗味已索然,李季的不忍再读。只有爬山歌、信天游魅力永存。

(2017年5月11日记,2019年5月26日又记)

肖洛霍夫《被开垦的处女地》

《静静的顿河》从1928年发表起,就争议不断,焦点是怀疑作者是否非法占有、剽窃和抄袭了白军军官、哥萨克作家费奥尔多·克留科夫的手稿,后者在内战中失踪。这个阴影在1975年变成了满天乌云,《静静的顿河流水:一部小说之谜》和《是谁写出了〈静静的顿河〉?》两本书的出版,对这部小说的真正作者提出了公开的严肃质疑。毕竟小说发表时,肖洛霍夫还太年轻。

1999年,《静静的顿河》最初发表的手稿被发现存于其密友库达绍夫的远亲家中,已去世十五年的肖洛霍夫这才摆脱了伴随了他六十年的"抄袭"阴影。这部手稿由政府收购,珍藏在高尔基文学研究所。

肖洛霍夫在世时从不回应这些争议,只是默默地拿出第二部长篇《被开垦的处女地》。第一卷发表于1930年,有周立波译本;第二卷发表于1960年,有草婴译本。文学评论家认为,与《静静的顿河》相比,《被开垦的处女地》艺术性更高,但有明显的紧跟苏联社会政治需要的倾向,在当时影响大,时代变迁后便遭非议,成为有争议的名著。

肖洛霍夫对中国老作家影响非同小可。作为《被开垦的处女地》中文版的第一位译者,周立波写东北土改的《暴风骤雨》无疑从中得到启发,后来他又写了《山乡巨变》,应该是一个路子。

《被开垦的处女地》最新的中译本改名《新垦地》,由于时代和价值观的变化,估计没有多少读者了。网上《被开垦的处女地》第一卷较多,第二卷很少,担心有卖家不发,向三家下单,结果全到。

在新浪微博上发了一条关于买这本书的感慨,还提到把原有的柯切托夫的《叶尔绍夫兄弟》搞丢了,很遗憾,不料远在深圳的学生刘海英看到,从网上买了两本旧书寄来,令我非常感动。

(2016年5月20日)

法捷耶夫《最后一个乌兑格人》

犹豫很久,还是以一百元价格把品相八成的法捷耶夫《最后一个乌兑格人》1963年一版一印拿下，原书定价两元一角。

　　苏联文学对中国作家产生过重要影响。陈忠实读《静静的顿河》，产生写一部类似长篇的念头，于是有了《白鹿原》。高建群写《最后一个匈奴》，可能受法捷耶夫这本书名的启发，虽然内容毫不相干。张贤亮写《男人的风格》，直接仿效柯切托夫的《州委书记》。

　　法捷耶夫是苏联第一代作家，以《毁灭》和《青年近卫军》闻名于中国读者。后人评价《最后一个乌兑格人》艺术水平高于前两部。

　　鲁迅翻译《毁灭》是从日文本转译的，他的译文曾遭诟病，说是"硬译"，其实他的译文另有一种妙味。另外，鲁迅出书很讲究配插图，特别是原书插图。他嫌日文本的插图类似中国的"绣像"，于是让曹靖华从俄文原版弄来新插图配上。我收藏了人民文学出版社1958年二版一印的鲁译《毁灭》精装本。

　　《青年近卫军》首次出版后，法捷耶夫听说斯大林批评书中人物是"自发行动"，"没有突出党的领导"，他赶紧做了重大修改重新出版。1953年斯大林去世后，西蒙诺夫等作家又批评他"不实"，他只好再大改一次，结果面目全非。1956年赫鲁晓夫在苏共二十大会议上作了揭露斯大林暴行的秘密报告，法捷耶夫十分崇拜斯大林，受不了这个刺激，三个月后便吞枪自尽。

　　1963年，《最后一个乌兑格人》中文版发行，还附有长篇译后记。书籍装帧、纸张、印刷都很精美，有原版插图，只是书名采用了手写的宋体美术字，看起来稍别扭。

（2018年6月1日）

冰心《拾穗小札》

淘到冰心的散文集《拾穗小札》,作家出版社1964年3月一版一印,为百花文艺出版社的旧藏,品相如新。书后盖有"仅工作借"的印章,借书笺上没有一条借阅记录,估计编辑们没有人"闲读"。

《拾穗小札》薄薄一本,装帧品位却极高,哈琼文、李琦、邵宇三位名画家专门为书作插图,其中两幅成为著名海报。用现在的眼光看,《拾穗小札》的文字水平只相当于今天普通中小学生的作文水平,不值再读一次,但对我来说,还是值得一买,毕竟圆了初中时的一个梦想。

当年为了提高作文水平,发誓要读遍当代散文大家的作品集,杨朔的《海市》《东风第一枝》《生命泉》、刘白羽的《红玛瑙集》、秦牧的《艺海拾贝》《花城》《潮汐和船》、峻青的《秋声赋》、曹靖华的《花》、李若冰的《山·湖·草原》等著名的散文集都买到了,跑了许多次新华书店,唯独买不到著名女作家冰心的这本散文集。

(2017年5月10日)

《魍魉世界》与《官场现形记》

张恨水是民国时期最好的通俗小说家,一生创作了一百多部中长篇小说,有时竟然能多管齐下,一年发表七部长篇。有人问他同时写几部小说,会不会搞乱?他的回答很简单:谁会把自家的孩子搞乱?

张恨水多才多艺,能登台表演戏曲还会作画。他不看别人的小说,平时主要读诗词和历史。他说:"我的职业是记者,爱好是写小说,钻研的是辞章,要做的学问是历史。"他小说中出现的那些诗词骈文对联以及小说回目,辞藻典雅华丽,运用恰到好处,读者甚是欣赏。

他的《春明外史》《金粉世家》《啼笑因缘》等长篇章回体言情小

说受欢迎的程度,令新文艺界惊诧之极。这不奇怪。香港学者许子东说过,当时四亿五千万人口中,小学以上程度的只有五千万,其中读新文学的占百分之十,其余百分之九十的人都读"鸳鸯蝴蝶派"文字。他在抗日战争期间写的一批暴露、批判小说为大众推崇,至今无人比肩,《八十一梦》《魍魉世界》和《五子登科》堪称杰作。但现代文学史中一顶"鸳鸯蝴蝶派"的帽子就足以令张恨水难以抬头。平心而论,《啼笑因缘》勉强算是"才子佳人"小说,尽管其中还有武侠、谴责等元素,但《魍魉世界》《八十一梦》《五子登科》断然不是"鸳鸯蝴蝶派"。

《魍魉世界》原名《牛马走》,上海文化出版社 1956 年重印时改名《魍魉世界》。淘这本书时,顺便找到 1957 年一版的《八十一梦》《春明外史》《五子登科》,都是一版一印,其他小说旧版找不到。

还淘到上海文化出版社版 1956 年繁体竖排新一版三印的晚清通俗暴露小说(又称谴责小说)《官场现形记》,作者李伯元开近代小说批判现实之新风。《官场现形记》因为涉及上自皇帝、下至佐杂小吏的全方位官场,引起社会轰动,鲁迅认为《官场现形记》超过了《儒林外史》。当今所谓"官场小说"整体水平很低,无法与这部书相比。原因是作者的经历和见识不能与李伯元相比。

(2017 年 5 月 7 日)

钱彩《说岳全传》

网购有时能带来意外惊喜。没想到还能淘到古典文学出版社 1955 年繁体竖排版的《说岳全传》,而且品相还相当好。记得是小学四年级,我家的这本书被班上二十多个同学相继读过,还回来时已经没有书皮了,前后也残缺不全,纸张质量本来就不好,重回手上发现书页的颜色已由浅黄变成黑灰。隐隐约约记得书皮是红色,按这个印象总算找到了原版。

记得那时下课后,男同学聚在一起高谈阔论,说的都是大鹏金翅鸟如何啄死女土蝠、宋徽宗把"玉皇大帝"误写为"王皇犬帝"惹下亡国之灾,还有金兀术如何被气死、牛皋如何笑死等等传奇,十分热闹。遇到争执不下时,都由我做最后仲裁。因为书是我的,他们只读了一遍,我读了四五遍。如今书回来了,小时的同学不在了。

(2016年7月6日)

《鲁迅全集》

人民文学出版社的《鲁迅全集》是鲁迅著作唯一权威的版本,迄今已出十多个版本,唯1956年版十卷本最为难得,有全漆布凸像封面、带厚纸函和漆布脊、纸面带护衣两种外装。我喜欢这个版本的注释。

1967年夏天在同学张秦生的帮助引见下,以19元从西安古旧书店购得1956年版全十卷,是书店把收购来的布面、纸面两种外装散本混合凑成一套卖的,好在当时只是为了阅读内容,并未在意封面形式。这套书伴我半生,多次通读,敝帚自珍,保存至今。

"读书唯新,藏书唯旧。"近年手头稍宽裕,遂购2005年十八卷新版,并配齐1956年十卷本一版一印两种版本和1973年二十卷本一版一印甲乙两种版本,乙种本为蓝布脊精装带护衣,甲种本为乙种本加厚纸函。如此一来,人文社最有代表性的三套版本全部配齐,满足了收藏《鲁迅全集》的一点虚荣心。

1973年版当年仅内供县团级以上机构。单位宣传科接到购书通知,公款买了一套。我想读《古小说钩沉》和《中国小说史略》,便找科长借,不料他毫不给面子,把书锁在文件柜里概不对外,我恨不得把他的钥匙偷来。那时我在单位办公室就职,年纪轻度量小,心想:"小小的宣传科长懂得什么鲁迅,只配看大批判文件!"此后,凡是新华书店发来的如《第三帝国的兴亡》《回忆与思考》《战争时期的总参谋部》等内供图书通知,我都转给工会图书馆,上面要求统购政治学习材料、大批判资料的通知都转给宣传科。想起这件往事,仍觉得十分好笑。这也是我现在配齐1973年版全集的动因。

(2017年3月15日记,2017年4月20日补记)

《契诃夫手记》与《伊索寓言》

1963年读《金蔷薇》得知契诃夫有一本《手记》,秦牧在《艺海拾贝》中也提到《手记》,那时特别渴望见到这本神秘的书。

《契诃夫手记》是作者收集、记录写作素材的笔记、日记,也包括了他的读书心得和摘录的文献精粹,由夫人奥尔加·契诃娃在他去世十年后编辑出版。1953年,著名学者贾植芳从日文本译成中文出版,成为许多作家和文学爱好者的"枕中秘"。《手记》中有许多篇章也可以当社会杂文来读。

俄国作家亚历山大·库普林当年没有读过这些手记,他说,契诃夫"从来不提他的创作方法,据说他身后留有很多手记本,也许将来总有一天会在那些手记本里找到解开这些疑团的钥匙"。

1955年,贾植芳受"胡风事件"牵连入狱,他翻译的《手记》便从书店中消失,直到他于20世纪80年代初获得平反后,才有出版社出的新版。有幸淘到文化工作社版《契诃夫手记》,为1953年一版一印。同时还淘到同年的再版,均为稀罕本。两版的区别是:初版下方是一道红色横条,再版是一道青色横条,内容都一样。这个版本只印过三次,总数不超过两万册。网上有三本挂售,全部购回。

加布列尔·玛兹奈夫说:"伊索的舌头,既是毒药,也是解药。"《伊索寓言》流传两千多年,成为西方文学的创作源泉。19世纪末传入中国。伊索寓言的译名由翻译家林琴南所定,林琴南不懂外语,后由学识渊博的周作人将"伊索"全部三百五十八篇寓言直接从希腊文译出。

淘回人民文学出版社1955年2月的一版二印,发现译者署名"周启明",知堂先生的另一个笔名。

(2017年3月28日)

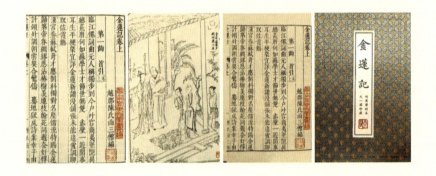

天一阁藏本《金莲记》

很早很早以前,我就读到过江南著名藏书楼"天一阁"的介绍,一直想到楼前一睹丰姿,却始终未能如愿。有两次途经宁波,只是作为随行去普陀山,还有一次去甬参加中国围棋协会组织的围棋活动,日程紧,住地离城很远,无法分身,再次无缘。

前年好友赴宁波,行前询问何处可游,我答:"必去天一阁。"友归,带给我的礼物竟是天一阁藏明刻《金莲记》影印本一函二册,售价五百泉,甚精美,甚合意,喜出望外。

(2019年3月31日)

乞身归来犹好书
——藏书圆梦

文 ◎ 十八篇

黄庭坚诗云:"万事不理问伯始,藉甚声名南郡胡。远孙白头坐郎省,乞身归来犹好书。手抄万卷未阁笔,心醉六经还荷锄。愿公借我藏书目,时送一鸱开锁鱼。"

20世纪初,国外出现一种采访式的"荒岛游戏":"如果你的余生都在一个荒岛上度过,你最希望带去的二十种书是哪些?"大家认为只能带二十种书太少了,建议改成二十个作家的名字,每个作家可以有多部著作入选。这样就可以带去三四百本书了。

与这个游戏相似的是,1925年,《京报副刊》也向国内著名的专家、学者征求十种"青年必读书"的书目,鲁迅的回复是:"从来没留意过,所以写不出。"但他在"附注"里写道:"我以为要少——或者竟不——看中国书,多看外国书。"先生自有理由。这里晒一批新购的20世纪以来的外国人文类图书。对我个人来说,急需知识更新,因为除苏联的政治、历史和文学外,对其他国家的人文学科和文学的了解,基本上还停留在20世纪以前。如不更新,认知结构和思想方法必然陷入"刻舟求剑"的愚蠢境界。

博尔赫斯写道:"一本书不过是万物中的一物,是存在于这个与之毫不相干的世上的所有书籍中平平常常的一册,直至找到了它的读者,找到那个能领悟其象征意义的人。于是便产生了那种被称为美的奇特的激情,这是心理学和修辞学都无法破译的那种美丽的神秘。"他说:"但愿你就是本书等待的读者。"

《理想藏书》

"理想藏书"已成为现今的一个文化观念,指一个书单包含了那些不可或缺的著名书籍,这些书籍是任何一个有文化的人都应该读过的。问题在于这些书籍的数量和主题如何确定。怎样才能是一个"理想"的名单?不但见仁见智,而且是个需要不断更新、永无止境的探索过程。

伍尔芙在《我们应当怎样读书》中说:"事实上,一个人能给另一个人提出的关于阅读的唯一建议,就是不要听取任何建议,而只须依据自己的直觉,运用自己的理性,得出属于你自己的结论。"此言有理,但也不能全听。因为她在后面又说:"那些浪费了我们的时间、糟蹋了我们的同情心的书,难道不正是罪犯吗?那些坏书、假书,那些散发着颓败气息、充满病毒的书的炮制者,难道不正是社会最阴险的敌人、腐败者和玷污者吗?"接受名人的建议,缩减无用的阅读,很有必要。

法国《读书》杂志为帮助读者选择值得个人阅读的书,并建立个人的藏书架,经过调查并征求专家、学者意见,从1986年起陆续提出了一些专题的理想书目。1988年由杂志主编皮埃尔·蓬塞纳汇编成书,出版了这本《理想藏书》。1996年光明日报出版社出版了第一个中译本,2011年上海人民出版社推出了新的译本,装帧大气典雅。昨天下午买到,本来只是随手翻翻,没想到一直看到晚上十点,一本600多页的书竟一页一页认真读到260页,还在书上画了许多道道和其他标记,有的还反复看了几次。好书就是这样,一拿起就无法放下,而且感觉书还不够厚。读完此书,想法颇多。书中介绍了两千多本必读之书,有中译本的不过一千本,我读过和收藏的不过二百本。一旦世界大同,岂不成了无知之辈?

与《理想藏书》同类,译林出版社的《一生的读书计划》、上海译文出版社的《为生命而读》、浙江大学出版社的《读书为上——五百年图书发现史》,这三本书都值得购买和细读。

(2016年11月26日)

奥兹《故事开始了》

以色列的阿摩司·奥兹曾是近年希伯来语作家中获诺贝尔文学奖呼声最高的,译林出版社出了他的九本著作,人民文学出版社出了两本,彼此不重。我下手较晚,有四本译林版在网上已售缺,赶紧在旧书网上淘得,价格大涨。

《故事开始了》是奥兹谈论小说开头写法的文学随笔,他广征博引,纵横捭阖,文笔生动有趣,帮助读者加深对整篇小说的理解,比一般文学评论更明快清晰。显然得力于他自己就是一个十分出色的作家。我先读完这本,再看他的小说,发现其内容结构、语言描述别具一格,妙笔生花,有无穷乐趣。

2018年的诺贝尔文学奖评选因故暂停,12月28日,奥兹在家中去世,享年七十九岁,终与诺贝尔文学奖无缘。他的女儿在推特上说,父亲去世时"在睡眠和平静中被爱他的人所包围",同时感谢所有热爱奥兹的人。

(2018年12月30日补记)

贝克韦尔《阅读蒙田,是为了生活》

蒙田在俯瞰圣埃米利翁地区葡萄园的高塔上设立了自己的"圆形图书室":他的所有书全在眼前,被排成五排贴墙绕成一圈,"成一种弧度地朝向一个方向"。房间的大梁和过梁上镌刻着希腊和罗马作家的五十七条箴言。2016年买到法国学者安托万·孔帕尼翁的《与蒙田共度的夏天》,很有启迪。于是搜到上海书店出版社出版的三卷本《蒙田随笔全集》。蒙田去世时留下两个女儿,一个是婚生的,继承了他的财产;一个是过继的,继承了他的文稿。四百多年来,蒙田的随笔成了各国文化人必读的经典,蒙田也成为这些人一生最好的朋友。

写出《存在主义咖啡馆》的英国作家莎拉·贝克韦尔又出了一本《阅读蒙田,是为了生活》。书很厚,近500页,价也高,近八十元,但值得一读,它用二十个问题回答了蒙田如何度过一生。

读蒙田,感觉有庄子般的睿智;读萨特,有王阳明般的犀利。再读贝克韦尔的评述,又有茅塞顿开般的启迪。对中国的哲人需要敬重,于外国的哲人同样需要敬重。

(2019年2月26日)

沟口雄三《中国的冲击》

2014年在曲江美术馆里的书店第一次见到日本学者沟口雄三写的《中国的冲击》一书，读了前几页就丢不下，带回家用一周时间读完，又去书店购回另外三册，陆续读完。这是我第一次阅读一个日本学者的学术著作，眼界有"开挂"的感觉。这才发现，已经很久没有认真读过真正的学术著作了，以致言行变得虚骄轻浮。

如今八本全集已由生活·读书·新知三联书店出齐，其中三四本已售缺，网上购买也已溢价，幸好下手早。

（2018年10月10日）

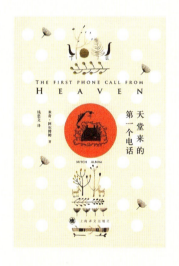

阿尔博姆《天堂来的第一个电话》

美国作家米奇·阿尔博姆最著名的作品是《相约星期二》，讲的是在他老师临终前的一年中，他每周二去陪伴并聆听老师的最后教诲。老师去世后，他把这些箴言组珠成链，书名《相约星期二》。但最先吸引我的是这本《天堂来的第一个电话》，读来甚是感伤。

突然接到刚去世的亲人从天堂打来的电话，一定会惊愕万状，继而疑窦满腹，然后又会倾诉衷肠……这种虚构，何尝不是众人心中所愿？能写这本小说的人的其他作品一定不会太差！于是果断搜购上海译文出版社已出的阿尔博姆的其他作品：《相约星期二》《你在天堂里遇见的五个人》《一日重生》《来一点信仰》《时光守护者》，还从南海出版社得到《弗兰基的蓝色琴弦》。如果还能找到其他，当买不让。

《我在雨中等你》的作者加思·斯坦说："阿尔博姆促使我们思索、感受和盼望。除了他，谁也没有这样的力量。"顺便插一句，我极不喜欢由国内不知几流水平的现职作家为外国这样的经典撰写"导读",反而会"误导"读者,不要说置于卷首,放到书后也多是"狗尾"。这些导读,只能由译者来写或直接翻译原版序言才有价值。

(2019年4月14日)

黑塞《纳齐斯与戈德蒙》

德国作家黑塞1946年获诺贝尔文学奖。2011年上海译文开始出版其全集,迄已出八种,大开精装,帅气十足,应该是藏家必备。

其中一种有译者不同、书名亦异的两个版本:《纳齐尔斯与歌尔德蒙》为老版,2011年出;《纳齐斯与戈德蒙》为新版,2018年出。出版社用新版取代老版,不知何故?可能这是一本"绝妙之作"吧,值得重新翻译。托马斯·曼称赞它"充满诗性的智慧,将德国浪漫主义元素与现代心理学,亦即心理分析学元素熔于一炉"。也有人说是一部"融合了知识和爱情的美丽的浮士德变奏曲"。

全套在网上报价已过三千元,《荒原狼》等三册最罕见。2013年上海三联书店引台湾版权出版小开本《黑塞作品》,共十四种,网上易购。《纳齐斯与戈德蒙》在这套书中的译名为《知识与爱情》,主人公的名字也用不同译法。2019年上译社新出《黑塞童话集》,全集已为九种。

(2018年9月28日记,2019年3月11日补记)

奥登《染匠之手》

英国著名诗人W. H. 奥登的文学评论《染匠之手》昨日寄到。翻读了十几页,便拍案叫绝。几乎可称"字字珠玑",妙语连篇。比如,"在与作家的关系上,大多数读者奉行'双重标准':他们可以随心所欲地不忠于作家,但作家永远、永远不可以不忠于他们。""作为读者,我们大多数人在某种程度上就像一些给广告上的女人涂抹胡须的捣蛋鬼。""一本书具有文学价值的标志之一是,它能以各种不同的方式被阅读。""在二十至四十岁之间,判定一个人是否拥有真正属于自己的品位,最可靠的依据是对自己的品位迟疑不决。"怪不得他已去世四十多年,著作仍备受推崇,对后辈作家影响深远。大家就是大家。

我自创"读书宜精,藏书宜全"的信条。既然奥登的书好,那就赶紧把它买全。已出版的另外三种今天已送到,其中《奥登诗选》按创作时间分为两册,共五册精装本摆到书架上。

(2018年5月25日)

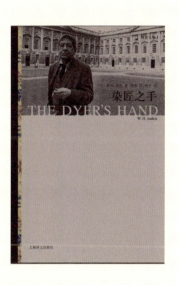

卡尔维诺《看不见的城市》

如今"读书人"不能引用几句意大利魔幻文学大师伊塔洛·卡尔维诺的语录,都不好意思和别人打招呼。卡尔维诺刚获得1985年诺贝尔文学奖提名,就于当年9月19日猝然去世,终与奖项无缘。

人们通常把他与博尔赫斯、马尔克斯并列,但他的世界影响更大。

我认真读了《看不见的城市》,感觉如读但丁的《神曲》,尤其是用词的精确和想象的丰富,都如出一辙。

从事城市规划和城市建设的朋友可以读读这本小说,书中写的是"城市与记忆""城市与欲望""城市与符号",揭示了城市结构是如何改变个人的行为以及人类的心情的。卡尔维诺说:"从某个身为城市规划专家的朋友那里,我听说这本书涉及了许多他们的问题,并且不是一个偶然事件,因为背景是相同的。"今天的城市是什么？他认为："我写了一种东西，它就像在越来越难以把城市当作城市来生活的时刻，献给城市的最后一首爱情诗。"

"轻盈"在卡尔维诺的艺术实践和艺术思维中占重要的地位，他谈到，"轻盈"将是我们这个时代和下一个时代文学能够秉持、能够发现的重要的价值。他的书是写给智力过剩的读者看的。他素描功夫很扎实，能够融现实主义、超现实主义与后现代主义于一身，手法丰富、角度奇特，故事超乎想象又童话意味浓厚，尤其值得中国当代小说家学习借鉴。译林出版社出版了他的全集。

（2017年5月13日）

马尔库塞《单向度的人》

《单向度的人》是哲学家、思想家马尔库塞的著名作品，被称为西方大学生造反运动的教科书。书的副标题是"发达工业社会意识形态研究"，论述了发达工业社会是如何成功地压抑了人们心中的否定性、批判性和超越性的向度，从而使社会变成单向度的社会。

"向度"即"维度"，作者用这个词有表达价值取向和评判尺度的意思。单向度的人丧失了自由和创造力，不再想象和追求与现实生活不

同的另一种生活。当今中国思想比较成熟的一些人应该读读这本书。自2014年出版以来，已经加印了五次。

我以前读过他的《爱欲与文明》，是运用弗洛伊德的精神分析理论来补充马克思主义。《单向度的人》进一步展开了《爱欲与文明》中的一个观点：摆脱战争福利国家命运的唯一途径是要争取一个新的出发点，使人能在没有"内心禁欲"的前提下重建生产设施，因为这种内心禁欲为统治和剥削提供了心理基础。马尔库塞认为"单向度的人"就

是内心充满禁欲的人；这种人智力发达、体魄健壮，不崇尚英雄也无须具备英雄品德；这种人不想过岌岌可危的生活，不想迎接挑战；这种人心安理得地把生活作为自在的目的，快乐地过着无忧无虑的生活。

《爱欲与文明》写于1955年，《单向度的人》写于1964年，作者已于1979年去世。四十年过去，他的著作仍然能给人启示、引发思考，十分难得，但并不需要顶礼膜拜。

（2018年6月6日）

本雅明《单向街》

与瓦尔特·本雅明相识恨晚！十年前就买了他的《机械复制时代的艺术》，只看了几页就放下了。读到《单向街》（又译《单行道》），才发现他独具特色的感悟式、碎片式和絮语式的讲述，如此动人、如此睿智、如此深刻，他的笔像是一根魔法师的手杖，一会儿指东，一会儿指西，杖头点到之处顿时放光，令人耳目一新，感觉自己一下子变聪明了，思想和语言都上了档次，仿佛经过了软件更新和设备升级，使你的大脑机器的运行速度大大加快。这才注意到评论认定本雅明是20世纪难得的天才，曾经相见不相识，何其愚钝？

在《单向街》里，他教你"如何写一本厚重的书"，教你把握"作家写作的十三个技巧"，接着在另一段又让你学会用十三种办法"反击自以为懂艺术的人"。他说"作品的生命在于进攻"，写作要"刻板地坚持用特定的笔和纸墨"，"所有列举出的客观含义理念，都必须用大量的例子来说明"。他还说"不要在你熟悉的书房里书写一部作品的结尾，在那里你可找不到写出结尾的勇气"。他赞美批评家："后世的人不是忘却，就是赞美。只有批评家面对作者做出判断。公众总是反复被证明是错误的,然而又永远感到必须由批评家来代表自己。"

当然,本雅明的著作有时也难以用中文准确地翻译。比如这一句:"在文学的领域中,诚如其他领域,没有一个行为不是一系列数不清的原因的结果和一系列数不清的结果的原因。"这种翻译真令人费解。

本雅明因极度恐惧而自杀,这是一桩行为控诉。

(2016年10月27日)

福尔曼《那一天》

女作家不喜欢被称为女作家。但盖尔·福尔曼的这几本书真是只有女作家才能写出来。她的叙述手法像一个会讲故事的才女,能把一连串生活琐事写得栩栩如生,令人不忍释手,我只用三个多小时就一气读完二十万字的《那一天》,不仅仅是因为故事生动、情节感人,她浪漫而神秘的文笔就令人着迷。少见!

读她的书,情节、悬念已不重要,你只需注意书中主人公的一举一动,一颦一笑,书读完了,人物活了,成了你熟悉的一个朋友,你就能记住她和他的全部故事。

在这本书之前,福尔曼写了成名作《如果我留下》和续集《她去哪儿了》,之后写了续集《那一年》。这四本都是青少年小说,也会吸引已经不是青少年的人群。

(2018年1月10日)

波拉尼奥《2666》

下午,智利作家罗贝托·波拉尼奥的五本小说送到。其中《2666》

厚达 869 页。小外孙昶昶见到很惊奇，从书架取下许多厚书与之比较，终于发现只有《王力古汉语字典》比它厚。为什么这么厚？原来作者去世前有遗嘱，全书的五个独立又彼此呼应的故事分五卷出版，一年一本。家人商量后决定合为一卷，一次出完。

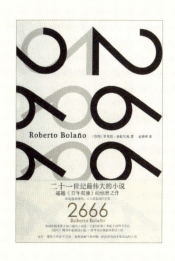

据说波拉尼奥的《2666》超越了马尔克斯的《百年孤独》，与博尔赫斯比肩，写作上用了"全景小说"的手法，下决心查看究竟。有人解释，"全景小说"也叫"全面体小说"，一是舞台广，二是时间长，三是人物多，造成故事情节十分复杂。也有人解释，全景是相对于非全景而言，无中心情节，也无中心人物或主人公。如此说来，《东周列国志》《三国演义》就是中国的全景小说，不足为奇。

这本书有精装和简装两个版本，收藏精装，摊开简装，利用午休时间连续看了一个多星期，才到书的中间。感觉是给学者类型的读者看的，要有耐心，要有记性，还要不断思索，才能读下去，必须承认波拉尼奥不是普通作家。

负责波拉尼奥作品出版的中文编辑王玲这样说："如果你看过任何一部他的作品，……有一定阅历的文学青年会更有共鸣——是那种永远年轻，永远荒唐的悲伤。当然不可否认，波拉尼奥的有些作品议题一定是超出仅共鸣于文艺青年群体的那类的。"

（2017 年 9 月 16 日）

杜兰特夫妇《文明的故事》

美国历史学家威尔·杜兰特夫妇费时五十年写了一部《文明的故事》，共十一卷，卷卷厚如《资本论》，堪称"人类文明传记"。中文版天地出版社已出齐，我先买了感兴趣的第一卷《东方的遗产》和第五卷

《文艺复兴》试读,每卷厚度约七厘米,一千页,超过《2666》。

《东方的遗产》从埃及讲到远东中国和日本,有关中国的评述令人震惊。此书正面评价中国西周以后的文明程度,不评论夏商,代表西方史学界通识。我国现有夏商遗存,似乎都有古埃及、古巴比伦文明的影子,需要有更多的考古发现。同时书中对中国三千年政治制度沿革变迁的评论尖锐深刻,贯穿不同于中国传统与当今主流的价值观,需谨慎对待,既不须全盘接受,也不必断然否定,前提是承认历史也是一门科学,是科学就不怕深入研讨。

这套书不读真的很可惜。我接着购回第二卷《希腊的生活》和第四卷《信仰的时代》,眼下没有时间和精力细读,先放着。其他七卷怎么办?抓紧下订单,买回当摆设也不错。这种书今后很难再版。

(2019年3月22日)

卡佛《当我们谈论爱情时我们在谈论什么》

两年前买回这本只有185页的短篇小说集《当我们谈论爱情时我们在谈论什么》,作者是美国作家雷蒙德·卡佛,被称为"美国的契诃夫",据说其开创了文学上的"极简主义"。书中收十七篇小说,短极,我前后三次拿起来读,竟然都读不下去。这几天见缝插针似的"硬读",今天终于读完,还真不错!书名能吸引眼球,欲罢不能。

(2019年3月2日)

福斯特《这受难的国度》

《这受难的国度》写的是"死亡与美国内战"。

书中观点:生命的终结并不意味着死者从幸存者的世界中彻底消

失。死者会以一种特殊的方式,进入生者的记忆之中,延续自己的存在,并左右生者的未来。

作者德鲁·吉尔平·福斯特为今哈佛校长,是哈佛史上第一位没有哈佛学习经历的校长,也是该校第一位女校长。

(2019年3月6日)

柳薇卡《乌克兰拖拉机简史》及其他

当年苏联作家革拉特珂夫的长篇小说《士敏土》介绍到中国后,书名令人纳闷。后来书名改译为《水泥》,才明白"士敏土"是英语cement(水泥)的音译,仍然令人纳闷。还听说有图书馆人员把《钢铁是怎样炼成的》列入"冶金类"读物。最近买了下面这几本外国书,光看书名,很难想到都是著名的文学作品。

英国作家玛琳娜·柳薇卡的《乌克兰拖拉机简史》是一部被称为"黑色喜剧"的"机智小说",她的另一部小说《英国农民工小像》证明她不是只能写出一部佳作之人。

《士兵如何修理留声机》是被誉为"聪明绝顶"的德国作家斯坦尼西奇的小说。霍金认为《时间简史》能和《禅与摩托车维修艺术》并列是他的荣幸。

(2017年7月31日)

汉德克《试论疲倦》

元旦这一天,订购的三本书到货。分别是奥地利彼得·汉德克的《试论疲倦》和英国西蒙·范·布伊的《爱,始于冬季》《分离的幻象》。

汉德克是当代德语文学最重要的作家之一,曾获卡夫卡文学奖和易卜生文学奖,其文学理论独树一帜。他的著作中译本已出九种。《试论疲倦》是他"试论五部曲"之一,属于"反小说",一种夹叙夹议的散文形式,需要细看一遍。《痛苦的中国人》收录了他的四部作品,包括小说《痛苦的中国人》和三篇游记。作为一个出现在主人公梦境中的神秘的陌生人,"痛苦的中国人"一再成为主人公竭力克服内心痛苦的隐喻。有评论称,这三篇观察游记标志着汉德克一个新的创作时期,也体现了他面对欧洲剧烈的政治动荡所表现出的正义良知。但这个观点在欧洲有争议,他2019年获诺贝尔文学奖时,就引起部分人的反对,还被称作"白左"。说实话,我只对他的文学理论感兴趣。

(2018年1月3日)

麦克尤恩《床笫之间》

最近一外地朋友问:"除了毛姆、加缪,外国当代有什么好小说可推荐阅读?"我毫不犹豫地说:"读麦克尤恩。"

伊恩·麦克尤恩是近年英国崛起的最有影响力的小说家,是获奖专业户,除了未获"诺贝尔文学奖"外,他囊括了英语界全部文学奖,成为英语文坛"奇迹"的代名词。

读书读全集,购书购初版。上海译文出版社出版了他的十七部中文译本,但一版一印只有六七千册,需要尽早买。我自豪的是已收集到全部一版一印,小开本精装,很漂亮。这套书除了纯中文本,还有十一部中英文对照精装本,其中有三部是大开本,上海人真会做图书生意。英国小说有了英语原文,对大中学生提高阅读能力会很有帮助。他的小说风格属"黑色幽默",扣人心弦,已引起中国小说家、评论家的重视。许多小说被拍成电影,《赎罪》是最好的一部。

(2018年11月20日补记)

班维尔《无限》

前些天买到爱尔兰作家约翰·班维尔的《蓝色吉他》，我不禁为人民文学出版社叫好。因为这一本装帧出奇地精美。小说主人公是个画家，也是小偷，他失去绘画能力时就以偷窃来获得灵感和刺激。书中的插图都是世界名画，在折边上标署作品和作者名。

今天拿到班维尔的《无限》才发现，上海译文出版社出版了约翰·班维尔的系列作品，从开本、字体大小到文内插图都很精心。

班维尔被称为"语言大师""文体大师"，他以其小说的艺术性而自诩。他用自己的名字写严肃小说，用"本杰明·布莱克"的笔名写通俗的犯罪类小说。他把自己的犯罪小说叫"布莱克小说"，把自己的严肃小说才称作"班维尔小说"。他说："布莱克是一位匠人，班维尔是一位艺术家。"《无限》这本小说表现了"高超的艺术性"，是一种所谓"难度创作"。

（2019年2月24日）

埃科《玫瑰的名字》

意大利翁贝托·埃科（Umberto Eco）被称为"当代达·芬奇"，是一位百科全书式的作家、哲学家、符号学家、历史学家、小说家，还当过建筑大学教授。

有四家出版社出版他的作品中文版，作者译名分别是：上海译文出版社译为"翁贝托·埃科"，中央编译出版社和译林出版社译为"翁贝托·艾柯"，中信出版社译为"安伯托·艾柯"。我喜欢上译的名字，毕竟人家出版他的作品最多。

爱文学的朋友可先读《埃科谈文学》，

会醍醐灌顶。

埃科第一部也是最著名的小说是《玫瑰的名字》，充分展示了他不但是一位大学者，更是一位小说家。故事奇诡惊险，但详细叙述一草一木、一砖一瓦的能力也令人害怕，我是用"硬读"的方法才看完。为解释书名的来历，他专门写了一本薄薄的小册子《玫瑰的名字注》（也有译作《〈玫瑰的名字〉：备忘录》）单独发售。小册子标价七元，由于印数极少，旧书网上最低标价一百多元。

埃科为什么给小说取名《玫瑰的名字》？他说：本来准备叫《修道院凶杀案》，但一个书名应该把读者的思绪搅乱而不是把它理顺。于是他就浮想联翩。他喜欢"玫瑰"这个词，有许多诗人也歌颂玫瑰。西里西亚的安杰勒斯·西莱修斯有句名言：玫瑰无因由，花开即花开。此话也被翻译成："玫瑰是没有理由的。"还有个说法是：玫瑰花叫不叫玫瑰，都会散发玫瑰花的芬芳。这就是书名的来历。为了知道这句话，我要花一百二十元，现在免费送给大家。作者的意思显然是：玫瑰的名字不重要，你好好看书中写了什么才重要。

埃科的最后一本书《帕佩撒旦阿莱佩》，相当于一本文学随笔，值得中国小说家阅读。书中说："对于那些无法区分真实和虚构的读者，他们没有美学欣赏能力，他们对那些故事信以为真，他们不会从故事中吸取经验和教训，也不会感同身受。需要照顾他们，我们知道他们会错过其他美学和精神的享受。"

刚刚拿到上译新出的《康德与鸭嘴兽》，是一本哲学书。我2015年买他的第一本书《埃科谈文学》时，他还在世。

（2019年1月31日补记）

穆齐尔《没有个性的人》

作为一个文化大国，不管读者多少，中国出版社都应当把在世界有影响的经典名著出全出齐，作者要全，作品要齐。

《尤利西斯》《追忆似水年华》和《没有个性的人》这三部长篇小

说号称"20世纪西方最伟大的三部小说"。《尤利西斯》有译林出版社和人民文学出版社两个不同译者的全译本,人文版纯黑封面,装帧更大气些;《追忆似水年华》有译林出版社的七卷和四卷精装本。人民文学出版社的简装本,译为《追寻逝去的时光》,有彩色插图,现只见前两卷,第一卷《去斯万家那边》为2010年首出,已经罕见新书;《没有个性的人》由上海译文出版社新近推出。这样,三大名著不就齐了?

罗伯特·穆齐尔是奥地利小说家,德国占领奥地利后他流亡到瑞士,创作态度极其缜密,在1942年逝世的前一天他还在润色自己的书稿。评论家说:《没有个性的人》"一千零七十五页中没有一行言之无物,每一行字对这部无可比拟的作品的整体结构都具有重要意义。书中写了什么?今日的整个世界"。这本书没有最后写完,但不影响它成为名著,被誉为"现代欧洲文学的地标"。我们的《红楼梦》也是如此。

穆齐尔是西方现代小说的拓荒者。现代小说由情节推进转为精神剖析,注重人物心灵。他说过:"我感兴趣的是精神上的典型特征。"

人民文学出版社2006年出版了《穆齐尔散文》,商务印书馆2018年出版了他的杂文和短篇小说集《在世遗作》,漓江出版社2017年之后出版了他的中篇《两个故事》《三个女人》和《在世遗作》,与人文版《没有个性的人》一样,译者都是张荣昌。这几本都是薄薄的精装,赏心悦目。

(2018年8月6日)

克里斯蒂《无人生还》

鲁迅当年讲"少读或不读中国书",我猜本意是少读中国古书。现

在我以为如果说的是小说类，就完全对。外国小说读什么？应该是科幻、悬疑、侦探类首屈一指，对于增长智慧极有益，其次才是爱情折磨、人性纠葛之类。

侦探小说实际上汇集了各色各样的故事，《理想藏书》列出了警察小说、黑幕小说、谜案小说、推理小说、恐怖小说、硬汉小说、犯罪小说等样式。最早的侦探小说是美国作家爱伦·坡在1841年发表的《毛格街凶杀案》，从此，纯文学领域就被这个捣蛋鬼搅乱了，还催生出不少伟大的电影。

国人最先熟悉的《尼罗河上的惨案》是阿加莎·克里斯蒂最经典最出名的小说，但《无人生还》却是她销量最好的小说，全世界售出超过一亿册，改编为影视剧的有二十部之多，还有同名话剧长演不衰。本来只想买这一本看看，一上网，发现有新星出版社获独家授权出的全集。犹豫之后，一气买了已出的五十三本。这下好了，一次手犯贱，就得继续犯到底，只能经常上网查看后续的出版消息。新星慢悠悠地每年出三四本，我就得随时买，生怕缺一本。全集估计有上百本，已出序号为85，从50以后有十多部未见，需盯住。50以前缺一部47，得耐心配齐。

去年在微博上晒这套书时，有陌生人留言嘲笑我的阅读档次，真有趣儿！他不知道，侦探小说已经走上了兴旺发达的道路。

补记：现在购齐1—85，第47册终于找到，原来是《阿加莎·克里斯蒂自传》，其他各册都是平装，唯独这一本是厚厚的精装，还没有平装本。岂有此理！

（2017年3月9日记，2019年4月28日补记）

亨利·米勒《北回归线》

中国人民大学出版社2004年初出版了美国作家亨利·米勒的全

部作品,共十七部已下手买全。此前,时代出版社 2002 年出了他的传记《人还可以这样活着?》,是根据他的自传性作品编辑而成。

米勒被称为美国文学界的"痴人、怪人、狂人"和"文化暴徒",但他自称"流氓无产者的吟游诗人"。他的作品先在法国面世,后被英美军士兵争相传阅,在"二战"后从巴黎被带回国。他的《北回归线》1961 年在美国解禁。2013 年译林出版社也计划出版他的"自传三部曲"和"殉色三部曲",但到 2016 年,只出版了《北回归线》《黑色的春天》《南回归线》和《春梦之结》。其余估计不会再出了!读过的人知道为什么。

(2017 年 3 月 20 日)

钱德勒《漫长的告别》

读外国当代小说,除了高尚目的或其他目的,一般人就喜欢两类:爱情和侦探。

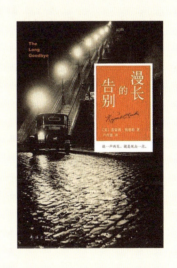

两类小说档次都有雅俗之别。美国侦探小说大师雷蒙德·钱德勒说,他要寻找"一种雅俗共赏的手法,既有一般人可以思考的程度,又能写出只有艺术小说才能产生的那种力量"。

1981 年上海文艺出版社相继推出三辑傅惟慈编选的"外国现代惊险小说选集",钱德勒的《长眠不醒》在第一辑。近两年,现代、新星出版社都出了他的全集,新星的红版书译文最好。

钱德勒是继柯南·道尔之后又一位能当后起作家老师的侦探类小说作家。他的《漫长的告别》可以同"福尔摩斯小说"媲美。村上春树说他读了十二遍。我的朋友能读一遍就好,一天可读完,读过余生没有遗憾。

(2018 年 12 月 1 日)

博尔赫斯《最后的对话》

略萨说:正是因为博尔赫斯,我们拉丁美洲文学才赢得了国际声誉。学中国文学应该知道鲁迅,学外国文学应该知道阿根廷博尔赫斯。

"天堂是图书馆的模样",这句名言实在脍炙人口,这正是博尔赫斯的著名诗句。我第一次读到这句诗,很想把它摘入《书梦》,可是查不到出处,也找不到全诗。下决心买上海译文出版社的《博尔赫斯全集》,两辑共二十五册,从头翻,一首诗、一首诗地找,终于在第一辑《诗人》中找到,题目是《关于天赐的诗》,这一句在该书64页的第一行。此刻的心情可用释然形容。这一段的全文是:"我心里一直都在暗暗设想/天堂应该是图书馆的模样,/我昏昏然缓缓将空幽勘察,/凭借那迟疑无定的手杖。"

今天买到新星版《最后的对话》,上下两厚本,加上以前广西师范大学出版社的《博尔赫斯谈话录》和华东师范大学出版社的《博尔赫斯大传》,研究资料应该齐全了。博尔赫斯晚年失明,不能执笔写作,他的晚年智慧都表达在采访谈话中,生动有趣,很值得一读,甚至比他的书还好看,充满睿智。上海译文出版社出版的《博尔赫斯全集》版本不好,采用分册的方法出版,太零碎,同时每册很薄,书后空白页很多,看样子是为了凑足最小的印张,定价却不减。博尔赫斯一直想来中国,未能如愿,他的夫人替他抚摸了长城上的砖。《博尔赫斯全集》的中文版权她只要了五万美元,因为她相信,中文版会比法文版好。看到这种版本,不知是否达到她此前的期望。

不过,先出作家的单行本也有价值,至少给不愿意购买全集的读者一个选择,可以只选小说或诗歌来读,一时无力购全集的还可以一本一本地慢慢凑齐。平明书店1950年出版契诃夫小说的单行本,一套二十七册现已罕见,上海译文出版社于 1978 年用原来的纸型重印,现在也难全收。叶君健翻译的安徒生童话全集也由上海文艺出版社 1958 年出单行本,一套十六册,1978 年上海译文出版社用旧版重印,亦成绝唱,所幸已购全。

博尔赫斯说:"一个作家最糟糕的下场就是成为经典,到这个地步他就死了。"这个"死了"应该理解为人可能还活着,但"作家"的身份死了,写不出"经典的作品"了。他的渊博与睿智在作家中真是少有。

(2018 年 7 月 26 日)

科塔萨尔《有人在周围走动》

马尔克斯说:"我们大家都在写同一本拉丁美洲小说,我写哥伦比亚的一章,富恩特斯写墨西哥的一章,科塔萨尔写阿根廷的一章……"

20 世纪几乎成了拉美作家的天下,被称为"文学爆发",按出生年代排一下这些杰出人物的次序:

奥拉西奥·基罗加[1]:	乌拉圭,1878—1937
罗慕洛·加列戈斯[2]:	委内瑞拉,1884—1969
加夫列拉·米斯特拉尔:	智利,女诗人,1889—1957,1945 年获诺奖
豪尔赫·路易斯·博尔赫斯:	阿根廷,1899—1986
安赫尔·阿斯图里亚斯:	危地马拉,1899—1974,1967 年获诺奖
巴勃罗·聂鲁达:	智利,1904—1973,1971 年获诺奖
胡里奥·科塔萨尔:	阿根廷,1914—1984
奥克塔维奥·帕斯:	墨西哥,1914—1998,1990 年获诺奖

---

[1] 号称"拉丁美洲短篇小说之王"。作品集有《朦胧的情史》《爱情、疯狂和死亡的故事》等。
[2] 20 世纪拉美现代文学巨匠,"二战"后委内瑞拉第一位民选总统。

胡安·鲁尔福：	墨西哥，1917—1986
加西亚·马尔克斯：	哥伦比亚，1927—2014，1982 年获诺奖
卡洛斯·富恩特斯：	墨西哥，1928—2012
德里克·沃尔科特：	圣卢西亚，1930—　，1992 年获诺奖
马里奥·巴尔加斯·略萨：	秘鲁／西班牙，1936—　，2010 年获诺奖
罗贝托·波拉尼奥：	智利，1953—2003

这个名单还不包括当今如日中天的巴西作家保罗·柯艾略，他的名作是《牧羊少年奇幻之旅》，销量三千五百万册。

列这个名单是提醒书友找书时注意。

在这些作家中，阿根廷作家科塔萨尔是一位很特殊的人。马尔克斯称赞科塔萨尔的书："翻开第一页，我就意识到这是我未来想要成为的那种作家。"科塔萨尔既没有马尔克斯那样的嚣张和大气，也没有博尔赫斯那样的执拗和渊博，他更多的是表现出来的严谨和谦逊。胡利娅·乌尔吉蒂（巴尔加斯·略萨的前妻）说科塔萨尔是她终生难忘的人之一："我从未见过这样高尚正直的人。巴尔加斯结识科塔萨尔，实现了自己的梦想。但人们告诉我，在政治上，他远远比不上科塔萨尔。直到临终，科塔萨尔都是一个战士。"

重庆出版社 2005 年出版了科塔萨尔的代表作长篇小说《跳房子》，已成稀缺书籍。南海出版公司 2017 年后出版了他的四部短篇小说集：《有人在周围走动》《南方高速》《被占的宅子》和《我们如此热爱格伦达》。

（2018 年 11 月 26 日）

塞林格《麦田里的守望者》

"二战"后的美国文学，有两部书经过考验成为经典，一是艾里森的《无形人》；一是塞林格的《麦田里的守望者》，书中主人公霍尔顿成为当代美国文学最早的"反英雄"形象。这是一本"逃离"的书，"麦田"

是一块虚幻的空间,介于循规蹈矩的好孩子和自甘堕落的坏孩子之间,他当不了好孩子,也不想当坏孩子,只能躲在这里,最后还是被送进医院治疗。这本书开始被批评、被禁止,十年后被近乎疯狂地再版。

弗兰克·迈考特在《安琪拉的灰烬》三部曲中极力推崇《麦田里的守望者》一书,列为中学必读。事实上这本书曾经真的引起世界性轰动,尤其受到美国学生的疯狂追捧。

译林出版社90年代推出《麦田里的守望者》中译本,封面设计令人失望。我好奇地读了一遍,没有预想的精彩和感动,可能是人到中年,不再会被上学孩子时期的苦闷所感染。小说所描写的种种情绪和行为,由于社会和文化环境的差异,可能不适合中国少年阅读,成年人想要了解异国情调,读读无妨。"禁书"往往事与愿违,如果不加限制,中国孩子们未必对这本书感兴趣。正如过去不让读"封资修"的书,我们年轻人就偏要读。

杰罗姆·大卫·塞林格逝世于2010年,在此之前,他长期隐居美国新罕布什尔州的乡间。有传言称,他其实不断在写作,只是不愿意发表。他的儿子马特向外界证实,父亲有长达五十年的写作未公之于世,他将尽快整理这些作品并发表。

最近译林出版社推出塞林格的小说全集,设计素雅,但封面上书名字号太小。

(2018年12月13日)

奥迪弗雷迪《人类愚蠢辞典》

这是一本看书名就想买来读的书。因为我们不知道自己是否足够愚蠢:"在最终进入愚蠢人行列之前,他还算是个聪明人。""越是愚蠢的人就越会为一些宏大问题焦虑不安,用毫无内涵的答案来使自己满

意。""愚蠢最显著的症状之一,就是当别人对自己的意见提出质疑时毫无反应。"

皮耶尔乔治·奥迪弗雷迪是意大利逻辑学家、数学家、科普作家和评论家。由于在科普上的卓越贡献,他两度获得"伽利略奖",2002年获得"裴诺数学奖",2005年获意大利共和国功勋奖章。

这是一本饶有趣味的人类生活现象百科辞典,幽默地解读了人类社会的二百六十三个自欺欺人的现象。

书中有个观点:现在的"保护地球"运动是愚蠢的,充其量是人类自身有点危险而已。二十五亿年前,地球自己保护过自己,当时强烈的光合作用使地球环境发生巨大变化,即"大氧化事件",地球开始消灭"厌氧生物",养育"需氧生物"——人类本身。

书中还有一个警示值得重视:自学的天才因其不平衡、不完整的知识结构,有沦落为怪胎的风险。因此,学校就应该"因材施教",根据每个人不同的需求给予相应的教育。

有异曲同工之妙的还有美国罗杰·伊伯特的毒舌小词典《我知道你们又来这一套!》,是一本"无情嘲讽电影俗套的搞笑大全",最早出版于1994年,大受欢迎,读者纷纷来信讲述自己的发现,作者再版时把这些新发现都收入书中,篇幅占到三分之二,成了一部集体创作。

举书中几个破译电影宣传黑话的小例子:

高标准的:让人看不下去

立志……:都失败了

刺激的:性爱镜头

超越禁忌的:所有角色都是同性恋

情感小品:没有情节

令人心碎的:低级煽情的。

(2018年12月19日)

麦卡勒斯《心是孤独的猎手》

2017年人民文学出版社出齐美国女作家卡森·麦卡勒斯的全集,共六部。此前上海三联书店曾出版过《金色眼睛的映像》《伤心咖啡馆之歌》《心是孤独的猎手》。麦卡勒斯与杜拉斯并称"文艺教母",《心是孤独的猎手》在"20世纪百部最佳英文小说"中列第十七位。

纳博科夫说:"孤独意味着自由和发现。"他举例说:"沙漠孤岛,比一座城市更激动人心。"他只是说说而已,麦卡勒斯却把"孤独"写到极致。

她的一生不幸到极点:1917年出生于美国佐治亚州,十五岁患风湿热,被误诊误治。十七岁去纽约哥伦比亚大学学习,三次中风,二十九岁瘫痪,1967年9月29日在纽约去世。活了五十年,被疾病折磨三十五年。

她二十二岁时创作《心是孤独的猎手》。她笔下的孤独是:"自由与隐忍的矛盾,疯狂绝望却又依然坚定向前的决心,没有人能摆脱掉孤独的影子,至死方休。""孤独是绝对的,最深切的爱也无法改变人类最终极的孤独。绝望的孤独与其说是原罪,不如说是原罪的原罪。"

荣格说:"作家有两种类型。外倾型是指创作受体内冲动而成,笔下的人物有着自己的命运,不完全受控于作家;内倾型是指作家的写作完全是理性状态下的创作,写作的过程多在打磨技巧。显然,麦卡勒斯属于前者……她的作品是一座没有彼岸的桥。"

(2018年12月16日)

海明威《乞力马扎罗的雪》

相传乞力马扎罗山峰上的雪永远是一种愉悦的寒冷状态而稳定不变。海明威的小说以此为题更增加了它的神秘,令人神往。

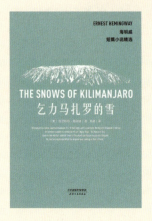

  朋友王胜军是摄影名家,近日去非洲肯尼亚拍野生动物。我请他拍一张乞力马扎罗的雪山作《书梦》中的插图,听说那山离肯尼亚边境不远。网上的图片很多,但出版物有版权问题,不能乱用别人的作品,好友的作品用了无妨,当然也要事先得到允许。不久他发来这一张,附信说:"很抱歉没能拍到理想的乞力马扎罗雪山,只拍到露一半山峰的,还是中午,光线也不理想。发您看看,如写书需要好照片,我可以向非洲的朋友要。"我说:"这张就行,好友专程拍的,比什么都有意义。"

  看到这幅图片,自然就想起小说那段著名的开头:"覆盖着积雪的乞力马扎罗山高19710英尺,据说是非洲境内最高的一座山峰。山的西主峰被马赛人叫作'纳加奇-纳加伊',意思是'上帝的殿堂'。靠近西主峰的地方,有一具风干冻僵了的雪豹尸体。雪豹在这样高的地方寻找什么,没有人做出过解释。"

  海明威的小说总是在面对死亡、激情、希望的坚持和破灭这些具有终极意义的东西,他在短篇小说上的成功不容否认。

(2018年7月30日)

旧梦相随

绿纱窗篆炉香 午梦惊回书满床……

我来，我见，我征服
——若干年前的读书笔记摘抄

文 ◎ 十九篇

《小窗幽记》："人生有书可读，有暇得读，有资能读，又涵养之如不识字之人，是谓善读书者。"

第一次见到盖乌斯·尤利乌斯·恺撒的名句"我来，我见，我征服"，就赶紧取出笔记本记下来，后来见到这句话的英文"I came, I saw, I conquered"，就把它和中文抄在一起。看美剧《罪恶黑名单》，剧中黑帮人物用拉丁文读了这句话，有字幕，便很欣慰地抄下："Veni, Vici, Vidi."这才是押韵的诗句。

这里摘抄一些若干年前的读书笔记与朋友分享。翻看颜色早已发黄变脆的笔记本，脑海里很快浮现出往昔的情境，一切生命回忆似乎全都物化在这些蓝墨水的记录中。

读书是为了自己头脑变得更清醒、情感更强壮、精神更幸福。读书有个不断提高的过程，往往从易读的书开始，从有兴趣的书开始，不可避免地也会读一些后来认为是垃圾的书。当年做读书笔记，开始是摘抄精妙的修辞，接着是精巧的逻辑，后来是精湛的哲理，再往后就是专注一些有助提高思维高度、思考深度和可供继续探讨的思想材料，为今后从事写作做准备。当记笔记成为习惯以后，就不限于读书，看电视、看电影，听到格言、警句和有趣的对白，也会打开本子一字字抄录下来。过一段时间再次翻看，会有多方面收益。

回头审视一生，早年还是读了许许多多的垃圾书，浪费的恰好是宝贵的青春时光。年纪大后能辨别哪些是垃圾书了，读书的时间却少了，真是可惜。

1. 这是一些古代奴隶的脸，这是一些曾被吐过唾沫的脸，这是一些被痛苦压扁了的肩膀，一些被捶打过的胸膛，一些泡在耻辱里的身子，但这是一些有着霞坡式美丽灵魂的人，一些渴望明天如渴望生命之盐的人。

   《野兽·野兽·野兽》，1968年8月28日，那时喜欢这样的排比。

2. 在最痛苦的时候，那嘶哑的叫喊，也比哀哭有力，因为那是搏斗的开始……
   枪疤留在身上，不是用来夸耀，而是提醒你，你是战斗过的，就要继续战斗！

   柯蓝《早霞短笛》，1968年9月4日，当年读的鸡汤。

3. 屠格涅夫在《日出》中写道："周围的一切十分寂静，这是清晨特有的寂静。一切都在熟睡着，这是静静的、黎明前的沉睡……

   "清凉的微风吹拂着我的脸孔，我睁开了眼睛：早晨诞生了。大地是潮湿的，树叶上满是露水，什么地方传来了有生命的声音、响动……清晨的微风，已经从地面上吹过来。我的身子迎着微风轻轻地愉快地哆嗦着……

"到处都泛滥着新鲜而温暖的光的激流,先是淡红色,接着就变成深红和金黄。一切都活动起来,醒了转来,唱起歌来,喧嚷起来,谈起话来。到处都有着大颗大颗的露珠,像发光的宝石一样变成了红色……"

列夫·卡西里《初升的太阳》,1968 年 10 月 19 日,学习风景描写。

4. 普加乔夫说:我讲个故事给你听听。有一次,老鹰问乌鸦:"请你告诉我,乌鸦,为什么你在世界上活三百年,我只活三十三年呢?"——"亲爱的,这是因为,"乌鸦回答道,"你喝鲜血,我却只吃死尸!"老鹰想了一想:"让我也吃一下这种东西看。""好!"老鹰和乌鸦一起飞走了。喏,它们看见了一匹死马,就飞下来,停在死尸上。乌鸦一边吃,一边赞美。老鹰啄了一口,又啄了一口,抖一抖翅膀,对乌鸦说道:"不,乌鸦老弟,与其吃死尸活三百年,不如痛痛快快地喝一次鲜血,以后就听天由命!"

普希金《上尉的女儿》,1968 年 11 月 4 日,一种豪情油然而生。

5. 金生说:"吾告诉你,鲤鱼不过一斤的叫做拐子,过了一斤的才叫鲤鱼。不独要活的,还要尾巴像那个胭脂瓣儿相似,那才是新鲜的呢。……吾告诉你,吾要那金红颜色浓浓香,倒了碗内要挂碗,犹如琥珀一般,那才是好的呢!"

《三侠五义》,1968 年 10 月 3 日,白玉堂教你识鱼辨酒。

6. 山歌小调毛毛雨,雅奏高情急急风。
   多交朋友多恩怨,少搽胭脂少是非。
   家报传来,二字平安金十万;旅途登去,一番风雨路三千。
   地迥天高,明月孤悬千里白;夜阑人静,萧台独对一灯青。
   言易招尤,对朋友少谈几句;书能益智,劝子孙多读几行。
   无限岁月增中减,有味诗书苦后甘。
   不求人处人情厚,真得意时意气平。
   扫门前雪我尽我分,看天上月时圆时缺。

喜有两眼明多交益友,恨无十年暇尽读奇书。
读书好耕田好要好便好,创业难守成难知难不难。
豆蔻枝头春意阑,风满前山,雨满前山;
杜鹃啼血五更残,花不禁寒,人不禁寒。
世事如棋,让一着不为亏我;心田似海,纳百川方见容人。
何必读尽圣贤书,能全孝友便为实学;
纵然周知天下事,不知进退总是愚人。
万里风云三尺剑,一庭花草半床书。
为人果有良心,初一十五何用你烧香点烛;
做事若昧天理,三更半夜须防我铁链钢叉。

《壶天韵语》,1968年10月26日,有趣的民间韵书,字字珠玑。

7. 古人多贵精,后人多贵博;世益古,则取舍益慎,世益晚,则其采样益杂。

扬雄:"羊质虎皮,见草而悦,见豺而颤。"

1968年11月28日,当时觉得眼睛一亮,不受表象迷惑。

8. "你向什么人学来的礼貌?"有人问卢格曼。
"向那没有礼貌的人。凡是他要不得的举动,我绝不去做。"

萨迪《蔷薇园》,1969年1月1日

9. 曹操说:袁绍色厉胆薄,好谋无断;干大事而惜身,见小利而忘命:非英雄也。刘表虚名无实,非英雄也。刘璋虽系宗室,乃守户之犬耳,何足为英雄!夫英雄者,胸怀大志,腹有良谋,有包藏宇宙之机,吞吐天地之志者也。今天下英雄,唯使君与操耳!

孔明说:寻章摘句,世之腐儒也,何能兴邦立事?张良、陈平之流,邓禹、耿弇之辈,皆有匡扶宇宙之才……岂亦效书生,区区于笔砚之间,数黑论黄,舞文弄墨而已乎?若夫小人之儒,唯务雕虫,专工翰墨;青春作赋,皓首穷经;笔下虽有千言,胸中实无一策……此所谓小人之儒也,虽日赋万言,亦何取哉!

《三国演义》,1969年2月2日,须背得滚瓜烂熟,提高雄辩能力。

10. 据说这样残酷地毁坏了他的肉体的大自然,却饶恕了他的心灵。

     萨巴哈丁·阿里《我们心中的魔鬼》,1969年3月1日,嘲讽人丑。

11. 贺敬之诗:"假若现在呵 / 我还不曾 / 不曾在人世上出生……"
时来遇好友,运去逢佳人。晴碧远连云,二月三日,千里万里,行色苦愁人。昨夜风伴月,今晨雨夹雪,桃花依然十里红。生命就是活动,活动才能体现生命。

     杂记,1969年4月3日,新的生命总会出生。

12. 这是何等的可怕,时光过得这样的迅速!
它像清晨的流星,它像夏夜的闪电,刹那间便溜了过去;而且,不知不觉地带着我那一生中最可爱的一叶走了。
像太阳已经下了山,夜渐渐展开了它的黑色的幕似的,我感觉到无穷的恐怖。像狂风卷着乱云,暴雨掀着波涛似的,我感觉到无边的惊骇。像周围哀啼着凄凉的鬼魅,影闪着死僵的人骸似的,我心中充满了不堪形容的悲哀和绝望。

     鲁彦《童年的悲哀》,1969年7月21日,体验悲哀和凄凉。

13. 给人小恩小惠,别人愿意去公开承认;做了一件对人不起的小事,也容易补过;唯独受过别人大恩大惠的人,最容易忘恩负义。一如做过严重地对你不起的事的人,往往就成了最不容易跟你和解的仇人。

     斯末莱特《兰登传》,1969年10月15日,人情世故。

14. 浅意深一层说,直意曲一层说,正意反一层侧一层说。
学者之病,最忌自高与自狭。自高者,如峭壁巍然,时雨过之,须臾溜散,不能分润;自狭者,如瓮盎受水,容担容斗,过其量则溢矣。善学者,其如海乎!旱九年而不枯,受八洲水而不满。

     《随园诗话》,1969年11月8日,学风,气概,回肠荡气。

15. 布莱希特说:尽管处处压制真理,但他要有揭示真理的勇气。尽管现在处处呈现出的都是假象,但他要有分辨真伪的智能。善于把真理当作武器来使用。善于选择最能使用这种武器的人。能机智地在他们中间传播真理。

贝尔托特·布莱希特《电影艺术译丛》，1969年12月16日

16. 伦勃兰特说："才能——这就是快乐，这就是力量。而有力量的人是并不需要签字盖章的证明的。只有软弱、贫乏和不幸的人才总是靠证明诉苦，下贱地翻开它递给人家看，还把它挥动着，就像挥动着收敛起来的翅膀。""天空、大地、海洋、动物、好人和坏人——一切都可以供我们做练习。"

1970年1月6日，令我一下子自豪起来，但不敢让别人看这段话。

17. 我有时逃开自我，俨然变成一棵植物。我觉得自己是草，是飞鸟，是树顶，是云，是流水，是天地相接的那条横线；觉得自己是这种颜色或那种形体，瞬息万变，来去无碍。我时而走，时而飞，时而潜，时而吸露。我向着太阳开花，或栖在叶背安眠。天鹅飞举时我也飞举，蜥蜴跳跃时我也跳跃，萤光和星光闪耀时我也闪耀。总而言之，我所栖息的天地仿佛全是由我自己伸张出来的。

乔治·桑《印象与回忆》，1970年1月9日，放飞自我的练习。

18. 莎士比亚说：人们在被命运眷宠的时候，勇怯、强弱、智愚、贤不肖，都看不出什么分别来；可是一旦为幸运所抛弃，开始涉历惊风海浪的时候，就好像有一把广大有力的扇子，把他们扇开了：柔弱无用的都被扇去，有毅力有操守的却会卓立不动。……在命运的颠沛中，最可以看出人们的气节。一个叱咤风云的志士，不肯在命运的困迫之前低头。……陪着哭泣的人流泪，多少会使他感到几分安慰。可是满心的怨苦被人嘲笑，却是双重的死刑。

1972年8月10日，学习把握操守和面对困难。

19. 从他们共同生活的最初几天起，从他们彼此相爱的最初几天起，他们就不仅仅是丈夫和妻子，而且是最好最好的朋友。大家知道，爱——这是一种不如友谊那样巩固的感情，而且，无论如何也是更自私的。只有在与友谊并存的时候，爱情才是巩固的，长久的，忘

我的。在困难的时刻,在人生的道路上,时时可以遇到容易摔跤的地方,友谊会扶助爱情。在爱情无能为力和不忠实的地方,友谊却能坚持,能经得住一切。

柯切托夫《州委书记》,1972年8月20日,爱情与友情的关系。

20. 及眉山苏氏,一洗绮罗香泽之态,摆脱绸缪宛转之度,使人登高望远,举首高歌,而逸怀浩气,超然乎尘垢之外。于是花间为皂隶,而柳氏为舆台矣!

胡寅《酒边词序》,1972年8月27日,开始向苏轼学习。

21. 他们的天性使他们听不见罪恶生活的热烈召唤,然而他们关怀别人的悲愁命运,却像个人的光明幸福一般地心安理得。看来他们的天性冷若冰山,却也像冰山一样雄伟。世间的庸俗行为匍匐在他们脚下;甚至谰言蜚语也正如污泥玷污不了天鹅的翅膀一样,从他们云一样洁白的衣衫上滚了下来……

    厄运像一团乌云似的降临了。孩子活泼的天性像退潮的海浪,随着年龄增长而日渐消失了。

    破碎的心灵长出了嫩芽,好像一株枯萎的树木,春天又给它吹来了生命的气息……

    他复明了,他能够提醒幸福的人想起不幸的人。

柯罗连科《盲音乐家》,1972年10月15日,竟然百感交集。

22. 校长表现出令人恐怖的高兴,他的声音由于狂怒而发抖:"你说,……你说,……你懂得这点吗?"在这不多的几句话中,校长匆匆地弹出了道德诡辩的全部音阶。

《神圣家族》,1972年10月17日,学习人物语言描写。

23. 一个心灵脆弱的人做不了政治家,把良心看得太重,往往使人优柔寡断。……良心不应该随随便便这样认真。

雨果《笑面人》,1973年7月3日,当时不知何去何从。

24. 青年人相信许多假东西,老年人怀疑许多真东西。

德国谚语,1973年8月20日

25. 维特里说:"妻子——对艺术工作者,对搞创作的人来说,是最大的祸害。没有什么人能像妻子那样善于败坏人的情绪,毁掉创作的激情和灵感了。献身艺术的人就不应该过家庭生活,不应该有美满的家庭。"

柯切托夫《叶尔绍夫兄弟》,1973年8月23日,令人警惕。

26. 列宾说:总之,当我们遇到十分相像的颜色时,应当努力区别它们的差异。面对截然不同的颜色时,要努力寻找它们之间的联系。对于艺术家来说,从小就生活在一个艺术气氛浓厚的环境是非常重要的。

1973年8月23日,对学习文学有启示。

27. 记忆是不会让人平静的,它会使人思索、怀疑和提出各种新的问题来。

人在年轻时相爱,就不可以在年老时相会。这是我们的过去。它并不叫我担心。可是对我们的现在,倒是应当多考虑考虑,多操心,应该感到心痛。

唉,年岁呵年岁,你们去得多么快!你们的翅膀是结实的,一展翅就飞得那么远。

巴巴耶夫斯基《人世间》,1974年2月10日

28. 自来音:柝鸣永巷,角奏边陲,击热敲寒,总不入高人之梦。惟是一顷白云,横当衾枕。数声天籁,惠我好音。松涛、竹笑、鹤鸣皋;燕呢喃,砧声夜捣。蛙鼓、蚓笛、鱼吹浪;蛩啾唧,铁马骤风。雁惊,石溜、呦鹿鸣;鹊惊枝,犬声如豹。鸡唱、泉涓、蝉咽露;风度晓钟,莎鸡振羽。

陈淏子《花镜》,1974年8月20日,突然明白何为天籁。

29. 在危机中抱有自信,大都依赖于在有可能做好准备的情况下做好足够的准备。

那些他认为是他最好的朋友的人们,到头来成了他必须背负的最沉重的负担。

在政治上，从来没有近乎全胜的事情。像一切污蔑一样，当某个人的公众生活被投掷了泥浆，泥土总会粘在身上——不管它有没有道理。

尼克松《六次危机》，1975年1月24日，学会理解政治。

30. 有明霞秀月之赏，则必有崩云涌雪之惊；有练川楮陆之平，则必有雁荡龙门之怪；有典谟训诰之正，则必有竹坟石鼓之奇；有论语孟子之显，则必有墨兵蒙寇之幻。穷则定至于变，通则适反其常，此不易之理也。然而变起于智者，又通于智者，三百篇诗之大常也。一变之而骚，再变之而赋，再变之而选，再变之而乐府而歌行，又变之而律而其究也，亦不出三百篇之围范。

王思任《李贺诗解序》，1975年2月13日，古诗的奥妙无穷。

31. 一死一生，乃知交情；一贫一富，乃知交态；一贵一贱，交情乃见；一浮一沉，交情乃出。
祸出于欲得，福生于自禁；圣人以心导耳目，小人以耳目导心。
君子博学，患其不习；既习之，患其不能行之；既能行之，患其不能以让也。

刘向《说苑》，1975年3月13日

32. 真正的美是很难一下子就觉察和领会到的；不论是大自然的美、艺术品、诱人的妇女的面庞或是一个人的美好的心灵，全是如此。只有遇得久了，与这种真正的美接触多了，才能深深地强烈地理解它。

木古耶夫《在宁静的小城里》，1978年1月9日

33. 歌德说：人在学唱歌时，在他的自然音域以内的音调对于他是容易的，而在这音域以外的，初学时会感到很困难。要成为一个声乐家，他就必须征服他音域以外的那些音调，因为他必须把它们完全运用自如。诗人也正是这样；——要是只能表达自己那一点点主观的感情，他是不配称为诗人的；但当他能够驾驭世界和表现世界的时候，他才是个诗人。

《世界文学》1961年N.2，1978年1月31日

34. 提琴,经过提琴能手用过以后声音更好。因为琴身木质纤维最后都养成按照和谐关系而振动的习惯。这就是大音乐师的乐器之所以是无价之宝的理由。

习惯能使达到某个结果所需要的动作简单化,使这些动作更准确,并且能减少疲劳。习惯还能使动作所需要的自觉注意减少,使脑与心的高级部分不管事。习惯是连锁的动作,可以同时并行几个动作,一边是理智的作用,一边是感觉的作用。

有了好的习惯就好比有了基金,以后可以自在地靠基金的利息过活。要把好多有用的动作弄成机械的、习惯的。这种动作要尽量学得多,而且越多越好。

学新习惯或改旧习惯,必须设法使开头的力量尽量强烈、尽量坚决,一直到新习惯在你的生活里根深蒂固的时候为止。不能有例外,破一次例就前功尽弃,重启会更费力。

习惯:二十岁以前一般是固定个人习惯(口音、姿势、行为、妆饰等);三十岁以前主要是理智和专业习惯养成过程;三十岁以后一般都像石膏般固定了。

方法:全力以赴的精神;集中突破的方法;持之以恒的习惯;多思活用的态度。

意志不健全的根由:一是阻塞的意志(躁急、怪僻),二是爆发的意志(惰性、抑制力太强或太弱)。

情绪有时也是一种本能:只要记起或想象这个东西,就能够引起激动。一个人想起他的被侮辱,也许比他正在受侮辱那一刻还要生气。

詹姆斯《实验心理学》,1978年3月22日,理解习惯的本质和作用。

35. 父亲为人最突出的地方之一,就是他专心致志的本领。身边开着收音机或留声机,母亲和我又在进行最精彩的家庭辩论,他照旧能够看书看备忘录。我确信,天可崩、地可裂,但他不把正在阅读的一页看完,绝不会抬起头来。

变得像一个没有吸引力的女人一样。

父亲无所顾忌地拒绝改变自己的本来面目。

他们全都注意到东方人注重面子。

他看到总统本人其实是日夜被人们用情报、问题、建议和计划进行疲劳轰炸的,绝无时间进行广泛的研究。

　　　　《哈里·杜鲁门》,1978年2月21日,阅读名人传记会有益处吧?

36. 第一次肉搏总是折磨人的,它违反了"不杀生"的自然法则。这需要逐渐习惯,逐渐使心肠变狠……即使是壮汉也会感到沉重和痛苦,直到他们的灵魂改弦易辙。

幻想一经实现,总是丧失了原先的罗曼蒂克。

人跟畜生的区别就在于他知道自己是人。假如没有这个概念,那就是畜生。

他手里的那张王牌已经变成方块六了。

真像是一群黄蜂,只知道蜇人,却不会酿蜜。

　　　　　　　　《这里的黎明静悄悄》,1978年2月14日

37. 迅速的道德堕落可悲地证明在俄国贵族中间个人尊严的意识多么不发达。有的是由于卑鄙,有的却不是出于私心,这就更坏。只有女人不曾参与这种抛弃亲近人的可耻行为。……只有女人单独地站在十字架跟前,而且在血迹斑斑的断头机面前出现。

几乎所有妇女的心里都保留着对那些受害者的热爱;然而这种爱在男人中间是不存在的,在他们的心里,爱让恐惧消耗掉了,没有一个人敢提起那些不幸的人的名字。

　　　　赫尔岑《往事与随想》,1978年2月15日,往往是女人比男人坚强。

38. 批判并不是理性的激情,而是激情的理性。它不是解剖刀,而是武器,它的对象就是它的敌人。……它的主要情感是愤怒,主要工作是揭露。

　　　　　　　　《黑格尔法哲学批判》,1978年7月18日

39. 威力是一种超越巨大阻碍的能力。如果它也能越过本身具有威力

的东西的抵抗,它就叫做支配力。在审美判断中如果把自然看作对于我们没有支配力的那种威力,自然就显出力量的崇高。

好像要压倒人的陡峭的悬崖,密布在天空中迸射出迅雷疾电的黑云,带着毁灭威力的火山,势如扫空一切的狂风暴雨,惊涛骇浪中的汪洋大海,以及从巨大河流投下来的悬瀑之类景物,使我们的抵抗力在它们的威力之下相形见绌,显得渺小不足道。但是只要我们自觉安全,它们的形状愈可怕,也就愈有吸引力。我们就欣然把这些现象看作崇高的,因为它们把我们心灵的力量提高到超出惯常的凡庸,使我们显示出另一种抵抗力,有勇气去和自然的这种表面的万能进行较量。

艺术有别于自然;艺术有别于科学;艺术有别于手工艺。自然只有在貌似艺术时才显得美,艺术也只有使人知其为艺术而又貌似自然时才显得美。艺术美高于自然美。只有在艺术领域才有天才。

判断力比想象力更重要。因为判断力能使想象力与理解力协调,给天才引路,使丰富的思想具有明晰性和秩序,因而使思想更具稳定性,能博得长久普遍的赞赏,被旁人追随,有助于不断地促进文化。

康德《判断力的批判》,1979 年 8 月 2 日

40. 贺拉斯:老年人一般多烦恼。因为他们总是贪得无厌,挣来的钱只知储蓄,舍不得享受;处理一切事务总是没精打采,迟疑不决,缩手缩脚,不敢抱大希望,贪生怕死,动不动就生气,老是颂扬过去,一开口就是"当我年轻的时候",对青年后进总爱批评责备。

希腊大演说家德谟斯特尼斯"具有烈火般的气魄,以他的力量、气魄、速度、深度和强度,像迅雷疾电一样,燃烧一切,粉碎一切"。而西塞罗却"像一切燎原的大火,四面八方地燃烧"。

薄伽丘:经过费力才得到的东西要比不费力就得到的东西较能令人喜爱。要使真理须经费力才可以获得,因而产生更大的愉快,记得更牢固,诗人才把真理隐藏到从表面看来好像是不真实的东西后面。

           朱光潜《西方美学史》,1979 年 8 月 16 日

41. 有三种善：在指望中的善，即美；在效果上的善，即欲念所向往的目的，叫做愉快的；以及作为手段的善，叫做有用的、有利益的。恶也有这三种。

            霍布士《巨鲸》,1980 年 8 月 20 日

42. 谁能正确地推理，谁也能正确地创造；谁想要创造，谁就要懂得推理。天才只管互相联系的事件，只管因和果的锁链。从果追溯到因，用因来衡量果，到处都排斥偶然机会。要使凡是发生的事都不得不像它那样发生，这就是天才的任务。

            莱辛《汉堡剧评》,1979 年 8 月 20 日

43. 布瓦罗：一句漂亮话所以漂亮，就在于所说的东西是每个人都想到过的，而所说的方式却是生动的，精妙的，新颖的。

  休谟：理智是冷静的、超脱的，所以不是行动的动力。趣味则由于能产生快感或痛感，带来幸福或苦痛，所以成为行动的动力。

  狄德罗：历史往往只是一部坏小说，而像你所写的小说却是一部好历史。……比起历史学家来，戏剧家所显示的真实性较少而逼真性却较多。……敏感从来不是伟大天才的优良品质。伟大天才所爱的是准确。完成一切的不是他的心肠，而是他的头脑。

  古罗马语：严刑之下，能忍痛者不吐实，而不能忍痛者吐不实。

           朱光潜《西方美学史》,1979 年 8 月 20 日

44. 女人装饰打扮就是履行其责任：她是在完成一种艺术事业，一种优雅的艺术，在某种意义上说是最为优美的一种艺术。不要因为某些表现引起轻浮者的讪笑而使我们陷于困惑。女人的极尽优雅精巧的装饰，就是一种独特的伟大艺术！

     列夫·托尔斯泰读书笔记，引自约瑟夫·勒南的书，1980 年 3 月 11 日

45. 我像一个混血儿，徘徊于观念与感觉之间、法则与情感之间、匠心

与天才之间……每逢我应该进行哲学思考时,诗的心情却占了上风;每逢我想做一个诗人时,我的哲学精神又占了上风……想象干涉抽象思维,冷静的理智干涉我的诗。

席勒《给歌德的信》,1979 年 9 月 13 日

46. 她虽然结束了婚姻,却没有结束了爱。因为她对希礼的爱是另外一件事情,跟情欲和结婚都没有关系的。这种爱是神圣的,美丽到莫可名状的,它随着她那强迫的沉默而暗暗滋生,靠着她常被触发的回忆和希望以为营养。

《飘》,1980 年 3 月 18 日

47. 写。写它五年,你发现自己不行,那就跟现在似的,自杀算了。
一切蹩脚的作家都喜欢史诗式的写法。
作家写小说应当塑造活的人物;人物,不是性格。性格是模仿。

海明威,1980 年 4 月 3 日

48. 无可疑问,旧的东西是要改革的,但一刀两断却有大的害处。
许多出色的中国文学作品的特色,就是作家对历代兴败的伤感,那种凄凉感是最高的境界。

白先勇,1981 年 12 月 5 日

49. 黑格尔说:假如一个人能看出当前即显而易见的差别,譬如,能区别一支笔与一头骆驼,我们不会说这个人有了不起的聪明。同样,另一方面,一个人能比较两个近似的东西,如橡树与槐树,或寺院与教堂,而知其相似,我们也不会说他有很高的比较能力。我们所要求的,是要看出异中之同和同中之异。

1982 年 5 月 18 日

50. 尼采说:"上帝死了。"
上帝耐着性子,有一天在魏玛的一个疗养院悄悄说:"尼采死了。"

富恩特斯《我相信》,1985 年 8 月 3 日

2020 年 12 月 27 日重新整理

文 ◎ 二十篇

有一个像样的冰川期
——近几年的读书札记

　　冰川磨碎岩石,留下新的肥沃的土壤;它们开凿出淡水湖泊,为数以百计的生物种类提供丰富的养分;它推动了动植物的迁移,使得地球充满生机。

　　有三十年的时间,读书与读文件、读参考资料混在一起,算是学用结合,也算是陷入专业阅读的沼泽,必须时时警惕,不要让思想进入狭隘的漫长胡同。抬起头,回归人文,回归文学,才便于保持人生的方向。幸好近十年有了自由的时间可以大量阅读,算是补课,也算是补救。

　　《万物简史》认为:"从长远看,冰川期对于地球绝不是一件坏事。"人生也是如此。你有过一个像样的冰川期吗?那是一个饱尝痛苦、寂寞与无奈的时期,同时又是一个不断

听剑楼笔记·书梦

搜寻、顽强阅读、费力思考的时期,磨碎、积累、拥有肥沃的思想土壤……

1. 普罗泰哥拉说:"人是衡量万物的尺度。"人生苦短,应把所有精力用于使生活更美好。
   城镇水源地是最早的社会活动中心和最古老的大学。
   德谟克利特说:"只有为最大多数人提供最大幸福和最小痛苦的社会才是有价值的。"
   "存在"可以"不存在"。
   苏格拉底说:"人的不可见的良知是万物的最后尺度,塑造我们命运的不是上帝而是我们自己。""世界上没有人有这样的权力,告诉另一个人他应该信仰什么,或剥夺他自由思考的权利。"
   苏格拉底的敌人和朋友一样多。
   欧里庇得斯说:"一个拥有智慧的大脑可以胜过数十只手臂。"

   ●注:以前学西方哲学史,讲到古希腊时重点只在唯物与唯心之争以及朴素的辩证法,未能提供更多的思想资料,需要重新学习和认识。还想了解的是:先哲们是如何提出那些让后人至今叹为观止的思想的?是谁启示了他们?比如,老子的老师是谁?孔子的老师又是谁?

   房龙《宽容》,2013年10月28日

2. 文化的种子:火与器具;语言和社会组织。
   语言是发育、保存和传布文明的一个重要工具。
   文明之花与文明之果。果子可以落到别处。
   凡是有价值的已往,是不会死的。

   陈衡哲《西洋史》,2013年11月12日

3. 知其可信而不能爱,觉其可爱而不能信,此二三十年中最大的烦恼。
   欲为哲学家则感情甚多,而知力苦寡;欲为诗人则又苦感情寡而理性多。诗歌乎?哲学乎?他日以何者终吾身?所不敢知,抑在二者之间乎?

一切之美,皆形式之美也。一切形式之美,又无不可无他形式以表之。"古雅"即形式之美之形式之美。

凡属美之对象者,皆形式而非材质者。

言气质,言气韵,不如言境界。有境界,本也;气质,神韵,末也。有境界而二者随之也。

无境界而仅有格调者,便是"隔";词中情景直接呈现为第一形式之美,是为"不隔"。

●注:无人赞美的美也不存在。

"天地有大美而不言。"社会之习惯,杀许多之善人;文学之习惯,杀许多之天才。

《王国维的"美学劫"》,载《书屋》N.11,2013 年 11 月 20 日

4. 还有其他答案吗?这话该我问你。

你没死?看来魔鬼也不肯收留你。

还没说曹操,你就到了。很高兴见到你,混蛋!

眼神上你赢了!这是最后一次对你的谎言照单全收。

直觉告诉我们与谁为友。直觉可能是天赋之能,也可能是天谴之灾。

当一个简单要求得到过度回应时,不是出问题,就是中大奖。

一个比我睿智的人说过,微乎其微的瑕疵如扎在气球上的细针。

美剧《复仇》对白,2013 年 12 月 12 日

5. 《卡萨布拉卡》:世界上有那么多的城镇,城镇有那么多的酒馆,她却走进了我的酒馆。

《西厢记》:正撞着五百年前风流业冤!眼花缭乱口难言,魂灵儿飞在半天。我死也,空着我透骨髓相思病染,怎当他临去秋波那一转。

●李卓吾批评:"张生也不是俗人,赏鉴家!赏鉴家!"

2014 年 1 月 10 日

6. 你这个傻瓜,世上比被人议论更糟糕的事情只有一桩,那就是根本没有人议论你。

我对人的态度大有区别。我同相貌美的人交朋友,同名声好的人做

相识,同头脑灵的人做对头。在挑选敌人的时候怎么小心也不过分。我的敌人没有一个是笨蛋。

想起来未免悲哀,但天才无疑比美耐久些。我们拼命想多点学问,原因就在于此。

不变心的人只能体会爱的庸俗的一面,唯有变心的人知道爱的酸辛。

言语似乎能使轮廓模糊的事物具备可塑的形态,言语有它自己的像诗琴和古提琴一般悦耳的音乐。

《道林·格雷的画像》,2014 年 8 月 20 日

7. 与鸦片战争以来给日本带来"西方的冲击"类似,新世纪日本人面临"中国的冲击"。

从"西方的冲击"后,中日关系总有点"不共戴天"的味道。前几年在讨论中日历史认识时,中国学者要把"三农"问题作为迫在眉睫的国际问题进行提议,令人意外。中日知识界存在一种"断层",出乎意料。

接受一个强大的日本,对中国人也很痛苦。

"脱亚入欧",不仅是地理概念,而且是一个文明概念。中华文明圈被脱离,进入西方文明圈。但 1949 年后,中国也迅速"西化",某些地方甚至比日本还彻底。

沟口雄三《中国的冲击》,2014 年 9 月 2 日

8. 学诗有三节:其初不识好恶,连篇累牍,肆笔而成;既识羞愧,始生畏缩,成之极难;及其透彻,则七纵八横,信手拈来,头头是道。……读骚之久,方识真味,须歌之抑扬,涕泪满襟,然后为识离骚,否则为戛釜撞瓮耳。

严羽《沧浪诗话》,2014 年 9 月 1 日

9. 古之诗也,一出于性情,后之诗也,必润以问学。性情之感异衷,故诗有邪有正;问学之功殊等,故诗有拙有工。

杨慎《李前渠诗引》《升庵诗话新笺注》,2014 年 9 月 26 日

10. 科学不断进步,但是艺术却止步不前。所有富有想象力的艺术家,只要他们足够伟大,都可以成为我们的同代人。我们应该用这样的思维方式去解读它们。

    看希罗多德的作品要看各种故事、各种题外话、各种人物描写,还有各种令人惊奇的零散知识。

    我们必须全神贯注才能读懂修昔底德,而且读得越多,越有收获。他是第一位全面把握强权政治内核的历史学家。

    读他的书依然能体会那种跟随伟大哲人的快乐。

    ●注:中国人对西方文化缺乏了解和理解,一如西方对中国文化缺乏了解和理解。但是,中国人自己对中国文化又了解多少呢?

    克利夫顿·费迪曼《一生的读书计划》,2014年12月4日

11. 我觉得人类的反常在于,一个可靠而愉悦的活动,成了大量疯狂和压抑的主题。

    他声称,完美只能来自于一般来说被认为是罪恶的东西。只有毁灭性力量的碰撞才能创造出新生。

    经过绿洲时,不要一口水不喝就走了。

    他在记不可理喻的仇这方面一向出类拔萃。

    你一直都是某种催化剂。

    可能他无法死去正是因为他的思想是不死的。

    我对你的爱是我人生中最重要的事情。

    有时你得做点不可原谅的事,只是为了能够活下去。无论好坏,使我了解了自己。

    德国电影《危险方法》对白,为荣格和弗洛伊德的对话,2015年2月2日

12. 你真是上帝赐的礼物。

    清醒时很好。但他从没清醒过。

    我迫不及待长到你这把年龄了。

    穷人有最有趣的习惯。

    女人微胖是最好的身材。

你是一个宽宏大量的模范。

美国电视剧《蛇蝎女仆》对白，2015 年 4 月 6 日

13. 诵其诗，读其书，不知其人，可乎？是以论其世也。是尚友也。

自暴者，不可与其言也；自弃者，不可与有为也。

天子不仁，不保四海；诸侯不仁，不保社稷；卿大夫不仁，不保宗庙；士庶人不仁，不保四体。

《孟子》，2015 年 5 月 29 日

14. 每个世俗的人都喜欢骂世俗的书，以此认为自己不俗。

文艺复兴的可爱，是前可见古人，后可见来者。

科学跑得太快，人文跟不上。忘记了古人的人文传统。

真正伟大的作品，没有什么好评论的，不过是喝彩。

多看几遍，再卖弄吧！

人世真没意思，艺术才有意思。

木心《文学回忆录》，2015 年 6 月 11 日

15. 喜欢某个人或事物的时候，我们的心灵会让自己在现实中搜寻印证，然后再用这些似是而非的印证，来佐证自己的心理预期，最终形成"真是如此"的心理定式。若是愤怒、仇恨或是怀疑时，我们又会不断寻找材料来强化自己的臆想，在偏执于愤怒、仇恨的情绪里，让暂时压抑的情感得以宣泄。

一个人相信什么，他未来的人生就会靠近什么。你相信什么，才能看见什么。你看见什么，才能拥抱什么。你拥抱什么，才能成为什么。

《可怕的错觉》，2015 年 7 月 17 日

16. 苏珊·桑塔格说：可怕的不是疾病，可怕的是对疾病的想象。

《疾病的隐喻》，2015 年 7 月 26 日

17. 初恋都是甜的，苦的也是甜的；爱情都是苦的，甜的也是苦的。最初的交集有多灿烂，最后的分离就有多黑暗。

渡边博子，2015 年 7 月 29 日

18. 宗教在拉丁语里为"relgare",意指"约束"。在文化心理中是生命意志彼岸化的行为、行动。

    潜意识中有灵魂,能遇到去世的亲友,何尝不是一种宽慰和警示?

    鬼是一种恐惧,神是一种心灵虚拟、仿真。

    祖宗崇拜,其灵魂相伴,看不见的存在。

    这只是宗教的副现象。祖宗中的优异者才是主宰。

    在宗教中,时空的界限消失了,生死的界限消失了。

    信仰,无须理性能力的帮助,更不必借助情感的投入。使个人决定、灵魂转向的力量。我信,即是一切。

    ●注:比如,我坚信我的不信。

    儒为治世之学,道为治身之学,佛为治心之学。

    未必是科学一家的天下。科学和宗教都面临同一命运:从本源处反省自己。

    黑格尔:宗教认识是哲学认识的准备阶段。

    读陈昌文主编《宗教·哲学·艺术》有感,2015 年 8 月 4 日

19. 有钱人家的生活当中的确有些不健全的东西,多余的东西简直数也数不清。比如家里那些多余的家具和房间,多余的细腻的情感,多余的表达方式。

    ●注:知道什么限制了你的想象了吗? 不仅仅是物质方面,与真正有学问的人相比,你缺少些什么?

    《日瓦戈医生》,2015 年 8 月 25 日

20. 有时候,完美的婚姻,就是完美的谎言。

    《关上门之后》,2016 年 1 月 4 日

21. 黄本骥《李氏蒙求详注序》:"著书难,注书更难。非遍读世间书,不能著书;即遍读世间书,犹不能注书。"

    转抄自曹聚仁《中国学术思想史随笔》,2016 年 2 月 6 日

22. 脑子里只有成堆的生活积累和感情积累。人们说什么现实主义,什么浪漫主义,我一点也想不到,我想到的只是按时交稿。我的创作方法只有一样:让人物自己生活,作者也通过人物生活。

《巴金文集》N.10,2016 年 2 月 25 日

23. 智慧的核心是如何处理经验。聆听,权衡,反思。
    在学习中锻炼专家的思维方式:找思路,求方案。
    学以致用:一是扩张。二是重构。
    阅读本身不创造价值,理解和记忆也不创造价值,只有改变行为才可能创造价值。

郭华海《这样子读书就够了》,2016 年 3 月 23 日

24. 先生之著作,或有时而不章;先生之学说,或有时而可商。唯此独立之精神,自由之思想,历千万祀,与天壤而同久,共三光而永光。
    凡一种文化值衰落之时,为此文化所化之人,必感苦痛。
    庄子:"寿者多辱,久忧不死,何苦也?"

《陈寅恪的最后二十年》,2016 年 3 月 23 日

25. 一个总是在讲故事的男人,他的周遭被他的故事和其他人的故事所环绕,他把这些故事都认为是发生在自己身上的事情,并尝试过这种他在讲述着的生活。

萨特《恶心》,2016 年 4 月 11 日

26. "千古文人帝师梦。"
    张竹坡改写《金瓶梅》,"恶之花",与原始本"霄壤之别"。"云霞满纸,血脉贯通,藏针伏线。虽间杂猥词,而其佳处自在。"开中国文学史之新局。

陈鸿讲中国六大名著,2016 年 4 月 12 日

27. 文化成果,尤其是物质文化成果,是所有社会精英共同认同的人类智慧,它一定是首先被财富精英所占有和消费。从来不是"读书人"所主宰的。
    明代中后期的官僚、商人、地主、文人多身份合一,是一种独特的

社会形象,"一体多面"的缙绅士大夫是明清社会的政治和经济权力阶层。

张辉《西门庆的书房与明清家具》,2016年4月14日

28. 看到美,思想会唤起它,回忆它,会记住那时的快乐。思想创造了快乐,带来活力和延续,并使永存不朽。

   愈有"拥有感",愈不是爱。反而是一种阻隔。只要有比较,就不会有爱。反而会毁掉爱。

   心灵变得愈来愈聪明、微妙、狡猾,也愈来愈扭曲和不诚实。心灵就是问题的本身。

   行为本身没有问题,对它的想法却成了问题。

   爱不是恨的反面。爱不求回报,没有依赖。

   混乱的原因多样,其一是比较,另一是过去的影响。都是内心的混乱,以致外在的混乱。

   有些女人,往往还是优秀的女人,自己并没做错什么,却带来灾祸,凡是与她有瓜葛的,都会变成悲剧。

   克里希那穆提《爱与寂寞》,2016年5月28日

29. 羞耻感是文化修养的产物,成了"道德装饰"。

   文化修养经常压抑本能,压制自然的本质。弗洛伊德认为一身形成为两种生物。

   人应该变成另一种人,还是世界应该变成另一种世界?

   瓦西列夫《情爱论》,2016年5月30日

30. 忘掉女人最好的办法,就是把她变成文学。

   身体还有一个特点——就是不停地在变化。每次变动都是内心世界的转变、波动的体现、心情起伏的标志、渴望与挫折的反映。

   会带来所有的神奇和奇迹,也有不幸和痛苦。

   亨利·米勒《春梦之结》,2016年7月2日

31. 萧红说:我一生最大的痛苦和不幸,都是因为我是一个女人。

有人说,作家和女作家是两种名词,前者是职业,后者是身份。前者被关注的是思想,后者被关注的是身体。

2016年6月17日

32. 人无癖不可与交,以其无深情也;人无疵不可与交,以其无真气也。

张岱《陶庵梦忆》,2016年7月21日

33. 高曼·派尔说:你愚弄我一次,可耻的是你;但你愚弄了我两次,可耻的是我。

2016年8月21日

34. 有人说,在最好的书籍之后,在最漂亮的女人之后,在从未见过的最美丽的沙漠之后,便开始了生活的剩余部分。

    这仅仅是结束的幻觉。

    事实上,其余的事情正在发生——另一本书,另一个女人,另一片沙漠——生活的其余部分又成为生活本身。

让·波德里亚《断片集》,2016年8月31日

35. 人类有一个灵魂,一种有同情心、牺牲精神和忍耐力的精神。诗人、作家的责任就是书写这种精神,使人类回忆起过去曾经使他无比光荣的东西——勇气、荣誉、希望、自尊、同情、怜悯和牺牲。

威廉·福克纳1950年接受诺贝尔文学奖的致辞,2016年9月5日

36. 一个没有"浪费"过时间的人终将一事无成。

    引力场并不"弥漫"于空间,因为它本身就是空间。空间和引力场本是一回事。

    两个人找年长的拉比解决争端,拉比听了第一个人的话,说:"你说得有道理。"听了第二个人的辩解,拉比说:"你说得也有道理。"拉比夫人说:"他们不会都有道理吧?"拉比认真思考了一下,说:"你也很有道理。"

    人类满脑子都是偏见。我们对世界本能的认识是片面的、狭隘的、不合时宜的。世界在我们面前不断变化,我们对它的认识也在一点一点地不断深入。

不在"此刻"的东西是不存在的。全宇宙共有一个"现在"的观念是种幻觉,时间在宇宙中同步"流逝"这种概括也是行不通的。

宇宙会是没有过去、现在、未来之分的一整块。

我们身上并没有任何违背事物自然表现的东西。

我们的真实就是哭泣与欢笑,感恩与奉献,忠诚与背叛,是困扰我们的往昔,也是安详与宁静。

我们属于一个短命的物种,所有的表亲都已经全部灭绝。而且我们一直在破坏。

●注:完全颠覆了时空概念,很少有人能懂。倘若人人都懂,人类文明又该改写、翻篇。当人们探索宇宙的奥妙时,别忘了自己也是宇宙的一部分,无法置身事外。问题来了:宇宙中没有生命,宇宙存在又有什么意义?

《七堂极简物理课》,2016年9月6日

37. 多数自杀是企图诅咒某人,是想让某人为他们的死而感到罪孽深重。这是多数自杀者的动机。

一切伟大的文学最终都将变成儿童文学。

人们应该把读书当作幸福的事,快乐的事,我想强制性阅读是错误的。强制性阅读是一种迷信行为。

《博尔赫斯谈话录》,2016年9月16日

38. 法国化学家皮拉特尔·罗齐耶含了一口氢喷在明火上以测试氢的可燃性。结果,不但证明氢确实是易爆物质,而且证明:"眉毛也不一定是人脸上一个永久的特征。"

本杰明·汤普森"受到法国人的普遍尊重,除了他的几位前妻"。

门捷列夫以他乱蓬蓬的头发和胡子而不是以他在实验室里的才华知名。他的头发和胡子每年只修剪一次。

灭绝一个物种极不容易,这似乎是个好的消息。坏的消息是,这个好消息是绝对靠不住的。

假如地球是个苹果,我们还没有戳破它的皮。实际上,离戳破皮还远着呢!

海洋学家"试图从帝国大厦顶上用一根意大利式细面条在纽约的人行道上钻个孔"。

假如恐龙当时不是因为一块陨石的撞击而灭绝——你很有可能只有几厘米长,长着触角和尾巴,趴在哪个洞穴里看这本书。

● 注:外国科学家笔下的英国式的幽默和美国式的搞笑,使文字充满睿智、机敏和智慧。

远古时期的女性可能等不到长大。两腿直立行走是一种需要技能而又风险很大的变化,意味着要改变骨盆的构造,使其承受身体的全部重量。女性生殖道必须变得相对狭窄,增加生产痛苦,而且婴儿必须在脑比较小时降生。因此婴儿必须得到父母的呵护,需要长时间且关系要牢固。

直立人类在平原上看得更清楚,也被看得更清楚。至今在野外还不安全。直立人的优势在脑和手,一是办法,二是投掷,远距离杀伤。是唯一能做到这一点的动物。

● 注:"通俗",是指能把专业、深奥的东西送达俗人,需要化繁为简、引曲为直、由深及表的能力;"通幽"则反之,使人深奥、达理。

比尔·布莱森《万物简史》,2016年9月22日

39. "你为愚昧无知创造了新高。"
"他让你跳悬崖,你也跳吗?"
"只要他发加班费,我就跳。"

美剧《超感警探》对白,2016年9月24日

40. 学者总能免费获得书;学者不仅写没人要读的书,他们平日也阅读没有其他人想读的书。他们的阅读取向异常褊狭;对学者而言,所谓好看的书,意指注释所占篇幅比正文更多的书;一般而言,学者们全是怪胎。至今还不晓得越南打过仗呢。

买来的书不一定看。这叫嗜书瘾君子。

电子书的确可以用来阅读。但是,它们压根儿就不是真的啊——

我其实连"它们"这两个字都不该使用。如果停电,它会一溜烟遁入某个太虚幻境,当场尸骨无存。

●注:学养高低、心智贤愚、兴趣雅俗,一本书、一句话,立判,一眼看透。

汤姆·拉伯《嗜书瘾君子》,2016年10月18日

劳伦斯·C.罗思:"藏书这种本能就像发酵过程,法律法规无法消灭它;收藏欲淡漠的人皱眉不满,也不能剥夺它的活力。只要还有人收藏,只要还有书,就会有收藏家。"

巴黎国家图书馆东方文献写本部主任韦斯特·德·萨西为藏书痛哭:"啊,我的藏书!别人会买下你,拥有你。他们不配得到你!"五年后,这些书果然"铺陈于拍卖行的桌子上"。

罗伯特·H.泰勒:"总之,藏书家都多愁善感,乖戾颠倒,自私自利,不切实际,奢侈放纵,反复无常,这点大家必须完全理解。"

尼古拉斯·A.巴斯贝恩《文雅的疯狂》,2016年10月3日

41. 某经典作家说:"经典"的另一层意思是:搁在书架上以备一千次、一百万次被人取下。

《企鹅经典·序》,2016年10月4日

42. 把焦点放在"作者"而非"作品",对两者都是侮辱。

作者的简述自然是越简越好。

强烈的情感=精神疾病。

你总是通过引用他人的话来表达自我吗?

车身广告上写道:"也许您能在这两辆公交车上遇到那个命中注定的女人,除非她今天坐的是地铁……"

《忒修斯之船》,2016年10月7日

43. "你配不上她。"

"也许。"

"我也配不上她。"

"绝对如此。"

美剧《魔法师侦探》对白,2016年10月8日

44. 小说中的人物是下一代人,而不是当代人。读者会按照小说去重塑自我。创造人物,改造心灵。

2016年10月9日

45. 美国作家乔纳森·弗兰岑说过,作家分两种:一种就是专门写牛烘烘东西的,你看不懂他的书,那是你道行不够;另一种作家就是为读者写东西的,你看不懂,那是因为他没写好。

《今日头条》,2016年10月10日

46. 为什么姑娘们总是深爱着让她们深感痛苦的男人,却对那些愿意为她们摘下月亮的人不屑一顾?

   我本以为所有的作家都上了年纪。

   生活在他人的故事中,想获得快乐却又无法拥抱幸福,确实会让人迷失自我。

   只要是和女人有关的事,从来都不简单。

马克·李维《她和他》,2016年10月11日

47. 世上最宝贵的礼物,那就是你。

   你有什么想法?

   很愚蠢地哭了。成了笨蛋群中的最后一名,又或许是第一名。

马克·李维《偷影子的人》,2016年10月12日

48. 我敬爱的高尔基同志,你是一个伟大的人,别让怜悯的锁链缠住了你。你还是把这种怜悯丢掉吧,把怜悯丢掉吧!

   "枪毙前沙皇,有意见吗?谁对这事有意见,请大家发表好了。""有反对的吗?通过了。"

   ●注:当年学会了这种逻辑,后来才发现不是逻辑。

重看苏联电影《列宁在1918》,2016年10月12日

49. 柏拉图曾说:人的行为就好比一辆由两匹马拉着的车,一匹代表

理智,另一匹就是情感。神经经济学家指出:理智是小马驹,情感则是高头大马。

康德把辩证法引进自然科学和认识论。他用形式逻辑充实认识论,又用认识论改造形式逻辑,使逻辑开始向辩证逻辑转变,这是一次非常重要、非常深刻的进步。

康德主张道德的神学,理性的宗教,却坚决反对神学道德论,反对把理性律令的道德与宗教、神秘经验混为一谈。要区别宗教性道德与现代社会性道德。

"文化—道德的人"是德国古典哲学的中心关怀。

人类从"个体为整体而存在"发展到"整体为个体而存在"。强调后者而否定前者是非历史的;强调前者而否定后者是反历史的。

"以人为本"——以人类的生存延续为根本。

从个体上看是杂乱无章,从整体上看却能发现这些自由意志的行为中有一种规律性的、缓慢和漫长的发展过程,这是"大自然的隐蔽计划"。

康德发现了"有限和无限""同一和多样""自由和必然""必然和偶然"四对矛盾。他的局限性在于看不到统一性,只看到对立性。

李泽厚《循康德、马克思前行》,2016 年 10 月 13 日重抄

50. 深沉厚重是第一等资质;磊落豪雄是第二等资质;聪明才辩是第三等资质。

(明)吕新吾《呻吟语》,2018 年 7 月 19 日

2020 年 12 月 30 日重新整理

后记

德国天文学家约翰尼斯·开普勒在他的著作出版时说："书已经写成了,是现在被人读还是以后才被人读,于我都无所谓了。也许这本书要等上一百年,要知道大自然也等了观察者六千年呢!"至今读来还能感受到这位伟大的科学家当时的激动与坦荡。

很欣慰能够用"随笔"的手法谈论读书、著书以及购书、藏书方面的事,避免用《论读书》《论藏书》这类学究式论文的方式讲述。毋庸讳言,这本书是给爱读书的朋友写的,当然希望有人从此爱上读书。

美国文学批评家哈罗德·布鲁姆在《西方正典》的前言中指出:"由于本书只是讨论文学作品,所以我只把那些本身具有较高审美趣味的宗教、哲学、历史及科学著作列入其内。"这段话亦适用于《书梦》的写作,我默认的前提是不把上学的教材和职业的专著列入讨论范围。我只是采取了不一样的叙事和评论手法,也有意无意地模仿蒙田和伊利亚随笔那种"任意拼凑、不成比例"的写法,也有该写完却不写完的随意。思想无禁忌,表达有分寸,有些话,佛曰"不可说,不可说,不可说"。有些地方点到未展开,读者可以继续进行思考和探索。

人无法选择自然的故乡，但可以选择心灵的故乡，与书籍为伴。书是一种精灵，藏在灵魂深处。

　　读书人写有关读书、藏书的书，是件很愉快的事。很久以前我就有这个打算，毕竟一生都在与书耳鬓厮磨，自以为书稿应该很快完成，待到落笔成文，才发现根本不是那么回事。

　　首先要确定《书梦》坚决不讨论"读书有用无用"之类的话题，不劝成年人读书，若是没有读书的需要，你再劝也无用。当然，对小孩子例外。也不教成年人如何读书。兴趣是最好的老师，没有兴趣，怎样教也无用。当然，对小孩子例外。

　　再就是列全书框架提纲时，"才知道该念的书都没有念"。受到打击最大的是读完法国《读书》杂志编选的《理想藏书》，他们广泛征求意见，千里挑一，遴选的迄今公认的人类文化经典，我所知所读不过百分之一。不禁想起民国时的学者黄侃在有人劝他著书立说时的回答："唯以观天下书未遍，不敢妄下雌黄。"还说："五十岁以前不著书。"不幸的是他只活了四十九岁。当年韩愈也对张籍说过："五十岁以后再著书"，结果是只有文集，没有如《道德经》《史记》《论衡》《文献通考》一类的专著，当然这不影响他"文章巨公"和"百年文宗"的盛名。论著书年龄，我倒是合格了，论知识，却大欠缺，唯有"抱佛脚"恶补。我的体会，写文章和写书还真是有些不同。

　　"书到用时方恨少"，也包括许多经典要重读。布鲁姆说不能重读的不是经典。未见书要补读，尤其是20世纪以后的外国文学名著，因为上学时只读过20世纪之前的外国文学，工作后更是缺乏系统地读。

　　反观中国文学，布鲁姆说："在西方文学传统之外，还有中国古代文学这一巨大财富，但我们很少能获得适当的译本。"讲得很客观。有人说自从《红楼梦》问世以后，中国就再也没有出现能与之相比的文学作品。80年代初，有过以"伤痕文学"为代表的短暂繁荣期，可惜这个起点太低，连"新文化运动"时的水平都达不到。90年代以来，尽管长篇小说创作的数量年年攀高，除了个别作品，总体质量实在不敢恭维。文学家、批评家在普遍的水平上对文学的理解，不是越来越宽阔和深入，而是越来越狭窄和无知。思前想后，觉得还是庄子说得有理："独与天地精神往来，而不敖倪于万物，不谴是非，以与世俗处。"因此，《书梦》也要避开这个话题，遵从英国诗人奥登的教诲，不评论"劣书"。从"民族的文学"变成"世界的文学"，中国当代文学还有很漫长的路要走。

国外写读书、藏书的名著很多。美国尼古拉斯·巴斯贝恩《文雅的疯狂》被誉为"20世纪最具影响力的书话经典"，其副标题为"藏书家、书痴以及对书的永恒之爱"，厚达650页的书记叙了古今一百多个爱书人的传奇故事，其中有书香世家、学者书痴、书林怪客，也有窃书雅贼，读来美不胜收。叙述生动的还有里克·杰寇斯基的《托尔金的袍子》，副题是"大作家与珍本书的故事"，讲述了二十位文学巨匠的名著初版书流转的趣闻逸事，引人入胜。乔·昆南的《大书特书》对阅读生态观察犀利、诙谐幽默，也值得一读。

国内也有类似的经典，那就是叶昌炽的《藏书纪事诗》，上起五代，下止清末，共记述七百三十多位历代藏书家的故事，还对著名的书籍刊刻铺坊进行表彰，当是中国书话的开山之作。2001年由任继愈主编，辽宁人民出版社出版了一百五十万字、三厚册的巨著《中国藏书楼》，全景式地立体再现了以藏书楼、藏书家为主力的中国藏书事业史。喜欢了解中国从古到今藏书逸事的朋友，拥有这一套书绝对会心满意足。

我很希望能把《书梦》写成一本别开生面的谈书论道的小品文集，似书话不是书话，似书评不是书评，谁知初稿写成，自己一读就发怵：怎能把读书这般有趣的事写得如此枯燥无味？究其原因，还是受"读书有用"的影响，企图采取居高临下的姿态讲一番大道理。读书论书是十分私人的事，是一种个人情怀，不必听哪个"教头""师爷"开导。写这类文章也要切忌煽情与激动。

于是彻底抛弃原来宏伟的写作打算，只对我印象深刻的书写一些简陋的心得感想，再把亲身经历的读书和购书经历写出，不好高骛远，另外从多年的读书笔记中选抄一些自认有参考价值的语录与朋友们共享，负暄美芹，贻笑大方。完稿之后，估算了一下书的厚薄，和《花影》《云烟》

一样,斟酌之后,毅然删去了多篇文章。书不能太薄,更不能太厚。

写作之余,翻读中国古人写"著书"的诗篇,竟产生"相见恨晚"的共鸣。庾信诗:"阮籍长思酒,嵇康懒著书。"有本事的人不写书。陆龟蒙诗:"命既时相背,才非世所容。著书粮易绝,多病药难供。"道尽写书人的困境。王维诗:"闭户著书多岁月,种松皆老作龙鳞。"写书花费的时间竟然如此漫长!白居易诗:"一卧江村来早晚,著书盈帙鬓毛斑。"写书催人老。韦应物诗:"相逢且对酒,相问欲何如。数岁犹卑吏,家人笑著书。"写书难招家人欢喜。许棠诗:"青山入眼不干禄,白发满头犹著书。"写书也是一痴。王禹偁诗:"圣人忧患方演易,贤者穷愁始著书。"总算道出了原因,有钱有势的人不会写书,穷困潦倒才提笔写书。张侃诗:"甚欲著书传后世,只愁议论太平平。"这才是著书人担心所在,也是我对这本书的担心。陆游诗:"更事愈怀忧国切,苦心始觉著书难。""著书殊未成,即死目不瞑。"难便难,还是得坚持到底。

"人生识字忧患始",可改为"人生著书忧患始"。写书,一旦开动,就无法停止,像穿了"红舞鞋"。真是"衣带渐宽终不悔,为伊消得人憔悴"。

不久前老友颜雪明(大雪)购得手工精锻龙泉宝剑一把自深圳寄来,制作精湛,锋芒毕露,说是要为"听剑楼"壮"声"威,剑身两侧分别镌刻"今夔"和"花影""云烟",足见情深义重,令我今后行文写作愈加不可怠慢。

书稿交出,意犹未尽。望着陪伴一生的近万本杂书,不禁想起菲尔兹夫人在《一架旧书》中说的一段话:

> 如今,世间已无利·亨特,为这堆旧书增添魅力;世间亦已无济慈,醉心于书卷之中。不过当我们默默地站在书房一角时,眺望远处,但见河面波光粼粼,青枝绿柯之间光影斑驳,我们就会忆起这些灵感的源泉仍然与我们相依相随。以后其他的爱书人也会细读架上的藏书,从这些名著经典中汲取新鲜

的活力。

菲尔兹和夫人收购了英国诗人利·亨特的全部藏书,放置在纽约后湾宅子的书房中,伉俪二人在这里度过了很多美好时光。著名诗人约翰·济慈曾在他们家中做客,晚上就在主人的书房过夜,读了许多亨特读过的旧书,写下了名作《睡与诗》。重读菲尔兹夫人的这段话难免百感交集。我也希望我的藏书能帮到我的儿孙和朋友。

《书梦》前半部分是作者的读书心得,也可归于不规范的文学评论。如有可取之处,必须感谢我的授业导师高尔纯教授当年的教诲和点拨。

除了感谢老友赵熊为我重刻"听剑楼"斋印,还要感谢张哲镌刻"听剑楼藏书印",为我的藏书增辉。感谢刘红军不遗余力的帮助;感谢王志刚、侯宏斌、王毅刚等朋友多方面的支持;感谢单于津为书的装帧精心设计。衷心感谢生活·读书·新知三联书店责任编辑关丽峡老师对我的信任和鼓舞,以及对本书的细致把关和精心编辑。

最后还是要感谢我的全家老小以及众多亲友对我写书的支持和期待。翁贝托·埃科说过:"我将不会试图把要感谢的人罗列殆尽,因为无疑会漏掉一些人。"我也只能这样。

感谢喜欢《花影》《云烟》的广大读者,期盼继续喜爱《书梦》。在此静待各方批评指教。

2019年5月25日初稿,2020年12月30日改定

·听鈴麈·

附

主要参考书目

1. （明）胡应麟 等撰，王岚、陈晓兰点校：《经籍会通（外四种）》，北京燕山出版社，1999年
2. （清）张之洞撰，范希增补正，高明路点校：《书目答问补正》，北京燕山出版社，1999年
3. （清）叶昌炽撰，王锷、伏亚鹏点校：《藏书纪事诗》，北京燕山出版社，1999年
4. 伦明等撰，杨琥点校：《辛亥以来藏书纪事诗（外二种）》，北京燕山出版社，1999年
5. 叶德辉撰，紫石点校：《书林清话（外二种）》，北京燕山出版社，1999年
6. 刘国钧：《中国古代书籍史话》，中华书局，1962年
7. 郑振铎：《西谛书话》，生活·读书·新知三联书店，1998年
8. 唐弢：《晦庵书话》，生活·读书·新知三联书店，1980年
9. 曹聚仁：《书林新话》，生活·读书·新知三联书店，2010年
10. 曹聚仁：《书林又话》，生活·读书·新知三联书店，2010年
11. 曹聚仁：《书林三话》，生活·读书·新知三联书店，2010年
12. 范用编：《买书琐记》（上、下），生活·读书·新知三联书店，2012年
13. 《一灯风雨》（《读书》书人书话精粹），生活·读书·新知三联书店，2011年
14. ［美］《巴黎评论·作家访谈1》，上海文艺出版社，2015年
15. ［美］《巴黎评论·作家访谈2》，上海文艺出版社，2015年
16. ［美］《巴黎评论·作家访谈3》，人民文学出版社，2018年
17. ［法］罗兰·巴特：《S/Z》，上海人民出版社，2016年

18. [法]罗兰·巴特：《神话修辞术》，上海人民出版社，2016年
19. [法]罗兰·巴特：《流行体系》，上海人民出版社，2016年
20. [法]罗兰·巴特：《文之悦》，上海人民出版社，2016年
21. [法]罗兰·巴特：《批评与真实》，上海人民出版社，2016年
22. [美]哈罗德·布鲁姆：《西方正典》，译林出版社，2011年
23. [美]哈罗德·布鲁姆：《史诗》，译林出版社，2016年
24. [美]哈罗德·布鲁姆：《如何读，为什么读》，译林出版社，2015年
25. [美]哈罗德·布鲁姆：《短篇小说家与作品》，译林出版社，2016年
26. [美]哈罗德·布鲁姆：《影响的剖析》，译林出版社，2016年
27. [美]哈罗德·布鲁姆：《文章家与先知》，译林出版社，2016年
28. [美]哈罗德·布鲁姆：《文学地图》（五种），译林出版社，2016年
29. [美]乔纳森·卡勒：《文学理论入门》，译林出版社，2013年
30. [英]W. H. 奥登：《染匠之手》，上海译文出版社，2018年
31. [英]W. H. 奥登：《序跋集》，上海译文出版社，2018年
32. [美]汤姆·拉伯：《嗜书瘾君子》，上海人民出版社，2012年
33. [美]里克·杰寇斯基：《托尔金的袍子》，上海译文出版社，2011年
34. [法]茨维坦·托多罗夫：《濒危的文学》，华东师范大学出版社，2016年
35. [意]翁贝托·艾柯：《植物的记忆与藏书乐》，译林出版社，2014年
36. [英]约翰·凯里：《阅读的至乐》，译林出版社，2015年
37. [美]马修·巴特尔斯：《图书馆的故事》，商务印书馆，2013年
38. [美]安·布莱尔：《工具书的诞生》，商务印书馆，2014年
39. [法]罗杰·夏蒂埃：《书籍的秩序》，商务印书馆，2013年
40. [德]乌尔夫·D. 冯·卢修斯：《藏书的乐趣》，生活·读书·新知三联书店，2008年
41. [美]约翰·马克斯韦尔·汉密尔顿：《卡萨诺瓦是个书痴》，生活·读书·新知三联书店，2008年
42. [英]斯图尔特·凯利：《失落的书》，生活·读书·新知三联书店，2008年
43. [日]池谷伊佐夫：《神保町书虫》，生活·读书·新知三联书店，2008年
44. [美]尼古拉斯·A. 巴斯贝恩：《疯雅书中事》，生活·读书·新知三联书店，2010年
45. [美]尼古拉斯·A. 巴斯贝恩：《为了书籍的人》，上海人民出版社，2011年
46. [美]尼古拉斯·A. 巴斯贝恩：《永恒的图书馆》，上海人民出版社，2011年
47. [加拿大]阿尔贝托·曼谷埃尔：《夜晚的书斋》，上海人民出版社，2012年
48. [法]安托万·孔帕尼翁：《与蒙田共度的夏天》，华东师范大学出版社，2016年
49. [法]雷吉斯·德布雷：《图像的生与死》，华东师范大学出版社，2014年
50. [英]莎拉·贝克韦尔：《存在主义咖啡馆》，北京联合出版公司，2017年

51. [以色列]阿摩司·奥兹:《故事开始了》,译林出版社,2011年
52. [美]乔·昆南:《大书特书》,商务印书馆,2014年
53. [保]基·瓦西列夫:《情爱论》,生活·读书·新知三联书店,1984年
54. [美]赫伯特·马尔库塞:《爱欲与文明》,上海译文出版社,1987年
55. [法]夏尔·丹齐格:《为什么读书》,广西师范大学出版社,2010年
56. [法]夏尔·丹齐格:《什么是杰作》,广西师范大学出版社,2015年
57. [美]弗拉基米尔·纳博科夫:《文学讲稿三种》,上海译文出版社,2018年
58. [英]奥兰多·费吉斯,郭丹杰、曾小楚译:《娜塔莎之舞:俄罗斯文化史》,四川人民出版社,2018年
59. [德]赫尔曼·黑塞:《读书随感》,上海三联书店,2013年
60. [德]赫尔曼·黑塞:《艺术家的命运》,上海三联书店,2013年
61. [英]弗吉尼亚·伍尔芙:《伍尔芙随笔全集》(四册),中国社会科学出版社,2001年
62. [美]威利斯·巴恩斯通编:《博尔赫斯谈话录》,广西师范大学出版社,2015年
63. [阿根廷]蒙尔赫·路易斯·博尔赫斯:《最后的谈话》(上、下册),新星出版社,2018年
64. [英]特里·伊格尔顿:《二十世纪西方文学理论》,北京大学出版社,2007年
65. [英]特里·伊格尔顿、马修·博蒙特:《批评家的任务》,北京大学出版社,2014年
66. [英]特里·伊格尔顿:《文学事件》,河南大学出版社,2017年
67. 杨周翰、吴达元、赵萝蕤主编:《欧洲文学史》(上、下册),人民文学出版社,2015年
68. 黄裳:《古籍稿钞本经眼录》(来燕榭书跋题记),中华书局,2013年
69. 理洵:《铁未销集》,未来出版社,2016年
70. 唐诺:《读者时代》,上海人民出版社,2011年
71. 唐诺:《那时没有王,各人随意而行》,上海人民出版社,2015年
72. 吴义勤:《彼岸的诱惑》,作家出版社,2009年
73. 启航:《无间书道》,新星出版社,2010年
74. 朱晓剑:《后阅读时代》,金城出版社,2014年